TRAS LOS RASTROS DEL TSUNAMI

PAULA RIART, Junio 2015

DEDICATORIA:

Dedicada a todas aquellas personas que luchan a diario para proteger al ser humano y a los animales, sin egoísmo ni objetivos oscuros.

La base de esta historia tiene un trasfondo real, pero los personajes y muchos de los hechos que en ella aparecen son fruto de la imaginación de la escritora, por lo que cualquier parecido con la realidad es pura coincidencia.

ÍNDICE

1. NO SE QUE HAGO AQUÍ

Se despertó sobresaltada y tardó unos minutos en reaccionar. La lluvia golpeaba sobre el tejado haciendo un ruido sobrecogedor. La habitación en la que se hallaba era completamente diferente a la que tan bien conocía y además, hacía muchísima calor. La cama en la que había dormido no era la suya, pues era vieja, muy pequeña y estaba cubierta con una mosquitera amarillenta que en algún momento del tiempo había sido de un color blanco nuclear. La mesita de noche, marrón con trazos negros, acumulaba el paso de los años. Desde la cama vislumbraba el interior del cuarto de baño porque no había ninguna puerta que lo impidiera. Una gran lagartija paseaba por la habitación pescando con su larga lengua todos los mosquitos que despistados se le acercaban. Se levantó intentando centrar la mente y de camino al baño, esquivó un escarabajo negro de un tamaño muy superior a los que estaba acostumbrada a ver. Una vez dentro del excusado, le entraron nauseas. La ducha se componía de un hueco en el suelo, no muy limpio, del que salían un montón de hormigas que corrían asustadas de un lado a otro y un grifo que parecía recién salido de un vertedero. Usó el retrete con reticencia y sin perder tiempo. Antes de salir de aquel cubículo tan insalubre y sórdido, no pudo evitar mirarse al espejo. Tenía un aspecto horrible por lo que intentó arreglarse un poco, sin conseguir ningún milagro, claro está. Forzó una sonrisa, como si se tratara de una actriz de cine antes de afrontar a los periodistas, y salió a buscar al resto del grupo. Escuchó ruido en la planta baja del edificio y se dirigió hacia allí.

Paula entró en el comedor del colegio mayor donde fueron llevados la tarde anterior y que, según constaba en la placa de la entrada, fue construido en 1947. La estancia en la que entró no tenía muchos lujos, las paredes eran de color amarillo ocre combinadas con marrón oscuro en su parte inferior. Había tres hileras de largas mesas de madera pintadas de color rojo rutilante y las sillas, también de madera y plástico bermellón, estaban en muy buenas condiciones, al contrario que el suelo, que se observaba deslustrado por el paso del tiempo. La mesa estaba cubierta por un hule verde pistacho, sobre el que se podía contemplar todo lo necesario para desayunar. Abundaban las frutas, algunas de ellas de un aspecto extraño y de las que no conocía ni el nombre. Gracias al cielo, también había pan, mantequilla, mermelada, leche, te y agua. Ringa le sonrió y le hizo un gesto para que se sentara en la silla vacía situada a su derecha. El resto de los comensales ni se percataron de su entrada en el comedor, cosa que Paula agradeció, sentándose sin hacer ruido, y acomodándose en la acogedora silla. La noche antes, cuando los recogieron en el aeropuerto, les dijeron que irían a dormir a una residencia universitaria de una opulenta zona de la ciudad y que sólo unos pocos estudiantes podían permitirse pagar. Cuando llegaron, se sorprendieron negativamente. Si aquel barrio era de los más selectos, mejor no preguntar cómo eran los suburbios de Colombo, capital de Sri Lanka. El edificio estaba rodeado de un denso jardín, con árboles y plantas de gran tamaño, que crecían frondosos y anárquicos, enredados los unos con los otros en su búsqueda de espacio y luz. En el recinto vivían un montón de pequeños simios de pelo largo y gris, con algunas manchas blancas en la cara anterior del cuello y del vientre. Al verlos, los monos treparon por los árboles muy emocionados de ser el centro de atención de todos aquellos humanos, y después se les acercaron poco a poco, como haciendo relaciones sociales. Algunos de ellos, los más espabilados o cara duras, según como se quiera interpretar, intentaron hurtar a sus congéneres humanos todo lo que llevaban colgado en el cuello o sobre la cabeza.

Ringa, que era el guía que les habían asignado para ser conducidos a la zona donde trabajarían, ofreció a Paula unas pastas recién traídas a mesa. La chica cogió una y la degustó con impaciencia porque tenía mucha hambre. Su consistencia era blanda y se deshacía en la boca, pero su sabor, a su gusto, era demasiado dulce, adivinándose la composición predominante, miel y canela, ingredientes que ella adoraba, pero a pesar de ello, la encontró empalagosa y no le gustó. Como no quería que nadie se sintiera ofendido la tragó y acto seguido, cogió un par de tostadas con mantequilla para compensar el cargante sabor del pastelito que había ingerido a la fuerza. A pesar de la necesidad de hacerlo, no consiguió engullir la tostada, ya que desde hacía 48 horas presentaba un dolor en la faringe bastante insoportable, pero al menos, aquella mañana ya no tenía ese escozor en la tráquea tan enojoso y que la hacía toser cada dos por tres. Además, para acabar de rematar, tenía la entrada del estómago cerrada desde hacía 72 horas, coincidiendo con el momento en el cual comenzó aquella experiencia que probablemente le cambiaria la vida.

Tras el desayuno empacaron las mochilas. Había dejado de llover y lucía un sol tan espléndido que poco parecía que hubiera caído ese exuberante aguacero las últimas 12 horas. Los monos salieron otra vez, tal y como habían hecho el atardecer previo, y esta vez los pudieron fotografiar. A Paula le parecieron más graciosos y bonitos que el día antes, por efecto de la luz solar que hacia brillar su pelaje blanco como si de unos fantasmas angelicales se trataran. Ringa, que hablaba un inglés muy estrafalario pero bastante comprensible, les comunicó que el autobús estaba por llegar. El guía era un hombre de constitución corpulenta, cosa que llamaba la atención en un país donde los habitantes se presentaban delgados como sílfides. Cuando al final llegó el mismo medio de transporte que habían usado la noche anterior, un autobús destartalado y sin aire acondicionado, retrocedieron hacia el aeropuerto de la capital, donde debían recoger todo el material que habían acarreado desde España y que llegaba en un avión de mercancías aquella misma mañana.

La espera se les hizo larga, tanto que los minutos les parecieron semanas, y como hacía mucho calor y el porcentaje de humedad casi alcanzaba el 100%, la sensación de falta de aire fue agotadora. Todos los cooperantes esperaron y desesperaron, durante horas, delante de la zona de descarga del aeropuerto de Colombo. No eran capaces de comprender como los trámites podían ser tan tediosos, más teniendo en cuenta el estado de emergencia en el cual se encontraba inmerso el País. El tsunami que arrasó las costas de Indonesia, Sri Lanka, Tailandia e India había sido desbastador tanto en víctimas humanas como en daños materiales. La ayuda internacional llegaba de forma escalonada a los países afectados y en las colas de las aduanas aeroportuarias de las capitales correspondientes, los turistas habían sido sustituidos por valientes y a la vez asustados cooperantes. Los voluntarios que llegaban a Sri Lanka eran distribuidos, según las indicaciones del Gobierno del país, a las zonas damnificadas, en base a las necesidades de cada lugar y de lo que podía ofrecer cada grupo.

Durante aquel lapso de espera, los españoles aprovecharon para conversar y conocer a cooperantes de otros países que, como ellos, habían cogido las mochilas para personarse en las diferentes zonas cero. Algunos periodistas extranjeros estaban entrevistando a los voluntarios, a la par que los grababan con sus cámaras, mientras que otros sólo les hacían fotos. Una vez trascurrido el medio día, después de que se hubieran sellado los papeles unas mil veces, consiguieron el visto bueno para retirar todos los artículos que habían llegado de España, fruto de un montón de donaciones de una población muy concienciada y humana. Cargaron hasta desbordar, literalmente, el camión y el autocar que les había cedido el Gobierno de país. Los paquetes de cartón rotulados con la bandera española, los numerosos contenedores de metal o de plástico donde se leía España S.O.S catástrofes y los aparatos, ocuparon todo el maletero y más de la mitad posterior de la parte destinada a pasajeros.

Por fin iniciaron un trayecto de unos 240 km por carretera hacia el norte de la isla. Por suerte, el autocar en el que ahora estaban viajando, era más moderno y de asientos más cómodos que el que habían usado por la mañana, y para mayor felicidad de todos, poseía aire acondicionado. Empezaba la peligrosa aventura hacia lo desconocido, ya que la zona a la cual se dirigían, se encontraba justo por encima de la línea virtual geográfica que delimitaba la zona segura de la no recomendada a los turistas. Así pues, se encaminaban a tierras que hasta ese momento, habían estado bajo el control de las guerrillas tamiles, y donde el riesgo de sufrir secuestros, atentados o robos era muy alto.

La carretera que tomaron cruzaba el estado en diagonal y se encontraba muy transitada, ya que se trataba de una de las redes principales del país. La calzada no era muy ancha, estaba llena de baches, no había señalizaciones ni en el suelo, ni verticales, y los vehículos se adelantaban unos a otros siguiendo la doctrina "el de mayor tamaño gana y el que toca el claxon antes y más fuerte, también", costumbre utilizada en la mayoría de los países llamados del tercer mundo y de algunos que otros más avanzados.

Los compañeros de aventura durmieron una buena parte del trayecto pero Paula no pudo hacerlo, y aprovechó para hablar con los que se iban despertando. Todos los colegas con los que conversaba demostraban una gran serenidad, provocándole mucha envidia, ya que ella se sentía nerviosa, trastornada y rozando la histeria, sin que pudieran transferirle cierta tranquilidad o confianza. Pensó que la seguridad de sus compañeros surgía como consecuencia de una larga experiencia en misiones humanitarias, que ella no tenia, por lo que intentó estabilizarse emocionalmente pensando que si alguna vez llegaba a haber una segunda vez, se sentiría mejor consigo misma.

El grupo de cooperantes estaba formado por cuatro médicos, tres enfermeras y cuatro bomberos. Además, en el aeropuerto habían sido recibidos por dos bomberos del grupo de asentamiento que se habían instalado hacía 9 días en la zona de trabajo asignada, los cuales, aprovecharon el trayecto para ponerlos al corriente de como se encontraba la situación en Kinniya, el pueblo cerca de Trincomalee donde se había instalado el campo de refugiados que albergaba al menos 1500 personas aglomeradas. A lo largo del camino de casi 7 horas de duración, estuvieron a punto, más de una vez, de atropellar peatones, ciclistas o algún tipo de animal. Paula sufría por aquella conducción tan esperpéntica, y el hecho de que condujeran por la izquierda aún la alborotaba más, porque era algo que aún le era difícil de asumir a pesar de sus viajes a Londres. De todas maneras, encontró interesante ver el tipo de vehículos que circulaban por la isla; se trataba de máquinas viejas y maltrechas, autocares al estilo norte americano y modelos de camiones Mercedes Benz que se remontaban a la segunda guerra mundial.

Hicieron varias paradas para repostar gasolina, para ir al baño o para comer alguna cosa. Paula seguía sin poder dormir y como no había nadie más despierto, aparte del conductor, aprovechó para fijarse en el paisaje, el cual le pareció encantador, con numerosos árboles de tamaños extraordinarios, mucha vegetación y campos de cultivo donde predominaba el té. Asimismo, le llamó la atención una especie de árbol o planta, no sabía muy bien como catalogarlo, cuyo tronco estaba formado por una caña gruesa y fuerte, que alcanzaba alturas superiores de los abetos de Pirineo. También pudo constatar que en las tierras del interior parecía que no hubiera pasado nada, ya que existía un gran movimiento de coches y personas, y no se detectaba ni una señal de destrucción. La vida continuaba para los oriundos de los pequeños pueblos del interior de la isla, que a pesar de todo lo ocurrido, siempre sonreían, cosa que maravilló a Paula.

La paz y tranquilidad que había dominado el grupo durante gran parte del viaje, se convirtió, a medida fueron transcurriendo las horas, en agobio e impaciencia. Las risas y animadas conversaciones reinantes cuando no dormían, dieron paso a un silencio poco agradable, lamentos, gemidos y profundos suspiros. Todos ellos estaban muy cansados, ya habían pasado 3 días desde que el grupo se consolidó en Madrid, donde se produjo la agrupación de los cooperantes que procedían de diferentes ciudades y pueblos de España. El trabajo de seleccionar material, preparar protocolos de actuación, recopilar información, atender a la prensa y hacerse fotos con los políticos de turno fue más pesado de lo que nunca hubieran imaginado. Aquellos desconocidos se habían congregado con un único objetivo, prestar asistencia sanitaria a la población afectada por el tsunami. Las instrucciones antes de la partida fueron claras, concisas y firmes: indumentaria formal; medidas de seguridad; obediencia a los jefes de operación; trabajo intenso; trato educado con los nativos, otros cooperantes y periodistas. La actividad del grupo se realizaría bajo el auspicio de una bandera y con el dinero de donantes anónimos, que bien merecían todo aquel respeto y toda aquella profesionalidad. Tras los preparativos en Madrid iniciaron el viaje que duraría un día entero, con escalas en los aeropuertos de Ámsterdam y Dubái. Aprovecharon esas 24 horas para explicarse los unos a los otros, lo suficiente como para hacerse un bosquejo de las diferentes personalidades que convivirían durante semanas.

La oscuridad comenzó a caer sobre la isla y de golpe la carretera se convirtió en un camino de tierra muy estrecho y con unas irregularidades del pavimento que hacían temblar, y que provocaban un va y ven de los vehículos, que los asimilaron a barcos cruzando el océano en plena tormenta. El hecho de que por ambos lados del camino sólo se pudiera ver agua y más agua, afianzó esta sensación extraña a la vez que escalofriante. La incertidumbre se apoderó de los jóvenes cooperantes y saltó la alarma. No sabían donde se encontraban ni cuanto faltaba para llegar a su destino y Ringa, el guía, no los podía informar porque en esos momentos viajaba en la camioneta junto con dos de los bomberos.

El conductor del autobús no había articulado palabra en todo el trayecto, y actuaba como si nada de lo que sucedía allí dentro fuera con él. Llegados a ese momento, como leyéndoles el pensamiento y queriendo desmentir todo lo que les pasaba por la mente, el hombre rompió el silencio. Les aclaró que lo que se encontraba a su alrededor eran campos de cultivo colmados de agua tras la inundación. La carretera por la que transitaban en aquel momento, hacía unos días no era visible porque también había estado cubierta por el agua. El conductor les proporcionaba esa información mientras conducía a mucha más velocidad de la recomendada en dichas circunstancias, y los cooperantes lo escuchaban con el corazón compungido de miedo. La situación se tornó muy tensa, y la memoria de Paula se remontó a las noticias de los informativos televisivos en las que se anunciaba la muerte de voluntarios en el extranjero a causa de accidentes de circulación. Ante esa reflexión no pudo evitar suspirar y para librarse de aquella opresión que notaba en el pecho, la chica exclamó.

— ¡Qué lástima si no podemos llegar al campo de refugiados porque hemos acabado chafados como la masa de la pasta brisé!

Esa frase rompió el ambiente cargado de energía negativa generada durante la última hora y todos empezaron a hablar a la vez, tomándose la licencia para bromear. Comentaron diversas anécdotas y alguien se atrevió a imitar la cara que pondrían sus familiares cuando les dijeran que había muerto por culpa de un conductor descerebrado, que iba a toda pastilla por un esbozo de carretera rodeada de agua a más no poder.

Álex, uno de los bomberos del equipo de asentamiento, exclamó todo aliviado que por fin habían llegado a su lugar de destino. El grupo en pleno suspiró y se apresuraron a mirar por las ventanas. El pueblo al que estaban entrando estaba compuesto por cientos de casas de planta única, pequeñas y fabricadas con materiales poco resistentes. Las calles sin asfaltar y con poca luz, estaban llenas de personas que se movían de un lado a otro y que se apartaban del camino de los dos vehículos, interesándose por lo que habitaba en su interior. Un río muy caudaloso y ancho atravesaba el pueblo de cabo a rabo. A pesar de que sólo eran las seis y media y la oscuridad reinaba en el emplazamiento, en el interior de él se podían ver un montón de personas pescando con redes de pequeño tamaño y palos que querían simular cañas profesionales de alta gama. Álex explicó que sólo dos puentes, de un total de diez, habían quedado indemnes tras la gran ola. En la otra orilla, el paisaje no cambiaba nada y se mantenía la estampa de destrucción y penuria. Calles embarradas, casas dañadas, ruinas, personas descalzas, vegetación caótica, animales en medio de la calle que se apartaban cuando les apetecía y miles de bicicletas cruzando sin seguir ningún orden establecido.

La base de actuación española, donde se asentó el puesto médico de ayuda, estaba situada en la escuela pública del pueblo. El recinto escolar estaba compuesto por un inmenso patio rodeado de un muro alto de ladrillo pintado de color blanco marfil, y dentro de este, había varios edificios, un pozo de color azul muy ancho y un lavadero comunitario. Los esqueletos de las edificaciones correspondían a las diferentes aulas y eran de planta baja excepto dos situadas en la parte izquierda de la puerta principal, una que tenía tres plantas de altura y la adyacente, dos. En el interior de las aulas se habían ido cobijando cientos de personas que se habían quedado sin hogar y que llegaban a la población atraídos por la ayuda humanitaria establecida en el lugar. Como los refugiados continuaban llegando, la ocupación de las casas llegó al límite factible y fue imposible albergar a los que llegaron con posterioridad, por lo que estos tuvieron que tomar posesión de colchones u objetos similares para dormir, situándose estratégicamente en los porches de las aulas o debajo de los árboles que se encontraban dispersos por el recreo de la escuela. Pero llegó un momento tal en el que ni tan sólo existió esta opción y los últimos en aparecer, por obligación tuvieron que acomodarse en el suelo húmedo, sin ningún tipo de resguardo que les pudiera mitigar la humedad de la noche o el calor del mediodía. La pequeña aula de ciencias naturales fue la reservada como guarida de los cooperantes, ya que esa edificación estaba situada lejos de la puerta principal y por tanto les permitía mantener todo el material bajo control.

En la puerta del recinto escolar los habían recibido los compañeros de Álex y Toni. Fueron directos al grano; nada de presentaciones superfluas. Formaron a todo correr, una cadena humana; sacaban los paquetes de los vehículos para alojarlos ante la aula asignada; pocas palabras; sincronización como si lo tuvieran ensayado; organización militar; calor; humedad; cansancio; falta de aire. Secarse la frente con las manos sucias era un gesto repetitivo. Muchas personas mirando, aunque pocos ayudando. Algunos oriundos se aventuraron a entrar a formar parte de la cadena humana, la mayor parte de ellos niños. Al fin lo consiguieron, pudieron vaciar los vehículos antes de que la oscuridad se volviera más densa.

Paula notaba que su cuerpo flotaba desde hacía horas, parte por la calor, parte por los nervios, parte por el agotamiento, parte por la incertidumbre. Ayudó a descargar los paquetes, formando parte de la cadena humana, más por inercia que por voluntad. Su cabeza se encontraba a miles años luz de allí. Aún no entendía como pudo tomar la decisión de iniciar aquella aventura, 12 horas después de recibir la llamada telefónica de una desconocida, que se identificó como secretaria de una ONG muy pequeña y que aparecía poco en los medios de comunicación.

Una vez finalizada la ardua tarea y acomodados en su base de trabajo, se pudieron por fin, iniciar las presentaciones. Un cúmulo de nombres que Paula no pudo fijar en el celebro, porque hizo aparición una intensa cefalea que le afectaba la región frontal y occipital. De repente sintió un mareo. Se sentó a tiempo antes de caer, sudoración fría profusa por todo el cuerpo, bradicardia, sensación de vómito, dolor punzante en el estómago. Cerró muy fuerte los ojos y se concentró, no quería hacer ningún numerito recién llegada a la zona cero. Poco a poco consiguió controlar el parasimpático, y la frecuencia cardiaca recuperó su velocidad habitual. Ya no sudaba y los escalofríos generalizados dieron paso a una exagerada sensación de sed. Como pudo, se aproximó a la zona del aula habilitada como cocina y bebió agua embotellada hasta la saciedad. Se fue sintiendo mejor y pasada una media hora, ya se encontraba casi recuperada. Se auto diagnosticó de deshidratación. Miró a su alrededor, gracias a dios, nadie se había dado cuenta de lo que le había pasado, porque en caso contrario, se hubiera muerto de vergüenza.

Cuando se tranquilizó pudo dedicarse a examinar a sus compañeros. En total había 19 cooperantes que estaban hablando enérgicos los unos con los otros. Lo primero que le sorprendió, en aquel ejercicio de observación, fue que los recién llegados iban todos muy bien uniformados y con calzado seguro, mientras que los chicos del primer grupo lucían el torso sin cubrir con ropa, estaban ataviados por pantalones cortos o pañuelos de playa y calzaban unas chanclas de mala calidad, pero que parecían muy cómodas, y para colmo, lucían unas largas y descuidadas barbas. La segunda cosa que le llamó la atención fue el gran desorden que reinaba en la estancia y la existencia de una pizarra garabateada de párrafos que correspondían a una supuesta lista de compra y una relación de normas básicas de convivencia a seguir. Ya al final se fijó en la presencia de dos perros que dormían dentro de unos trasportines, sin hacer caso al ruido reinante en la habitación. Se trataba de dos perros de agua español, uno de color negro como el carbón que alguna vez le habían dejado los reyes magos, y otro de color canela con unos ojos de color miel preciosos. Ambos respiraban rápido debido al enorme calor que estaban padeciendo, y al percibir que la chica los miraba con ternura, ladearon la cabeza, mostrando una inmensa mansedumbre que provocó que Paula no pudiera evitar acercarse a ellos para acariciarlos. El perro de color negro, que resultó ser un macho, empezó a lamerle las manos como si se conocieran de toda la vida y la bonita hembra, le tocó con su patita derecha la pierna para que la acariciara dulcemente.

Cenaron el contenido de las latas traídas de España aunque Paula sólo pudo ingerir piña en almíbar y más agua de la que nunca se había imaginado que llegaría a beber, porque cualquier otro ingrediente le incitaba nauseas. El jefe del primer grupo, llamado Toni, les estaba anunciando un montón de normas a cumplir y les estaba detallando cual era la situación de la zona. Todos escuchaban con más o menos atención mientras fuera, rodeando el cerco de seguridad que habían fabricado los bomberos con restos de alambre oxidado y que acordonaba el aula de ciencias naturales, se congregaban numerosos nativos. La mayoría de éstos estaban aposentados en el suelo y contemplaban lo que hacían los extranjeros, mientras comentaban la jugada, igual que si se trataran de los tertulianos que viven de parodiar a los concursantes de los reality show. Paula, al verlo, se sintió como protagonista del afamado programa televisivo "Gran Hermano", y no pudo evitar sentirse abrumada, tal y como casi seguro se sentían los participantes del polémico concurso los primeros días de emisión.

Se dio por finalizada la reunión y todos se acostaron, eso sí, sin ducharse, pues no tenían ni agua ni ducha. Los recién llegados tuvieron de conformarse en dormir sobre el suelo rígido, mientras que los veteranos, olvidando por completo las normas básicas de protocolo que invitan a ceder a las damas los sitios más confortables, se tumbaron en unas hamacas que parecían bastante cómodas. Paula, una noche más, no pudo pegar ojo porque debido al calor, volvía a notar sensación de falta de aire, cosa que le incomodó provocándole otra vez nerviosismo y cefalea. Para empeorar aún más las cosas, un molesto ruido de fondo compuesto por murmullos y ruidos inespecíficos, junto con un desagradable olor ambiental, pusieron la guinda al insomnio de la joven. A las 5 horas de la madrugada, unos gritos, que les parecieron aterradores, despertaron a todos los novatos, excepto a Paula, que seguía vigil como si hubiera estado tomando anfetaminas. Los cooperantes séniores ni se inmutaron, y alguno de ellos informó en voz baja a los recién llegados, que se trataba de la oración típica de los musulmanes, y añadió que estos rezos se repetirían a diario por lo que podían irse acostumbrando a ellos. Numerosos suspiros se hicieron patentes y solo unos cuantos pudieron conciliar otra vez el sueño.

Con la salida del sol, a las 6.15 horas de la mañana, el campo de refugiados tomó vida. Las mujeres iban de un lado a otro, trajinando con las pocas pertenencias que habían podido recuperar. Los niños jugaban o se aproximaban al campamento Gran Hermano para contemplar que hacían los protagonistas del show. Los hombres formaban corros y hablaban entre ellos. Los cooperantes, sin perder tiempo se pusieron en pie en un santiamén, impacientes por empezar las tareas encomendadas. Siguiendo las instrucciones dadas en Madrid, se vistieron con la indumentaria reglamentaria que consistía   en pantalones largos azules impermeables, camisetas blancas de manga corta de algodón y botas cómodas. Entre todos prepararon el desayuno con lo poco que tenían a mano, es decir, latas y más latas. Los chicos del grupo de asentamiento se mostraban sonrientes pero marcaban unas densas ojeras que encarnaban un acumulo de cansancio y estrés, pero que en parte se disimulaban por una piel tostada por el sol, que a su vez, hacía más patente las tabletas de sus abdominales. A pesar de que no eran muy guapos, había algo en ellos que los hacía atractivos, cosa que las chicas detectaron al momento. Ellas, por el contrario, se mostraban pálidas y un poco estropeadas por el jet lag, quedando su belleza ensombrecida por este hecho. Para disimular su deplorable aspecto, las jóvenes sonreían a desgana, como si fueran protagonistas de un spot publicitario de un dentífrico dental. Los chicos del segundo grupo nada tenían que envidiar a sus compañeras en cuanto a aspecto y escuchaban admirados a sus colegas, mientras éstos les hacían un montón de recomendaciones.

Tras el desayuno, Toni tomó el mando ipso facto. Envió a un grupo de bomberos a hacer un reconocimiento de los terrenos de la periferia del pueblo, en búsqueda de pozos que se pudieran conectar a la potabilizadora traída desde España. El resto de bomberos recibieron la misión de limpiar el terreno escolar, donde más tarde serian armadas las relucientes y nuevas tiendas de campaña que servirían a partir de ese momento de punto médico de atención continuada. El grupo de enfermeras y médicos se fueron a la diminuta tienda que había hecho la función de dispensario hasta entonces. Toni se llevó a Luís, nombrado Jefe del segundo grupo, a conocer los contactos políticos de la zona y a todos aquellos personajes que les podrían echar una mano en caso de complicaciones o dudas.

Aprovechando la bonita luz que emitía el astro rey, Paula miraba a su alrededor exhaustivamente, en un de intento fijar la máxima información posible en su alborotado cerebro. Le parecía increíble estar allí en esos momentos, más cuando reconoció sin la menor duda, la tienda de campaña color blanco crema con ribeteado azul que había visto nueve días antes en la televisión, cuando una periodista de renombre entrevistó a Pedro, el único médico del primer grupo. Ella nunca hubiera imaginado que llegaría a estar en ese mismo lugar haciendo de médico cirujano. Desde la puerta de su nuevo lugar de trabajo vio como los pacientes que habían ido llegando, se estaban distribuyendo en dos colas que separaban los hombres, de las mujeres y los niños, todo siguiendo las tradiciones musulmanas.

—Paula —Exclamó Pedro— Ven a ver las heridas de las piernas de este hombre. Hace días que me tienen muy preocupado y he esperado con anhelo tu llegada, para ver si se le podía ofrecer algún tipo de cura más efectiva.

Paula se aproximó tímidamente. Su actuación empezaba antes de lo que ella había previsto. No es que se tratara de una intervención de alta complejidad, pero la situación en aquel momento la sobrepasaba. Se plantó frente a un individuo de unos 50 años que parecía que tuviera unos 15 más debido a su delgadez, la suciedad que lo enmarcaba y las lesiones que mostraba en sus piernas, con claros signos de infección y necrosis, que comportaban la supuración de un líquido espeso mal oliente. El hecho de que el pobre hombre no pudiera andar por sí mismo y necesitara de la ayuda de sus compatriotas, pues no tenía familia alguna, afianzaba ese aspecto de anciano desvalido. Pedro la miró con impaciencia.

—¿Crees que podrás hacer alguna cosa? —Le dijo mostrando mucha preocupación— Yo le he lavado las heridas con agua y jabón, le he puesto desinfectante y le he ido administrando antibiótico vía oral, pero la situación no mejora.

—Creo que podremos curarlo, pero nos hará falta mucha paciencia y sobre todo, hacer una buena limpieza quirúrgica.

En esos momentos, toda la inseguridad, miedo, cansancio, calor, incertidumbre y pensamientos negativos desaparecieron de la mente de Paula. Fue a buscar material quirúrgico básico, desinfectantes y gasas. Pidió a Rosa, una de las enfermeras, que la ayudara en su primera cura como cooperante. Sin perder tiempo, una vez tubo todo lo necesario, empezó a recortar con bisturí los esfacelos, y lo hizo hasta que la carne empezó a sangrar. Tan ensimismada estaba en su ardua tarea que no se percató de que Javi, uno de los bomberos del primer grupo, se había situado a su lado. Cuando el chico le empezó a hablar se sobresaltó.

—¿No le haces daño? —Preguntó con una voz de preocupación a la par que de enfado— Tal vez deberías ponerle anestesia.

—No hace falta —Respondió Paula centrada en su tarea— Estoy recortando esfacelos, que no es más que tejido muerto, por lo que la anestesia no es necesaria ya que no le duele.

—¿Y es normal que sangre tanto? —Siguió interrogando con voz tajante y malhumorado.

—El sangrado es bueno. Nos indica que nos encontramos ante un tejido vivo con fuerza suficiente para la cicatrización completa —Se mantuvo trabajando mientras contestaba con voz paciente y conciliadora, aunque las palabras de su compañero la estaban incomodando hasta las entrañas.

—¿Crees que podremos evitar cortarle una pierna? El pobre hombre nos da mucha pena. Ha perdido a toda su familia durante el tsunami —Esta vez sus palabras eran menos agresivas, rozando la dulzura.

—Creo que no será necesario cortarle la pierna —Dijo Paula, apartando por primera vez la vista de las piernas y mirando fijamente a Javi, de tal manera, que le trasmitió seguridad y esperanza.

—Me alegro mucho —Javi respondió a la vez que se daba media vuelta y se alejó del lugar a pasos veloces.

Paula observó cómo se empequeñecía por la distancia mientras una punzada se le clavaba en el estómago. Decidió no analizar lo que había pasado y siguió con la desagradable pero satisfactoria tarea de sanear a su paciente, del que descubrió que se llamaba Hassan. Tras esa cura le siguieron otras menos aparatosas, pero no por ello menos importantes, sobre todo cuando afectaban a niños, momento en el cual la cirujana debía hacer tripas corazón y actuar con profesionalidad. Mientras tanto, Ana, pediatra del grupo, visitó a numerosos menores traídos por sus progenitores o familiares más próximos, por cuadros de sobreinfección respiratoria secundaria a la humedad prolongada a la que habían estado sometidos tras la catástrofe. Ramón y Jaime, que eran los otros dos médicos del grupo, especialistas en traumatología y medicina familiar respectivamente, se encargaron de los adultos que consultaban por golpes y patología médica dispar. Y entre pitos y flautas, la mañana transcurrió a toda velocidad y llegó el momento, a la una del mediodía, de que Álex les anunciara que era hora de cerrar el dispensario e ir a comer. Tenían por delante unas 3 horas para la comida, el descanso o aquello que prefirieran hacer, coincidiendo con un momento de la jornada donde el calor era tan insoportable que se hacía imposible seguir trabajando con naturalidad. Mientras Paula aseaba los utensilios, miró fuera de la tienda y detectó que los pacientes habían desaparecido como por arte de magia. Entendió que tenían aprendida la lección a la perfección, y además, que el propio calor les hacía buscar cobijo en zonas más frescas para hacer la siesta.

Dos de las enfermeras, María y Esther, hicieron junto con un par de bomberos del primer grupo, una manduca enlatada que les pareció a todos más que aceptable, excepto a Paula a la que se le removió el estómago al ver en los platos fabada a la asturiana, lentejas con chorizo y garbanzos salteados con espinacas. A su parecer, esa comida era más propia de una misión en Siberia que en Sri Lanka por lo que decidió abrir unas latas de piña y melocotón en almíbar, tal y como había hecho hasta el momento.

Se sentó, haciendo más ruido del que hubiera deseado, en la única silla libre, justo a la derecha de Javi, pero éste ni se inmutó, ya que hablaba animoso con Álex y Esther, sentados frente a él. Paula

22

comenzó a notar esa cefalea incómoda que le provocaba episódicamente una visión doble de segundos de duración, por lo que no pronunció palabra durante el transcurso de la comida. Bebió abundante agua embotellada pensando en la probable deshidratación, pero esta vez, muy a su pesar, la sintomatología no remitió, por lo que en lugar de hacer la sobre mesa con sus compañeros, se levantó y se fue a descansar en un camastro. Su cabeza analizaba una y otra vez los síntomas hasta que dedujo que o bien era una deshidratación, o bien se trataba de una falta de aclimatación a los trópicos, junto con una reacción brutal de su cuerpo al trastorno del sueño. Cerró los ojos fuerte intentando tranquilizarse y dormir, pero sólo consiguió lo primero, y al reincorporarse, se encontraba un pelín mejor; lo suficiente para seguir trabajando.

Por la tarde las tareas del dispensario fueron similares a las de la mañana. Todos los bomberos en tropa se pusieron manos a la obra para convertir un montón de hierros y lonas recién desempaquetados, en un maravilloso puesto médico. El emplazamiento, elegido con una certeza que no dejaba a duda la profesionalidad, fue la esquina más alejada de la entrada del campo de refugiados, debajo de un árbol centenario, matando dos pájaros en un tiro, ya que por un lado se mitigaba un poco el calor diurno, y por otro, se evitaban los intrusos. Justo cuando la oscuridad había envuelto el campamento de los refugiados, la tarea se dio por finalizada.

La sorpresa de la jornada fue la ducha al aire libre que habían montado Ricardo y José, ambos bomberos del primer grupo, y que se encontraba rodeada de cortinas fabricadas mediante unas lonas para dar más intimidad. El agua era vertida mediante unos grifos acoplados a unos grandes bidones de plástico suministrados por el Gobierno Japonés, y que fueron repartidos también a lo largo y ancho del campamento de refugiados. Esa noche, antes de cenar, se pudieron duchar, eso sí, a mucha velocidad, para que hubiera agua suficiente para todos. A Paula la veloz ducha le sentó a las mil maravillas y cuando se sentó ante la mesa para cenar, le pareció que tenía más hambre del habitual, por lo que se aventuró a comer alguna cosa más nutritiva que la piña en conserva y se animó incluso al pensar que tal vez, ese rápido remojón le serviría, por fin, para conciliar el sueño.

El principal hándicap que tuvieron de afrontar los cooperantes novatos fue ir al retrete. El lugar donde debían hacer esa tarea fisiológica tan importante era una letrina situada tras el aula de ciencias naturales, pegada al muro, en una zona donde la visión nocturna era nula por falta de farolas. Su interior albergaba un agujero en el suelo, un cubo medio roto de color azul pálido que hacía las veces de cisterna manual y una piedra rectangular del tamaño de una banqueta cuya función era de mesita para dejar el papel higiénico y lo que hiciera falta. La logística nocturna era complicada, porque tenían que probar su pericia en puntería sin ensuciarse los zapatos ni las manos, todo ello con la poca luz que les podía dar la linterna frontal que cada cooperante tenia. Los malabarismos necesarios para llevar a cabo sus necesidades se convirtieron en la anécdota más comentada durante esa velada y parte de las siguientes. Una vez entrada la densa noche, unos cuantos cooperantes fueron a dormir, mientras que el resto salió fuera del aula, al fresco, bajo la atenta mirada de los refugiados. Los jóvenes se sentaron en sillas, en el suelo o sobre rocas, y fumaban los cigarrillos europeos, mientras se contaban aventuras y experiencias en misiones humanitarias previas. Por lo que Paula pudo deducir, todos los allí presentes habían participado de una manera u otra en trabajos para ONGs, o estaban acostumbrados a hacer montañismo, o habían recibido formación o preparación específica para afrontar situaciones de catástrofe o alto riesgo. En resumen, todos los que la rodeaban, habían vivido situaciones asimilables a la actual excepto Paula, y este hecho hizo que ella se sintiera como un pez fuera del agua, por lo que decidió estar callada como un niño en una reunión de adultos, para no dar la nota. Javi, que hacía un buen rato que la observaba, comenzó a interrogarla.

—¿Y tu Paula, habías estado alguna vez en una misión de cooperación? —La chica lo maldijo en su interior. Parecía que ese tipo le hubiera leído el pensamiento.

—No, nunca. Es la primera vez —Respuesta breve para no dar pie a una conversación más larga.

—¿Y cómo es que te has visto envuelta en un asunto de tanta envergadura? —Javi notaba que Paula estaba incómoda pero a pesar de ello insistió en darle conversación. Por alguna razón que no entendía, esa chica le llamaba la atención y aún no sabía si era para bien o para mal.

—A través de un amigo que ya había estado antes en misiones. Se enteró de que necesitaban un cirujano y dio mi nombre —Había hablado más de lo que quería. Esperaba que el chico se diera por satisfecho.

—¿Y tu ni te lo pensaste? ¿Pero, supongo, que habías hecho algún tipo de preparación previa, no?

—No. Nada de nada. Cero. Virgen como el aceite —Paula estaba tan nerviosa que contestó desde el fondo de su corazón con un tono más bien grosero.

—¡Vaya! —Exclamó Javi un poco cabreado porque ni se esperaba esa respuesta ni ese tono —Que osadía —El bombero siempre había estado en contra de que los cooperantes novatos y con poca preparación fueran a misiones de cierta dificultad y peligro, como era el caso. Estas ideas un tanto despóticas, habían hecho que tuviera, en numerosas ocasiones, problemas con los jefazos de la ONG a la que pertenecía.

—¡Tampoco creo que sea tan grave! —Paula estaba empezando a perder la paciencia ante aquel interrogatorio tan directo.

—¿No? Tal vez. No te veo muy íntegra. Más bien se te ve un poco delicada —Añadió Javi, dando un giro de 180 grados a la conversación y con tono de sorna. En ese momento actuaba como si quisiera vengarse de la chica por su descabellada decisión.

—No sé muy bien que quieres decir —Respondió Paula, tanteando la situación y cambiando a un tono más simpático, para quitar definitivamente importancia al asunto, pero sin seguir entendiendo a que venían las últimas palabras de su compañero. "Confirmo que este chico está como una cabra", pensó toda abrumada.

Javi, lejos de cerrar el pico o de cambiar de tercio, continuó atacando a la joven e inexperta cooperante.

—Me refiero a que tus actos y tu modo de hacer se acercan más a las chicas que juegan a pádel o a golf y se mueven por hoteles de alta categoría, que a las que hacen montañismo y hacen pis en agujeros mal olientes —La estaba mirando sin parpadear para provocarla —Ah, y seguro que además debes esquiar en Baqueira Beret o los Alpes.

Paula estaba anonadada. Seguía sin entender el porqué de aquel ataque tan directo. Bastante estresada se encontraba por sí sola, como para encima, ser el centro de atención de aquel grupo de aventureros capitaneados por la persona más impertinente que había conocido hasta el momento. Intentó disimular su malestar, siguiendo con lo que finalmente ella quiso considerar como una broma de mal gusto.

—Oh, por supuesto, has dado en el clavo. Mis deportes favoritos son el Pilates, el golf y por supuesto el esquí. De hecho todos los inviernos quedo con la familia real en Baqueira ... Y me encanta la opulencia —Quería levantarse y abofetear a ese impertinente y luego salir corriendo del lugar, pero se reprimió para no parecer una pava.

—Buf. Pues no sé muy bien que haces aquí. Esté no es un lugar muy lujoso que digamos —En esos momentos Javi estaba encantado con la situación y pasándolo más que bien. La chica le seguía el juego.

Paula se bloqueó. Notó como un par de lágrimas resbalaban por sus mejillas. Giró la cabeza para que nadie de los allí presentes lo viera, y menos él. "Es un imbécil y no sé el porqué la ha tomado conmigo. Puede que sea porque he estado más callada que las demás", pensó mientras notaba otra vez una punzada fría y penetrante en su estómago. Por suerte, Ana, la pediatra, que no había seguido para nada la conversación, le hizo una pregunta directa a Javi y éste tuvo que responderle, pero el mal ya estaba hecho. Paula no escuchaba la conversación de sus compañeros. Las lágrimas estaban brotando de su glándula lacrimal sin ningún tipo de contención y le estaban borrando la visión. Lejos de olvidarse de Paula, Javi volvió a encararse a ella, una vez dio por finalizada la escueta conversación con Ana.

—Paula, tal vez deberías irte al campamento ítalo-americano. Se encuentra situado en la antigua biblioteca del pueblo y por lo que hemos visto, tienen unas camas muy cómodas y lujosas. Allí estarías en tu salsa, con todas las comodidades posibles teniendo en cuenta la situación en la que nos encontramos.

Esas palabras ya fueron desmesuradas para Paula. "¿Este idiota, me está echando del grupo?", pensó mientras se imaginaba clavándole un puñetazo en todo el mentón. El llanto que hasta el momento había sido silencioso y discreto, se convirtió en un sonoro mar de lágrimas. Rosa, la enfermera más experta del grupo, se percató de la situación y susurró algo al oído de Marcos, uno de los bomberos más veteranos. Javi continuaba sin darse cuenta de nada, ya que en esos momentos volvía a hablar con Ana sobre algo de no sé qué misión en Marruecos.

—¿Podríamos cambiar el tema de conversación? —Recomendó Marcos.

—¿Cómo? —Se sorprendieron los componentes del grupo, ante aquella pregunta con tono de imposición. Se hizo un silencio que permitió a todos escuchar el llanto de Paula. Ésta, al ver que todos la miraban, se levantó y mirando con antipatía a Javi dijo.

—Puede que tengas razón. No sé qué hago aquí. No he estado nunca en ninguna misión, no he hecho ningún curso preparatorio, y para ser franca, nunca he estado en una acampada. Siempre que he tenido que dormir fuera de casa lo he hecho con todas las comodidades posibles. De hecho, debo deciros que tuve que preguntarle a Rosa como narices se guardaba el saco de dormir dentro del protector. Soy un verdadero desastre y sería mejor que me fuera a casa. Molesto más que ayudo —Y reanudó el llanto, esta vez con muchas más ganas.

Todos los del grupo la miraban alucinados y con lástima, a la vez que con admiración. Javi hizo una mueca que demostraba arrepentimiento por la forma en la que había terminado aquel juego.

—¿Nos estás diciendo que has tenido las narices de venir a Sri Lanka, en plena situación de catástrofe humanitaria, y ni tan sólo has hecho una acampada en los Pirineos? —Preguntó Marcos.

—Sí. Y si me disculpáis, voy a intentar dormir. Para vuestra información, en 5 días, sólo lo he conseguido en un total de 6 horas. Aún no sé ni cómo me aguanto en pie.

Dicho y hecho, partió hacia la nueva tienda de campaña, la cual aún no había sido habilitada como zona médica, y donde habían decidido pasar la noche el grupo de recién llegados. Se tumbó en su litera y entrecerró los ojos, pero no consiguió llegar a la fase de desconexión completa. Poco a poco, las voces de los cooperantes y de los refugiados se fueron apagando, pero ella seguía consciente de lo que se hallaba a su alrededor. A las 5 horas de la mañana se oyeron las habituales oraciones que ese día parecían llegaran de ultratumba.

Cuando por fin volvió la luz del día el grupo se levantó de los camastros, comenzaba otra jornada que incluiría el almuerzo, el traslado al nuevo espacio de atención sanitaria y las tareas asistenciales. A medida que la mañana transcurría los cooperantes observaron que las colas de pacientes no disminuían, sino que más bien aumentaban, e incluso se multiplicaban. Los refugiados continuaban aterrizando en Kinniya procedentes de otras zonas afectadas más alejadas que la propia periferia, buscando la ayuda internacional que se había concentrado en el pueblo. Paula no pudo evitar cierta desazón al ver el estado físico de muchas de las personas que se encontraban haciendo fila, esperando sin impacientarse su turno para ser valorados médicamente. A pesar de que la cirujana no se encontraba al cien por cien por la falta de sueño y los últimos coletazos de la faringo traqueo bronquitis, se puso las pilas. Era consciente de que toda la situación la desbordaba, pero era importante que aguantara el tipo y desmintiera las sospechas de su compañero, que no la situaba a la altura del resto de cooperantes. De buenas ganas habría pillado el primer avión de vuelta a casa pero había tomado la determinación de llegar hasta el final, costara lo que costara, y la cumpliría a expensas de su salud. Miró a sus compañeros que se encontraban centrados en sus tareas asistenciales, excepto Rosa, que petrificada, observaba la hilera de gente pendiente de visitar, mientras unas lágrimas se insinuaban en su párpado inferior. Cuando la enfermera detectó la mirada de Paula, se secó con disimulo la cara y tomó el tensiómetro para medir la presión arterial de una señora que estaba siendo valorada por Jaime. Esa visión animó a Paula y afianzó su decisión, al comprender que sus compañeros no eran de piedra y podían presentar momentos de debilidad como ella.

Durante el descanso del mediodía aprovecharon para trasladar el material, muebles y herramientas de la diminuta tienda blanca, a las dos nuevas, que eran mucho mayores de tamaño y de color amarillo intenso, como el sol de Alicante. María se encargó de organizar y distribuirlo todo, ya que era enfermera coordinadora en su Hospital, por lo que estaba habituada a realizar tareas de este tipo. Ante la puerta de entrada situaron un par de mesas con sillas que harían la función de zona de atención rápida y triaje de pacientes. Una cortina separaba esta zona de la más interior, donde se ubicó un espacio para hacer servir de farmacia, un lugar para practicar exploraciones físicas con más intimidad y una pequeña zona para hacer las curas de enfermería más sencillas. El área quirúrgica quedó emplazada en el punto más alejado de todos, y consistía en una litera de lona, una mesilla más grande que el resto, un pequeño armario maltrecho para depositar el material y una lámpara de pie de color naranja. A su derecha situaron un área de reanimación aprovechando que habían conseguido, de entre todas las donaciones, un desfibrilador portátil.

Paula notó un cambio de comportamiento hacia ella por parte de Álex y Javi, que estaban atentos de lo que hacía y se encargaban de conseguirle todo lo que necesitaba. A media tarde le llevaron una taza de té y unas galletas, porque habían visto que su compañera no había ingerido nada para comer. Además, Álex le hacía comentarios graciosos para hacerla reír, pero Javi, sólo le hablaba lo justo, usando frases cortas y sin mirarla directamente a los ojos. Antes de cenar limpiaron a fondo la antigua carpa para hacerla servir como dormitorio supletorio, y emplazaron allí literas que hasta el momento se encontraban empaquetadas en una esquina del aula, junto con otro montón de paquetes que aún quedaban por descubrir. La cena trascurrió sin incidentes y tras ella, los jóvenes aprovecharon el tiempo para charlar, poner al día sus diarios, lavar la ropa o pasear por el campo de refugiados. Jaime y Ana eran los encargados de recopilar en un registro todos los casos que iban visitando y anunciaron, muy orgullosos, que el número de atenciones médicas esa dos últimas jornadas estaba muy por encima de lo previsto. Paula, de nuevo ensimismada, fue rescatada de su mundo interior mediante la voz de Pedro, que la invitó a acompañarla a un lugar apartado del recinto escolar para que nadie pudiera oír lo que le iba a decir.

—Mira Paula, seré directo. Me han dicho que llevas un montón de días sin dormir. Esto no puede ser. O te tomas una pastilla por tu propia voluntad, o te la daremos a la fuerza. Debes romper este jet lag ya mismo, porque si no, no podrás seguir. Te lo digo sin acritud, por propia experiencia, ya que a mí me sucedió lo mismo.

29

—Sé de sobras que no aguantaré mucho más si no duermo —Exclamó enfadada de que lo pasado la noche anterior hubiera trascendido tanto.

—Pues entonces, aquí tienes el orfidal —Y le puso en la mano una cápsula de color verde y amarillo.

Tras tomarse la pastilla, sabiendo que le haría efecto ipso facto por falta de costumbre, Paula se dirigió a toda velocidad al lecho que le habían asignado, abrazando el sueño profundo en menos de 3 minutos. Esa noche ni notó el movimiento de las enormes lagartijas que se movían impunemente por la tienda dormitorio, ni oyó los rezos de los vecinos del pueblo, ni los ronquidos de algunos de sus compañeros.

2. EN ESTE GRUPO CONGENIAMOS

Con la salida del sol comenzó una nueva jornada en Kinniya, en la que por primera vez, Paula se levantó recuperada y con ganas de comerse el mundo. Los aventureros tomaron el desayuno de siempre y durante la mañana realizaron las mismas tareas asistenciales que los días previos, pero esta vez, en el nuevo y amplio puesto médico. El número de pacientes, lejos de disminuir, volvió a duplicarse y las curas a realizar aumentaron en complejidad, ya que los afectados estaban llegando de áreas lejanas y presentaban peores condiciones físicas y psíquicas. Por otro lado, la evolución de Hassan no estaba siendo del todo correcta y Paula se tuvo que romper las neuronas buscando métodos de curas que estuvieran a su alcance y que a la vez fueran efectivos. Notaba que algo no funcionaba bien y le pidió a Jaime que le realizará una exploración completa para descartar alguna patología base que retrasara el saneamiento de las heridas. Tras inspeccionarlo y hacerle un test de glucosa en sangre llegaron a la conclusión de que era diabético, cosa que explicaba la tórpida evolución, así que iniciaron el tratamiento de la enfermedad.

El árbol que cobijaba el puesto médico, PMA para todos ellos, protegía bastante del calor, pero no lo suficiente, por lo que con el transcurso de las horas se dieron cuenta de que era insoportable trabajar con los uniformes que les habían dado y obligado a usar. Los voluntarios del primer grupo los advirtieron de ello en el mismo momento que pisaron el recinto, pero como no querían desobedecer las normas establecidas, hicieron caso omiso, pero al fin claudicaron y se dejaron guiar por sus consejos, cambiando la indumentaria oficial por otra más cómoda y fresca. Paula, no aguantando más el bochorno, hizo como sus compañeros y se mudó de ropa, ataviándose con un pijama verde de quirófano que había pedido prestado en su centro de trabajo. A pesar de sentirse descansada y fresquita con la nueva indumentaria, esa mañana no estaba del todo satisfecha, echaba de menos los mimos y delicadezas de Álex y Javi, a los que se les había encomendado la tarea de montar las máquinas potabilizadoras en los últimos pozos detectados; así como buscar otros nuevos, ya que no tenían muy claro que los encontrados fueran suficientes para cubrir las necesidades; y analizar la calidad del agua para poder ofrecerla para el consumo de la población. Cuando el agua no cumplía los requisitos para consumo humano, se usaba para lavar la ropa o para las duchas vespertinas, que eran un consuelo para los cooperantes y habitantes del campo de refugiados.

Cada día, dos de los cooperantes y siguiendo una rueda bien establecida, eran los encargados de cocinar, controlar el teléfono y asear el aula. Ese día el turno fue para Tomás, bombero del segundo grupo, y Ana, la médico pediatra, que se esforzaron en presentar unas delicatesen culinarias a pesar de que los ingredientes cada vez escaseaban más. Marcos, que adquirió el papel de padre protector de los más jóvenes, empezó a preocuparse por ese dato y por el hecho de que los componentes del segundo grupo no eran tan veteranos como los del primero, que para más inri, partirían en menos de 48 horas. Además, no podía esconder su inquietud por el hecho de que en el grupo de reemplazo hubiera 5 mujeres, cosa totalmente nueva para él. Mientras estaban engullendo la comida, Marcos dirigió unas palabras al resto.

—Chicas, quiero que os cuidéis un montón y sobre todo que comáis lo suficiente o más. Os veo muy delgadas a todas —Lo decía de corazón —Y a todos. No cabe recordaros que es obligado beber mucha agua.

—No te preocupes —Le respondió la perfeccionista María— Sabremos cuidarnos. Cada vez estamos más cómodos. Nos hemos acostumbrado al clima y a la humedad. Y además, Toni nos ha informado de que en una brevedad ultrasónica, abrirán paso a los camiones de mercancías en las carreteras.

—¡Olé! Tendremos comida de verdad —Exclamó de sopetón Santi, bombero del segundo grupo, sorprendiendo de esa forma a los demás, ya que era persona de pocas palabras.

—Sí, y algunos vecinos nos han comentado que cuando por fin lleguen los camiones, podrán fabricar pan. Parece ser que han podido recuperar algunos hornos —Anunció muy emocionada la veterana Rosa.

—Marcos, quédate tranquilo que nosotros cuidaremos de ellas ... De todas maneras, creo que no lo van a necesitar. Por lo que veo, todas y cada una de ellas son de armas tomar y muy valientes —Dijo Luís, que en unos días pasaría a ser el nuevo Jefe de expedición.

Tras la comida, Álex se fue aproximando a las chicas para decirles algo al oído. Paula observaba disimuladamente, muerta de curiosidad, como todas asentían con la cabeza. Para gran alegría de ella, el chico llegó también a su vera.

—¿Paula, querrías venir con nosotros a dar un paseo por el pueblo? Te irá bien andar un poco después de todo el tiempo que has estado trabajado en posiciones poco anatómicas. Es mandatorio que estires piernas y la musculatura de la espalda.

—Sí, claro —Se puso de pie toda emocionada, ya que por fin saldría del recinto y podría echar un vistazo al pintoresco pueblo.

—Javi, podríamos ir hacia la playa. Seguro que allí encontraremos zonas de sombra y correrá la brisa — Dijo Álex, secándose el sudor de su frente.

—Me parece bien. Creo que a las chicas les gustará verla. Es preciosa, a pesar de que ahora no está en su mejor momento – Por primera vez, le lanzo una mirada tierna a Paula.

Después de lavar y ordenar los utensilios de cocina y platos, la expedición formada por las chicas, Álex, Javi y Óscar, el más joven y parlanchín del segundo grupo, salió del recinto protegido. La ilusión de descubrir un mundo nuevo hizo que los recién llegados olvidaran el bochorno. El paisaje era deprimente, con las calles llenas de charcos, barro, escombros y desechos. Las casas presentaban los tejados hundidos o los cimientos roídos, como si un perro hubiera estado buscando desesperado la existencia de algún hueso bajo la edificación. Había numerosas viviendas a las que les faltaba alguna de las paredes o más de una, y dentro de las cuales, sólo se podía ver un lago de agua donde flotaban las pertenencias de sus dueños.

Asimismo, pudieron observar muchos árboles caídos que alternaban con otros que aguantaban el tipo y sobre los que descansaban restos de cadáveres de animales. Las plantas que crecían anárquicas, dando cobijo a tumbas sin nombres ni ornamentos, servían para alimentar a los esqueléticos bovinos que caminaban sin rumbo, como si nada hubiera ocurrido, mientras que bebían agua de cualquier charca que cruzaban. Los niños, más sucios que la diarrea de un perro con gastroenteritis y despojados de sus zapatos, jugaban sobre las ruinas abarrotadas de alambres oxidados, con el consecuente riesgo de pillar alguna infección; mientras que los padres, buscaban con ahínco entre los escombros, en un intento de recuperar su vida anterior plasmada en sus enseres.

A medida que se aproximaban a la playa, el paisaje era más desolador y menos transitado. Los pocos vecinos con los que se cruzaron, hicieron un esfuerzo para regalarles una sonrisa de agradecimiento que poco podía esconder una pena muy grande. Por fin llegaron a la orilla del agua marina y se sentaron sobre la arena sucia de broza, bajo tres árboles que aún se mantenían derechos, y desde donde la perspectiva panorámica no cambiaba en absoluto. El esbozo de la antigua carretera de asfalto, que discurría paralela a la orilla del mar, había sido sustituido por cúmulos de tierra prensada para permitir el paso de ciertos vehículos. La vegetación predominante en ese lugar eran palmeras, estando más de la mitad de ellas por los suelos, tras haber sido arrancadas de cuajo a nivel de sus raíces debido a la combinación del hundimiento de terreno de más de un metro de profundidad con la presencia de vientos de intensidad elevada. A su derecha, sobre la arena de la playa, visualizaron restos de barcas alargadas tipo canoa donde no cabrían más de cuatro personas, y unos 100 metros más allá, pudieron ver un gran contenedor de barco de color azul herrumbroso, que a saber cómo habría llegado allí.

El mar mostraba una furia espeluznante, como si quisiera descargar toda su rabia contra la arena de la playa, y el corazón se les encogió ante aquella visión. Se hizo un silencio sepulcral sólo perturbado por el choque de las olas contra las rocas. Antes de partir de España les habían advertido que se mantenía el peligro de réplica de tsunami en la zona, y al ver aquella mar tan brava, los cooperantes no pudieron evitar pensar que harían, si en aquel momento, se aproximara una ola de metros y metros de altura, con ganas de destruir todo lo que se encontrara ante ella. Las órdenes recibidas habían sido muy claras: En el campamento base siempre habría una persona pendiente del teléfono vía satélite que les había cedido la compañía de telecomunicaciones más potente de España; los cooperantes saldrían siempre del campamento en grupo o parejas; cuando se alejaran del recinto protegido deberían llevar un walki talkie; en caso de que se detectase algún tipo de peligro inminente, como podía ser otro terremoto, la evacuación se haría de forma inmediata y sin peros. La frase final del discurso fue: la premisa número uno de un cooperante es salvar a propia vida y no ponerse nunca en situación de peligro. Pero, "la señal de alerta, en caso de que fuera necesario, ¿llegaría a tiempo para poder evacuar el campamento?" pensó Paula mientras se centraba en aquella agua tan verde y llena de troncos de árboles flotando.

Como si les hubiera leído el pensamiento a todos, Javi rompió el silencio, en un intento de restablecer la paz interior de sus compañeros.

—Tranquilos, todo saldrá bien —Llenó sus pulmones a máxima capacidad de aire limpio de contaminación —¿No creéis que la vida es maravillosa?

—Sí, y el paisaje también lo es, a pesar de que esté tan dañado —Respondió Ana con la sonrisa más fresca que tenía.

—¿Veis esos islotes situados frente la costa? —Preguntó Álex a la vez que señalaba hacia mar adentro— Hace unos 3 días aún no se podían ver. El nivel del mar ha alcanzado mucha altura.

—Supongo que llegar aquí 48 horas después de la catástrofe debe haber sido muy duro, ¿verdad? —Hablaba María con la mirada perdida.

—Sí que lo ha sido. Nos trajeron mediante helicópteros militares porque fue imposible usar transporte terrestre. Todo el mundo estaba muy perdido. Los habitantes parecían autómatas desorientados. Llantos ... Gritos ... Desesperanza ... Los más osados empezaron a enterrar los muertos. No nos dejaron ayudarlos porque consideraron que era algo muy personal. Nosotros con los dos perros ayudamos a encontrar algunos heridos, pero la mayoría de las veces, lo que hallábamos eran cadáveres —El que hablaba era Javi, y lo hacía con una voz tan pausada, que parecía más que contara la película del fin de semana que una vivencia propia tan horrorosa— Nuestra llegada les dio mucha fuerza y sin dudarlo, se pusieron manos a la obra para reconstruir el pueblo. La llegada paulatina de habitantes de otros poblados más alejados, hizo que muchos de los supervivientes de la zona, que poseían las viviendas hacia el interior, alojaran a familiares, amigos o incluso, desconocidos.

—¿Cómo se ha convertido este pueblo en el centro de acogida de los habitantes de la comarca? —La pregunta salió de los labios de Paula en un alarde de curiosidad que le sorprendió a ella misma. Esta vez contestó Álex.

—Kinniya se encuentra situada en la orilla de una gran bahía, la Bahía de Koddiyar, la cual se encuentra protegida de las inclemencias del mar. Todos los pueblos situados en el frente marítimo abierto al océano han desaparecido del mapa. No que ninguna edificación en pie y es por ello que han preferido venir hacia aquí. No en vano, es el lugar donde también se ha establecido la ayuda internacional. A pesar de que no lo parezca, todos tienen miedo de un nuevo tsunami. Muchos de los supervivientes se han trasladado al interior de la isla, a las zonas más elevadas y montañosas, allí donde huyeron los elefantes salvajes cuando intuyeron el peligro natural.

—¿Seguimos paseando? —Dijo María, a la vez que se levantaba con un empujón.

—¡Por supuesto! Vamos a ver el hospital. Se encuentra unos metros más adelante. Como anécdota debéis saber que murieron todos los que estaban dentro de él, médicos, enfermeras, pacientes, familiares, etc. — Informó Álex rozando la morbosidad.

El grupo dirigió sus pasos hacia el norte, siguiendo las indicaciones de Javi. De golpe, Rosa se acercó a un aparato de hierro de grandes dimensiones que se encontraba medio enterrado donde rompían las olas. Álex la siguió y sin dudarlo un segundo la asió del brazo con brusquedad, zarandeándola para que se parara, provocando que Rosa emitiera un grito de dolor y se lo quedara mirando con cara de estupefacción. Álex liberó el brazo de la chica y se acerco más al trasto oxidado, mientras que el resto del grupo se paraba expectante.

Una vez lo inspeccionó a conciencia, se levantó y sin dejar de mirar al aparato, informó.

—Debemos vigilar donde pisamos. Estoy convencido de que esta chatarra corresponde a los restos de una mina antipersonas.

—¿Cómo? —Respondió Ana, mientras se acercaba a sus dos compañeros.

—¿Has dicho mina antipersonas? —Repitió Rosa, que se quedó sin sangre en las venas.

—Sí, has oído bien. En esta zona hay una guerra permanente de las minorías tamiles que luchan a favor de su independencia. Se trata de un territorio conflictivo. Lo que ha sucedido es que ante este desastre, han decidido un parón de las incursiones bélicas en pro de un retorno a la vida cotidiana.

—No hay mal que por bien no venga —Sentenció Esther.

—De todas formas, y repito —Siguió diciendo Álex— Creo que no debemos bajar la guardia sobre todo ante aparatos como éste, que pueden haber quedado perdidos en cualquier lugar tras todo este desastre.

Mientras Álex daba estas explicaciones, Javi y Óscar se habían aproximado a la mina antipersonas para echar un vistazo. El veredicto de los tres bomberos fue que la mina se encontraba desactivada y no era peligrosa, por lo que las chicas respiraron tranquilas y, tras hacer las pertinentes fotografías, siguieron caminando.

Pocos metros más allá encontraron el hospital, en situación de ruina total. Estaba compuesto por un gran pabellón en forma de U que hacía de entrada principal y donde aún se mantenía en pie el cartel donde se leía en inglés, Hospital de Kinniya. Al pabellón de recepción lo acompañaban ocho más, de planta única también, y que conectaban entre sí mediante lo que había sido una zona ajardinada, aunque en aquellos momentos sólo era lugar de almacenamiento de centenares de muebles rotos, camas oxidadas y despojos de todo tipo. Este tipo de estructura arquitectónica le recordó a Paula el Hospital Militar de Barcelona o el Hospital de Sant Pau, pero de construcción más humilde. Las diferentes edificaciones estaban pintadas de color blanco desgastado, y habían perdido parte de sus paredes y cubiertas. Dentro de cada una de ellas, diversas habitaciones de mediano tamaño, a las que se accedía directamente desde el exterior. El pabellón de la maternidad era el más grande y el que menos había sufrido, tal vez por encontrase en el centro del complejo hospitalario. A diferencia de los otros, sólo poseía una puerta de entrada resguardada por un gran porche, que cobijaba paredes repletas de fotografías de lactantes y un tablón para escribir en rotulador de ese que se borra, donde aún estaban plasmadas las estadísticas de los nacimientos del año 2004, contabilizando por un lado, el número de nacimientos de parto natural, por otro los de fórceps, las muertes neonatales, los bebes de bajo peso y los recién nacidos trasladados. Una vez dentro, una amplia sala central daba paso a habitaciones pequeñas a su alrededor, donde a duras penas cabían las dos camas y dos cunas que se encontraban en su interior, cubiertas por desechos apelotonados.

Aprovechando la ausencia de personas, una colonia de gatos había tomado posesión del antiguo centro sanitario. Los felinos campaban sin preocupaciones entre los esqueletos arquitectónicos sin inmutarse ante los extranjeros, que no se percataron de su presencia, excepto Paula, que no pudo evitar agacharse para jugar con un gatito atigrado de color canela y blanco, que le recordó a Coco, uno de los gatos de sus padres. Tan concentrada estaba en el animalito que no reparó en el hecho de que Javi, que se encontraba en el interior de un pabellón, la estaba mirando detenidamente mientras esbozaba una sonrisa poco propia de él.

Mientras tanto, Rosa y Ana estaban en fase de revolver un montón de archivos acumulados en un grupo de cajas de latón oxidado, para cotillear los numerosos papeles húmedos y arrugados que correspondían a los historiales médicos de los habitantes del pueblo. Todo lo que se había plasmado en ellos a lo largo de los años se borró en un santiamén. Sólo pudieron identificar algunas palabras, la tinta mezclada con el agua salada son una mala combinación.

—Deberíamos volver al campamento —Dijo la sensata María— Se aproxima el momento de reabrir el dispensario y hay muchas tareas pendientes.

Todos asintieron con la cabeza y acto seguido tomaron el camino de vuelta hacia el interior de pueblo, menos Paula, que se paró de sopetón para darse media vuelta. Lo que estaba vislumbrando era demasiado alucinante como para obviarlo y quería retenerlo en su memoria de largo plazo. Esta vez, la chica sí que detectó la mirada atenta de Javi, que se había separado del resto del grupo para esperarla.

—Paula, ¿vienes?

—Sí, lo siento. Ya voy —Y dio unas zancadas rápidas hasta situarse a su lado

—Paula ... Escucha por favor. Me gustaría pedirte perdón ... Disculpas por lo que pasó la pasada noche. Por mis muertos que creía que estábamos de guasa. Nunca me hubiera imaginado que lo estabas pasando tan mal. Soy un completo imbécil. No entiendo como sucedió. Mi experiencia en casos extremos como este no me ha servido para nada. Debería haberme dado cuenta de que algo te pasaba. Por norma soy bastante observador. No lo entiendo. Soy un idiota. Fui poco galante. Me dejé llevar por la tontería. Sobre todo, no pienses que es algo personal. No tengo nada contra ti. Al revés, me caes muy bien. Te admiro por el trabajo que haces —Dijo muy desasosegado.

—Tranquilo. No te flageles. No pasa nada. Todo está olvidado. De hecho, no me conoces de nada. Considero que es imposible saber lo que se aloja en el interior de la mente de las otras personas, aunque tengamos mucha empatía con ellas.

—Pero es que yo presumo de poder adivinar los pensamientos más ocultos —Añadió el chico con una sonrisa que a Paula le pareció encantadora.

—Ya, y yo de poder leer el lenguaje no verbal ... ¿Sabes?, esa noche, cuando me fui a dormir, lo hice convencida de que tu reacción había sido debida a la cura que le hice a Hassan. En el fondo pensé que te habías enfadado porque no le había puesto anestesia local. Estabas realmente preocupado por si le dolía.

—Debo confesarte que me asusté. Cortabas y cortabas sin parar y sin inmutarte. Te vi centrada en la herida y no miraste ni una sola vez la cara del herido. Me pareció raro. Yo soy bombero. Estoy acostumbrado a ver muchas hecatombes. He visto a personas amputadas o con heridas graves tras sacarlos de coches aplastados como si los hubiera pisado un mamut. Cuando hacemos nuestro trabajo no podemos evitar mirarles los ojos. Creo que es reconfortante. Después, los trasladamos al hospital, los alojamos en una camilla y nos vamos. La mayoría de las veces no llegamos a saber cómo ha finalizado todo, que les ha pasado. Nunca vemos lo que hacéis vosotros para reparar esas lesiones que llegan a ser destrozos —Suspiró y mirándola afectuosamente añadió— Ha sido muy interesante verte trabajar.

—Vaya. Me has cautivado. Eres muy observador. Tienes razón. Cuando los cirujanos hacemos nuestro trabajo nos centramos en la herida o en lo que debemos reparar. La mayoría de las veces no vemos a la persona como un todo. Creo que es un mecanismo de nuestro celebro para poder aguantar todo lo que nos viene encima. Para poder actuar así, separando el corazón y las emociones de la triste realidad, es preciso trabajar en equipo. Los cirujanos sabemos que mientras nosotros estamos centrados en parar la hemorragia o reconstruir lo que se ha roto, hay otros profesionales que se encargan de hablar con el paciente y reconfortarlo, de calmarle el dolor, de vigilar su estado general, en resumen, nos ayudan a llevar a cabo nuestra ardua tarea. Vosotros, en cambio, la mayor parte de las veces estáis solos, en medio de la calle, con los familiares pegados que intentan colaborar sin conseguirlo. Vosotros tenéis pocos recursos materiales, nosotros los tenemos casi todos. Creo que vuestra faena es más difícil que la nuestra.

María les gritó para que no se encantasen y ambos tuvieron que acelerar el paso hasta juntarse con el resto del grupo. En unos minutos, los aventureros llegaron al campamento, a tiempo para empezar con las visitas médicas.

A media tarde un grupo de personas del pueblo se aproximaron gritando, pero los cooperantes no entendían lo que les decían, ya que el único traductor a su abasto se había ido con los dos mandos, Toni y Luís. Fue en ese momento cuando descubrieron que necesitaban más intérpretes de tamil a inglés; quedaba claro que con uno solo no era suficiente. Por suerte, en la cola de espera de los hombres había uno de los profesores de la escuela que sabía hablar en inglés con bastante corrección y se les ofreció para hacer la traducción.

En el centro del grupo que se había aproximado, pudieron ver una mujer muy mal vestida que llevaba en brazos a una lactante de aproximadamente un mes de edad, toda embarrada y con hierbajos adheridos. Ana cogió a toda prisa a la niña para explorarla, a la vez que hacia las preguntas médicas pertinentes, preguntando además quien era y donde la habían encontrado. El traductor intentó sonsacar todo lo posible a la desaliñada mujer pero fue infructuoso. La fémina estaba tan nerviosa que no pudo articular palabra hasta pasados unos largos minutos. Al final resultó que la bebé había sido encontrada entre unas ruinas cercanas a la casa de la mujer que la había traído en brazos. La criatura presentaba claros signos de deshidratación e hipotermia, además de exponer a lo largo de su cuerpo numerosas heridas que Paula exploró, siendo al fin, consideradas como poco preocupantes, ya que no penetraban más allá de la capa cutánea. Las enfermeras lavaron a la criatura, la cubrieron con ropa limpia, y le introdujeron en una vena de la mano derecha, una cánula para poder administrarle sueroterapia de hidratación. Pasada media hora la niña ya lloraba y la pediatra lo consideró como positivo, la pequeña había reaccionado mejor de lo esperado.

La mujer que la encontró se calmó al ver que el bebé estaba fuera de peligro y, ya más tranquila, explicó que la lactante era de sus vecinos y que su nombre era Nadia. Los allí presentes confirmaron que sus padres habían fallecido durante el tsunami, pero no tenían ni idea de si había algún otro familiar próximo vivo. Ana anunció que lo más recomendable seria contactar con UNICEF para que se hiciera cargo del menor y Jaime, veloz como un relámpago, se aproximó al centro de operaciones para llamar a la sede central de la organización usando el teléfono vía satélite. Tras dar los datos pertinentes, lo informaron de que en un par de horas se personarían dos colaboradores que se encontraban por la zona y que serian los encargados de decidir el futuro de la pequeña. Antes de colgar, los interlocutores les dieron la explícita orden de vigilar a la niña para evitar que fuera secuestrada. Tal notificación los tomó un poco por sorpresa, y cuando Jaime pidió explicaciones le dijeron que se habían detectado en el país bandas de tráfico de menores, asimismo, añadieron que no hiciera pública tal noticia para evitar desazones. Dicho y hecho, Nadia fue trasladada al aula refugio de los cooperantes, junto con la vecina que la había traído y el profesor, que aún seguía haciendo las veces de traductor. Una vez sentados y ya más serenos, el maestro les explicó que la mujer, que en esos momentos tenía en sus brazos a la niñita, era madre de tres hijos, de los cuales dos murieron en el tsunami. El primogénito y su marido no habían sufrido lesión alguna pero dadas las circunstancias, y como era lógico, la mujer había entrado en una depresión que no había podido superar, siendo incapaz de salir del interior de los restos de lo que había sido su hogar.

—¡Pobre mujer! —Exclamó Ana.

Justo en ese momento entraron en la aula Toni, Luís y el traductor oficial, llamado Abdul, sin poder disimular su cara de perplejidad ante tal comitiva. Abdul se dirigió al profesor y dándole un fuerte abrazo inició una animada conversación con este.

—¿Qué pasa? —Toni miraba a todos los presentes, manteniendo la expresión de sorpresa en su rostro.

—Esta vecina del pueblo ha encontrado este bebé entre el barro y escombros. Desde el punto de vista médico podemos decir que está fuera de peligro, cosa que no entiendo, y siendo franca, creo que es un milagro. Nos han dicho que está sola en este mundo. Sus padres murieron —Suspiro de la pediatra— Estamos esperando a representantes de UNICEF para que se hagan cargo de ella.

—¡Vaya! Es un fenómeno que haya sobrevivido tantos días.

—Sí, efectivamente, ante hechos como este creo en la existencia de un karma, dios o lo que sea, que hace que unas personas tengan suerte mientras que otras mala estrella.

—Por cierto, ¿cómo habéis podido comunicaros con ella? —Preguntó Luís, que se había aproximado también al grupo, y que una vez más hacia patente su practicidad.

—Un profesor del pueblo nos ha ido traduciendo —Ana hizo señales al docente para que se aproximara— Toni, necesitamos encontrar más traductores.

—Sí, de hecho lo hemos comentado mientras estábamos fuera. Las tareas diarias se limitan mucho por la barrera idiomática. Es por esta razón que le hemos pedido a Abdul que nos consiga, más jóvenes del pueblo que nos puedan echar una mano. Nos ha dicho que lo tanteará, pero cree que será difícil porque todos los estudiantes universitarios que conoce se encuentran en Colombo, lugar donde se localizan las principales universidades.

—Tal vez usted nos pueda recomendar a alguien —Las palabras de Ana iban dirigidas al maestro, que respondió sin vacilar.

—Creo que podré localizar a algunos jóvenes del pueblo competentes para ayudaros —Declaró mientras asentía con una ligera sonrisa.

Tres horas más tarde aparecieron los dos representantes de UNICEF que se presentaron y acreditaron con una tarjeta de identificación. Se trataba de una pareja formada por una mujer de unos 45 años y de nacionalidad inglesa, que fue la que tomó las riendas de la conversación, y un hombre nacional de Sri Lanka, de unos 55 años. Ella se presentó como la Directora General para el Asia Oriental de la ONG, mientras que él informó que era el representante de la organización en Sri Lanka. Unos pasos tras ellos pudieron ver a dos hombres cargados de cámaras y focos, que al saludar no pudieron esconder su claro acento francés. Se acreditaron también mediante sendos carnets, como periodistas de la cadena televisiva francesa TF1. Mientras los representantes de la organización charlaban con la pediatra y la vecina que había hallado a Nadia, los periodistas pusieron manos a la obra para filmar el campo de refugiados y sus ocupantes, ya que tenían como tarea la realización de un reportaje para ser emitido por la cadena de la cual formaban parte. Los reporteros pidieron permiso para gravar con su cámara a la pequeña rescatada del barro, autorización que les fue concedida, con la condición de que su cara fuera cubierta mediante cuadrículas, tal y como ordenan las leyes de la mayoría de los países del llamado mundo civilizado. Como el reportaje tenía el fin de penetrar en el corazón de los televidentes y conseguir un gran número de donaciones, pidieron a la vecina que la tomara en brazos para darle ternura. Tras el cierre de las conversaciones y los trámites administrativos de firma de papeles, los representantes de UNICEF decidieron trasladar a la niña a Trincomalee. Esa decisión no fue para nada aplaudida por la vecina, que rompió en llanto y empezó a gritar como una energúmena palabras pronunciadas a toda velocidad, saliendo del aula de ciencias naturales hecha una furia.

—¿Qué está diciendo? —Ana no pudo evitar cierta morbosidad con la pregunta. Respondió el maestro de la escuela.

—Está enfadada. Quería quedarse con la pequeña en compensación de los dos hijos que ha perdido durante esta tragedia.

—Vaya. Pobre mujer —El corazón le dio un respingo ante la desesperación de la vecina del pueblo— ¿Que harán con la niña? — Preguntó Ana al jefe de grupo, tratando de ser objetiva y controlar sus emociones

—Aún no lo tienen muy claro —Respondió Toni— De momento, la llevarán al hospital de la ciudad para practicare un examen médico más completo y despés contactarán con la sede central de Colombo para recibir instrucciones, que dependerán de si se han localizado parientes cercanos o no.

Los reporteros franceses, que aún andaban por allí, decidieron entrevistar a parte del equipo de cooperantes españoles. Paula, como no quería salir en ningún reportaje debido a su timidez, se fundió disimuladamente entre el gentío del campo de refugiados. Cinco chiquillos, que ya conocían su nombre, la acompañaron en su paseo, saltando a su alrededor o dándole la mano. Javi que lo vio todo desde el principio, rápido como una gacela, tomó su cámara de fotografiar y la siguió sin que ella se percatara, para dejar constancia de la divertida situación, ya que se notaba a la legua que Paula no estaba acostumbrada a situaciones de aquella índole, y se mostraba como un pez fuera del agua. Cuando vio a su compañero disparando fotografías sin parar, despotricó todo lo que pudo y más, y le lanzó una sarta de maleficios que podo sirvieron para detener a Javi.

—No seas boba. Dentro de unos años, esto será un bonito recuerdo para ti. Se trata de unas fotografías muy tiernas. Y si alguna vez llegas a ser famosa, te subirán el caché ipso facto.

—De acuerdo —Se dio por vencida, ya que a pesar de los pocos días transcurridos, se había dado cuenta de que su compañero era terco como una mula— Pero al menos sácame lo más agraciada posible porque soy muy poco fotogénica —Dijo Paula riendo desarmada.

—Tus palabras son órdenes, pero mis nociones de fotografía se remontan a conocimientos básicos ... No te muevas, ahora tienes una pose perfecta y se ve a todos los chicos saltando a tu alrededor —Apretó el botón de la cámara con histeria, como si se tratara de un fotógrafo excéntrico trabajando con una top model, en un reportaje de promoción humanitaria de una ONG para el tercer mundo.

De repente, una niña que no tendría más de 5 años, se aproximó a Paula, y mientras pronunciaba palabras incomprensibles por los españoles, le estiró del jersey para que se agachara a su lado. Cuando la cooperante lo hizo, la chiquilla le señaló los ojos y se acercó a ellos para verlos mejor, con la consecuente estupefacción de los dos españoles. Un chico adolescente, que se encontraba próximo a ellos, les dijo en un inglés muy básico, que la niña sentía curiosidad por los ojos azules de la extranjera porque probablemente era la primera vez que veía unos de ese color tan claro. Acto seguido, la niña le plantó un beso en la cara y se fue toda alborotada, súper emocionada por el descubrimiento y con ganas de contárselo a su familia.

El resto de la tarde transcurrió sin incidentes, y llegado el atardecer, dado que todos se encontraban extenuados, decidieron acostarse sin que ninguno de ellos se quedara a cotorrear, tal y como empezaba a ser habitual. Paula no necesitó tomar ninguna pastilla para conciliar el sueño, cosa que la alegró un montón, y se quedó planchada con sólo tomar posesión de su camastro, de tal manera que esa noche, ni oyó el maullido de un gato cazador que pasó rozando su litera, ni tampoco escuchó las carreras del lagarto que convivía con ellos en la tienda de campaña, que por fortuna se comía los numerosos mosquitos que osaban entrar dentro, y que esa noche hizo más bulla de la deseada.

La mañana siguiente se alzó toda nublada, como si la propia naturaleza anunciara que ese día no sería igual que los anteriores, sino más triste, debido a que el primer grupo de cooperantes, en unas horas abandonaría el campamento para regresar a España y por esa razón los avispados séniors se tomaron el día libre, evidentemente, con el beneplácito del resto de los compañeros. Los alegres cooperantes decidieron aprovechar para conocer los alrededores del pueblo que no habían pisado, usando unas bicicletas que unos chicos de la población les habían prestado, y partieron pedaleando como si de la telenovela verano azul se tratara. Mientras, el grupo de personal sanitario se dirigió al dispensario donde ya se encontraban personas formando las habituales dos colas bien alineadas que distinguían entre hombres y mujeres. Paula realizó en primer lugar la cura de Hassan, que ese día había amanecido antes de lo habitual, y pudo comprobar con satisfacción que la infección estaba más controlada y que las áreas de necrosis no habían progresado, confirmando así, que el pronóstico evolutivo sería bueno, de tal manera que era de esperar que Hassan pudiera volver a andar por propio pie en un breve periodo de tiempo. Cuando esto se hiciera efectivo, ya no sería necesario que los bomberos o vecinos de Kinniya, lo trajeran mediante una camilla que los compañeros de grupo habían podido rescatar de los escombros del hospital local.

A media mañana, y para gran júbilo de todos ellos, apareció el maestro de la escuela con cuatro jóvenes que fueron presentados como los nuevos traductores. Se trataba de alumnos aventajados, que tenían bastantes nociones de inglés, suficientes para poder entenderse con los cooperantes, favoreciendo así que pudieran visitar más rápido y con más efectividad, ya que el trabajo había aumentado mucho y se les empezaban a acumular las visitas.

Esa mañana, la ordenada María y el charlatán Óscar decidieron utilizar las horas para terminar de acondicionar la zona reservada a los cooperantes, ya que a pesar del tiempo transcurrido, aún no habían desempaquetado todo lo traído en avión. Así fue como al abrir y vaciar uno de los baúles que contenía comida enlatada, encontraron un jamón de pata negra, obsequio de una casa comercial andaluza. Los patrocinadores habían adjuntado, incluso, el cuchillo jamonero y el soporte de madera para cortarlo. Ese hallazgo emocionó al resto de cooperantes y decidieron por unanimidad, inaugurarlo para cenar. Ramón, que estaba más contento que un perro con un hueso nuevo quilométrico, se prestó como voluntario para escudriñar por el pueblo en el periodo de descanso del medio día, para conseguir algo de comida fresca que pudiera acompañar a esa exquisita vianda.

A la hora de comer recibieron la visita de Hensenn, un médico holandés que conocieron en el aeropuerto de Colombo. El facultativo vivía 6 meses en Holanda y 6 meses en Sri Lanka, y a pesar de que durante ese periodo del año estaba ubicado en su país natal, decidió cambiar de planes y dirigirse a la isla para echarles una mano, en el mismo preciso momento en el que fue conocedor de la catástrofe. Su presencia en el campamento se explicaba porque Ana lo llamó la noche anterior para pedirle ungüentos contra los piojos y la sarna. El hecho de convivir tanta gente hacinada en esos metros cuadrados, había provocado la aparición de una plaga de estos malditos parásitos que se habían cebado con las cabecitas de los niños. Cuando los médicos lo detectaron y lo quisieron solucionar, constataron con gran desolación, que no tenían suficientes lociones para tratar a todos los afectados y en consecuencia, les iba a ser muy difícil evitar una diseminación incontrolada, que bien podía llegar a ser la fuente de numerosas enfermedades. Hensenn trajo las suficientes ampollas para tratar a los afectados y más, cosa que complació a la pediatra y las enfermeras.

Durante la comida, el médico holandés les explicó la situación en la que se hallaba Trincomalee, ciudad donde él tenía su medio hogar y donde trabajaba habitualmente, y que se encontraba en la otra orilla de la gran bahía. Al tratarse de la capital de la región, muchos de los desfavorecidos se habían trasladado allí para recibir ayuda, por lo que centenares de personas vagaban por las calles sin rumbo. Como las autoridades temían que aparecieran motines, epidemias o incluso delitos más graves, habían pedido soporte logístico al Gobierno central para que les enviaran militares que velaran por la seguridad de la capital de la provincia, y según las noticias recibidas, la población de Kinniya también entraría a formar parte de ese plan estratégico.

Cuando el holandés partió, los médicos y las enfermeras se pusieron manos a la obra para aplicar al máximo número de personas, los antiparasitarios que les había traído su colega. Mientras Ricardo, bombero del primer grupo, jugaba con su perrita que estaba más contenta que nunca tal vez porque intuía que por fin dejaría ese clima tan incómodo para ella, un montón de chiquillos correteaban a su alrededor vociferando y riendo, haciendo que el animalito se sintiera muy orgulloso de ser el centro de atención.

Esa noche la cena fue especial y emotiva pues por un lado, se trataba de la última cena en la que estarían los 19 cooperantes, y por otro, sería la primera vez desde que se estableció el campamento en que la comida no procedía de latas en conserva, sino que era el resultado de la buena gestión y negociación de Ramón. Unas gigantescas tortillas, que deseaban rememorar a las clásicas tortillas de patatas de las abuelas pero que más bien parecían huevos revueltos, presidieron la mesa, junto con pan del día con un aspecto brutal. Unas láminas de jamón de aspecto inmejorable, combinadas con queso de cabra que les había traído uno de los nuevos intérpretes, culminaban la mesa.

El jolgorio e intercambio de teléfonos, mails y direcciones fueron los protagonistas de la velada. Paula, excepción que confirma la regla, se mantuvo callada, en plena fase de aislamiento, sentada en un rincón, observando a los integrantes del grupo. Para ella aquel era un rito que se repetía a menudo, sobre todo, en reuniones donde se agrupaba mucha gente o en las discotecas. No podía evitarlo, disfrutaba mirando a su alrededor y aprovechó para analizar a sus compañeros, hasta el punto de atreverse a imaginar que era lo que estaba pasando por sus cabecitas en ese mismo momento. Este ejercicio mental era para ella una tarea la mar de entretenida y hablando con conocidos suyos, se había dado cuenta que era una costumbre muy común, pudiendo constatar ciento de veces, que ella no era la única que se dedicaba a ponerla en práctica.

Justo en ese momento, estaba deleitándose en la contemplación de los componentes del primer grupo, que tenían previsto abandonar el emplazamiento en el que se hallaban en unas horas. Ante ella se encontraban Toni y Ricardo. El primero, que había sido el jefe del grupo de asentamiento, mostraba una actitud muy estricta y su personalidad era de las denominadas cabeza cuadrada, características fáciles de adivinar de lo observado esos escasos días en común. El chico tenía una prometida que, según las fotos que siempre llevaba encima y no paraba de mostrar, era muy sexy y guapa, y a la que tenía unas ganas locas de abrazar, cosa que no paró de verbalizar durante toda la velada. A Paula tanto amor incondicional le llegó a parecer extraño, sobre todo, después de haber captado desde el primer día, los constantes coqueteos con Esther. No es que quisiera ser pájaro de mal agüero, pero Paula estaba más que acostumbrada a convivir en el hospital con hombres que hablaban de sus parejas hasta la saciedad de ellos o de sus interlocutores, a la par que tenían aventuras amorosas con compañeras laborales, por lo que su verborrea bien podía estar escondiendo pensamientos oscuros, infirió la chica usando técnicas de psicología barata freudiana. Por su parte, Ricardo, también estaba deseoso de abandonar el lugar pero sus razones estaban estrechamente relacionadas con su alma gemela perruna, Dash, que lo estaba pasando fatal en ese clima tan poco compatible con su pelaje. Igual que Toni, Ricardo era madrileño, pero a diferencia del primero, era muy callado y había tenido más bien poco contacto con el resto del grupo. La relación con la can blanca llamaba la atención, pues se asimilaba a la de un matrimonio compatibilizado a las mil maravillas por los años de convivencia. Tal vez ese amor bilateral tan devoto era lo que había provocado que se aislara del resto, pero Paula decidió no seguir elucubrando ya que no quería acabar presumiendo que se trataba de un ser neurótico con tendencias psicóticas o alguna burrada de esas. En resumen, como el bombero era tan hermético, Paula desistió del análisis de su mente y decidió quedarse con la idea que si le gustaban tanto los animales, no podía ser mala persona.

A continuación, siguiendo las agujas del reloj, se encontraba sentado Pedro, único médico del primer grupo, que estaba dando las últimas instrucciones a Ramón y Jaime, médicos del segundo grupo. Se le notaba alicaído y disgustado, pero eso no evitaba que hablara sin parar. Repetía una y otra vez que le apenaba abandonar el lugar justo cuando lo tenían tan bien organizado, surtido hasta la bandera de medicamentos y con material médico de correcta calidad. El matasanos, tal y como lo habían bautizado sus compañeros del primer grupo, era de Albacete, estaba casado y no tenía hijos. Se había especializado en medicina familiar y comunitaria pero trabajaba en el servicio de urgencias del Hospital más importante de su ciudad, y esa había sido su primera experiencia en el campo de la medicina de catástrofes. Su carácter jovial contrastaba con su severidad cuando se enfadaba, pues era tajante y decía lo que pensaba sin reparar en daños, aunque siempre encontraba palabras adecuadas que mermaban muchísimo los efectos colaterales, logrando lo imposible; que nadie se enfadara ante sus reprimendas u opiniones sentenciadoras.

Situados a continuación estaban José y Fran, bomberos del primer grupo, distantes como era ya lo habitual, porque no eran amantes de tonterías de adolescentes, a pesar de que su edad no distaba mucho de esa década. Paula pensó que tal vez se tomaban las tareas humanitarias muy formalmente, cosa que la inquietó un poquitín, llevándola a preguntarse a sí misma, si la actitud deseada de todo buen voluntario debía ser la de esos bomberos o no. Fueron estos pensamientos los que hicieron que sus ojos se dirigieran al otro extremo de la habitación, donde reposaban los recién llegados, alegres, abiertos, haciendo broma en todo momento, con conductas menos serias y tal vez un poco infantiles. Estaban hablando con Marcos, el bombero de más edad, rallando casi la sesentera, y con una experiencia sin precedente en cualquier ámbito de la vida. A Paula le gustó Marcos desde el primer momento, a pesar de que a veces se mostraba más preocupado de lo deseable en cuanto al devenir de las chicas del grupo y su subsistencia en ese ambiente tan inhóspito. Ejerció de padre, de hermano mayor, de profesor, de guía e incluso de confidente, dando muy buenos consejos y afianzando la confianza de la mayor parte de los allí presentes.

A continuación su mirada se centró en sus preferidos, Álex y Javi, justo cuando el segundo la estaba mirando, haciendo que ella enrojeciera una vez más. Le llamó la atención lo callados que estaban, cosa que no era nada habitual en ellos, y los pilló más de una vez contemplando el teléfono, como esperando algún suceso importante, mostrándose durante toda la noche reservados, nerviosos e incluso irascibles, sin participar de las conversaciones que se iban generando. Javi la volvió a examinar y ella notó un vuelco en el estómago que la hizo sentir extraña, creando una situación la mar de incómoda. Gracias a dios, Rosa la hizo volver a la realidad al señalarle que se uniera al grupo central, donde iban a tomar unas fotografías para inmortalizar ese momento tan especial, plasmando en imágenes la inusual hermandad reinante que había regido aquella confrontación de personalidades. Una vez finalizada la sesión fotográfica, Marcos expresó en palabras los pensamientos de todos.

—Estoy gratamente sorprendido de como se ha desarrollado el relevo de grupos. En mis años de experiencia es la primera vez que se ha realizado con solapamiento. No tenía mucha fe en que funcionara pero la verdad es que ha habido muy buen rollo, por lo que la vivencia ha sido súper positiva.

—Yo tengo menos experiencia que el resto de mis compañeros pero creo que una avenencia como esta será irrepetible

—Álex había roto el silencio al que había estado sometido toda la velada, y añadió— No me importaría que nos reencontráramos en unos meses, en algún lugar de España, para poder conocernos mejor.

Un asentimiento general dieron a entender que la idea había sido aceptada por unanimidad.

—Sí, estaría bien vernos fuera de aquí —Dijo Toni— Me gustaría añadir que debo daros las gracias por haber colaborado en todo lo posible y por haber evitado los conflictos. Debo reconocer que ha habido un cumplimiento total de las normas en pro de una buena convivencia.

—¡Y las normas no eran pocas! Mira que eres plasta con los horarios —Clamaron los bomberos veteranos al unísono, señalando al mismo tiempo la pizarra llena de garabatos, que se mezclaban entre las directivas a seguir tales como la hora a partir de la cual debían guardar silencio.

Finalizaron los discursos y como hacía una noche espléndida, salieron fuera para respirar el aire fresco y sin contaminación, mientras se contaban anécdotas divertidas y algún que otro chiste. Poco a poco surgieron desertores que decidieron acostarse quedando hasta el final los más noctámbulos, que para respetar el descanso de los compañeros, trasladaron su tertulia al centro del campo de refugiados, lejos de todos los camastros, lugar donde ondeaba acunada por la suave brisa, una bandera española sobre un mástil. Esa bandera, lejos de parecer el símbolo negativo que muchas comunidades autónomas querían atribuirle, les daba ventajas frente a cooperantes de otras nacionalidades, ya que los ciudadanos de Kinniya consideraban a los españoles como buenos amigos, personas generosas, profesionales y pulcros, cosa que no decían de otros grupos de foráneos.

La noche era poco densa y el cielo transparente dejaba vislumbrar las constelaciones propias del hemisferio sur, y ese fue el primer tema de conversación, mientras colocaban las sillas de campaña formando un círculo casi perfecto. Como los asientos eran lo suficientemente anchos como para albergar a dos personas, se fueron juntando al azar, ya que no había suficientes para todos. Así Rosa compartió silla con Álex, la tímida Esther lo hizo con Javi, Paula con el misterioso José, Ana se sentó sola, igual que el impenetrable Franc i el apocado Óscar aposentó sus glúteos en el suelo, contradiciendo las recomendaciones de los bomberos del primer grupo. A pesar del buen ambiente y la relajación, Álex seguía muy triste y por fin se animó a verbalizar la razón.

—No quiero irme de aquí. Aún quedan un montón de tareas a completar ... Es injusto. Ahora que empieza a verse el resultado de todo el esfuerzo, va y nos largamos del campo.

—Lo hemos intentado. No nos han respondido. No deben haber podido hacer el cambio de billetes —Dijo Javi con la mirada perdida al firmamento.

—¿Cómo? —Preguntó Esther.

—Pues lo que oyes. Hace dos días, solicitamos un cambio de billetes para quedarnos más días en Sri Lanka, pero no ha habido respuesta desde Madrid. La llamada anhelada no se ha producido. Ninguna respuesta ... Ninguna noticia ... Nada de nada —Contestó Javi de muy mal humor.

Paula tenía su interior revuelto y no sabía si era por algo orgánico tipo indigestión o por algo más psíquico. "¿Qué narices me está pasando? ¿Tengo ganas de llorar? Madre mía ... No quiero que estos 18 maravillosos personajes que he conocido desparezcan de mi vida. Me encanta su filosofía de vida, son maduros, tienen las ideas claras, no son egoístas y me trasmiten paz", pensó desconectando otra vez de su entorno. Sabía que en unos meses todo se habría fundido y que estaría, una vez más, viviendo su vida monótona y vacía, una vida que no era ni por asomo la que se había imaginado cuando empezó a estudiar medicina. Siempre había querido hacer el bien y vacilaba entre las ciencias de la salud y las leyes. Ambas licenciaturas servían para trabajar con y por la gente, y precisaban de numerosas horas de estudio. Sin saber muy bien el porqué se decidió por la primera opción, tal vez acunada por la creencia general de que el colectivo médico era más sensible que el de los letrados, y por lo tanto transmitían más buena fama. Las películas tampoco ayudaban mucho a las percepciones del pueblo de a pie, ya que mostraban a los abogados como personas agresivas, egoístas y con ánimo de lucro, mientras que a los médicos los reflejaban como honestos, humanos, generosos e involucrados con sus tareas. Que grande fue la decepción de Paula al descubrir, una vez terminados sus estudios y superado el difícil examen de clivaje para empezar a trabajar de especialista, que el colectivo médico no era ejemplo de perfección. Una nada desdeñable parte eran separatistas, individualistas y demasiado realistas, llegando incluso a superar a los abogados en crueldad, ambición, ansia de éxito y acritud. Y todo ello, sin olvidar, que habían llegado a perder toda confianza de la población que los veía más como meros funcionarios a su completa disposición, a los que no se les permitía el mínimo error, habiendo perdido incluso su dignidad e importancia. Una pesada espada de Damocles colgaba a diario sobre sus cabezas: las denuncias por parte de los usuarios, las lesiones físicas y las agresiones psíquicas eran el pan de cada día. Habían transcurrido sólo 10 años desde que abandonó la facultad y ya se arrepentía de su elección, pero por suerte o desgracia, no era la única que había perdido toda ilusión; amigos y conocidos próximos o lejanos tenían sentimientos análogos. Todos estos hechos, junto con la competitividad desleal entre compañeros y la dureza con la que eran sometidos por algunos mandamases, la convirtieron en una profesional insegura y la transformaron de una chica tímida aunque sociable, a una mujer menos blandengue pero más evasiva.

De sopetón, un escandaloso ruido que surgió de la zona más alejada y oscura del patio de la escuela la sacó de su ensimismamiento. Afinaron los oídos para identificar los gritos de una mujer, atenuados por la potente voz de un hombre que parecía muy enfadado. Los bomberos pillaron sus linternas y se pusieron en pie en un santiamén, empezando a correr dirección hacia la zona que parecía el foco del alboroto. Las chicas se quedaron bajo la bandera, como buscando su protección, esperando la resolución del jaleo. El silencio y la oscuridad se volvieron arduos, a pesar de que las estrellas seguían brillando con la misma intensidad y alegría. Se oyeron los alaridos de algunas aves nocturnas autóctonas que concurrían con murmullos de conversaciones incomprensibles y algunos ronquidos dispersos. Minutos más tarde, unos pasos firmes, ramas rotas, escalofríos e impaciencia. Unas luces y aparecieron los bomberos, que no pudieron disimular su cara de preocupación.

—Una de las mujeres refugiadas ha pillado un vecino del pueblo intentando entrar en el puesto médico, suponemos que para robar. Al gritar lo ha delatado y él se ha enfurecido —Les explicó Franc— Ha sido una suerte que no la haya agredido. Ha escapado antes de que pudiéramos echarle el guante.

—Mañana lo comunicaremos al nuevo jefe, Luís. Deberíamos solicitar vigilancia. Todo el material y los fármacos que hay en al almacén, a pesar de que no son muy valiosos, podrían ser vendidos en el mercado negro —Anunció José.

—¡Ya me extrañaba a mi tanta tranquilidad! Desgraciadamente, las catástrofes siempre se acompañan de espolios perpetrados por personas sin sentimientos, materialistas y con pocos principios morales —Dijo el enigmático Franc, con un tono que transmitía mucha rabia.

Los chicos volvieron a sentarse en las sillas, pero esta vez, Javi, decidió sentarse al lado de Paula. El contacto con él le provocó la erupción de piel de gallina. Paula conocía a la perfección esa respuesta de su cuerpo y se repitió a si misma que no podía ser, que no podía estar colgándose de un completo desconocido, que además, la había tratado mal en un primer momento. Para más inri, él vivía a más de mil kilómetros de su casa, y lo más probable era que no pudiera volver a contactar con él. Tampoco debía olvidar que no conocía nada de su biografía, no estaba ni tan solo al corriente de su estado civil, desconocía cualquier referencia a su vida privada y no tenía la mínima idea de sus gustos cuotidianos.

Justo cuanto más metida estaba en sus pensamientos, algo la sobresaltó otra vez, algo que no esperaba y que la dejó patidifusa. Javi empezó a acariciarle la mano derecha. Lo hizo muy lentamente y con un cuidado exquisito. Un estremecimiento que la hizo contraer los hombros y que fue en aumento, a medida que las caricias ganaban intensidad; se quedó embelesada. Paula se mantuvo inmóvil como un palo, por miedo a que uno de sus movimientos pudiera ser interpretado por Javi como una invitación a parar, y ella no quería que él dejara de mimarla. El resto del grupo hablaba de mil temas, pero ella no escuchaba, sólo estaba pendiente de ese pequeño contacto. De sopetón, las caricias pararon. El corazón se le contrajo, "¿Por qué has parado? Sigue, me encanta lo que haces, eres muy dulce, me gusta el tacto de tu piel, me gusta tu olor", lo pensó ... no se atrevió a decirlo fuerte. Y cuando ya lo daba todo por perdido, notó como la mano de Javi cogía la suya. Tenía una mano grande y suave que la premía fuerte como si no quisiera que ella se escapara de su lado, transmitiendo mucha seguridad. En esos momentos, Paula se relajó extasiada como si le estuvieran haciendo un masaje de reflexoterapia, porque se encontraba en la gloria e incluso tenía ganas de gritar como una loca de alegría, ya que la situación superaba con creces las películas de amor que tanto le gustaba ver cuando salía de una guardia de 24 horas. Ella, como si de una protagonista de un libro rosa se tratara, estaba allí, en medio de una isla destruida por las inclemencias de la naturaleza, al lado de un atractivo y dulce desconocido, que la estaba acariciando bajo el auspicio de las estrellas y de una bandera española. Los olores penetrantes que recubrían la población a todas horas del día, se convirtieron en esencias frescas y agradables, "soy feliz", pensó mientras emitía un fuerte suspiro que sólo detectó Javi.

Durante la casi media hora que estuvieron cogidos de la mano, sólo se miraron dos veces; la primera fue cuando Franc anunció que se iba a acostar y recomendó al resto de hacer lo mismo, siendo sólo seguido por Rosa; Javi preguntó a Paula al oído, si quería ir a dormir.

—No. Aún no tengo sueño —Respondió con voz trémula.

—Perfecto —Insinuó una sonrisa y siguió hablando con sus compañeros como si nada.

La segunda vez que se cruzaron las miradas fue cuando un gatito pasó a ras de sus piernas y se les quedó mirando, como esperando que le dieran alguna cosa para comer o lo acariciaran. Paula estuvo a punto de levantarse y hacer lo que el minino solicitaba, pero una gran fuerza cósmica, por llamarlo de alguna forma, la obligó a quedarse estática al lado de Javi. Él le dijo:

—Te encantan los animales, ¿verdad?

—Sí. Muchísimo. ¿Tanto se me nota?

—Pues sí. Cada vez que ves a un gato o un perro, los ojos te brillan. Automáticamente te surge una sonrisa. Además, también me he percatado de que cada vez que puedes vas a saludar a Dash y Dot, los perros de Ricardo y de Franc —Añadió Javi sin dejar de presionar su mano.

—Eres muy observador.

—Más de lo que te piensas. Por cierto, ¿Te he dicho alguna vez que yo tengo un gato de color blanco y canela? Es un mal criado y hace lo que le apetece durante todo el día.

—Vaya. Mis padres tienen cinco y también son unos mimados.

—¡Cinco! —Exclamó maravillado Javi —La casa de tus padres es un verdadero zoológico.

De golpe y porrazo, las luces del aula de ciencias naturales se abrieron, detonando la señal que indicaba que era hora de que los componentes del primer grupo se esfumaran del campamento. Todos los que aún se mantenían despiertos se levantaron de las sillas e iniciaron el ritual "del amigo para siempre, os echaremos de menos, no es un adiós sino un hasta pronto". Abrazos, besos en las mejillas, golpecillos en la espalda, caricias del pelo, choque de manos, toques suaves en los brazos, todo fue válido en aquel momento tan emotivo. La despedida de Javi fue más fría de lo que a Paula le hubiera gustado, "un simple abrazo, ni tan sólo me ha dado un beso en la mejilla", pensó toda decepcionada, mientras intentaba escuchar lo que el chico le estaba diciendo.

—Cuídate mucho Paula. Te enviaré energía positiva. Eres muy fuerte y puedes con todo lo que te venga encima y más.

—Gracias por todo —Paula se alejó veloz aprovechando que Javi se despedía de otros compañeros que acababan de despertar para darles el último adiós. Se había quedado sin palabras. No le gustaban las despedidas y menos aquella.

3. UN MONTÓN DE ACONTECIMIENTOS EN POCO TIEMPO

A pesar de todo lo aclarecido la noche anterior, Paula consiguió conciliar el sueño y durmió durante 4 horas seguidas, y como el día que emergía era domingo, decidieron gandulear un poco y levantarse más tarde. El aula de ciencias naturales se quedó vacía física y emocionalmente tras la partida de los chicos del primer grupo.

—Que silencio —Exclamó Rosa— Se me hace raro ... Creo que no me gusta.

—Mirad la pizarra —Dijo Ana señalándola.

Los chico que habían dejado el campamento habían escrito en el encerado negro los nombres de pila de los que se habían quedado, y en el borde de la derecha, se leía: mucha suerte, os queremos, cuidaros. Ese detalle detonó una mueca de felicidad de los allí presentes y durante el desayuno, recordaron anécdotas de esos personajes tan especiales que acababan de alejarse de sus vidas. Al final de la comida, Luís cogió el relevo del mando, y lo primero que hizo como tal fue borrar de la pizarra todas las normas y los horarios que durante días habían estado presidiendo el aula.

—Bien chicos. A continuación enumeraré las normas a seguir a partir de ahora. Primera norma: no hay normas.

—Esta nos gusta —Gritó Ana, que había terminado un poco harta de los histerismos de Toni.

—Segunda norma: no entrar al trapo.

—Buenísima —Óscar estaba disfrutando con la situación.

57

Paula se animó al ver las ganas que ponían sus compañeros en la preservación de la misión. Una vez Luís terminó de anunciar lo que esperaba del grupo, por unanimidad decidieron que aquel día sólo atenderían las urgencias y harían las curas no diferibles, ya que miles de estudios recalcaban que era imprescindible que un día a la semana los cooperantes rebajaran la intensidad de sus tareas para evitar llegar a la extenuación. Ana contó a Luís el incidente de la pasada noche y optaron por ir a hablar con el cabecilla político de la zona, para ver como se podían prevenir posibles robos, ya que tal y como les había notificado Hensenn, ese tipo de delitos estaban haciéndose más comunes de lo deseable. Así pues, mientras la pediatra, Luís y Jaime, considerado como Jefe médico, partieron hacia el hogar del enlace político que les habían asignado, el resto se dedicó a ordenar su espacio personal, aprovechando para reubicar las camas y reorganizar ciertos de utensilios, beneficiándose del espacio libre que había dejado el personal del primer grupo. Rosa y Paula se dirigieron hacia el PMA, puesto médico avanzado, como ya lo abreviaban, para atender urgencias como las de dos jóvenes que se habían herido mientras pescaban en el mar, que aquella jornada estaba más enfadado que los días previos. La climatología había dado un giro, con el cielo nublado y la temperatura más baja, dando una apariencia más triste, in memoriam de los que habían partido. Pero este cambio de clima les aportó ciertas ventajas, como la desaparición de ese bochorno tan agotador y por tanto, la sensación de falta de aire no estaba tan presente. Gracias a todo eso, las tareas dentro del PMA fueron más agradables.

El grupo se puso las pilas e hicieron el trabajo pendiente a toda velocidad, para conseguir más tiempo libre y usarlo en aquello que más les apeteciera. Los que se fueron a conversar con el Gobernador de la seguridad del recinto volvieron muy satisfechos por lo que habían conseguido, ya que se les prometió que una vez llegaran los militares al pueblo, se adjudicarían unos cuantos al campo de refugiados y de esta manera, el PMA quedaría bajo vigilancia las 24 horas del día.

Al mediodía, la comida no les pareció para nada mala, no porque fuera especial sino más bien, porque ya se estaban acostumbrando a aquel tipo de festín, que mezclaba los contenidos de las latas de conserva con algún comestible fresco adquirido en el pueblo. Durante los postres, que consistían en fruta silvestre o piña en almíbar, recibieron la llamada telefónica de dos reporteros de una televisión privada española, que les anunciaron que llegarían al día siguiente para hacer un reportaje de actualidad donde ellos serian los principales protagonistas. Como las carreteras ya estaban rehabilitadas, ese primer contacto sólo fue el preludio de un ir y venir de periodistas, que irían pasando a diario por sus vidas. La apertura al exterior se produciría tanto presencialmente como vía satélite, ya que sus mandos les anunciaron que a partir de ese momento, las llamadas de teléfono de medios de comunicación con el fin de conocer el estado la zona asiática, serian el pan de cada día.

Tras la comida, unos cuantos se echaron la siesta mientras que otros decidieron leer o pasear por el campo. Paula no tuvo tiempo de pensar que opción tomar, ya que se vio arrastrada por el brazo de Ramón, que a esas alturas de la estancia, había demostrado con creces que era implacable en el arte de la persuasión y negociación, y le pidió que lo acompañara a dar un paseo por el pueblo. Mientras salían del recinto, el traumatólogo le dijo que sería una buena ocasión para conocer mejor el lugar, sus gentes y una ocasión de oro para conseguir contactos de abastecimiento de agua y comida. Jaime y Rosa, que habían captado la jugada de su compañero les siguieron en un Pis Pas, argumentando que les apetecía un montón esa propuesta.

—Ramón, ya que estamos puestos a interaccionar con la gente ... Me gustaría pasar por la antigua biblioteca. Me han dicho que en ese lugar, un grupo de americanos e italianos han montado un mini hospital que no está nada mal —Dijo Jaime.

—Ok. No hay problema, pero tendremos que preguntar por donde cae. Creo que está un poco alejado de aquí —Respondió Ramón, un poco fastidiado por la presencia del jefe médico.

—Se lo he preguntado a Ringa —Añadió Jaime— Al contrario de lo que crees, está cerquita. Hay que atravesar el río y pillar la primera calle a la derecha, la que discurre paralela al curso del río. Cuando termine deberemos girar hacia la izquierda y andar un poco más hasta topar de bruces con un edificio más firme y alto que el resto. Nos ha dicho que no hay pérdida.

—Y si no, siempre podemos preguntar. La gente es muy amable —Rosa estaba muy animada por la aventura que se avecinaba.

Paula la observó alucinada, "esta chica nunca está triste, ni enfadada, ni de mal humor. En cierto modo, me da envidia"

—Tienes razón, no parece difícil —Se aventuró a decir Paula que presumía de orientarse muy bien, incluso en lugares donde nunca había estado antes.

Dicho y hecho, se pusieron en marcha dirección al río, que se situaba a la izquierda del campo de refugiados. Tierra adentro, los caminos seguían llenos de escombros y basura, a pesar de que las casas del pueblo retomaban vida de forma paulatina. Los habitáculos tenían una única planta, con o sin porche, y en su mayoría poseían patios posteriores donde las mujeres tendían la ropa que limpiaban en los lavaderos comunitarios o donde prendían fogatas para cocinar la comida. Casi todas las edificaciones se percibían débiles, hechas de materiales rudimentarios y poco seguros: madera, paja, algunos ladrillos o pedruscos de gran tamaño. Las ventanas estaban cubiertas por mosquiteras o por trapos que querían emular las cortinas de los países desarrollados. Mientras andaban por aquel pueblo tan diferente a los que estaban acostumbrados a ver, las personas que se cruzaban con ellos los saludaban con las manos mostrándoles una espléndida sonrisa. Estas muestras de afecto consiguieron que los cuatro integrantes del grupo se sintieran felices y olvidaran todos sus problemas cuotidianos, que no eran pocos. Justo antes de iniciar el paso por el puente, les llamó la atención un establecimiento que tenia numerosas botellas de cristal de dimensiones nada desdeñables, llenas de un líquido amarillento. Ramón, que ya había estado otras veces en países subdesarrollados, les informó que se trataba de gasolina y que por lo tanto se hallaban ante una gasolinera. Como llevaban encima sus cámaras fotográficas, no dudaron en inmortalizar a un chico que vertía con dificultad, el contenido de esas botellas al recipiente de combustible de una destartalada motocicleta.

Atravesaron el puente que cruzaron el primer día con el autocar bien arrimados al arcén, porque los vehículos tipo motocicletas, tucks tucks, camionetas y coches que en España no pasarían el ITV y tendrían que ser llevados a desguazar, no los atropellasen. Se pararon en el centro del viaducto, sin apoyarse en las barandillas, ya que no parecían nada seguras, por estar fabricadas con cañas unidas a maderas mediante alambres oxidados, y disfrutaron de las vistas que se abrían ante ellos. El río visto de cerca daba mucho respeto, pues era más caudaloso y ancho de lo que en un principio parecía, y eso que el agua quedaba a bastante profundidad de donde se hallaban y el estar rodeado por una vegetación frondosa, disimulaba bastante su medida. Centenares de árboles, sobre todo palmeras, crecían sin ninguna intervención urbanística y configuraban una estampa típica del National Geografic y por ello, digna de ser inmortalizada por sus cámaras. En el interior del cauce del río, para no perder costumbre, los pescadores con sus redes y los niños jugando a ver quien nadaba más rápido o quien aguantaba más tiempo bajo el agua, completaban la obra pictórica. Paula forzó la inspiración y cerró los ojos, todo en un intento de administrar más oxígeno a su cerebro para retener esas imágenes en su memoria, ya que no quería para nada del mundo olvidar lo que allí estaba viviendo.

Una vez atravesado el río, giraron a la derecha por la primera calle que encontraron, siguiendo las instrucciones ofrecidas por Ringa. En esa zona las casas eran más agraciadas y macizas, de mayor tamaño, con componentes de mejor calidad y jardines que no se vislumbraban tan destartalados

—¡Anda! Esta parte del pueblo parece el Pedralbes de Barcelona —Rió Paula.

—¿Pedralbes? —Interrogó Ramón

—Sí. El barrio de gente pastosa de la ciudad condal —Explicó la doctora, recordando que estaba paseando con un andaluz, una valenciana y un vasco.

Los tres rieron, disparando la cámara hacia todo lo que les llamaba la atención. Varios metros más allá, la calle desembocaba en perpendicular a otra calle, más ancha que las que habían pisado hasta el momento y mucho más frecuentada por gente y vehículos que iban en todas direcciones, dando un semblante caótico. En aquel punto de la ciudad, la estética de las casas no tenía nada que ver con las vistas hasta el momento. Los porches frontales se habían convertido en tiendecitas abiertas, con mostradores en los que se exponían sus productos. Los comercios se encontraban especializados como en cualquier lugar del mundo, con grandes rótulos sobre la zona más central de la fachada. Contemplaron almacenes de ropa, una farmacia, fruterías, carnicerías, pescaderías, bares, zapaterías y tiendas de comestibles como las que aún existían en los pueblecitos de España.

—Y ahora hemos llegado a la avenida principal del pueblo, jajaja —Exclamó Ramón— Se parece un montón a la Castellana de Madrid.

—Yo me decantaría más por la calle Preciados de Madrid o la calle Sierpes de Sevilla, ya que ambos están a rebosar de tiendas, igual que ésta —Anunció Rosa, divertida por lo que observaba.

—Pero esas calles son peatonales y aquí hay un montón de vehículos —Anunció el triquis miquis de Jaime, mientras hacía funcionar la cámara a la vez que esquivaba un par de bicicletas y tres terneros.

—¡Mirad hacia allí! —Rosa ponía los ojos como platos, mientras señalaba con su dedo índice hacia un edificio situado a su derecha.

Los otros tres fijaron la cabeza en la dirección indicada para mirar lo que la había dejado tan anonadada y pudieron ver una mini tienda de muebles y accesorios para el hogar, con el logotipo de la marca IKEA colgado en su frontal. Se aproximaron sin dudarlo ni un momento, no pudiendo esconder su estupefacción, mientras los habitantes del pueblo los miraban divertidos, sin entender muy bien lo que allí se estaba cociendo. El dueño de la tienda salió a recibirlos con su mejor sonrisa, como no podía ser de otra manera, y con gestos bastante claros, los incitó a entrar para que cotillearan mejor lo que había dentro. La tienda no abarcaba más de 20 metros cuadrados y estaba aprovechada a más no poder. La mayoría de los muebles eran del tipo accesorio y se notaba a la legua que estaban fabricados a mano, y a pesar de que presentaban signos evidentes de haber estado bajo el agua, su encanto no había desaparecido. Los precios, que estaban escritos con letras muy bonitas, eran impresionantes, lo que en España se denominaría gangas, sobre todo si se comparaba calidad y coste, al tratarse de muebles manufacturados mediante depurada técnica de marquetería y con diseños exquisitos. En otras condiciones, Paula no hubiera dudado en comprar alguno que otro para llevarlo a la casa de campo de sus padres. En un rincón, al fondo y a mano izquierda, pudo ver un baúl que le encantó, incluso cerró los ojos para visualizar el lugar exacto donde lo ubicaría, justo en la entrada de la casa, al lado de un antiguo horno de piedra en el que se había cocido pan en la época de sus bisabuelos. En el otro extremo se encontraban un par de chicos, que eran una fotocopia del dueño de la tienda, en plena tarea de restauración y recuperación de muebles. Los cooperantes hicieron el ademán de irse, a la par que hacían reverencias y señales de agradecimiento a los autóctonos, pero una mujer que también lucía una sonrisa con todas las pintas de ser la matriarca, se situó en la puerta para evitar su salida. Con las manos y la cabeza les hizo señales que los cooperantes entendieron como un ofrecimiento a visitar el núcleo del hogar y tomar un té. Los cuatro chicos se miraron dubitativos.

—De hecho, no tenemos prisa, ¿verdad? —Dijo Ramón, siendo claramente el más lanzado.

—No. Y puede ser interesante —Añadió Rosa, tomando por el brazo a Paula que estaba más recelosa.

—Adelante chicos. Será una nueva experiencia —Afirmó Jaime, una vez superada la primera fase de vacilación.

Para entrar a la parte privativa del edificio era necesario atravesar la tienda y cruzar una puerta situada detrás de un mostrador, donde se apoyaba una caja registradora que parecía de juguete. La primera estancia del hogar era el salón comedor, de medidas justitas, pero muy coquetón, con paredes recién pintadas de color verde claro y presidido por una mesa hecha a mano como las que había en la tienda, donde resaltaban los relieves de flores y hojas de árboles. Alrededor de la mesa, sillas con los mismos dibujos, formando un conjunto decorativo digno de estar situado, como mínimo, en un castillo francés. Bajo unas ventanas, un mini sofá tapizado por una tela estampada de flores de tonos muy vistosos, pero que se mostraba apagada por el paso del tiempo y por la humedad de las últimas semanas.

Les hicieron señales para que se sentaran en el sofá o en las sillas. Paula eligió la silla más próxima a la puerta de salida, "nunca se sabe cómo puede acabar una reunión de esta índole, ya que de hecho, son unos desconocidos, y me encuentro en la otra punta del globo terráqueo, los compañeros del campamento no tienen ni idea de donde estamos y nos podrían asesinar o raptar sin ninguna oposición", pensó la chica, siempre tan pesimista e influenciada por los programas de sucesos de televisión. El corazón se le aceleró con esas consideraciones, por lo que decidió virar la situación y pensar en positivo, "en el mundo hay gente buena, y hasta el momento todos han sido amables, soy una persona con suerte y todo saldrá bien". Segundo a segundo notó como su corazón enlentecía su ritmo y los latidos eran cada vez menos potentes. A pesar de ese logro, para neutralizar sus negativas reflexiones, decidió centrar su atención en otra cosa y la focalizó en la silla en la que estaba sentada. Pudo comprobar que era muy cómoda, de esas que te protegen la espalda y que en Europa denominan anatómicas, notando como se relajaba toda su musculatura paravertebral, y lamentándose de no haber tenido una de ese tipo durante los años que estuvo estudiando en la facultad o preparando el examen de acceso a la especialidad de medicina.

La dueña de la casa entró por la puerta posterior con vasos y una preciosa tetera grabada con relieves de elefantes, y empezó a servir la bebida que estaba muy caliente y que por tanto, no contrastaba para nada con la temperatura ambiente. Paula dejó el vaso sobre la mesa porque se le churruscaron los dedos, y no quería dar el espectáculo de tirar el cuenco y su contenido al suelo. A los pocos minutos entraron los dos chicos y tras ellos una muchacha muy guapa y que no habían visto con anterioridad. La joven les empezó a hablar en un inglés perfecto.

—Hola. Bienvenidos. Me llamo Laila y en nombre mío, de mis padres y mis hermanos os doy las gracias por haber aceptado nuestra invitación.

—Vaya —Exclamó Ramón, impactado por la belleza asiática— Creo que eres la primera chica del pueblo a la que hemos oído hablar inglés.

Laila dejó de lado su sonrisa protocolaria y tras una breve pausa, en la que estuvo pensando la traducción más correcta a lo que quería decir, contestó.

—Sí. Tienes razón. No somos muchas las afortunadas que hemos podido aprender lenguas extranjeras en este pueblo. Por costumbre, son los varones los elegidos para estos asuntos, pero mis hermanos no son muy hábiles para los estudios y yo sí. Mi madre siempre ha tenido una visión de futuro que va más allá de lo esperable y decidió enviarme a una escuela de idiomas en Trincomalee porque quería que alguien de la familia supiera otra lengua que no fuera el tamil.

—Muy inteligente tu madre —Dijo Paula, mirando a la señora que en ese momento entraba a la cocina para buscar más te.

—Siempre es bueno conocer idiomas —Respondió Jaime— Laila ... Nos ha llamado mucho la atención el rótulo de la cabecera de la tienda. Es idéntico al de una multinacional sueca de muebles y que es muy famosa en Europa.

—Pero los muebles que vemos aquí no se parecen ni en pintura a los de nuestro país —Precisó Rosa, acariciando la silla donde se encontraba alojada.

—Lo sé de sobras. La idea fue de nuevo de mi madre. Su prima, que trabaja en el aeropuerto de Colombo, un día le trajo una revista europea que alguien había abandonado en una papelera. Se trataba de una publicación de decoración donde había montón de fotografías. Nos la trajo por si queríamos dar un vistazo a lo que se fabricaba en otros países, y poder así coger ideas. Mi madre se enamoró del ... como se llama ... logotipo de esta marca de mobiliario y lo copiamos. También intentamos imitar algunos de sus modelos de muebles pero no sé si lo conseguimos del todo.

—La verdad es que vuestros muebles son mucho más bonitos que los de esa marca sueca ... y de mucha más categoría — Interrumpió Rosa— Los muebles de esa empresa valen poco dinero, son básicos y de poca calidad, mientras que los vuestros se venderían en tiendas de alta gama, por importes cuadriplicados.

—Gracias —Murmuró Laila mientras hacía una reverencia bajando la cabeza. La madre de Laila preguntó algo a su hija que asintió.

—Mi madre pregunta si sois del grupo español que está asentado en la otra orilla del río, en la escuela.

—Sí que lo somos —Contestó Ramón, que aún estaba bajo el influjo de Laila.

—Os estamos muy agradecidos. La verdad es que la gente del pueblo está muy contenta con vuestras atenciones y vuestra ayuda.

Nos tratáis de una forma muy diferente a la de otros cooperantes. Algunos de ellos son engreídos y prepotentes —Dijo de una forma muy rotunda y sentenciadora.

A Paula le sorprendió el cambio de tono, la muchacha dulce se había convertido durante unos breves segundos en una mujer agresiva. Ante lo visto, tenía ganas de conocer a sus polémicos colegas de profesión, sin dudarlo, sería una experiencia digna de ser reportada en las mejores neuronas de su celebro. La conversación prosiguió tomando como tema los muebles y su proceso de fabricación, hasta que llegó el momento de despedirse, invitando a la familia a que los visitaran en cuanto quisieran. Laila prometió que lo harían, hablando en un tono aún más dulce que el que había usado en el interior de la casa, a la vez que lanzaba una mirada furtiva a Ramón.

Una vez en la calle, tomaron dirección hacia la biblioteca del pueblo, pues la curiosidad por conocer a los que allí trabajaban estaba afectando incluso a Ramón y querían certificar que eran tan indeseables como había dicho Laila. Tras caminar durante 10 minutos por esa calle tan viva y llena de tiendas, llegaron al gran edificio de ladrillo, el cual lucía en su tejado una bandera norte americana y otra italiana. Como no había duda de que estaban en el lugar adecuado, entraron en el inmueble, plantándose en una estancia amplia, donde se identificaban dos hileras de camas de hospital con sendas mosquiteras de color blanco nuclear, cosa que les hizo intuir que eran nuevas. Entre las camas, maltrechas mesillas de noche y algunos lavamanos desconchados que contrastaban con el estado de las literas. Al fondo del departamento se vislumbraban unas puertas, que en ese momento estaban cerradas a cal y canto, y entre ellas, se emplazaban carritos y armarios de aluminio, bien repletos de medicamentos y con los instrumentos médicos básicos bien ordenados. Allí dentro se sentía uno la mar de bien, ya que no hacía pizca de calor, gracias a unos aparatos de aire acondicionado que colgaban del techo, y que funcionaban mediante la energía producida por unos potentes y modernos generadores situados en la parte posterior de la casa, y que hacían un ruido infernal. La verdad era que esa instalación contrastaba a más no poder con la que ellos tenían, compuesta por una única estancia, más bien vacía de muebles, y donde las únicas tres camas existentes, eran bajas y fabricadas con lona de mala calidad. Además, los medicamentos, en lugar de tenerlos metódicamente colocados en vitrinas, estaban ubicados dentro de cajas de cartón o en el suelo.

Les fue a recibir uno de los médicos, que resultó ser italiano, y que hacía muy buena pinta, no poseía el fenotipo típico mediterráneo, sino que parecía natal de un país nórdico. Alto, rubio, con los ojos verdes, con la piel bastante tostada por el sol, de constitución atlética y unos dientes alineados de color blanco inmaculado, parecía más un modelo que un doctor. Rosa y Paula se lanzaron sin tapujos miradas de complicidad que significaban que el colega estaba muy bueno.

—¿Qué tal? Me llamo Mauro y soy uno de los médicos de este centro ¿Con quién tengo el honor de hablar?

—Hola, me llamo Jaime. Él es Ramón y ella Paula. Los tres somos médicos también —Tomó las riendas Jaime porque las chicas estabas estupefactas ante el italiano, ya que su voz conjuntaba con todo el físico— Y aquí está Rosa, que es una de nuestras enfermeras— Y lo dijo poniendo su brazo sobre el hombro derecho, como para arroparla— Somos del campamento español situado en el otro lado del río —Jaime iba lanzado y no dejó proferir palabras al resto.

—¡Oh! Es todo un placer —Y esta exclamación la hizo con su mejor sonrisa y un movimiento de cejas que provocó que las féminas se tambalearan de emoción.

Mauro les enseñó la clínica aportando todo tipo de explicaciones. La primera puerta de la izquierda daba paso a una habitación que hacía las funciones de quirófano, con una gran litera en el centro y un par de luces de gran potencia sobre ella, detrás un aparato de respiración asistida, unas mesillas con instrumentos y medicamentos, y más vitrinas con cristal opaco que no permitía ver lo que en su interior se guardaba. La puerta adyacente se abría a una sala de reanimación, con dos camas de mayor tamaño que las de fuera, un ecógrafo no muy grande y más armarios. La tercera puerta dejaba acceder a una pequeña sala con una sola litera y su uso era para practicar exploraciones con más intimidad. La cuarta puerta comunicaba con una mini habitación, que hacía las veces de despacho médico, con una mesa escritorio, un sofá, una nevera y una cafetera antigua. Una quinta puerta, situada a la izquierda y escondida por un armario de dimensiones considerables, dejaba penetrar en la zona privativa del edificio, santuario de los que allí trabajaban, con camas que parecían bastante cómodas, mesitas de noche, un baño y taquillas. Toda la instalación les pareció enorme y pudieron constatar que los instrumentos eran modernos. "Esta gente maneja pasta gansa", pensó Paula, sin disimular su asombro ante lo que estaba viendo.

Mauro les presentó otro médico más joven, que a diferencia del primero, por su complexión y fisonomía, no podía disimular que era italiano. Se sentaron en el despacho médico para conversar mientras tomaban unos refrescos. Según les contó Mauro, el guapo, trabajaba como traumatólogo en un hospital público de Roma, mientras que Pietro, no tan agraciado, era anestesiólogo en una clínica privada de Milán. Los miembros de esa expedición les informaron que en aquella parte de la ciudad sólo trabajaban ellos, pero que en las afueras del pueblo, cerca del transbordador, se había instalado un centro médico itinerante donde trabajaba personal sanitario asiático y europeo, pero que sólo daban asistencia durante escasas horas, ya que pernoctaban en los hoteles de Trincomalee. De los comentarios que hicieron al respecto, Paula dedujo que eran aquellos que tenían referencias negativas y se alegró de que no lo fueran sus nuevos amigos, que parecían muy educados y agradables. Cuando Jaime, como leyendo el pensamiento de sus tres compañeros, manifestó que le gustaría conocer a ese otro grupo, Pietro les dijo que no sería posible, ya que con el asentamiento del grupo español, no había cabida para el grupo itinerante, que había sido asignado a otra localidad. Los españoles se miraron decepcionados, muy a su pesar, su curiosidad no podría ser colmada.

Como empezaba a oscurecer, decidieron volver al campamento base ipso facto, no sin antes asegurar a sus colegas que mantendrían un contacto estrecho, cosa que alegró a Rosa, que durante toda la visita estuvo coqueteando descaradamente con Mauro, hasta el punto que se resistía a marchar y casi tuvieron que llevársela a la fuerza. Ramón propuso pillar un tuck tuck para volver al campamento lo antes posible, ya que se les había echado el tiempo encima. Atravesaron el pueblo cruzando por el puente situado más al este, allí donde el río se abría formando un gran delta, y tomaron un itinerario distinto que les permitió conocer otra zona de la población, que resultó ser mucho mayor de lo que al inicio se habían imaginado, tomando las medidas necesarias como para denominarla ciudad. La calle comercial se extendía más allá del puente y parecía que no terminaba nunca. Cuando las tiendas empezaron a escasear, se adentraron en callejones más oscuros, por falta de alumbrado público, estrechos, en mal estado y menos transitados. Si Paula hubiera ido sola en el tuck tuck, hubiera saltado en marcha por miedo a ser raptada, ya que parecía que los estuvieran llevando lejos de su destino. En un santiamén se plantaron frente a la entrada principal del campo de refugiados, pagaron al conductor y cruzaron el patio aliviados de estar otra vez en su guarida, sorteando como de costumbre a un grupo de niños que jugaban al futbol con una pelota medio deshinchada. Las mujeres estaban ya preparando la cena con los víveres que aquella misma tarde habían traído los camiones de la ONU, unos camiones que a partir de entonces, aparcarían cada 3 ó 4 días delante de la escuela para distribuir sacos de arroz, sémola, un poco de leche en polvo y alguna que otra lata de conservas. A esas horas del atardecer, el ambiente tomaba el aroma especial de Asia, que mezcla el olor de las especies, el arroz cocido y los pancakes recién hechos, con el olor de incienso, y como no, con los inevitables efluvios humanos. Como el patio de la escuela no tenía casi alumbrado, la estampa encogía el corazón, ya que se oían ruidos, se notaban movimientos y se contorneaban siluetas, pero nada se podía vislumbrar con claridad. Paula, que se había rezagado, aceleró los pasos con el fin de acercarse a toda prisa a su zona de confort, ya que aún no había logrado acostumbrarse a esa penumbra.

Dentro del aula de ciencias naturales, el resto del grupo estaba preparando la comida, mientras Luís hablaba por teléfono. Durante la cena, el jefe de grupo anunció que ya les habían confirmado la llegada de los militares en 48 horas y que por tanto, al fin tendrían vigilancia en el PMA las 24 horas del día para evitar así, cualquier tipo de incidente o robo. A continuación la conversación se centró en la visita del hospital de la biblioteca, dando todo lujo de detalles respecto a lo que allí tenían y hacían. Tras la cena, era el turno de la ducha y limpieza de enseres. A Paula el agua sobre el cuerpo le sentó de maravilla, ya que había padecido mucho calor y debido a la humedad reinante, el polvo de las calles sin asfaltar y el sudor, su pelo parecía el de la bruja averías. Cuando entró en el aula, toda satisfecha del resultado post aseo, vio a las chicas reunidas alrededor de Rosa, mirando la cámara de fotografiar, a la vez que exclamaban palabras tales como guauuu, bufffff, vaya tipazooo. No fue necesario preguntar a que era debido ese alboroto, no tenía ni idea de cómo lo había hecho, pero Rosa había plasmado en fotos a Mauro, y ahora el resto de compañeras estaban deleitándose a su costa. Las exclamaciones no eran para menos ya que el italiano, aparte de ser guapo era muy fotogénico, pensó mientras también ojeaba las fotografías.

Empezó una nueva semana y con ella la rutina. Todos habían dormido como troncos y despertaron con el alba, por un sonido novedoso en el lugar, el canto de un gallo. Tras el almuerzo, Luís repartió las tareas, enviando a todo el grupo sanitario al dispensario excepto a Ana, ya que le tocaba vigilar, ordenar y limpiar la zona privativa, además de preparar la comida y controlar las llamadas de teléfono. A los bomberos les delegaron la tarea de buscar nuevos pozos aptos para ser usados por la potabilizadora, por lo que cargaron una camioneta que les habían prestado y desaparecieron dirección las afueras del pueblo.

La mañana fue dura, por el número de enfermos y la calidad de sus afecciones. Paula fue la que más trabajo tuvo, pues las heridas se multiplicaban por mil. Tan ensimismada estaba en sus tareas que no se dio cuenta de la llegada de un grupo de personas, media hora antes del cierre del PMA. Fue la última en dirigirse al aula, se había quedado sin material médico limpio y estéril. Al aproximarse al edificio, detectó que el número de seguidores del reality show eran más de los habituales. Un grupo de osados críos estaba cotilleando un montón de aparatos situados dentro del cerco de seguridad, y a su lado, un par de hombres hablaban con Luís y Ana. Uno de ellos tenía muy buen porte, constitución atlética, piel morena, ojos azules e iba muy bien vestido teniendo en cuenta el lugar donde estaban. El otro era más normal de físico pero tenía algo difícil de especificar, que lo hacía altamente atractivo y elegante. Paula pensó que haberse hecho voluntaria había sido una excelente idea, ya que estaba rodeada de un montón de tíos buenos. Ana la presentó a los desconocidos, el más guapetón se llamaba Emilio, periodista de la sexta televisión, y el atractivo era Cristian, cámara free lance, que siempre acompañaba a Emilio en sus reportajes. El acento de Emilio, que era canario, era difícil de catalogar, mezcla de andaluz y sudamericano, en cambio, Cristian no podía disimular su origen gallego.

70

Cuando Paula consiguió, por fin, entrar en el aula, se quedó petrificada. En el centro del recinto estaban conversando Álex y Javi con María y Santi. Paula notó que enrojecía y las palmas de su mano empezaron a sudar por el nerviosismo. Javi se dio cuenta de la presencia de Paula, pero fue Álex quien primero reaccionó acercándose a ella

—Paula, ¿qué tal? Siento informarte que aún no te has librado de nosotros. Hemos vuelto para quedarnos —Abrazó a la cirujana, que aún estaba momificada en la puerta de entrada.

—Me encanta —Fue lo único que pudo decir, mientras devolvía el abrazo a Álex.

Javi se aproximó a ella para darle un abrazo, que le pareció más largo que el que le había propinado como despedida. Probablemente así fue porque María añadió.

—Venga chicos, que parece que os hayáis quedado pegados con cola y es la hora de comer —Después gritó con voz solemne, más parecida a la de un sargento que a la de una dulce enfermera— Familia, todos a la mesa ... Ya.

Una vez sentados, los dos bomberos reenrolados explicaron lo que les había sucedido. Cuando llegaron al aeropuerto de Colombo, Toni telefoneó a la base de Madrid y tras la conversación les anunció que habían podido arreglar las cosas para que Javi y Álex se quedaran en Sri Lanka más tiempo. Los dos encantados bomberos contactaron con su trabajo y tal como era de esperar, no les pusieron trabas. Era la ventaja de ser funcionarios públicos y tener unos excelentes compañeros. Acto seguido informaron a sus respectivas familias de los cambios de planes y se despidieron de sus compañeros, que por fin tomaron el avión de vuelta. Una vez fuera del edificio del aeropuerto se encontraron con los dos periodistas que tenían intención de dirigirse a Kinniya y fue de esta manera, aprovechando el medio de transporte que habían contratado los reporteros, que cruzaron otra vez la isla

Por su parte, Luís explicó al grupo que los dos periodistas grabarían un reportaje sobre la tarea que se estaba llevando a cabo en el lugar, entrevistando y filmando a los cooperantes, los refugiados y a los que ellos creyesen oportuno, siempre manteniendo unas pautas éticas. A Paula se le erizaron los pelos del cuerpo, ya que nunca se había planteado salir por televisión y en los días sucesivos chuparía más cámara que Ana Obregón, cuando tiene un novio nuevo. No supo nunca que cara puso ante aquellas noticias, pero dedujo que muy normal no había sido, cuando Santi, que estaba situado a su derecha dijo.

—No te gusta mucho la idea de salir en televisión, ¿verdad?

—No lo sé. Me ha pillado por sorpresa. No lo tenía planeado. Seguramente me estresará.

—Pues a mí que no me toquen las narices. No quiero salir. Me da corte. Y encima es un reportaje a nivel nacional ... Me voy a escaquear todo lo que pueda.

—Buf. Yo aun me lo tengo que pensar, pero creo que también me escabulliré.

Tras la comida, el tiempo libre de rigor, que Rosa, María, Esther y Óscar aprovecharon para acompañar a los periodistas por el campamento y los alrededores. Ana, tumbada en una hamaca, estaba charlando relajadamente con Luís, cosa que no era de extrañar, ya que ambos se habían conocido en una misión tras un terremoto en el norte de África, 3 años antes. Javi y Álex se acostaron pues estaban destrozados tras la ida y vuelta a la capital en menos de 48 horas. Ramón se largó solo, desvirtuando los mandatos emitidos desde Madrid y confirmados por Luís, en los que se ordenaba que ningún miembro de la expedición se alejara del campamento base sin acompañante. De hecho, el solitario Ramón, ya lo había hecho otras veces, siendo aquella la quinta o sexta vez, sin librarse de la reprimenda pertinente de María y Luís, que evidentemente se pasó por el forro.

Paula decidió tumbarse también en una hamaca del exterior y escudriñar su alrededor. Primero se entretuvo mirando a los refugiados cercanos a ella, consiguiendo por primera vez en muchos días, que se intercambiaran los papeles pasando de ser la observada a la observadora. Una crías vestidas con ropajes de colores vivos y divertidos jugaban a la charanga sin zapatos, a pesar de que algunas de ellas mantenían heridas mal curadas en los pies. La imagen estremeció a la cirujana y lanzando un suspiro se dijo a sí misma, "esto es un desastre, acabaran haciendo infecciones brutales". Más allá, el mismo grupo de incansables niños de la víspera anterior jugaba al futbol y esa estampa la hizo sonreír, "eso sí que es una gran afición, quien sabe, tal vez haya un futuro Ronaldo entre ellos". A continuación sus ojos se desplazaron hacia la hamaca situada al otro extremo del cercado, donde Ana y Luís seguían hablando, esta vez más cerca el uno del otro. Eso hizo que Paula los examinara con más detenimiento como si de Sherlock Holmes se tratara, intentando disimular esa atención que les profesaba, mientras captaba con el sexto sentido propio de las mujeres, que estaba sucediendo allí. Se había ido produciendo un cambio del comportamiento de Ana respecto a Luís, pasando de la frialdad más absoluta y poca espontaneidad a una actuación más normal, sociable y educada. Era como si en un principio Luís la reprimiera y por ello había evitado el contacto físico y visual, había hablado lo justo y había eludido estar a solas con él. En esos momentos, pero, aparte de llevar más de una hora charlando a solas, Ana había abandonado su posición de lejanía emocional y ambos se encontraban cómodos e incluso se podría decir que disfrutaban del momento. Siendo aún más descriptivos de la situación, a Luís se le caía literalmente la baba cuando miraba a Ana o se rozaban sin querer. Aunque el jefe de grupo era un hombre que imponía cierto temor porque tenía una voz potente y un pelín contundente, en verdad era muy agradable y transmitía una paz y serenidad que se agradecía. Cuando contaba algo, daba giros a sus discursos con la introducción de gags graciosos o anécdotas de las que se podía extraer alguna conclusión o idea para aplicar a la vida cuotidiana. Centenares de detalles que el subconsciente de Paula había ido captando durante esos días tales como miradas, caricias de pelo, ayudas para auscultar a niños, paso de cubiertos agarrándole la mano y otros más, ahora estaban siendo vomitados a su consciencia y tomaban sentido, nunca trataba al resto del grupo como a Ana. La conclusión sólo podía ser una, ambos tuvieron un affaire en la misión en la que coincidieron hacía años y por alguna razón que Paula no podía imaginar, no llegó a buen puerto.

Paula notó una mano que no esperaba sobre su hombro derecho y se pegó tal susto que reaccionó sacudiendo con brusquedad su cuerpo, de manera que la hamaca se giró unos 180 grados, pero la chica no llegó a caer al suelo. Javi, que era quien la había tocado, la cogió a tiempo. A pesar de la precisión de él para evitar su casi inevitable caída, Paula no pudo evitar emitir un grito que provocó que las miradas de todos los que estaban próximos al lugar se centraran en ella. Ana vociferó.

—Paula, ¿estás bien? Te ha ido de un pelo. Ya le puedes dar las gracias al caballero porque en caso contrario hubieras acabado en el suelo con alguna costilla rota o sin dientes.

—Lo sé de sobras —Contestó Paula con respiración entrecortada.

—Lo siento. Parte de culpa ha sido mía. Pensaba que me habías oído llegar, pero por el susto que te ha dado, veo que no ... Es la segunda vez que atentó contra tu integridad. La otra noche fue la psíquica y esta vez ha sido la física —Dijo el pobre Javi, que presentaba la actitud de un gato abandonado en busca de un nuevo amo.

—Tranquilo. Es que estaba absorta en mis pensamientos y he conseguido desconectar por completo de mí alrededor.

—¡Qué suerte! ¿Y esto te ocurre a menudo?

—Si te soy sincera, estos últimos días más veces de lo que sería recomendable. Debo decir pero, que como pauta general me cuesta un montón relajarme y desconectar del medio. Soy bastante nerviosa y no puedo parar quieta ni durante el periodo de meditación de la sesión de yoga ... Creo que esta experiencia me está haciendo conocer facetas mías totalmente desconocidas.

—Ya. Suelen ocurrir estas cosas en las misiones humanitarias. Se ve la vida diferente porque las condiciones extremas o un poco duras hacen aflorar lo más recóndito de cada uno. Yo ya me he acostumbrado y he tomado como rutina encontrar mis facetas ocultas al menos una vez al año.

—¿Y vas a misiones cada año para descubrirte?

—Noooo —Exclamó Javi riendo— Que va. Las misiones no se dan tan a menudo. Cuando necesito hallarme a mí mismo y desconectar de los avatares de cada día, me voy a hacer el camino de

Santiago en bicicleta. Es lo suficientemente duro como para que me sirva de terapia.

—¿Solo?

—Sí. Y es maravilloso. Me levanto al alba, desayuno en el albergue, hago los kilómetros programados, paro a comer, busco otro hotel o albergue y me instalo. Luego me meto en un bar o lugar donde se reúna la gente del pueblo y me fundo con ellos o bien entablo conversación con otro peregrino. Es divertido y puedes incluso practicar idiomas.

—Vaya. Estoy alucinando contigo —Verbalizó Paula más emocionada de lo que le hubiera gustado.

Javi calló cuando sus ojos se centraron en la hamaca en la que estaban Ana y Luís. Paula, sorprendida de esa reacción también miró hacia allí, a tiempo de ver como sus dos compañeros estaban abrazados y se estaban dando besos, poco pasionales, pero que demostraban cierta ternura y complicidad. Sus sospechas se acababan de confirmar.

—¿Que me he perdido mientras he estado fuera? —Preguntó Javi frunciendo el ceño, mientras levantaba su ceja derecha, cosa que Paula encontró súper sexy.

—No te has perdido nada. Tengo la sospecha que la cosa viene de hace años.

—Increíble. Bueno, ya te he dicho que las misiones humanitarias hacen que veas las cosas diferentes o hagas cosas que no habías hecho nunca en otras condiciones.

—¿Tu también has tenido experiencias de este tipo? Amorosas me refiero —Tras decirlo, Paula se arrepintió, "¿cómo he osado preguntarle eso?". Balbuceo algo incomprensible y sin tomar aliento añadió— Lo siento, no tengo ningún derecho a husmear en tu vida. No hace falta que contestes. De hecho, creo que me voy dentro.

Dicho y hecho, se levantó de la hamaca pero Javi la cogió por el brazo para detenerla. Ella lo hizo sin resistencia. Javi la tomó por el otro brazo y la giró 180 grados. La dejo expuesta ante él, cara a cara.

—No Paula. Nunca he experimentado una vivencia de este tipo ... Pero ya sabes el dicho, nunca digas de este agua no beberé ... ¿Tú qué opinas?

Paula, por segunda vez en un mismo día, quedó petrificada. Ese chico la llevaba por el camino de la amargura, y como era de esperar, notó otra vez el calor en sus mejillas que seguramente iba acompañada de rubicundez. El timbre del teléfono hizo aparición y Javi la dejó para ir a contestar, pues era el que se encontraba más cerca de él. "Salvada por la campana", suspiró. A los minutos, Javi asomó la cabeza por la puerta y llamó a Luís porque querían hablar con él desde Madrid. Javi sonrió a Paula y entró tras su jefe. Ana se acercó a la muchacha con cara de preocupación.

—Paula, ¿puedes hacerme un favor?

—Sí, claro. ¿Cuál?

—Acompáñame a dar un garbeo por los alrededores. Necesito salir de aquí.

—Ok. Vayamos hacia la playa a que nos toque aire fresco y puro. Nos hará bien.

La primera parte del trayecto la hicieron en silencio porque ambas lo necesitaban para pensar en sus cosas. Paula no podía eliminar de su cabeza las palabras del bombero. Dudaba en sus intenciones, no sabía si le estaba tirando los trastos sin esconderse o se estaba quedando con ella sólo por diversión. Al fin Ana rompió el silencio. Estaba preparada para hablar.

—Gracias por venir. Podría haber hecho como Ramón y largarme sola, pero ni me apetece ni me veo capaz —Miró al cielo como buscando palabras— Estoy hecha un lío.

—Tiene que ver con Luís ¿verdad? —La pregunta fue directa y Ana lo agradeció, aunque no pudo evitar cierto rubor y tartamudeando respondió.

—Sí. No sé qué quiere. No sé que quiero. Estoy en blanco.

—¿El tema proviene de hace años? —Ana se sentía aligerada al ver que su compañera entendía perfectamente por donde venían los tiros.

—Sí. Te cuento. Nos conocimos en Marruecos. Fue un flechazo en toda regla. Todo muy romántico y maravilloso a pesar del contexto, claro está. Yo tenía novio y al regresar a Barcelona tuve que tomar una decisión, o lo bueno conocido o lo malo por conocer. Salía con Víctor desde hacía años y vivíamos juntos desde hacía once meses, no era muy guapo ni romántico, pero me conocía en profundidad y me hacía sentir cómoda con él, compartíamos profesión y un montón de hobbies. Por contraposición Luís era la novedad, era sexy, dulce, no sabía nada de él por lo que había un montón de cosas por descubrir, no trabajábamos de lo mismo, cosa que le daba cierto encanto, pero vivía en otra ciudad. No sabía siquiera si teníamos cosas en común. Decidí ser conservadora —Hizo una pausa para coger aire. Paula aprovechó para intervenir, más por hacerle saber que había estado atenta a la historia que por aportar algo.

—En tu lugar yo también hubiera elegido lo mismo. Y más si no había problemas con mi pareja.

—Ya. Pero lo cierto es que nuestra relación no era perfecta. De hecho huí de misión para pensar y aclarar ideas.

—Que rara eres. También podrías haber ido a un spa para eso —Paula se aventuró a bromear para distender la situación y hacer que Ana se relajara, ya que detectó un par de lágrimas en sus ojos. La estrategia funcionó. Ana rió y continuó relatando los antecedentes.

—En España le comuniqué mi decisión. Me dijo con desdeño que estaba empezando una relación que hubiera dejado por mí, pero que si lo rechazaba, la cosa no tendría vuelta atrás. Seguiría con su nueva pareja y se casaría con ella.

—¡Que morro tienen los tíos! —Paula no quiso verbalizar las otras cosas que le habían pasado por la cabeza.

—Y muchas mujeres también ... Pues nada. Allí finalizó un bonito cuento de hadas. Luís se casó con ella un año después. Yo rompí con Víctor dos años después porque tras la misión la cosa fue de mal en peor, y al final me di cuenta que estaba desenamorada de él.

—O sea. Que en realidad la pifiaste no eligiendo a Luís ... Lo que no entiendo es tu frialdad respecto a él estos primeros días. ¿Cómo has podido disimular lo que pasó entre los dos? Yo no hubiera podido. Por cierto, ¿él está aún casado?, no habla de su esposa. ¿Esto es lo que te frena?

—Para. Paraaa. Que vas lanzada .. Y esto que más bien eres poco parlanchina. Jajajaja.

—Upsss. Lo siento.

—No pasa nada. Luís está casado pero justo antes de venir hacia aquí inició los trámites de divorcio ... Y eso que no sabía que íbamos a reencontrarnos

—A esto se le llama Divina Providencia, él está enamorado de ti, salta a la legua, pero ¿y tú?

—Creo que sí, pero tengo dudas. Volverlo a ver ha sido como recibir un jarrón de agua fría. Además, no quiero liarme con él porque tengo previsto trasladarme a trabajar a Londres. Mi madre me ha dicho que han confirmado mi puesto mediante llamada telefónica esta semana. Las relaciones a distancia no tienen futuro.

—¿Y el ser tan fría?, no me has respondido.

—Para que no se hiciera falsas expectativas. No ha servido de nada. Al fin, hoy, tras explicarnos lo que hemos hecho de nuestras vidas durante estos últimos años, hemos sucumbido a lo que nos pedía el corazón.

—Aiiixxxx. Yo lo encuentro tope romántico.

—Que boba eres. Bien. Mi historia ha finalizado. Es tu turno —Miró fijamente a Paula y guiñándole el ojo derecho le preguntó— ¿Que pasa entre Javi y tú?

—Nada. De hecho no sucede nada ... Sólo me perturba un pelín.

—No. Un poco, no. Yo diría que muchísimo. Por mi parte, creo que tú le molas bastante. ¿Estás soltera? —Paula descubrió en ese momento que no sabía nada de él ni de muchos de sus compañeros. El tema sentimental no era el más popular en las conversaciones.

—Sí. Tengo a un personaje que me hace las gracias pero no acabaremos en nada, no me convence. Y menos ahora, tras conocer a Javi. Este espécimen es la viva imagen de la pareja ideal que me he forjado en mi mente.

—¿Y él tiene pareja?

—Ni idea. Es como una tumba y muy misterioso.

—Tal vez es este hecho lo que te tiene atrapada de él y te atrae. Las mujeres somos un poco idiotas y nos encaprichamos de los hombres más difíciles e impenetrables.

—Te doy la razón cien por cien. Las mujeres somos complicadas —Pensó que el comentario había sido un poco machista, pero la interacción con centenares de mujeres de todas las edades y convicciones, la habían hecho llegar a esta conclusión. Ana ni tan solo profundizó en esta aseveración. Miró el reloj y empezando a correr, dijo.

—Vamos. Es tarde. Nos van a cortar las cabezas.

4. LA CELEBRACIÓN

Los días en el campamento se sucedían sin muchos sobresaltos ni novedades, excepto un atardecer, que para sorpresa de los cooperantes sanitarios, los traductores pidieron irse antes del PMA. La razón de esa demanda era que esa misma noche, se iba a celebrar en el pueblo un acontecimiento medio religioso medio laico para rememorar a los que habían desaparecido, para dar gracias por las ayudas recibidas y para rezar por las almas de los fallecidos y los supervivientes. Antes de partir, Abdul les invitó a ir al acontecimiento, ya que según les dijo, sería a primera vez en años (o tal vez la primera vez en la historia de la humanidad) que en el acto no habría distinción entre religiones, razas y rangos sociales. Fue por esta razón, que el número de visitas en el puesto médico disminuyó de forma patente y los cooperantes decidieron cerrar antes el dispensario.

Los chicos aprovecharon para hacer otros menesteres como lavarse la ropa, descansar o prepararse para la ocasión. Ana y Luís se sentaron el uno al lado del otro con pocas ganas de esconder lo que había entre ellos. Parecía que a Ana, el paseo y la conversación con Paula le había hecho bien y le había servido para aclarar ideas. En base a lo que estaba observando, su decisión había sido probar suerte con Luís. Paula, Esther y Rosa buscaron acaloradamente algo decente para endosarse, pero la tarea fue infructuosa, pues no encontraron nada más que no fuera ropa de trabajo. Decepcionadas hasta la médula, decidieron que al menos, se pondrían un uniforme limpio.

—¿Qué les pasa a esos dos? ¿Están liados? —Preguntó Álex a Javi en voz baja, mientras daban unas caladas a un cigarrillo.

—Parece ser que sí.

—¡Qué narices! Este grupo no se está con tonterías. Vaya. A mí también me gustaría mojar algo en este viaje.

—Eres un poco basto, ¿no? —Respondió Javi con un tono que demostraba que no le gustaba la manera de hablar grosera de su compañero.

—Perdona chico. Creo que he herido tu sensibilidad. No sabía que eras tan formalito. Yo pensaba que aparte de ayudar al prójimo, tenías otras expectativas durante este viaje, como por ejemplo tener alguna aventura amorosa ... No soy ningún monstruo. ¿Piensas que soy imbécil? ¿Que no me doy cuenta de las cosas?

—¿A qué te refieres?

—Pues a que he visto como miras a Paula. No le quitas los ojos de encima. Además, he detectado entre vosotros escenas cargadas de tensión sexual.

—Tal vez tenga algún interés en ella, pero a diferencia de ti, yo no pienso sólo en el sexo. Únicamente, me gustaría conocerla mejor.

—Ya ... ¿Y qué piensas hacer con la chica que te espera en casa? —Lo miró frunciendo la boca —Sabes que nuestra ciudad es pequeña y todo el mundo se conoce ... Todo se sabe ... Resulta que mi hermana lleva a su hija a la misma guardería a la que va tu sobrino.

—Mi hermana habla demasiado de la vida de los demás —El enfado de Javi era patente— La chica que me espera en casa ya sabe lo que hay —Suspiró— Y como están las cosas desde hace tiempo — Rosa apareció por la puerta.

—Boys. Es hora de irse al acto ... Si queréis, claro. María y Óscar no quieren venir y se quedan por propia voluntad para controlar el teléfono. Llevaremos walki talkies por si acaso.

—Sí, nosotros queremos ir —Contestaron los cuatro que estaban fuera, levantándose de un salto y uniéndose al grupo.

El silencio habitual que reinaba Kinniya a esas horas del atardecer, se sustituyó por un montón de conversaciones, y la oscuridad mezclada con la desolación, por vecinos vestidos con las mejores galas de colores vivos. El festejo, por llamarlo de alguna forma, se iba a producir en las afueras del pueblo, dirección hacia el interior de la isla. El camino era largo, pero a pesar de ello, los cooperantes prefirieron ir andando. Los periodistas pillaron una cámara más pequeña, para conseguir alguna toma que bien podrían aprovechar para su reportaje. Al pasar por delante de la tienda Ikea, Laila que estaba en el porche con un grupo de chicas de su edad, se aproximó a los cooperantes sin pensarlo dos veces.

—Hola amigos.

—Hola Laila —Se apresuró en contestar Ramón, que estaba francamente contento de haberse topado con ella —Aquí nos tienes a todos juntos. Vamos al acontecimiento. Nos han invitado.

—Me alegro mucho. Creo que será muy interesante ya que es la primera vez que se hace algo de esta índole —Miró a las chicas sin esconder su estupefacción— ¿Por qué vais con la indumentaria de trabajo? ¿No tenéis otro tipo de ropa?

—No, la verdad es que no —Contestó Paula un poco avergonzada por las pintas que llevaba.

—Esto no puede ser. Hoy es un día especial —Dijo algo rápido a un par de sus compañeras, que salieron pitando hacia la acera de enfrente— Por favor, si no tenéis prisa, ¿podríais entrar un momento en mi casa?

—No tenemos prisa. Mi nombre es Ana y no nos conocemos —Le alargó a mano para saludarla.

—Oh, perdona, somos descorteses —Añadió Ramón— Te presento a Esther, Luís, Tomás, Santi, Álex, Javi, Enrique y Cristian.

—No me acordaré de todos estos nombres tan extraños, jajaja.

En ese mismo momento volvieron las dos amigas de Laila cargadas hasta las cejas de telas. Las cooperantes las siguieron al interior del edificio, llenas de curiosidad a la par que emocionadas. Mientras, los hombres se quedaron fuera y se sentaron en la acera, dando por supuesto que tendrían que esperar un buen rato.

Encendieron sendos cigarros y se relajaron como si estuvieran acompañando a sus parejas de compras en época de rebajas.

—No nos quedan casi cigarrillos europeos —Dijo Luís— Creo que tendremos que aventurarnos a probar el tabaco local.

—Es un poco fuerte. Yo ya lo he probado —Anunció Ramón.

—Que raro —Dejó caer Jaime, tosco, un poco harto de las escabullidas de su compañero.

—No me imagino a las chicas vestidas con ropa típica del país —Cristian rompió la conversación porque no pintaba buen final— Yo preparo la cámara, seguro que será digno de plasmar para la posteridad.

Dicho y hecho, Cristian dejó el trípode en el suelo y montó el aparato sobre él. Quería grabar la salida de las chicas de la tienda Ikea, para matar dos pájaros de un tiro, inmortalizando a las mujeres y tomando un primer plano de la tienda que tanto le había llamado la atención.

—Creo que te asesinarán si lo haces —Dijo Ramón— Pero eso ya es cosa tuya. Después no me busques para que te cosa las heridas.

No pasaron ni 15 minutos cuando empezaron a salir las chicas vestidas con ropas típicas del lugar que las favorecían, dando una estampa preciosa. Laila y sus amigas habían pensado incluso en los pequeños detalles, tales como collares y maquillaje tipo colorete. Tras los correspondientes ohs, guaus, que guapas o encantadoras, retomaron el camino hacia el lugar de reunión, esta vez acompañados por Laila y sus amigas, muy orgullosas de la tarea hecha y de formar parte de esa comitiva especial.

—Estás impresionante —Le dijo Javi a Paula al oído.

—Gracias —Respondió Paula muy emocionada.

El espacio que se había habilitado para el acontecimiento era inmenso y cabían las miles de personas que se habían personado. Una música de tipo religioso sonaba a través de un montón de dispositivos dispersos por el suelo, alrededor de los cuales se formaban grupos. Los presentes se saludaban unos a otros con choques de manos o abrazos, arrinconando por el momento la tristeza y el miedo a una nueva réplica de tsunami. Javi, en un acto reflejo de protección que surgió del fondo de su alma, cogió la mano de Paula, ya que no quería perderla de vista entre tanto gentío. El corazón de ella se aceleró más de lo que ya lo estaba, dado que la situación era muy tensa a vez que conmovedora. La joven agradeció este gesto del bombero, ya que ese contacto le daba más seguridad para afrontar la carga emocional que flotaba en el ambiente, y lo demostró acariciándole la mano.

Poco a poco, el grupo de cooperantes se diluyó entre el resto de gente. Rosa vio a Mauro unos metros más allá y tomando a Ana por el brazo, se acercó a él a toda velocidad. Su compañera no entendió esa prisa tan súbita hasta que vio frente a ellas a ese bombón que conocía solo por fotos.

—Mauro, ¿qué tal? —La voz de Rosa era sumamente sensual y coqueta. Ana no pudo evitar reírse y para disimular, giró la cabeza hacia el lado contrario y empezó a toser.

—Hola bambina ¿Cómo estás? Veo que has cambiado de compañera. Buenas, me llamo Mauro —Y alargó su mano hacia Ana, que ya se había recuperado del cuadro de pseudo tos.

—Hola, yo Ana. Soy la pediatra del grupo. Me han dicho que eres traumatólogo como Ramón.

—Sí. ¿Habéis venido solas?

—Oh, no —Rosa dio unos pasos cruciales y se situó estratégicamente al lado del gigoló italiano— Hemos venido el grupo en pleno ... Bueno, casi todos, un par de nosotros se han quedado vigilando las comunicaciones por si acaso ¿Y tú, has venido sólo?

—No, con Pietro, Lilian y Patrick —Señaló a un grupo de personas unos pasos más allá— Venid, os los presento.

Avanzaron hasta situarse a su altura e interrumpiendo la conversación de las 10 personas allí reunidas, dio a conocer a las chicas recién llegadas, que tras saludarlos con choques de manos, se unieron a la conversación que versaba sobre lo que allí estaba sucediendo. Pietro, Patrick y Mauro eran personal sanitario, pero Lilian era una periodista de Brasil, natural de Río de Janeiro, que por bien o por mal, estaba muy pendiente de Mauro, incitando cierto contacto físico con él bajo cualquier excusa tonta, como apartarle una mosca del hombro. Rosa no dejó de mirarla de reojo y no pudo disimular su malestar por la belleza de la brasileña y el cuerpo perfecto que lucía. La periodista, que tenía un montón de tablas, lo notó y para irritarla un poco más, cogió descaradamente a Mauro por el brazo y lo apartó del grupo, con un pretexto que Rosa nunca llegó a conocer.

—Vaya. Lilian ya se ha llevado a Mauro al huerto. Es un tipo con suerte —Dijo alguien del grupo.

—Sí que lo es. No siempre tiene uno la posibilidad de ligar con una modelo brasileña —Esta vez hablaba Patrick, el cirujano del grupo.

—¿Lilian es modelo? —Preguntó divertida Ana, mientras presenciaba como los ojos de Rosa despedían fuego.

—Sí, bueno, para ser más exactos, ex modelo y actriz. Llegó a ser muy conocida en su país hace unos años. Debido a incidentes varios, que no hemos llegado a adivinar ni nos ha comentado, su trayectoria profesional no pudo expandirse más allá de Sur América, y por tanto, no ha llegado nunca a trabajar en las pasarelas europeas o en las de Nueva York.

—Que lástima —Contestó con rin tin tin Rosa.

La conversación se interrumpió porque el Cabeza visible religioso de la región y las Autoridades Políticas subieron sobre una especie de escenario hecho de piedra, que había sobrevivido a la gran ola maléfica. Se hizo un silencio inmediato y sepulcral cuando empezaron a hablar en tamil. Los cooperantes no entendían nada del discurso, pero las caras de los vecinos del pueblo servían como traductor. Los residentes primero escucharon con serenidad y seriedad; después empezaron a llorar, habiendo incluso alguna lipotimia que los sanitarios tuvieron que asistir; a continuación la gente empezó a sonreír; y acto seguido se abrazaron los unos a los otros o se dieron las manos. Una vez finalizadas las palabras, el

86

sonido de la música viró a acordes más alegres. Los cooperantes, demasiado alucinados, no habían osado abrir boca durante esa media hora o más de discurso y por fin, se pudieron distender.

Paula había decidido dedicarse otra vez a su hobby favorito, observar a la gente, mientras andaba entre ellos y se los miraba con complicidad. A su paso, los habitantes del lugar flexionaban la cabeza hacia delante como saludo y en señal de agradecimiento. Tan abstraída estaba, que solo se dio cuenta de que se había alejado demasiado del grupo, cuando no vio a su alrededor, ni más allá, a ninguna cara amiga. Se asustó y el corazón se le volvió a acelerar, "al final, con tantas emociones, me acabará dando un infarto o me perforaré la úlcera duodenal", nuevamente el pesimismo hacía su aparición. Alguien le tocó el hombro derecho y se giro con júbilo pensando que sería Javi, su salvador y protector.

Ante ella estaban Abdul y Nawas, dos de los traductores del campamento, que al confirmar que se trataba de ella, chillaron de satisfacción dando gracias a Alá. Ella no entendió el porqué de esa reacción tan eufórica, pero no tuvo tiempo de analizar más allá, porque la pillaron entre los dos por los brazos, de una forma bastante grosera, y la obligaron a seguirlos. Paula corría sin saber donde la llevaban, presa de pánico y sin aliento, estando a punto de caer al suelo más de una vez, pero como casi volaba, expelida por ese par de locos, no pasó nada. Seguían lanzados entre el gentío hasta que salieron de todo aquel batiburrillo, y no pararon hasta que llegaron a una casa muy alejada de todo el jaleo. Los tres entraron dentro y se dirigieron directamente hacia una habitación situada a la derecha de la puerta de entrada. Paula respiraba con dificultad, haciendo inspiraciones más profundas para captar más oxígeno. En la habitación, tumbado en una cama doble, había un joven de unos veinte y pico años de edad. Arrodillado a su lado, un hombre de raza blanca, de entre 40 y 45 años, con la piel morena y algunas canas, que lo favorecían. Estaba comprimiendo la barriga del chico con unos trapos azules. Fue en ese momento cuando Paula se dio cuenta de lo que ocurría y del porqué de la reacción de los dos traductores. El chico acostado en la cama tenía un cuchillo clavado en el centro del abdomen y la sangre fluía alrededor del arma, con un flujo de mediano débito pero sin intermitencias. El herido, que sudaba a cántaros, intentaba pronunciar palabras pero su voz se extinguía de forma progresiva.

—¿Eres la cirujana española? —Dijo en inglés el hombre que presionaba el abdomen.

—Lo soy.

—Bien. Acércate y ayúdame —Paula lo hizo en segundos.

—¿Tenéis aquí material para hacer algo al respecto?

—En breve lo traerán. Nuestra clínica está demasiado lejos como para trasladarlo sin peligro para su vida. Además, nos han pedido discreción. Trabajaremos donde estamos. Me llamo Patrick y también soy cirujano. Mi compañero Pietro, que es anestesiólogo, y al que creo que conoces, ha ido a buscar el material y los fármacos. No tardará.

Dicho y hecho, un grupo de jóvenes asiáticos entraron en la habitación cargados de maletas y aparatos. Tras ellos entró el italiano que había conocido en la biblioteca del pueblo.

—Hola Paula. Siento haberte metido en este embrollo. Ha sido idea mía que te buscaran. Cuantos más, mejor —Dijo Pietro, empezando a administrarle medicación vía endovenosa a través de un catéter que alguien le había colocado en un santiamén.

Se enfundaron unos guantes estériles. Derramaron un buen chorro de yodo sobre el abdomen del chico. Colocaron unos paños verdes alrededor de la zona donde iban a trabajar como si fueran tallas estériles. Patrick cogió el bisturí. Antes de clavarlo en la piel preguntó a Pietro si el paciente estaba preparado. El anestesiólogo asintió con la cabeza. El corte fue firme y muy recto, justo al lado del cuchillo clavado, que aún no habían retirado.

—Por la posición del cuchillo creo que está afecto el epiplón, el estómago o alguna asa de intestino delgado. Sólo espero que no se haya desplazado hacia el bazo —Dijo Patrick, mientras Paula secaba la herida con gasas.

Una enfermera que trabajaba habitualmente en Colombo, había montado un bisturí eléctrico portátil. Paula flipaba con el quirófano improvisado y el material que estaban usando en ese momento. No tenía nada que envidiar al que se podía encontrar en un hospital comarcal español, pero en pequeño. Una vez abierto el abdomen, el cuchillo, que era ancho y largo, por desgracia del chico herido, se movió, dando como resultado un aumento del sangrado. Tal y como Patrick había intuido, el instrumento maligno se encontraba atravesando el epiplón, el estómago y el bazo, con la mala fortuna que atravesaba la entrada de los vasos sanguíneos principales del órgano. Tuvieron que actuar a toda velocidad. Liberaron el bazo de la parte posterior del abdomen. Lo aproximaron a la superficie colocando una colección de gasas detrás de él. Accedieron a los vasos sanguíneos del bazo, los ligaron y luego los seccionaron. Extrajeron la pieza. Después ligaron los vasos sanguíneos denominados cortos gástricos, que son los que conectan el estómago con el bazo. Dieron unos puntos al agujero del estómago para cerrarlo. Repararon los vasos del epiplón. Una vez terminado el procedimiento, lavaron toda la cavidad abdominal con suero fisiológico hasta que el líquido aclaró hasta la trasparencia. Y con la cavidad abdominal exangüe, comprobaron que a primera vista, no sangraba ningún órgano más ni había otra víscera a reparar. Llegó el momento de relajarse.

—¿Que es esta víscera que habéis extraído? ¿Y esta grasa que cuelga de los intestinos? —Preguntó Nawas, que se había quedado dentro de la habitación.

—La víscera es el bazo. Su función es destruir las células viejas de la sangre y protegernos contra infecciones. La grasa esta que dices, y que parece un delantal que cubre los intestinos, se llama epiplón. Tiene la función de protegerlos —Dijo Paula, respirando hondo por primera vez en muchos minutos.

—¿Se puede vivir sin bazo? —Siguió preguntando Nawas.

—Sí, pero se le tendrán que administrar vacunas para evitar cierto tipo de infecciones. Por desgracia no las tenemos ahora aquí. Lo ideal sería darlas en el postoperatorio inmediato de la cirugía de urgencia o días antes de una cirugía programada. A ver como acaba la cosa —Esta vez quien respondió fue Patrick, que sudaba a litros por toda su superficie corporal, ya que este tipo de operaciones emergentes siempre provocan mucho estrés, con la consecuente descarga de adrenalina, pues hay que trabajar contra reloj. Cabe decir que el calor al que estaban sometidos empeoraba más la situación y había sido un milagro que Paula no hubiera caído en redondo durante la cirugía.

—Estoy alucinando que hayamos podido practicar este procedimiento con este material quirúrgico y en este entorno tan inusual y contra producente. Debo decir pero, que el instrumental es estupendo, a pesar de todo. Ya me gustaría tenerlo a mí en nuestro campamento —No pudo evitar decir Paula, un poco para distender la situación.

Pietro les comunicó que el chico estaba bien y que podían proseguir. Era el momento de volver a hacer una revisión exhaustiva del abdomen. Comprobaron que todo lo reparado estaba en perfectas condiciones. Confirmaron otra vez que no sangraba ninguna víscera. Los intestinos, el hígado y los riñones se encontraban en condiciones óptimas. Un gran estruendo tras ellos los hizo girar la cabeza, apartando la vista del campo quirúrgico, cosa que no es recomendable hacer nunca. Abdul estaba en el suelo tras sufrir una lipotimia. A su lado Nawas, que intentaba reanimarlo mientras lo recriminaba por haber entrado en la habitación.

—Acompañarlo fuera para que le dé el aire en la cara —Gritó Pietro, una vez que Abdul empezaba a recobrar el sentido— Ponerle las piernas en alto. En estos momentos no podemos hacernos cargo de él. Y por favor, que no entre nadie más aquí dentro a no ser que sea personal sanitario quirúrgico. Esto parece la plaza de San Marcos de Venecia en pleno verano.

Sin otra incidencia, pudieron finalizar la intervención, cerrando la pared abdominal con hilos de vicryl y la piel con seda. No despertaron al paciente para realizar el traslado a la biblioteca con más seguridad, al estar conectado al respirador. Si el afectado superaba las próximas 12 horas estaría en condiciones de ser desplazado al hospital de Trincomalee. Los dos cirujanos se quedaron adecentando la habitación junto con la enfermera, mientras Pietro acompañaba al herido en una camioneta sin cobertura, bastante nueva, de color amarillo chillón. Por el camino le administró antibióticos endovenosos, un montón de calmantes y sedantes para su mejor confort.

Una vez terminado el trabajo de limpieza, la enfermera se fue sin despedirse, llevándose la ropa sucia y los dos cirujanos salieron al porche donde se sentaron. Patrick tomó del bolsillo de su camisa azul marino, ahora decorada con manchas de sangre como si de lunares se tratara, un paquete de cigarrillos e invitó a Paula a que tomara uno. Esta negó con la cabeza, añadiendo que no fumaba habitualmente, sólo en ocasiones especiales. Cuando Patrick iba a guardar el cajetín Paula se lo arrebató de las manos y tomó un cigarrillo, alegando que el nivel de adrenalina que llevaba en sangre bien merecía unas caladas.

—Gracias por venir —Dijo Patrick— Practicar la intervención yo sólo hubiera sido harto difícil. No he localizado a Mauro para que me ayudara y me he puesto un pelín nervioso. Pietro ha recordado que tú estabas por aquí —Paula estaba aturdida, en parte por el humo del tabaco. Miraba a su colega como si fuera un personaje de ficción, sin poder asimilar lo que terminaba de ocurrir.

—De nada. De hecho, ha sido una experiencia que nunca olvidaré. Este tipo de cirugías me encantan y realizadas in extremis, como hoy, multiplican su atractivo por mil.

—Tienes razón. Los politraumáticos son especiales. No a todos los cirujanos les gustan porque hay que pensar rápido y actuar a toda velocidad, y esto comporta mucho estrés ... A mí también me fascinan.

Paula recordó en esos momentos de relax que había desaparecido del grupo sin decir nada, pero necesitaba disfrutar de ese momento de paz. El estar allí sentada le ofrecía una serenidad que no quiso perder, ya que hacía años que no se sentía de esa manera tras una operación de urgencia. Era una emoción rara que no precisaba en describir, más cercana a la complacencia por haber cumplido una tarea importante.

—Tenemos que estar orgullosos de lo que acabamos de hacer —Dijo Patrick, como leyendo el pensamiento a la española, mientras lanzaba una segunda colilla al suelo.

—Sí. Tienes razón —Y Paula comprendió que la sensación que estaba experimentando no era otra que la de orgullo por haber actuado sin miedo ni dilaciones, con las ideas claras y con la seguridad típica de un general del ejército romano.

La celebración hacía unas 4 ó 5 horas que duraba y la gente empezó a irse a sus casas o refugios poco a poco. Los cooperantes, que tal y como era esperar se habían dispersado, se fueron reagrupando. Javi hacía rato que buscaba a Paula y se estaba poniendo más que nervioso al no encontrarla. Los compañeros lo tranquilizaron.

—No te preocupes. Debe estar con Ana y Rosa. Hace un buen rato que las he visto hablando con Mauro y ahora no están por aquí —Dijo Luís, un poco mosca por la desaparición de Ana, pero sin querer plasmarlo en sus palabras o expresión no verbal.

—Tienes razón. Todos aquí son pacíficos y acogedores. Seguramente se las habrán llevado a alguna casa a tomar algo. Ya sabemos que no se les puede negar nada —Contestó Javi más calmado al ver que Ramón tampoco estaba con ellos.

Laila y Ramón estaban sentados en unas sillas del porche de una casa muy bonita, que según dijo la guapa chica, era del Gobernador de la comarca. Era uno de los pocos políticos que se salvaron ya que estaba en el interior de la isla cuando ocurrió la catástrofe.

—¿No le molestará que estemos aquí? —Preguntó Ramón un tanto incómodo.

—No, tranquilo. Se trata de mi tío —Dijo Laila un poco acongojada.

—¿Por qué lo dices de esta manera? —Preguntó Ramón un poco sorprendido.

—Es que no es una persona muy querida en el pueblo. Dicen que no juega limpio y tiene muchos enemigos.

—¿Y tú qué opinas?

—Prefiero no pensar en ello. Es el hermano de mi padre y además, es mi protector. Gracias a él he llegado a lo que soy. Ha corrido con todos los gastos de mi educación. No quiero saber nada más ... Cambiemos de tema, por favor.

—Ningún problema. Pero sólo unas palabras más. En Europa, la mayoría de los políticos son odiados por mucha población con o sin razón. Es una condición íntimamente ligada al cargo que ejercen.

En ese preciso momento, el Gobernador se aproximaba a la entrada de la casa que había sido habilitada como quirófano de campaña. Se sentó junto a los dos cirujanos. Sacó un paquete de cigarrillos locales. Empezó a fumar sin obrar palabra. Patrick, que ya lo conocía, empezó a contarle lo que habían hecho y la situación en la que habían dejado al afectado de una forma lo bastante comprensible, como para que un desconocedor de temas sanitarios lo entendiera bien. El político escuchaba con serenidad, pero su expresión facial traducía una gran preocupación. Una vez terminó el relato, este tomó la palabra.

—Muchas gracias por lo que acabáis de conseguir. No sé como os lo pagaré —Hizo un silencio a conciencia para enfatizar lo que dijo a continuación— Os debo pedir un favor más. Me gustaría que lo que ha ocurrido no se haga público. No es el momento de desanimar a los vecinos del pueblo, ni de crear rencores, ni sed de venganza ... Ah, y nada de comentarlo a los periodistas que se mueven por aquí. Esto sería lo peor que podría ocurrir.

—No se preocupe Señor. Nuestros labios están sellados. También los de Pietro y los de la enfermera que nos ha ayudado.

—Yo avalaré el silencio del resto de colaboradores. Son todos de mi confianza y me respetan. No sé si sabéis que el chico al que acabáis de salvar la vida ... al menos de momento, es mi hijo.

—No sabíamos nada Gobernador —Replicó Patrick mirando a Paula, que negaba con la cabeza, confirmando su desconocimiento.

El Gobernador se levantó del suelo, diciendo que el joven era su primogénito. Dio la mano a Patrick y luego besó la de Paula, mientras le decía.

—Gracias por tu colaboración. No te conocía en persona, pero me han hablado mil maravillas de ti —Mientras se alejaba, añadió— Confío en vuestra discreción. Es esencial para la correcta convivencia del pueblo.

Ninguno de los dos abrió la boca hasta que el personaje desapareció, y entonces, los dos a la vez, empezaron a articular palabras.

—Las damas primero —Se adelantó a decir Patrick.

—Deberíamos buscar una coartada.

—¡Ni que fuéramos delincuentes! —Patrick rió de buena gana, mientras se levantaba del suelo y le tendía la mano a su compañera para que se pusiera en pie— Bromas aparte. Sí que deberíamos explicar la misma historia ¿Qué te parece si decimos que estábamos pegándonos el lote? Esta excusa me mola —Empezaron a caminar dirección hacia el festín.

—Creo que no colaría. Nos acabamos de conocer. Esto sólo ocurre en las pelis.

—Buf ... ¿No conoces a Lilian verdad?

—No ¿Quién es?

—Alguien que tiraría por tierra tu teoría. Supongo que no tardarás en conocerla —Miró hacia el horizonte como recordando algo que le hizo emitir una pequeña sonrisa— Bien, podríamos decir que nos han presentado y que hemos perdido la noción del tiempo mientras hablábamos de trabajo. Aburrido pero creíble.

—No se me ocurre nada mejor. Estoy un poco espesa por todo lo que ha pasado.

—Ok. Pues ya está. De todas formas, tus compañeros no son tus padres, y por tanto, tampoco hace falta dar tantas explicaciones.

—Tienes razón —Contestó Paula.

—¿Quieres volver al campamento caminado o motorizada? — Patrick se lo preguntó cuando llegaron al lugar donde había sido la celebración y lo vieron vacío.

—Me gustaría andar un poco —Paula buscaba a su alrededor algún resquicio de sus compañeros, pero sólo pudo detectar a algunos perros guarreando entre la basura, que planeaba mecida por el viento que amortiguaba el calor.

El cielo se mostraba claro como casi todas las noches anteriores y mostraba un grupo de estrellas brillantes, que se podían ver a pesar de la luna llena. Iniciaron el camino de vuelta sin problemas de visión, y a pesar de la poca iluminación de las calles, gracias al brillo del satélite de la tierra.

Los compañeros de Paula ya estaban en base, encantados con la velada, pero a la vez agotados, por lo que claudicaron y se fueron a dormir sin esperar a los que faltaban. A Javi le hubiera gustado aguardar la llegada de Paula, pero fue imposible, los ojos se le cerraban por una fuerza sobrenatural y se durmió en menos que canta la rana. Ana y Rosa llegaron poco después y se notaba a la legua que habían bebido un poco más de lo recomendable. Ayudadas por Esther y María, que se levantaron al oírlas llegar riendo y tropezando, fueron directas a la ducha para ver si el celebro se les despejaba, cosa que no consiguieron. Las chicas intentaron explicar sin tapujos a sus compañeras lo que habían hecho con Mauro y un grupo de periodistas, pero fue infructuoso, porque se les trababa la lengua

Ramón decidió acompañar a Laila a su casa con la excusa de recoger la ropa de trabajo que las chicas habían dejado allí. Al pasar por delante de la puerta del edificio de la biblioteca se dieron de bruces con Paula y Patrick, que justo en ese momento salían del edificio tras dar un vistazo a su paciente. El chico se encontraba estable y no se detectaban signos de re sangrado ni problemas pulmonares, o sea, que la situación pintaba bien, aunque era un poco pronto para mojarse. Ramón observó quedo a su compañera como preguntando con la mirada, pero no verbalizó nada, sólo le anunció que era tarde y que más les valía volver al campamento. Paula se despidió de Patrick y se montó en el tuck tuck en el que iban subidos Laila y Ramón. Al llegar frente a la tienda de Ikea, Laila bajó, entró dentro y al poco salió con los uniformes, entregándolos a Ramón, que la esperaba frente a la puerta. Dio las buenas noches a los dos españoles y entró en casa cerrando la puerta sin hacer ruido, no sin antes lanzar una mirada de complicidad a Ramón. De camino al campamento, el traumatólogo no pudo evitar interrogar a su compañera.

—¿Qué narices hacías con el cirujano americano? ¿Y qué hacías dentro del edifico? ¿Por qué no estás con el resto del grupo? ¿Javi sabe que estás aquí?

—Jolín. Cuantas preguntas —Respondió Paula bastante cabreada— Pareces mi hermano mayor o un poli. No tengo la obligación de responderte, pero lo haré, porque si no sería peor, induciéndote a error. Primero, a Patrick me lo han presentado esta noche. Me ha hecho gracia conocer a un colega americano y le he estado preguntando sobre el ejercicio de la profesión en su país. Siempre he pensado que sería interesante ir a trabajar allí. Segundo, hemos entrado al edificio porque quería consultarme un caso clínico que le preocupa. Tercero, no estoy con el resto del grupo debido a que me he desorientado. Después he encontrado a Pietro y Patrick y he perdido la noción del tiempo. Cuarto, ¿por qué narices me nombras a Javi? Podrías haber dicho Luís o Jaime que son los jefes.

—No te hagas la inocente. Todos hemos detectado lo que está surgiendo entre vosotros. Ni somos ciegos, ni idiotas.

—Ok. Oído cocina. Te agradecería que no comentases nada al resto. Paso de malas interpretaciones, en especial de Javi. No sé si entre nosotros hay o puede acabar habiendo alguna cosa especial, pero por si acaso, no quiero meter la pata antes de tiempo.

—Jajaja. O sea que es verdad. Hay feeling y estáis haciendo movimientos aproximativos. Me lo imaginaba pero quería una confirmación fehaciente— Exclamó riendo Ramón, mientras Paula le atizaba con un jersey en la cabeza.

—Que morro. Vaya manera de sacarme información. Ya puestos a pedir explicaciones, dime ¿Que hacías a solas con Laila? Y no me des la excusa barata de que has ido a buscar nuestros uniformes. Sabes perfectamente que tenemos otros y no nos hacían falta. Podríamos haber venido a buscarlos mañana —Lo miraba inquisitiva, como un juez mira a un asesino en serie situado en la palestra de acusados— ¡Sabes! Yo también tengo ojos y he detectado que esa chica te gusta un montón ¿Debo recordarte que estás casado y rematado? Además, no olvides que eres padre de dos niños preciosos, por lo que he visto en las fotos.

—Estábamos hablando de las costumbres de Sri Lanka. Ya sabes que me encanta conocer estos detalles.

—Muy interesante. ¿Hay algo que te haya impactado de lo que te ha contado?

—Sí ... Un montón —El titubeo por la inesperada pregunta fue tan patente que Paula echó a reír.

—Ya ¿Seguro que el estar con ella sólo era por el interés sociológico?

—Escucha Paula. Lleguemos a un entente. Yo me creo tu versión y tú te crees la mía.

—Muy bien. Trato hecho. No más preguntas. Ante los otros, ¿hemos estado juntos toda la noche? —Chocaron manos en señal de acuerdo unánime.

Y así lo explicaron al día siguiente cuando María les increpó al constatar que habían llegado mucho más tarde de lo esperable. Paula no tenía muchas ganas de dar explicaciones ya que estaba agotada debido a que esa noche no pudo conciliar el sueño hasta bien entrada la madrugada, por unos niveles de adrenalina demasiado elevados como consecuencia de los acontecimientos de esas últimas 24 horas, tales como, el regreso de Javi, la celebración, la cirugía en el improvisado quirófano, el conocer a Patrick, la conversación con el Gobernador o el rifi rafe con Ramón.

5. UNA TORMENTA TROPICAL

A pesar de que el despertador estaba activado para que sonara a la 7:15 horas, los componentes del grupo se despertaron a las 6 horas. Los que dormían en el interior de aula fueron arrancados de los brazos de Morfeo al escuchar el estruendoso ruido de la lluvia que caía con fuerza sobre el tejado y los aterradores truenos que acompañaban la comparsa, que sonaban igual que la explosión de una bomba en el interior de la habitación. Los chicos que dormían fuera, en la tienda de campaña accesoria, se despertaron por las numerosas goteras que les estaban mojando a ellos y sus pertenencias, por lo que se trasladaron al edificio adjunto. Intentaron volver a dormir, pero les fue imposible, ya que la lluvia no cesaba y los truenos, en esos momentos acompañados de unos rayos estremecedores, multiplicaron su intensidad por cuatro. Prepararon el desayuno con más silencio del habitual, sin dejar de mirar por las ventanas, y a pesar del temporal, decidieron abrir el puesto médico. Algunos osados pacientes se aproximaron a él para ser atendidos, no obstante, la cantidad de visitas que hicieron no computaba, ni de lejos, la décima parte de lo que correspondería a un día normal. Como la intensidad de la lluvia no aminoraba, los refugiados que de habitual yacían a cielo raso, se trasladaron a las aulas, que ya se encontraban en estado de hacinamiento. Los que no pudieron encontrar ni una pizca de espacio, huyeron del colegio para encontrar alguna alma caritativa que les alojara al menos en sus porches. Los más aventureros, o tal vez, los que ya se encontraban en la fase de indefensión de Paulov (estado en el que no reaccionas contra el medio porque, o no tienes fuerza, o crees que tu acción no cambiará los hechos que están ocurriendo, o porque todo te da lo mismo), se mantuvieron al aire libre, sobre las estoras en las que dormían y tapados con cualquier material encontrado entre los escombros, como por ejemplo, una lona.

—Pobre gente —Dijo María— Creo que deberíamos hacer algo pero no se qué.

—Tal vez hablar con las ONGs que se encargan de la logística o con los representantes de las Naciones Unidas, para pedirles que traigan tiendas de campaña para resguardarlos —El que hablaba era Santi, que casi nunca abría la boca, pero cuando lo hacía aportaba grandes ideas.

—Chico, creo que has dado en el clavo. Ahora mismo llamo al teléfono que nos dejó anotado Toni. Me dijo que era el de unos representantes de la ONU y que ellos, en caso de necesidad, nos podrían echar una mano en un montón de cosas. Creo que ahora es el momento de jugar esta carta y pedir auxilio.

Dicho y hecho, Luís cogió el teléfono vía satélite para hacer la llamada. Mientras él daba explicaciones de cómo estaba la situación en el campo de refugiados a sus interlocutores, Javi se aproximó a Paula.

—Hola. Ayer me dejaste inquieto. Me hubiera gustado esperarte despierto, pero el agotamiento me venció. Los ojos se me cerraron sin que pudiera controlarlo.

—Gracias por preocuparte, Javi. Estaba muy bien acompañada. Ramón sabe moverse a las mil maravillas por este continente. Simplemente me alejé del grupo y cuando fui consciente de ello, ya era demasiado tarde. Estaba perdida.

—Bien ... ¿Y que hicisteis durante todas esas horas?

—Que interrogatorio —Exclamó un poco trastornada y con pocos modales.

—Perdona. No hace falta que contestes si no lo deseas. No tengo ningún derecho —Las palabras denotaron cierto fastidio.

—No te estoy recriminando nada. Me sorprende. Eso es todo —El tono, esta vez, fue más suave. La chica no quería generar sospechas y reaccionó rápido— Tropecé con Ramón y hablando con unos y otros se hicieron las tantas. Después pasamos a recoger los uniformes y ya está todo dicho.

La conversación se vio interrumpida por Luís que en ese mismo momento acababa de colgar el teléfono.

—Chicos, todo arreglado. Me han dicho que han recibido de Europa un montón de tiendas de campaña impermeables al agua. Ya tenían previsto traer algunas a esta región, de manera que nos llegaran las suficientes para cobijar a todos los que se encuentren sin techo.

—Nos podrían dar una a nosotros. Todos no cabemos en este mini edificio y la tienda que estamos utilizando en estos momentos, tiene un montón de goteras —Dijo Esther, que era una de las que dormía fuera.

—Pillaremos alguna, siempre y cuando sobre. Nosotros siempre nos podemos apretujar un poco más. Han dicho que probablemente se acercarán aquí mañana —Contestó Luís con cierto desdén— Y ahora, podríamos aprovechar este día gris, en el que los pacientes no quieren acudir a visitarse, para ordenar cosas, escribir, leer, dormir o hacer aquello que más nos plazca.

—Ya tocaba un día así —Exclamó Esther, un poco enfurruñada por la forma en la que había contestado Luís.

—Perfecto —Dijo María, toda aliviada de tener unas horas para poner al día su diario— Por cierto, ¿la gente de este país no va al médico con la lluvia? Se parece a lo que ocurre en mi tierra. Cuando llueve, las urgencias están vacías y esto da mucha rabia, sea dicho de paso.

—A mí también me da furor. En Barcelona los pacientes no aparecen por urgencias cuando llueve o cuando juega el Barça —Y Ana, añadió con cierta indignación— Y los días que juegan el Barça contra el Madrid ni os cuento. ¡Ni un alma!

—Jajaja. Creo que esto debe ser general. En Sevilla pasa lo mismo con el futbol, sobre todo, los partidos Betis contra Sevilla —Anunció Ramón— De los días de lluvia no hablo porque son escasos y poco significativos.

Paula desconectó de la conversación, estaba más preocupada en saber el estado médico del hijo del Gobernador, pero parecía demasiado osado llamar a Patrick delante de sus compañeros o irse sola hacia la biblioteca con la tempestad que estaba cayendo. Jaime y Rosa pusieron en orden el seguimiento de las visitas diarias, ya que estos datos, una vez analizados, les servirían para redactar el informe final, necesario una vez volvieran a España. María y Esther decidieron ponerse manos a la obra con sus respectivos diarios, mientras que Santi y Tomás dormitaban.

Pasaron los minutos, después las horas y la lluvia no se daba por vencida. A Paula, el estar allí encerrada la empezó a poner nerviosa, pues el espacio era demasiado pequeño para tantas personas hacinadas. Pero no era la única que se encontraba inquieta, los dos periodistas empezaron a perder la paciencia, por lo que Enrique propuso a Cristian de tomar un coche con chofer, y partir a la aventura para registrar como la gente del pueblo afrontaba ese día más que lluvioso. A su compañero le encantó la idea y fue a buscar, en un abrir y cerrar de ojos, los aparatos de grabación. Paula, que algunas veces se sorprendía a sí mismo con su espontaneidad, los siguió fuera para pedirles poder acompañarlos. Los dos periodistas asintieron y partieron vertiginosamente, antes de que el resto de grupo, incluyendo Javi, pudieran reaccionar.

Enrique había preguntado a Ringa si les podría hacer de conductor cuando ellos se lo solicitaran y él había contestado en afirmativo. Ringa tenía esposa, pero no hijos. En su momento había sido propietario de un restaurante situado cerca de la playa, que fue destruido por el tsunami. Tanto él como su esposa se salvaron de casualidad, ese día habían ido a visitar unos parientes que vivían en el interior de la isla. Encontraron a Ringa fumando unos cigarrillos americanos en el porche de la casa de su hermano, situada justo en frente del colegio.

—Hola chicos —Dijo Ringa— ¿Que os parece esta tormenta tropical? El tema va para largo. Puede durar de horas a días. Es difícil de prever.

—Pues si que vamos bien —Exclamó Cristian, que no soportaba la lluvia, ya que según dijo, tenía más que suficiente con la que caía en su tierra, Galicia.

—Ringa, ¿Tienes el coche por aquí? ¿Crees que sería peligroso dar una vuelta por la zona? Intentaríamos grabar alguna escena para el reportaje —Dijo Enrique sin andarse con rodeos.

—Sí, claro. No hay problema. Pero debéis asumir que puede haber cierto peligro en caso de que la lluvia aumente de intensidad porque la mayoría de las carreteras han sido reparadas de forma provisional con arena poco consistente. El peligro de desprendimientos o de que no podamos volver aumentaría en ese caso. Si corréis con el riesgo, adelante, tengo el coche en la calle de atrás.

—¡Ningún problema! —La cara de Cristian se iluminó porque, en cierta manera, amaba los contratiempos y la aventura más que su propia persona.

—Paula, lo que no podemos asumir es el hecho de que vengas con nosotros. Creo que sería mejor que dieras media vuelta —Añadió Enrique mirándola con semblante serio.

—Está bien. No puedo obligaros a cargar conmigo, pero no volveré al campamento. Tendría que hacer unas consultas médicas a mis compañeros de la biblioteca ¿Podríais acercarme allí?

—No creo que haya inconveniente ¿Qué opinas Ringa? —Dijo Enrique.

—No, ningún problema. Nos desviaremos un pelín del camino hacia las afueras, pero no es complicado. De paso podéis filmar la situación del pueblo en estos momentos. Puede ser interesante.

—Sí, puede serlo —Asintió Cristian impaciente por partir.

Dicho y hecho, los cuatro anduvieron hacia la calle que había indicado Ringa y subieron a un coche 4x4, viejo, pero menos destartalado que los que circulaban por la zona. Tras cuatro intentos de arrancar el motor, el coche empezó a moverse por las calles enlodadas y llenas de baches. Tomaron dirección hacia la bahía para cruzar por el puente situado cerca de la desembocadura del río. Los porches de las casas que iban vislumbrando estaban repletos de vecinos sin techo a los que las familias habían ofrecido cobijo. Los individuos tenían un semblante triste que traducía desesperanza, una actitud muy diferente a la que presentaban los días previos o incluso la noche anterior. Paula atribuyó este cambio de humor a la propia lluvia, ya que toda esa humedad y el aspecto que presentaba la ciudad en ese momento, les debía recordar muchísimo al horroroso 26 de diciembre. Los niños, en cambio, ajenos a todo, no perdieron su jovialidad y ganas de vivir, y se mostraban alegres, enviando fervorosos saludos, llegando incluso a saltar hacia la lluvia persiguiendo el coche unos metros.

Cada vez que Cristian lo solicitaba, paraban el vehículo, para que pudiera hacer su trabajo. Grabó un grupo de vecinos achicando agua con cubos de una casa dañada por las goteras y a una mujer empapada a más no poder, sentada en medio de un campo llorando junto cuatro tumbas camufladas entre las hierbas. Inmortalizó a unos niños jugando en el porche de su casa mientras sus mayores desembozaban las alcantarillas para evitar inundaciones y se pararon en el principio del puente, sobre el río, para poder plasmar en la cámara la bravura del agua que pasaba a sus pies. Sin lugar a dudas, la imagen acongojaba porque el nivel del río, que días antes se encontraba muy alejada de la altura en la que estaban, estaba a menos de un metro de ellos. Al comprobar este dato, Paula empezó a inquietarse y a arrepentirse de haber sido tan osada.

—Uaaaaalllllaaaaa —Gritó Cristian encendiendo como un rayo la cámara— Esto acojona un montón ... Perdonad esta expresión.

—Buf —Fue lo único que pudo emitir Paula.

—Ringa —Pidió Enrique— ¿Te importa que te filmemos mientras te hago una entrevista y hablamos sobre el estado del río?

—¿Me estás diciendo que quieres que salga en vuestro reportaje? ¿Y que hable? —Respondió Ringa con orgullo.

—Sí. Es justo lo que te estoy pidiendo.

—Por supuesto, claro. Me encantará. Será una experiencia digna de contar a mis hijos, cuando los tenga, claro. Adelante. ¿Donde queréis que me sitúe?

—Cristian ¿Te parece si nos aproximamos más al centro del puente? Así la perspectiva será mejor y podremos pillar la furia del agua. Se verán a lo lejos las casas próximas a la orilla del río.

—A mi me parece cojonudo —Gritó Cristian, que en ese justo momento estaba unos metros más allá de ellos, tomando unos primeros planos de los árboles arrastrados por la corriente del río.

Cuando terminó, se acercó a Ringa y Enrique, que ya se habían situado en el lugar deseado y estaban prestos para empezar la entrevista. Paula observaba todos los movimientos de sus acompañantes la mar de entretenida. Llegó a olvidar por completo que se encontraban en la parte más central del puente, sobre un río que en cualquier momento podría arrastrar todo lo que encontrara a su paso.

—Bien, adelante. Preparados, cámara y acción —Anunció Cristian, haciendo un poco de parodia y provocando la risa de Paula, que tuvo que taparse la boca con la mano para no estropear la toma.

Enrique agarraba con su mano derecha un micrófono en el que se podía ver con claridad el logotipo de la cadena de televisión para la que trabajaba. Mirando con formalidad a la cámara y con una actitud que a Paula le pareció muy profesional, empezó a contar la situación.

—Nos encontramos en el pueblo de Kinniya, en uno de los dos puentes que se mantienen íntegros tras el tsunami. Desde hace más de 6 horas la persistente lluvia torrencial no deja de caer, poniendo, otra vez, en jaque mate esta ciudad y sus habitantes. El riesgo de que el río de desborde es cada vez más alto y lo peor es que en base a las previsiones, la situación puede que se mantenga aún horas o incluso días. Tenemos a nuestro lado a un superviviente del tsunami. Buenos días Ringa.

— Buenos días —Dijo, usando el inglés más puro y correcto que conocía.

—¿Podrías explicarnos que puede ocurrir si la climatología se mantiene como hasta el momento?

—Claro. No es la primera vez que el nivel del río sube hasta que termina saliendo fuera e inunda todo lo que se encuentra en su orilla, o incluso, más allá. Los resultados en esas anteriores crecidas fueron graves de por sí, no quiero ni pensar que podría ocurrir esta vez, en la que los cimientos de las casas, las carreteras e infraestructuras están ya destrozadas.

—¿Nos estás diciendo que si este marco se mantiene, se podría agravar la situación de muchas de las personas que viven en esta región?

—Sí —Silencio largo— Dios mío, no sé porqué las fuerzas de la naturaleza nos castigan de esta manera. No somos tan mala gente. No destruimos el medio ambiente o al menos evitamos hacerlo. Amamos a los animales. No vivimos por encima de nuestras posibilidades ... No entiendo nada —Añadió con un semblante absolutamente diferente al que había presentado hasta ese momento y que demostraba una profunda preocupación.

—Estás convencido de que todo esto que está ocurriendo puede ser un castigo divino por algo, ¿verdad? —Confirmó Enrique, sorprendido por el derrotero que estaba tomando la entrevista.

—Sí, creo eso con convicción. Puede ser un escarmiento por las luchas internas que estamos teniendo. Ha muerto mucha gente por acción de las guerrillas y del ejército nacional. Ha habido destrucción. Hemos enturbiado la paz de nuestra tierra por culpa de opiniones dispares y egoísmos varios.

La conversación se vio interrumpida por la llegada de cinco vehículos que se detuvieron a su lado. El tercer de ellos estaba ocupado por el Gobernador de la región que asomó la cabeza por la ventana posterior.

—Hola —Dijo todo perplejo— ¿Se puede saber qué hacéis aquí? Supongo que estáis al corriente del peligro al que estáis sometidos estando ubicados en este lugar, ¿no?

—Ya habíamos terminado, Señor —Contestó Ringa, al tiempo que hacia una reverencia— Estos dos hombres son unos periodistas que están viviendo con los cooperantes españoles de la escuela.

—Un placer —Saludó el Gobernador con otra reverencia menos marcada. Acto seguido miró dirección Paula y la reconoció. Le surgió una sonrisa de agradecimiento de forma automática, pero al percatarse de que debía hacer ver que no la conocía, raudo y veloz, añadió— Y esta señorita, ¿Quién es?

—Es Paula, cirujana española. La estábamos acompañando hacia la biblioteca. Quiere consultar ciertos casos clínicos con su colega americano —Explicó Ringa muy humildemente.

El Gobernador, que de tonto no tenía ni un pelo, dedujo con acierto, que la joven deseaba conocer el estado del paciente que allí se encontraba y se lo agradeció con un sutil movimiento de cabeza, que sólo Paula pudo interpretar.

—Interesante ... Nosotros venimos justo de allí y parece que han estado atareados con un paciente, pero ahora todo está más tranquilo, ya que el susodicho se encuentra estable. Ahora nos dirigíamos a ver las condiciones del río en la montaña, donde parece ser está lloviendo más que aquí. Nos han llegado noticias de que la situación empieza a ser preocupante. Si lo confirmamos, comenzaremos la evacuación de las zonas en riesgo ipso facto.

—Señor Gobernador ... Disculpe, no me he presentado, me llamo Enrique ... Tal y como le ha comentado Ringa, soy periodista para una cadena de televisión española llamada Sexta. Le estaría eternamente agradecido, si nos permitiera acompañarlo y tomar imágenes de este reconocimiento —Lo pidió de la forma más cortés que conocía— Mi compañero, que se llama Cristian, es mi cámara.

El Gobernador introdujo la cabeza mojada dentro del coche e intercambió unas frases con sus acompañantes. Tras ello se dirigió de nuevo al grupo de aventureros, que a pesar de vestir impermeables, ya empezaban a estar muy empapados. Paula hacía un buen rato que se había trasladado al interior del vehículo de Ringa.

—Bien. No hay problema para que nos acompañéis pero si en algún momento os pedimos que no toméis imágenes de algo, os estaríamos muy agradecidos en que nos obedecierais. En estas condiciones, hay trato.

—¡Por supuesto! —Se adelantó a decir Cristian— Seremos muy cautos y honrados.

—¿Qué pasa con la chica? —Preguntó el Gobernador— Nosotros vamos en dirección contraria de la biblioteca y del campo de refugiados, y ya hemos perdido demasiado tiempo ... No podemos desviarnos.

—Pues va a tener que acompañarnos —Dijo Enrique sin pestañear— Vamos chicos. Al coche —Dicho y hecho, empezaron a correr hacia el vehículo que se encontraba estacionado unos metros más allá. Al entrar, Paula tenía los ojos como platos y se moría de ganas por saber cómo había terminado la conversación.

—Paula, cambio de planes. Te vienes con nosotros hacia las afueras del pueblo con el Gobernador y su séquito. Parece que la situación es alarmante.

Mientras Enrique daba explicaciones de la conversación a Paula, Ringa ya había puesto en marcha el vehículo, esta vez a la primera. Esperó a situarse tras el quinto coche de la comitiva compuesta por civiles y militares con metralletas. Se hizo un silencio absoluto, sólo importunado por los golpes de lluvia sobre el coche. Se apartaron de la vía principal para adentrarse en una zona de calles embarradas y casas destartaladas llenas a rebosar de personas y animales que observaban preocupadas el paso del cortejo sin saludarlos. Los que estaban sentados en los porches se ponían en pie y los que se encontraban dentro salían alarmados fuera. La cara de preocupación era patente, y el hecho de que el mismo Gobernador y sus acompañantes tomaran dirección noroeste, significaba que las cosas no iban muy bien y que algo importante se estaba cociendo. El nerviosismo fue creciendo, alcanzando su máxima intensidad cuando un grupo de oriundos les cerró el paso, casi a la salida del pueblo. La maldita lluvia se mantenía firme pero no fue razón para que los descontrolados habitantes, que ni se habían preocupado de protegerse del aguacero, empezaran a abuchear, gritar o hacer preguntas. Los soldados salieron de los vehículos y se situaron en posición de ataque para proteger al máximo exponente político de la zona. Este hizo una señal con sus manos indicando calma y tras escuchar a sus compatriotas les habló con voz clara y fuerte, sin demostrar enojo, sino más bien trasmitiendo serenidad.

A pesar de que Paula no comprendía nada de lo que decía, detectó que el padre del chico al que habían operado la noche previa tenía don de gentes y consiguió apaciguar los ánimos. En unos minutos, el gentío se había disuelto y los coches pudieron proseguir su camino. Cristian había logrado grabarlo todo a costa de una gran tensión, ya que no quería perder ni un solo plano y cuando por fin se alejaron del lugar de conflicto, se relajó dando un gran suspiro

—Aixxxx. Enrique, tengo la adrenalina a cien ¿Y tú?

—También. Por un instante he pensado que lincharían al Gobernador. Ha sido un momento álgido. El Señor los tiene bien puestos.

—Estaba convencido de que habrían problemas y nos veríamos involucrados —Comentó Ringa en voz baja.

—Jolín. Hace tiempo que no nos envían a cubrir conflictos bélicos. Estamos perdiendo práctica —Dijo Cristian, visionando lo que había plasmado en su aparato.

—Tienes razón. Cuando volvamos a casa recuérdame que el próximo encargo que pillemos sea en algún país donde hayan tiros y bombas —Anunció Enrique muy serio.

—Estáis locos —Exclamó Paula, no estando segura de si lo que decían era en serio o no.

—No. Es nuestro trabajo. Nos pagan para eso —Rió Cristian al ver la cara de alucine de su acompañante— No soportaría ser un cámara de esos a los que envían a entrevistar a la Duquesa de Alba o a la Presley o a cuatro colgados que se quejan por cualquier mariconada.

—Y vuestros familiares, ¿cómo llevan todo este plan de vida? —Increpó Paula.

—Dado que yo no tengo ni padres, ni hermanos ni pareja fija, no tengo problemas —Respondió divertido Cristian, al ver como la facies de Paula viraba de incrédula a horrorizada— En cambio, Enrique tiene más líos, ¿verdad? —Le propinó un golpe en el hombro.

El presentador se giró. Tomó el jersey de su compañero a la altura del pecho. Su puño derecho se situó a unos centímetros de la cara de Cristian. Tenía las mejillas rojas. El sudor se le deslizaba por la frente. Temblaba. Los dientes estaban prietos. Ni Paula ni Ringa articularon palabra. La tensión entre los dos periodistas lo impidió. Era como si una fuerza electromagnética los hubiera dejado sin voz. Enrique hizo una sonora inspiración profunda. Liberó el jersey de Cristian. Ya no estaba sudoroso y el rubor se había esfumado. Se giró hacia el frontal del coche como si nada hubiera ocurrido. Acto seguido, dijo.

—No creo que a nadie de los que aquí se encuentran les importe mi vida privada —Y de esta manera zanjó el asunto. Se hizo el silencio dentro del 4x4.

Paula intuyó que el pueblo se había quedado atrás hacía unos cuantos kilómetros ya que desde hacía rato no se alzaba ninguna edificación. El río transcurría a escasos metros de la destartalada carretera cuyo trazado, se aproximaba o alejaba de la ribera fluvial buscando la comodidad geológica de la zona. La vegetación era espesa haciendo que el color verde oscuro fuera el predominante del paisaje. El olor a tierra mojada mezclado con el de las plantas era agradable y por suerte, ya no se husmeaban esos aromas a especies, comida y tufo humano al que se había acostumbrado.

El recorrido se mantuvo al menos otros 30 minutos, comportando que Paula se arrepintiera de la aventura, ya que se encontraba muy mareada por los cambios rasantes y la manera de conducir de Ringa, que le recordaba a la de un ex suyo. Asimismo, se alegró de que sólo hubiera algunas curvas aisladas, ya que con una fiabilidad del cien por cien, le hubieran desencadenado vómitos por cinetosis. Los primeros vehículos se pararon de sopetón, justo en un resalte donde la carretera se aproximaba demasiado al río, situándose entre un cerro y un acantilado. Todo el mundo bajó del coche. Cristian aprovecho para cambiar la memoria de la cámara para evitar quedarse sin espacio de filmación. Medio metro más allá la carretera había sido engullida como por arte de magia, o mejor dicho, del demonio, ya que la imagen, aparte de espectacular, era aterradora. El agua del río mostraba una bravura considerable, temible y digna del mejor gladiador de la antigua Roma y aún más, el ruido de la lluvia y el agua en aquel lugar se multiplicaba exponencialmente por efecto eco que retumbaba en el oído de los allí presentes. El Gobernador hablaba con efusividad con dos hombres en los que no se había fijado antes porque en ningún momento se habían asomado a la ventana de jeep.

—¿Quiénes son? —Preguntó con descaro Paula a Ringa, haciendo uso de la confianza que ya tenía con él tras tantas horas de convivencia.

—El más alto es ingeniero de caminos, canales y puertos. El otro es el Jefe de protección civil. Son buena gente y muy eficientes.

—Se les ve cara de preocupación —El que hablaba era Enrique, que hasta el momento se había mantenido mudo y pensativo.

Se volvió hacia Cristian para decirle algo, pero el aventurero y a veces inconsciente cámara, se había trasladado raudo y veloz al borde del acantilado, justo al lado de los especialistas, para captar la situación de primera mano. Enrique suspiró, haciendo movimientos lentos con la cabeza, plasmando lo que pensaba, "este tipo va a su puta bola y me está tocando demasiado las pelotas", "cuando estemos más tranquilos le voy a parar los pies"

Inesperadamente un ruido aturdidor. Rocas del acantilado desprendiéndose al río. Una salpicadura gigante de agua. Las personas, los vehículos y la vegetación la reciben a modo de tsunami. Falta de reacción. Barro en la boca. Escozor en los ojos. Una fuerza sobrehumana los empuja al suelo. Sudor frío. Dolor en los glúteos o en la espalda. Calor en la zona de piel que choca contra el pavimento. Sensación de mareo y nauseas. Falta de aire y presencia de tos.

Poco a poco regresa el silencio. Paula echa una rápido mirada a su alrededor para intentar reconstruir lo pasado. Todos sus compañeros están en el suelo. Un montón de rocas del acantilado han ocupado parte del pavimento de la carretera y han cubierto el lecho del río. El agua se ha desviado hacia la izquierda y por eso no se los ha llevado por delante. En el vistazo que da la doctora se cerciora de que todos los de su alrededor están bien. El Gobernador ya está siendo levantado del suelo por dos soldados. Ringa está a su lado para confirmar que la chica no ha sufrido ningún daño.

111

Unos gritos atraen su atención. El Jefe de protección civil está socorriendo a un soldado que yace en el suelo, bajo unos troncos de árbol que le atrapan las piernas. El pobre grita de dolor y Paula corre hacia allí para prestar su ayuda. Los hombres más fuertes se sitúan a su alrededor para poder retirar los troncos que lo aprisionan. Pasados 5 minutos, que a todos les parecen días, lo consiguen. La doctora examina a toda velocidad las lesiones. El diagnóstico es de fractura de fémur izquierdo y fractura abierta de tibia y peroné derechos. Esta segunda lesión tiene pérdida de sustancia, es decir, el soldado ha perdido parte de la carne que cubre los huesos rotos cerca del tobillo dejando al descubierto las esquirlas óseas. El sangrado es activo pero no de especial intensidad. La cirujana comprueba, poniendo los dedos sobre el dorso de los pies, que hay buenos pulsos pedios en ambos lados.

Cristian sabía que no era ético grabar todo lo que estaba ocurriendo, pero lo hizo hasta que el Gobernador se lo quedó mirando, frunciendo el ceño. En ese momento cerró la cámara y el político no tuvo que abrir boca para recriminarlo. El ingeniero se aproximó a Paula con un botiquín del que obtuvo analgésicos, vendas y desinfectante para limpiar las heridas. Inmovilizó ambas piernas con ramas y vendas, tal y como había podido ver en algunas películas, ya que sus tareas asistenciales diarias en un hospital de tercer nivel no incluían primeros auxilios en condiciones extremas y sin el material médico correspondiente. Una vez terminada la obra de arte, dio permiso para trasladar a soldado al coche más próximo. Mientras, el Jefe de protección civil se puso en contacto con la central mediante radio, dando la orden tajante de evacuar a las personas que vivieran cerca del lecho del río, de su desembocadura, de las marismas o de las zonas situadas por debajo del nivel del mar. Los evacuados debían ser trasladados a las partes más altas de la ciudad y tendrían que ser distribuidos por casas de vecinos o bien, ser llevados al campamento escolar.

El Gobernador anunció que era el momento de retomar el viaje hacia el punto de origen e invitó a Paula a viajar en el vehículo que trasportaba al herido y al mismo político. El paciente se encontraba estable, cosa que permitió a la cirujana pensar en otras cosas, entre las que estaban sus compañeros de aventura. Fue en ese momento que se dio cuenta que no había pedido permiso a su jefe para ausentarse, aunque al menos había informado de su salida, deprisa y corriendo, a Ramón. Esperaba de todo corazón, que ante todos los movimientos que se estaban iniciando, sus compañeros no estuvieran preocupados. Era la segunda vez en menos de 24 horas que desaparecía por las buenas. "¿Como se lo tomará Luís? Esta vez me caerá una bronca que seguro merezco. Me la estoy jugando como una idiota. Podría haber sido yo la herida"

El viaje de vuelta duró más tiempo del previsto, ya que el camino se encontraba en peores condiciones. Esquivaron varios socavones donde faltaba un trozo de carretera. Pararon a retirar árboles caídos. Desencallaron del barro a dos de los seis coches. Frenaron en seco cuando una roca de dimensiones similares a las de un elefante africano les rodó por delante. Aceleraron al atravesar un puente, ya que el riesgo de hundimiento era enorme. A pesar de todos estos altibajos, por el sólo hecho de estar pendiente del chico herido, Paula no se mareó. Por fin, vislumbraron las primeras casas de la población y los coches se pararon para que el Gobernador diera las indicaciones pertinentes a los soldados, al ingeniero, al Jefe de protección civil y a Ringa, al que ordenó llevar a los periodistas al colegio. Todo esto sin que ninguno de ellos, incluyendo Cristian que estaba de morros por no poder continuar plasmando en su maravillosa cámara todo lo que allí acontecía, se opusiera. Finalmente, se montó en el jeep donde se encontraba Paula, dando la orden de dirigirse a la biblioteca.

El recorrido al edificio sanitario fue rápido porque tomaron un atajo y no encontraron ningún impedimento. El Jefe de protección civil había informado al personal sanitario de la biblioteca de que estaban trasladando un herido y les había anunciado las lesiones que sufría para que prepararan lo necesario para su tratamiento. Al parar frente la puerta los estaban esperando los tres médicos y un par de sanitarios con una camilla. El paciente fue llevado sin dilaciones a quirófano donde se hicieron cargo el anestesista y el traumatólogo. El Gobernador aprovechó para ir a visitar a su hijo y Patrick acompañó a Paula al despacho médico. Sin hablar, aproximó a su colega un toalla. Después, sin aún haber abierto boca, le ofreció una taza de té. Ella lo tomó en un santiamén. La humedad le había calado, incluso, sus entrañas y el te le vino que ni pintado, no dándose cuenta de la gran cantidad de azúcar que llevaba ni echando de menos el limón que tanto le gustaba. Una vez recuperada con la bebida caliente, tomó la toalla y se empezó a secar el pelo. Patrick se mantenía silencioso y se acercó para darle un jersey y unos pantalones masculinos de una talla mayor a la que ella usaba. Paula tomó la ropa sin vacilar y miró al americano intentando no perturbar la serenidad adquirida a lo largo de la jornada. Cuando conectaron visualmente, la chica frunció la boca. Él seguía sin decir nada, sin moverse, manteniendo la mirada fija en ella. Ella desvió los ojos hacia la puerta mientras insinuaba una mueca. Este gesto hizo que Patrick reaccionara, mostrando una sonrisa traviesa, y habló.

—Ok. Lo he captado. Ya veo que no ha colado. No quieres cambiarte delante de mí. Salgo unos minutos para que lo hagas. Mientras voy a ver que hacen mis compañeros.

—Gracias —Balbuceó Paula, un poco avergonzada— "Debe haber pensado que soy una puritana", se dijo a sí misma.

Ya con la ropa seca, se aproximó al quirófano y constató que Patrick también se había lavado las manos y puesto guantes estériles para ayudar a Mauro. El chico estaba dormido y ya no se oían sus gemidos que habían estado presentes durante todo el viaje de vuelta. Como Paula consideró que molestaba, salió de la improvisada sala de cirugías y se dirigió al área de reanimación donde se encontraba el Gobernador asiendo la mano de su hijo. La enfermera, que era la misma que había asistido a la operación del chico, informó a la cirujana que el paciente estaba estable, siendo el único problema la aparición de fiebre. Estaban esperando que el tiempo cambiara para trasladarlo a Trincomalee, ya que consideraban que allí había medios, e incluso un servicio de cuidados intensivos, por si fuera necesario en algún momento. Le enseñó el abdomen del enfermo y Paula constató que tanto la exploración abdominal, como la herida, eran correctas. Al auscultarle el aparato cardio-respiratorio le pareció oír ruidos anómalos compatibles con una neumonía en la base pulmonar derecha. La enfermera le comentó que a Pietro le había parecido lo mismo por lo que le habían introducido un nuevo antibiótico endovenoso. Una vez finalizada la visita médica se dirigió otra vez hacia la sala de estar. Se sentó en un sofá viejo ubicado junto a la ventana y cogió un libro de medicina que estaba en la mesilla situada al lado de donde estaba sentada. Un ruido en la puerta hizo que levantara la cabeza para comprobar que el Gobernador había entrado en la habitación, tomando asiento a su vera.

—Debes estar agotada. Han ocurrido un montón de cosas estas últimas horas —El Gobernador hablaba sin mirarla a los ojos. Su voz era dulce— Eres muy valiente. Me recuerdas en extremo a mi hija, que el cielo la tenga en la gloria.

—¿Su hija murió durante el tsunami? —Preguntó tímidamente Paula.

—No, murió hace unos 5 años. Contrajo una infección en la sangre que no pudieron controlar de ninguna manera. Todo fue muy rápido ... Menos de 24 horas.

—¿Tiene más hijos, aparte del que ya conozco?

—No. Mi esposa no pudo tener más. Es el destino. Por esto me preocupa tanto la salud de mi primogénito. Espero que se recupere, mi mujer no resistiría otra pérdida de esa índole.

—Por lo que he podido constatar, su hijo está bien. Los médicos nunca garantizamos los resultados al cien por cien, pero la probabilidad de curación es bastante alta.

—Me encantaría que ninguno de vosotros se equivocara. Todos me estáis asegurando lo mismo —Se levantó con una leve sonrisa —¿Quieres que te lleve al campamento? Tengo el coche fuera. Como hay mucho bullicio, está oscuro y se mantiene la incertidumbre, sería conveniente que regresaras con los tuyos.

—Tiene razón. En estos momentos no soy útil aquí y allí puede que me necesiten.

Dicho y hecho, salieron fuera del edificio, subiendo al mismo 4x4 con el que se había trasladado al lesionado y se alejaron poco a poco de la biblioteca. Paula hubiera querido despedirse de sus colegas, pero no lo hizo porque estaban ocupados intentando reconstruir lo que la naturaleza había dañado. Durante el trayecto un tenebroso silencio, sólo perturbado por la lluvia que caía sin cesar, mantuvo a la cirujana en vilo, como en espera de que otro imprevisto irrumpiera en su vida. Se concentró en observar la precipitación del agua, que alternaba momentos de densidad espeluznante con episodios de lluvia amortiguada pero de ese tipo que te cala hasta los huesos. De nada sirvió el observar la naturaleza, su cerebro empezó a trabajar, recopilando todos los datos acumulados en los últimos días, y se sorprendió al detectar que había vivido más sucesos en ese corto periodo de tiempo que en los años que llevaba respirando. En resumen, había experimentado la sensación de estar al límite, y en lugar de estar asustada o angustiada, estaba tranquila y sobre todo, se encontraba bien consigo misma, y eso sí que era una novedad. Esas palabras pronunciadas 10 años antes por uno de sus mentores no eran ciertas, todo al contrario, pues tenía alma de cirujana e igual que sus compañeros, era valiente. Los sucesivos avatares le estaban marcando un nuevo camino y le estaban gritando a voces ensordecedoras, que tenía que abandonar esa vida desesperadamente sosa y oscura por otra que la llenara más. Los acontecimientos la empujaban a enterrar la Paula llorica, aterrada, dependiente, desmoralizada y falta de autoestima, para hacer renacer una Paula atrevida, osada, sociable, sexy, abierta y sensacional.

Cuando Enrique y Cristian llegaron al campamento explicaron sin muchos adornos los incidentes acaecidos y los cooperantes se pusieron las pilas para recibir a los nuevos refugiados y atender a los probables heridos. Por esta razón, cuando Paula llegó nadie preguntó, parte porque ya conocían los hechos, parte porque estaban demasiado ocupados reorganizando el recinto escolar para dar cabida a los nuevos inquilinos. Jaime y Esther salieron un par de veces para atender a personas con crisis de ansiedad o pánico. Luís hablaba a través del teléfono vía satélite con la central de Madrid, les explicaba la situación para recibir instrucciones y recomendaciones.

—Luís —Decían desde Madrid —Si la cosa se pone chunga tenéis que abandonar el pueblo y poneros fuera de peligro.

—Sí Señor, lo entiendo, pero tal y como está la situación, seria desaconsejable irse de aquí. En estos momentos el campamento está considerado como zona segura por las autoridades locales. Las carreteras de los alrededores están anegadas de agua y creo que estamos incomunicados.

—¡Vaya! Pinta peor que lo que me imaginaba. Si os pasa algo nos matarán ¿Como están encajándolo todos?

—Por ahora estamos tranquilos. Atareados a tope. No tenemos tiempo de pensar en nada que no sea actuar.

—Bien, casi mejor así ¿Los periodistas de televisión aún siguen allí?

—Sí Señor. Hacen su trabajo pero al mismo tiempo colaboran en lo que pueden. Son buena gente.

—¿Y las chicas, como lo llevan? No me gustaría que los reporteros grabaran algún tipo de espectáculo no deseado.

—De coña. Son muy valientes. No ha habido ninguna crisis de histeria, ni lloros, ni ataques de pánico. Por parte de los chicos tampoco —Con esta última frase quiso desvirtuar el tono machista que había tomado la conversación. Este hecho consiguió cabrearle y con la excusa de que unos de los jefes del pueblo querían hablar con él, Luís dio por zanjada la conferencia, entre resoplos y respiraciones profundas.

Fueron unas horas duras y hasta bien entrada la noche la lluvia no empezó a aminorar, pero en ningún momento desapareció por completo. Eran casi las 3 horas de la madrugada y seguían despiertos, en alerta, algunos dando cabezadas pero sin conciliar el sueño, otros jugando a cartas para mantenerse en pie y otros saliendo para dar rondas en el campo de refugiados. En ese contexto no les sorprendió la llegada de Abdul que les anunció el final de la alerta roja. Suspiraron cuando el traductor les dijo que podían acostarse y descansar, ya que se preveía un aluvión de pacientes para la mañana siguiente, una vez la lluvia hubiera hecho desaparición. Sin pensarlo ni unos segundos, lo hicieron, y en menos que canta un gallo abrazaron a Morfeo, perdiendo el conocimiento con sólo contactar con el camastro.

Hacia las 8 horas de la mañana las nubes desaparecieron como por arte de magia y un sol radiante dio paso a la vida en el campamento. El silencio reinante las últimas horas se vio enturbiado por un barullo similar al de una manifestación pro derechos humanos. El patio de la escuela, las aulas y las explanadas de los alrededores se encontraban abarrotados por el incremento del número de refugiados. Tal concentración humana también repercutió en el microambiente. La mezcla del olor de barro, hierba mojada y hedor humano era muy desagradable y afectó negativamente a los cooperantes, que tuvieron que hacer mil malabares para no vomitar, incluyendo Paula, que estaba más que acostumbrada a olores insoportables como el de los intestinos podridos por falta de riego sanguíneo, o el de la peritonitis fecal por perforación de colon, o incluso el de las personas que acuden al médico sin haber pasado por la ducha desde hace semanas.

El vaticinio de Abdul dio en el clavo y cuando salieron del aula, con los ojos hinchados por no haber descansado lo suficiente, constataron la presencia de muchos hombres, mujeres y niños que ya estaban haciendo cola ante el puesto médico avanzado. María, sin tan sólo desayunar, más por sensación nauseosa que por falta de hambre, corrió hacia el lugar de trabajo, sobre todo para cerciorarse de que no había desaparecido nada ni se había estropeado por la humedad. El resto de cooperantes comieron rápido y se pusieron manos a la obra. Las patologías que atendieron fueron similares a las que se encontraron tras el tsunami, pero de menor intensidad: heridas, fracturas óseas, traqueo bronquitis, infecciones pulmonares, crisis de angustia, dolores abdominales inespecíficos y problemas oculares. A la hora de comer, los sanitarios no pudieron realizar la pausa habitual por lo que tuvieron que hacer turnos para ingerir algo que les diera energía y descansar un pelín. El grupo de bomberos no apareció en todo el día, ya que la lluvia torrencial había hecho desaparecer los pozos usados y había destrozado la instalación de la potabilizadora, que gracias a Dios, no sufrió ningún daño.

Al anochecer, la situación estaba controlada y así lo anunció Luís a su Jefe de Madrid. Los periodistas habían ayudado algo como asistentes sanitarios, pero también engrosaron su reportaje con tomas la mar de suculentas, que comprendían las visitas médicas más interesantes y el estatus del pueblo post tempestad tropical. Paula se sentó y se masajeó el cuello y los tobillos hinchados. Tenía mucha curiosidad en saber cómo había finalizado la intervención quirúrgica del pobre soldado y el estado del hijo del Gobernador, pero no se atrevió a pedir a los periodistas el ir con ellos cuando salieron del recinto para dar un garbeo.

Tras la tormenta, la temperatura había disminuido y era más agradable, pero la humedad se mantenía alta. De hecho, Paula ya casi no notaba el bochorno porque se estaba acostumbrando a él, por lo que no presentaba ni mareos, ni cansancio ni ganas de vomitar. "Puede que acabe siendo una cooperante como Dios manda, una intrépida doctora sin fronteras que salvará miles de vidas contra viento y marea" pensó toda emocionada mientras se masajeaba las muñecas también entumecidas, a la vez que insinuaba una sonrisa que fue detectada al vuelo por Javi. La cirujana, que se percató de la mirada penetrante de su compañero, hizo caso omiso y se centró en la conversación que estaban teniendo Óscar, Tomás y María sobre los recientes acontecimientos, mientras intentaban augurar que más les podría ocurrir durante esa misión. A Óscar se le escapó la posibilidad de que hubiera una réplica de tsunami, pero como preferían no pensar en ello, dieron giro radical a la charla y se encauzaron en la comida y otras banalidades de sus propias vidas en España.

A partir de ese momento la conversación dejó de tener interés para Paula por lo que se perdió una vez más en su mundo interior, pero esta vez, no lo hizo para observar a los demás, sino para rememorar las cosas agradables que había vivido esas últimas semanas, como el orgullo, la valentía y la seguridad en sí misma que había sentido cuando decidió emprender esa aventura, cualidades que habían estado hibernando por fuerzas extrínsecas malignas, en forma de comentarios de compañeros y mandos. Acto seguido su celebro la condujo a la escena en la que Patrick le dio una toalla y ropa seca para que se cambiara. El americano era un hombre atractivo y tenía un algo que le molaba, por lo que las comparaciones con Javi no se hicieron esperar. Los dos eran valientes, fuertes, daban seguridad, eran guapos y tenían un cuerpo impresionante, pero a nivel de personalidades, distaban kilómetros el uno del otro, ya que Patrick era brusco y algo creído, y en cambio Javi era dulce y atento. Su mente la traicionó con miles sensaciones y acabó suspirando, "creo que la estancia en este país promete un montón ... Espero no tener que elegir nunca entre los dos ... ¿Cómo puedo ser tan creída? ... ¿Qué me hace pensar que en realidad ambos quieren algo conmigo?" Su subconsciente sabía que los dos habían enviado señales positivas, pero ella se cerró en banda y negó tal posibilidad.

Alguien se sentó a su lado y la hizo volver a la realidad. De hecho, lo hizo tan pegada a su cuerpo, ocupando descaradamente su espacio íntimo y personal a pesar de la amplitud de la zona en la que estaba sentada, que se sintió amenazada. No le hizo falta girar la cabeza para saber que se trataba de Javi, su olor de piel y aftersave lo delataba. Esther, que estaba situada a la izquierda de Paula, vio la maniobra de su compañero y no pudo evitar hacer un comentario.

—Vaya, Javi, mira que hay espacio, y tu va y te sientas casi encima de la pobre chica.

—Sé que soy un impresentable, pero no puedo evitarlo, me gusta tenerla cerca —Lanzó una mirada a las chicas que las estremeció. Estaba jugando el papel de galán a la perfección.

—A mi no me molesta que esté tan cerca —Paula se sorprendió a si misma cuando balbuceó estas palabras.

—Aquí la que sobro soy yo —Dijo Esther levantándose con un amago de sonrisa que bien escondía unos ligeros celos.

Tras ver como se alejaba la enfermera, Paula miró a Javi con una sonrisa de chica buena, bajando un poco la cabeza hacia delante y ladeándola hacia la derecha, mientras levantaba las cejas, tal y como hacían Lady Di o Marilyn Monroe cuando hablaban con personas del sexo contrario, porque sabían que esta postura les daba un aire más sexy. Tras una pausa, Paula dijo a Javi, con un tono suave y melódico.

—Game over. Tú ganas. Me has bloqueado y no sé cómo manejar la situación.

Sin pensarlo ni dos segundos, Javi se aproximó más a Paula, y le puso la mano derecha en la nuca, a la vez que la empujaba con ternura hacia él. Cuando estuvo a tocar de su boca, le dio un beso, suave, no muy largo ni demasiado corto, y se separó de ella sin apartar la mirada. Silencio entre los dos que finalmente fue roto por ella, ya al borde de un ataque neurasténico.

—Eres súper directo y atrevido ¿Siempre haces las cosas sin pensar?

Intentó demostrar contrariedad pero en el fondo estaba encantada con la situación, aunque sentía un poco de vergüenza por si alguno de sus compañeros los había pillado, cosa que no se dio. Javi respondió mientras le acariciaba los cabellos y las mejillas.

—No. La verdad es que no soy nada directo y atrevido. Cuando quiero hacer algo lo pienso y analizo antes, al menos cuatro veces.

—Pues esta vez te has pasado por el forro esta premisa.

—No. Esto es falso. Me lo he pensado cuatro veces ... o incluso más. Mira por donde, la primera vez que te quise besar fue la noche que te pusiste a llorar después de que yo fuera impertinente contigo. La segunda fue en la primera excursión a la playa, cuando visitando el derrumbado hospital te vi acariciando un gatito. La tercera se dio la noche en la que te cogí la mano en el medio del patio de la escuela, bajo la bandera española. La cuarta vez, el mismo día en que volví de Colombo, cuando estuviste a punto de caerte de la hamaca, y si no hubiera sido por el teléfono, lo hubiera hecho de todas, todas. La quinta, cuando nos dirigíamos a la celebración y te cogí de la mano ... Debo reconocer que estabas irresistible. Y por fin, llegamos a esta noche, la sexta vez que he pensado en darte un beso. Como puedes ver, he tomado precauciones con creces.

—Siempre me dejas sin palabras.

—Me encanta sorprenderte, y a la vez, irte descubriendo poco a poco.

—Madre del amor hermoso. Además de psicólogo eres poeta. No sé si estoy a tu altura.

—Paula, ya no eres la chica callada y miedosa de los primeros días. No dudes de tus cualidades. Conoce tus debilidades y tus fortalezas. Analiza las oportunidades y amenazas que se te van cruzando, y de esta manera, conseguirás muchas más cosas de las que nunca hayas soñado.

Esta vez fue Paula, quien, impulsada por una fuerza iónica, se aproximó al descarado que tenía delante y le propinó un súper beso. Las mariposas del estómago aparecieron de nuevo y acto seguido notó un escalofrío generalizado muy agradable. Esta vez el beso fue largo y se acompañó de un abrazo que los convirtió en una sola entidad. Javi y Paula se habían trasladado a un mundo en el que sólo existían ellos dos. No podían separar sus labios, ni sus cuerpos, ni sus almas. Un ruido rompió el encanto y los hizo volver a la realidad. Luís, que había asomado la cabeza por la puerta, tosió para hacerse notar.

—Chicos, mañana nos tenemos que levantar temprano porque vienen los de la ONU a traer las tiendas de campaña.

121

6. EL OTRO LADO DE LA BAHÍA

Paula pasó una noche la mar de entretenida a causa de un exagerado funcionamiento cerebral, sobre todo en las fases REM del sueño, que aparecen cada 4 horas y que es el momento en el que surgen los sueños. Recreó el momento en que su amigo Julián le anunció, tomando un café, que partiría esa misma noche hacia Sri Lanka como voluntario de una ONG nacional de ayuda en catástrofes. Este hecho se daba unas horas después de que se hiciera pública la aterradora noticia del tsunami, pero poco más tarde, la llamaba otra vez, con un tono de voz que demostraba una clara decepción a la vez que cabreo, para decirle que no podía irse porque tenía el pasaporte caducado. Como no le daba tiempo de renovarlo, se tenía que jorobar. Paula se visualizó tumbada en el sofá, hablando por el teléfono de su casa.

—Me sabe mal. Te hacía mucha ilusión ir a Sri Lanka.

—Sí, muchísima. La verdad es que hay muchos voluntarios y es muy difícil salir seleccionado. Soy un idiota y debería ser menos descuidado, pero como últimamente sólo viajo por España, funciono con el carnet de identidad. No me volverá a pasar, mañana lo renovaré ... No vaya a ser que se me ofrezca otra oportunidad.

—¿Este grupo parte ya mismo?

—Sí. Ipso facto. La secretaria de la organización me ha comentado que es casi seguro que formaran otro grupo de carácter asistencial. Este primer turno tiene la función de prospección. Van en principio especialistas en búsqueda de supervivientes mediante perros adiestrados. Yo hubiera ido como único médico y mi cometido hubiera sido, primordialmente, la de dar soporte a los otros cooperantes.

—Ostras. Que interesante ... No entiendo porque en estas misiones sólo van médicos especializados en emergencias extrahospitalarias ... Nunca piden cirujanos ... A mí me gustaría ir.

—Paula, ¿sabes? Dios, a veces, para castigar a los humanos, les concede todos sus deseos —Dio una carcajada —O sea, que todo puede pasar.

—Muy bueno este refrán. Me lo hago mío.

Una semana más tarde, mientras estaba en consultas externas del hospital, recibió en el móvil privado una llamada de una desconocida.

—Hola, eres Paula.

—Si —Contestó intentando adivinar quién era.

—Soy Gina, la secretaria de la ONG "Unidos para las Catástrofes", que tiene la sede en Madrid. Julián nos ha dado tu teléfono porque necesitamos con urgencia un médico especialista en cirugía general para ir a Sri Lanka. Sería para unirse al próximo grupo que saldrá de España en 3 días ¿Estás interesada?

—Me lo tendría que pensar. La propuesta me coge en frío. ¿Tengo tiempo para hacerlo?

—Sí —Unos breves segundos de silencio en el otro lado de la línea— De hecho tienes unos 5 minutos.

—De acuerdo. ¡Te llamo en 4 y medio!

Tras colgar el auricular marcó el teléfono interno de su Jefe de departamento para pedirle permiso y poder así, iniciar aquella aventura. Se le concedió, por lo que las siguientes llamadas fueron para comunicárselo a sus colegas y asegurarse que la sustituirían para las labores hospitalarias, dándoles ciertas instrucciones. Una vez hecha esta tarea, llamó a Gina, para confirmar su adhesión al grupo de voluntarios. Debía presentarse en Madrid alrededor de las 11 horas del día siguiente. El tiempo que siguió a la conversación con Gina fue de locos: preparar el equipaje, ir a que se le administraran las vacunas pertinentes, dar instrucciones a sus residentes y, cómo no, informar a sus padres de la decisión tomada. A su madre casi le dio un infarto, y no pudo evitar gritarle todo lo que le pasó por la cabeza: que si estaba loca; que cuales eran los asuntos por los que había decidido cruzar al otro lado del globo terrestre; que porque quería jugarse la vida en un lugar tan peligroso, etc. No estaban nada contentos de la opción que había tomado sin consultar con nadie, y por tanto, los reproches se mantuvieron a lo largo de toda la cena, llegándole a decir que ella siempre se salía con la suya y así le iban las cosas, ya que sólo hacía que tomar, una tras otra, decisiones erróneas. La conclusión fue que la consideraban una inmadura porque no afrontaba la vida con claridad y cambiaba constantemente de opinión.

Tras estas imágenes que la alteraron y la hicieron girar de un extremo al otro del camastro, su memoria se centró en los acontecimientos de los últimos días: la fiesta, la intervención quirúrgica emergente, Patrick, Javi, el Gobernador, Enrique, la lluvia, el río, la caída al suelo tras el desprendimiento y el beso tan esperado. Rompiendo la serenidad de esos pensamientos, todas esas imágenes degeneraron en situaciones no vividas que lograron hacerla sufrir. Se vio arrastrada por el río rodeada de troncos enormes. Después notó una ola que caía sobre ella pero no le pasó nada porque Javi la salvó. Súbitamente, apareció Patrick con aire amenazador, asiendo un cuchillo en la mano derecha y con intención de atacar a Javi. Los dos hombres se peleaban como leones jóvenes; apareció mucha sangre ... y por fin sonó el despertador. La joven nunca había estado tan contenta de levantarse de la cama, a pesar de encontrarse del todo extenuada por los recientes incidentes.

Durante el desayuno, sin saber el porqué, pero probablemente en relación con la pesadilla que tanto la había afectado, Paula esquivó a Javi, hasta el punto de sentarse bien lejos de él. El chico se dio cuenta de la reacción pero no sabía cómo interpretarla. "¿Está avergonzada?¿O arrepentida?¿No le gusto? ¿ Se lo ha pensado mejor? ¿Quiere disimular? ¿Se hace la estrecha?", todos estos pensamientos torturaron al joven bombero durante el almuerzo, y consiguieron ponerlo de muy mal humor, por lo que fue el primero en salir del aula para ir a ayudar a los voluntarios de la ONU, que ya estaban descargando las tiendas de campaña de los camiones. Durante todo el día el campamento presentó un aspecto desordenado, con movimientos de equipos, ir y venir de personas, trastos por todas partes y filas de enfermos anárquicas por el caos existente. Las numerosas visitas médicas, curas e intervenciones de pequeña índole con anestesia local tuvieron al equipo sanitario ocupado hasta bien entrada la noche. Asimismo, sus compañeros logistas realizaron múltiples tareas como preparar el terreno, montar las tiendas, distribuir a los refugiados, acondicionar la tienda cedida a los voluntarios españoles para sustituir a la multiperforada con goteras. Paula y Javi no coincidieron en todo el día.

Una vez acabada la jornada, cuando se preparaban para cenar, llegó Hensenn, con la consecuente emoción de María, que sólo fue captada, en principio, por Paula, que con el paso del tiempo había adquirido gracias a su pasatiempo favorito, grandes dotes de observación. El holandés tenía como objeto de visita verificar el correcto estado de los cooperantes españoles tras la tormenta. Fue invitado a cenar con el grupo y dada la hora que era, se quedó a dormir, ocupando un camastro vacío del aula. Esa noche no hubo reunión bajo la protección del cielo estrellado porque el agotamiento sobrepasaba cualquier otro deseo. Como Paula continuó esquivando a Javi y evitó cualquier intercambio de palabras, el chico siguió malhumorado, por contra, Paula se sintió aliviada ya que la presencia de él la hacía sentir incómoda. El significado de los sueños la había inquietado mucho, ya que traducían una clara atracción por ambos hombres. Nunca se había considerado una chica descerebrada en temas amorosos, ni tampoco una mariposa que va de flor en flor, por lo que esa reacción le supo mal y llegó a asustarla. Decidió que en cuanto pudiera lo hablaría con Ana, aprovechando que ella había estado en otras misiones, para que le explicara si esos sentimientos eran típicos en situaciones como la que estaban viviendo.

A la mañana siguiente María anunció que las reservas de fármacos cedidas por la ONG "Farmacéuticos españoles para el tercer mundo" habían llegado a cuotas demasiado bajas como para seguir dando cobertura a la población de referencia. Hensenn les dijo que en Trincomalee podrían conseguir más medicamentos y material para proseguir con su misión, por lo que solicitó un par de voluntarios para que lo acompañaran. Luís y Jaime, decidieron por unanimidad que fuera María con alguno de los bomberos. Dado que Javi continuaba cabreado con la actitud de Paula y no quería que nadie se diera cuenta de lo que le pasaba, se ofreció como voluntario. Los dos jefes dieron el visto bueno para su partida al otro lado de la bahía. A Paula le

126

contrarió que él se fuera, ya que había tomado la determinación de hablar con él y pedirle disculpas. Se acercó a Javi para resumirle sus sentimientos en un par de palabras pero éste le dio la espalda y salió del aula sin mirar atrás.

El viaje de Javi, Hensenn y María fue la mar de entretenido. Para ir hacia Trincomalee, que en línea recta sólo se encuentra a unos 20 km de Kinniya, había dos opciones: o tomaban carretera y manta, bordeando la gran bahía, asumiendo que los viales de transporte estaban en mal estado y por lo tanto, el viaje podía ser de 4 ó 5 horas; o tomaban un viejo transbordador, que atravesaba el mar por el medio de la bahía, en un trayecto de unos 45 minutos de duración, siempre y cuando no hubiera incidentes. Los voluntarios se decantaron por la segunda opción en un intento de ser prácticos, pero cuando se vieron frente el navío, se arrepintieron en sus adentros ya que estaba hecho polvo, en unas condiciones lejos de ofrecer garantía. De hecho, para nada parecía que pudiera realizar la función que se le había encomendado, y mucho menos, aguantar el peso de todos los vehículos y gente que estaban subiendo a bordo. Gracias a los cielos, el viaje transcurrió sin eventualidades y llegaron sanos y salvos, pudiendo confirmar durante el trayecto que el barco era más seguro de lo que aparentaba.

Trincomalee era una ciudad grande y moderna, construida en la península que delimita por el norte la Bahía de Koddiyar, por lo que no salió tan bien parada de la embestida del tsunami como Kinniya, y fue desbastada por la gran ola, lo mismo que Mutur, pueblo situado en frente, al otro lado de la península que delimitaba por el sur la bahía. Una vez descendieron del barco, se trasladaron a casa de Hensenn para descansar un poco del estrés del viaje. La casa era preciosa, de color amarillo intenso y estilo europeo, contrastando con el resto de viviendas, más sencillas y de colores más apagados. Como estaba construida en la parte de la península que se orientaba al área portuaria interna (Inner Habour), sobre una colina, y además, estaba dotada de materiales más resistentes, no desapareció del mapa el 26 de diciembre de 2004.

Tras dormitar un poco y ducharse, los dos invitados de Hensenn bajaron al comedor donde se reunieron con un grupo variopinto de personas, compuesto por unos cuantos colaboradores locales. Había un par de enfermeras, una bióloga, un médico generalista, una pediatra, una traductora y un logista. Todos ellos habían nacido en Sri Lanka excepto la bióloga que era nacional de Malasia. Su nombre era Cathy y sólo ser presentada a los dos españoles, la chica no dudó en hacer un resumen, más bien extenso, de su biografía, sin dar tiempo a que nadie reaccionara. Les explicó que siempre había vivido en Kuala Lumpur, pero que desde hacía 3 años estaba casada con un pediatra inglés, razón por la cual, en esos momentos vivía en Londres. Añadió que trabajaba para la OMS y que la tarea que le habían asignado era de control microbiológico de las aguas para uso humano. Cathy, que estaba encantada de hablar sobre su vida sin que nadie se lo hubiera pedido, añadió que en esos momentos su marido estaba prestando asistencia en Banda Aceh, en la isla de Sumatra, justo el epicentro del terremoto, y que lo hacía también como representante de la OMS.

Cuando gracias a los dioses se quedó sin pilas, cosa que alegró a todos los allí presentes, pudieron articular palabra el resto de comensales. Primero hablaron de temas superficiales, pero cuando el vino y los licores dieron rienda suelta a la lengua, la conversación se centró en el estado sociopolítico de la zona y los incidentes acaecidos los últimos días. El logista hizo notar que las terroríficas lluvias también habían afectado negativamente la ciudad de Trincomalee, comportando problemas de movilidad, habitabilidad y seguridad, pero en un grado menor comparándolo con zona situadas más al sur. Asimismo, aseguró que los dos primeros problemas ya estaban controlados, pero el tercero estaba siendo causa de gran preocupación para las autoridades. El cónclave de colaboradores de Hensenn confirmaron esa afirmación y dieron rienda suelta a pensamientos que incluían relatos más o menos fehacientes, que algunas veces parecían más historias para no dormir, todo ello acompañado de hipótesis más o menos sensatas. Fue de esta manera que los cooperantes españoles descubrieron que los robos, las agresiones, las amenazas e incluso, las desapariciones habían llegado a ser el pan de todos los días, cosa que los inquietó muchísimo.

—No entiendo porqué está ocurriendo —Bajando el tono de voz, la pediatra añadió— Si se tratara sólo de pequeños robos, de gente desesperada que sólo piensa en su supervivencia ... sería comprensible, pero los hechos van más allá ... A mi forma de ver, claro está.

La pediatra era una joven de unos 30 años llamada Fathima y que por lo que extrajeron de la conversación, era natural de Trincomalee. Mientras ella hablaba, María la observaba con detenimiento. Le llamó la atención sus rasgos mestizos asiáticos europeos, combinados con unos profundos ojos verdes, nada habituales en la zona, y que Hensenn la mirara solícitamente y con complicidad, demostrando mucho feeling y admiración por ella. Fuera la que fuera, la relación que les unía, tenía claro al mil por mil, que no se trataba de un simple vínculo profesional. La joven les contó que había estudiado toda la licenciatura en Oxford y que realizó la especialización en el Great Ormond Street Hospital de Londres. En ese momento trabajaba en el Hospital infantil de Colombo, pero tras el tsunami, se había trasladado hacia el norte, para poder estar más cerca de sus allegados. La cabeza de María daba vueltas como una lavadora para atar cabos, intentando no dejar aflorar la mentalidad perversa que toda mujer tiene en su interior, y que casi seguro, hubiera imaginado a Hensenn pasando unas noches cálidas en la misma cama de la chica. Finalmente, sus dotes de mujer observadora resolvieron el enigma. Esos ojos verdes tan bonitos, eran los mismos que le habían cautivado a ella y que pertenecían al holandés. Suspiró esbozando una sonrisa y aligerada, podía jugarse varias pagas a que eran padre e hija, dando por supuesto que se trataba de una filiación extramatrimonial.

Javi, como buen macho, ni se percató de las cavilaciones de su compañera de excursión ni de sus muecas que daban fin a su juego mental, ya que estaba atento a lo que se estaba contando, consiguiendo olvidar, incluso, el enojo que lo acompañaba desde hacía más de 36 horas.

—¿Podéis resumirme que está pasando? —Preguntó el bombero, queriendo profundizar en ese tema tan escabroso, pero lejos de querer deleitarse en el morbo.

—Un poco de todo —Contestó Fathima, mosca por la manera como María la observaba— Robos de objetos muy específicos, perpetrados premeditadamente, de una manera muy bien estudiada.

—Bueno. Estos hechos ocurren siempre, por desgracia, tras las catástrofes —Se apresuró a decir el logista para no alarmar a los invitados extranjeros. Javi notó que el tema incomodaba al hombrecillo que estaba hablando frente a él.

—Sí, pero las informaciones recabaladas con dificultad podrían ser conseguidas por personas de a pie, ni tan sólo por los componentes de las guerrillas. Estoy convencida de que se trata de algo que va más allá. Los robos de armas y objetos de valor se dan en contextos nada habituales.

—No creo que debamos especular sobre estos temas —Añadió el logista, ahora ya, molesto en su grado máximo.

—¿Y qué me dices de las agresiones a personal del hospital o de los edificios administrativos? —Fathima estaba tan acelerada que hizo oídos sordos a su compañero de mesa— No eran personas influyentes ni adineradas. Sólo hacían su trabajo.

—¡Basta! —Exclamó el logista mientras daba un puñetazo a la mesa que hizo saltar por los aires algunas copas de agua.

Un breve silenció acompañó al agresivo gesto, sólo perturbado por los gemidos de la traductora. Hensenn se giró hacia ella y le acercó una servilleta de papel cuando confirmó que estaba sorbiendo mucosidades secundarias a lo que ya en esos momentos era un llanto en toda regla. Viendo que la situación empeoraba, Hensenn no dudó en levantarse, acercarse del todo a ella y abrazarla. La joven pediatra se disculpó con torpeza por haber desencadenado esa situación, a la vez que se levantaba de la silla, abandonando la casa rauda y veloz, con la excusa de que se había hecho tarde y tenía un montón de tareas a realizar en el hospital. En un pis pas, el resto del grupo desapareció, inclusive la traductora, que fue acompañada hasta la puerta por Hensenn. Los dos cooperantes seguían sin articular palabra y se miraban anonadaos sin saber si levantarse de la silla o seguir allí, en espera de que Hensenn no se hubiera olvidado de su presencia. Pasados unos 5 minutos, el holandés entró como si nada hubiera ocurrido, les invitó a seguirlo hacia el salón contiguo para tomar el té e informarles de que antes de poder ir a buscar los medicamentos al almacén, era necesario recoger unos papeles, que tenía en su centro de salud.

—No hay problema. Así me enseñarás el lugar de trabajo del que estás tan orgulloso —Contestó María con apremio, para quitar importancia a lo que minutos antes había sucedido.

Una vez terminado el té, Hensenn les comentó que su consultorio se encontraba cerca de casa, bajando la colina y andando un pelín hacia el interior de la península, dirección a la Back Bay, zona costera orientada al Océano Índico, por lo que recomendó hacer el trayecto a pie. Mientras cerraba la puerta, los dos cooperantes aprovecharon para inhalar el aire fresco y puro, fruto de una brisa suave que procedía de la Bahía de Bengala. María estaba algo incómoda con la situación, e incluso se podría decir que angustiada, el mal ambiente generado en el hogar del holandés le había dejado un mal sabor de boca. Aunque el médico actuaba con toda naturalidad, ella podía intuir un estado de agitación basal que no podía ser camuflado por una sonrisa y unas miradas furtivas. Por primera vez desde que empezó la travesía de medio mundo, no tenía ni idea de cómo reaccionar, y se debatía entre profundizar en el tema en cuestión, hacer ver que nada había ocurrido o animarlo con conversaciones asépticas y genéricas. Cuantas más vueltas le daba, más nerviosa se ponía, estaba en blanco, y no era típico en ella tener la materia gris como si una excavadora se hubiera llevado todas las neuronas a su paso. Javi, sin darse cuenta, la sacó del embrollo mental, rompiendo el silencio.

—Interesante ciudad Hensenn. No me extraña en absoluto que adores vivir aquí, tiene una situación inmejorable. El estar construida en la península le da un encanto especial. Y tu casa, en lo alto de la colina, es maravillosa. Tiene unas vistas espectaculares —Añadió el joven, boquiabierto, deleitándose con el espectáculo natural que se abría a sus pies y en la lejanía.

Hensenn se relajó al oír las aseveraciones del chico y se detuvo a su lado para darle algunas indicaciones geográficas con el fin de que se orientara en el espacio. Le señaló las diferentes zonas de la ciudad, donde se encontraba Kinniya y la localización del aeródromo al que llegaron los primeros días tras el tsunami. Más allá estaban las montañas del interior a las que habían huido los animales salvajes antes de la catástrofe y donde reposaban los templos más importantes del país. La zona militar, que antaño había estado ocupada por tropas inglesas y portuguesas, quedaba situada en la misma punta de la península. María tuvo que reconocer que esos minutos que se estaban tomando estaban siendo terapéuticos para los tres, porque el panorama era sensacional, y no tenía nada que envidiar a los que se mostraban en films o reportajes de televisión.

El camino hacia el dispensario fue también muy agradable, a pesar del calor y la humedad que reinaban, como era ya habitual. Tal y como sucedía en Kinniya, renglones de casas de planta baja y patios delimitaban las calles. En la capital de provincia, sin embargo, estas calles eran rectilíneas y se entrecruzaban las unas con las otras, formando una cuadrícula muy similar a la del Ensanche Barcelonés. Por otro lado, pudieron observan que había menos descampados y las casas, a pesar de encontrarse en peores condiciones que las de Kinniya, se alzaban más señoriales. María preguntó por estos trazos urbanísticos a Hensenn.

—Me llama la atención la distribución de las calles. Es como si estuviéramos en Manhattan, con unas calles largas entrecruzadas por otras perpendiculares más cortas. No me recuerdan para nada el caos en el que se ven inmersas muchas ciudades de Asia.

—Tienes razón. Se trata de un legado de la dominación francesa e inglesa. Trincomalee fue durante mucho tiempo, base de la Flota Británica.

—Y esta influencia también se nota en las casas. Son diferentes. Más señoriales —Añadió la enfermera.

—Bueno, esto se puede ver en este barrio. En la periferia las casas se parecen más a las de Kinniya ... Ya hemos llegado —Se paró bruscamente ante la puerta de una casa de planta baja, pintada de color azul pálido y que antes del tsunami era de un color azul intenso.

El consultorio médico tenía una sala de espera my pequeña, que albergaba sólo cuatro sillas. En frente de la puerta de entrada, un mini mostrador que hacía las veces de recepción, más allá, el despacho, un baño y un armario empotrado con funciones de almacén. Todo era muy humilde, sencillo, sin muchas comodidades, con pocos muebles y herramientas, en resumen, nada que ver con lo que María se había imaginado. El médico holandés pilló del primer cajón del bureau unos papeles y tras observar que María lo miraba todo con detenimiento, le habló.

—¿Te esperabas un consultorio más grande, más mono y con toques europeos?

—¿Cómo?

—He dicho que si te esperabas un consultorio como los de los médicos privados de tu ciudad.

—No ¿Por qué lo preguntas?

—La cara que has puesto. No hace falta que disimules. La verdad es que siempre he tenido la idea de renovarlo, pero me da pereza. De hecho, tampoco lo he visto necesario. La gente de aquí no da valor al lujo, sino más bien al trato humano.

—Claro, lo entiendo —Titubeo María, al ver que la había pillado con todas las de la ley— No lo había analizado desde ese punto de vista. Tengo el chip puesto en Europa y los europeos.

—A mi me encanta —Anunció Javi, tras cotillear todo lo que pudo— Pero claro, yo no soy del ramo médico y no conozco mucho la medicina privada española.

Hensenn dio por terminada la conversación y la visita, aproximándose a la puerta de salida y atravesándola. Una vez fuera, sus pasos se dirigieron el centro de la ciudad, en busca del edificio del ayuntamiento, o mejor dicho, lo que quedaba de él, por lo que vieron al plantarse ante la puerta principal. Ninguna conversación durante el trayecto de unos quince minutos. Ninguna conversación al entrar dentro. Ninguna conversación durante la espera para ser atendidos. María no estaba acostumbrada a que ese par estuviera tan enmudecido, pero sus compañeros parecían en fase de abstracción y no quiso molestarlos. Y así era, uno estaba recapitulando sobre la conversación en casa de Hensenn y el otro analizando la actuación de sus colaboradores durante la comida, cosa que no le había gustado nada. Cuando pudieron presentar los papeles, que fueron sellados unas mil veces, tal y como pasó en el aeropuerto de Colombo el día de su llegada al país, salieron del edificio y se reinstauró el silencio sepulcral sólo artefactado por los ruidos propios de la ciudad. Los dos españoles seguían a Hensenn sin atreverse a preguntar, a pesar de que a esas alturas, no tenían ni idea de hacia dónde iban, pudiendo constatar sólo, que cada vez estaban más lejos de la colina que conocían. María sintió un escalofrío. Confiaba en ese hombre, pero lo cierto era que no lo conocía de nada. Bien podía tratarse de un pervertido o un aliado de esas personas que hacían desaparecer, como si nada, gente del pueblo. Recordó que justo antes del tsunami, en los telediarios estatales, informaron de que un grupo de cooperantes había sido secuestrado en el norte de África.

—¡Basta! ¿Donde narices vamos ahora? —Se oyó diciendo en tono de voz muy fuerte, mientras paraba en seco.

—¿Cómo? —Preguntó Hensenn

—¡Demonios! ¿Que donde nos estás llevando? No nos dices nada. Tanto misterio me está crispando los nervios. Estoy harta. No aguanto más tanta tensión —Notó la visión borrosa y un líquido salado le empezó a resbalar por la nariz. Estaba llorando.

—Oh, disculpa. Lo siento mucho. Soy un mal educado. No me he dado cuenta. Estaba pensando ... ¡Como vosotros tampoco decíais nada!

Hensenn se mostraba ruborizado de mofletes, con los ojos abiertos como un búho, que dejaban ver en su totalidad esos iris verde trasparente, que en otras circunstancias quedaban apagados por las bolsas de los párpados. María se arrepintió de su reacción histriónica, ya que no acostumbraba a perder los papeles. Su marido se hubiera sorprendido mucho si hubiera estado presente. Javi seguía mudo como el hombrecillo de Blancanieves.

—Nos dirigimos al almacén de fármacos, situado a unas calles de aquí. Allí nos espera mi conductor con una furgoneta. La cargaremos y volveréis a vuestro campamento.

—Lo siento. Esta carga emocional de días de evolución tenía que explotar de alguna u otra manera. Perdonad los dos —Ya no lloraba. Se limpió el agua mucosa que le emanaba de la nariz con un pañuelo de papel.

—Tranquila ... Es normal ... No pasa nada —Dijo por fin Javi, aproximándose a ella y abrazándola.

Llegaron al almacén y todo transcurrió tal y como había anunciado Hensenn. Les dieron un montón de cajas de medicamentos con analgésicos, antibióticos, antiparasitarios, algunos antiarrítmicos, inhaladores para combatir el asma, diuréticos, desinfectantes, sedantes, antidepresivos y midazolam. Se despidieron de Hensenn, que desde la reacción de María, había vuelto a ser el simpático y parlanchín médico holandés del primer día. Llegaron a base justo antes de la hora de la cena, pudiendo vaciar el contenido de la furgoneta en tiempo récord gracias a la ayuda de todos los cooperantes y los voluntarios habituales del campamento. Se despidieron del conductor que se dirigió a la casa de una sobrina para pernoctar.

Durante la cena, los dos cansados cooperantes explicaron a grandes rasgos, el viaje a Trincomalee, pero se saltaron, a consciencia, los episodios escabrosos. El resto del grupo había pasado el día sin incidencias, haciendo las tareas habituales. Paula hizo en un par de ocasiones, un ademán para aproximarse a Javi, pero el chico lo bloqueó con mucha gracia y disimulo.

Esa noche María relevó a Paula como protagonista de pesadillas. Soñó que Hensenn los llevaba a un almacén situado al lado del puerto. El edificio era oscuro y sucio. Hacía muy mala olor. Un montón de cajas apelotonadas y poca cosa más. En todo momento silencio. Sólo se oía el ruido de los dientes de un roedor que disfrutaba con el contenido de alguno de los receptáculos. Una puerta en la zona posterior, que atravesaron. La habitación contigua era aún más oscura. El tufo, esta vez a podrido o fecal, que se le clavó en la profundidad del hipotálamo, la incomodó. La puerta se cerró súbitamente. Cuando sus ojos se habituaron a la oscuridad vieron muchas jaulas de animales que contenían niños pequeños tumbados en el suelo. Respiraban superficialmente y a ralentí, fruto del efecto de algún fármaco sedante. Más allá, unas cabezas sin cuerpo, colgaban del techo. Le entró una sensación de ahogo y emitió un grito, despertándose taquicárdica y con ganas de llorar, pero esta vez no lo hizo, por falta de aire. Escudriñó a su alrededor y sintió la respiración se sus compañeros, por lo que se apaciguó un poco. Detectó que una de las literas estaba vacía. Oyó un ruido en el exterior y decidió ir a echar un ojo. En el fondo lo hacía porque tenía miedo de retomar esa pesadilla. Fuera se encontró con Javi, que estaba fumando.

—¿No puedes dormir? —Le preguntó María al chico, que se ganó un buen susto

—No ¿Y tú? ¿Qué haces aquí? ¿Te he despertado? Se me ha caído una silla. Cuando he salido dormías algo agitada.

—No sé si me ha despertado el ruido de la silla o no, pero casi lo agradezco. Estaba teniendo pesadillas. Estoy nerviosa. Necesitaba un poco de aire.

—¿Estas preocupada por algo?

—No lo sé muy bien. Creo que la conversación que tuvo lugar en casa de Hensenn me ha afectado más de lo que debería.

—A mí también. De hecho, no puedo dejar de pensar en ello. Aquí todo parece muy tranquilo y seguro, pero algo dentro de mí me dice que las cosas no son tal y como lucen. Mañana llegan los militares al pueblo. Creo que me sentiré mejor teniéndolos cerca.

—¿Qué opinas de Hensenn? —Se aventuró a preguntar María, que no las tenía todas con ella.

—Supongo que lo mismo que tú. Es un buen hombre, pero no podemos bajar la guardia. Hay algo turbio en él.

—La pediatra es su hija —Dijo dando un giro a la conversación, en un afán de compartir sus suposiciones y cambiar de tema.

—¿Y eso como lo sabes?

—Intuición femenina ... Y el color de los ojos.

—Vaya —Rió tapándose la boca con la mano para amortiguar el ruido y no despertar a nadie más— Creo que las mujeres veis demasiadas pelis y miráis demasiados programas del corazón.

Miró a su reloj. Apagó la colilla del tercer o cuarto cigarrillo en un improvisado cenicero. Pilló a María por el hombro derecho y la empujó con mucho tiento hacia la puerta.

—Vamos. Es muy tarde y mañana no seremos personas si no dormimos un poco.

7. LOS MEDIOS DE COMUNICACIÓN

Una mañana, antes de que sonara el despertador, cuando aún no habían hecho aparición los primeros rayos del sol, un destelló muy potente, que les recordó los helicópteros de Nueva York durante la persecución de un fugitivo en plena noche, iluminó las caras de los cooperantes y eso les hizo abrir los ojos. Paula quedó tan sorprendida por la situación que tardó en reaccionar. Cuando por fin se situó témporo y espacialmente, ya habían pasado unos minutos, y el resto de sus compañeros, menos Ramón y Tomás, ya se habían levantado. No podía creer lo que estaba viendo. Cristian los estaba filmando con su cámara en aquella situación tan denigrante. Los chicos del grupo reían, se lo habían tomado con filosofía, pero las chicas estaban muy pero muy cabreadas, ya que no querían que todos aquellos que pudieran ver el reportaje, les recordaran con aquellas pintas. Álex, que se encontraba desnudo de cuerpo arriba, aprovechó para marcarse unos bíceps y pectorales en el momento que Cristian tomaba un primer plano de su anatomía. Era de reconocer que el chico estaba fornido, pero no tenía ni el ademán ni la cara de modelo internacional.

Hartas de la situación, la chicas pidieron a gritos a Enrique, que no podía parar de reír desde la puerta de entrada, que le dijera a su compañero que detuviera la grabación y que además, borrara esas imágenes. Paula, que ya se había incorporado, se dirigió al fondo de la estancia. Su intención era verse reflejada en el espejo carcomido que estaba colgado allí. Renegó muy indignada y sin compasión, al verse con la cara hinchada, las marcas de la improvisada almohada, los párpados que cubrían aún parte del globo ocular y miles legañas pegadas a sus pestañas como si se tratara de cola de mala calidad.

—Basta. No quiero que me gravéis. Borra de inmediato las imágenes. Tengo los pelos alborotados. Parezco una loca ... No, una indigente ... No , peor, una dejada ... No tenéis mi consentimiento. No podéis sacar a la luz estas imágenes. Si lo hacéis, os demandaré. Lo haré. Alegaré daños morales. Esto es una intromisión a la intimidad en toda regla. No he firmado ningún papel. No os he dado carta blanca. No podéis hacer lo que os plazca —El típico tono pálido de la piel de su rostro de recién despertada, había ido tomando un color rojizo muy subido de tono. Las venas de la zona temporal de la cara se encontraban ingurgitadas por la gran cantidad de sangre bombeada por el corazón, en esos momentos, a más de cien por minuto. La mandíbula contraída le provocó dolor. Intentó relajarla pero fue infructuoso.

—No te pongas así —Dijo Cristian— Te encuentro preciosa. La que es guapa, lo es de todas, todas, en cualquier hora de día y de la noche. ¿No opináis lo mismo, chicos? —Y se giró hacia Tomás y Ramón, que aún se encontraban tumbados en la cama.

—Sí, claro —Respondió Tomás, intentando disimular la risa tapándose la cara con el saco de dormir.

—Totalmente de acuerdo —Añadió Ramón con cara seria pero sin mirar a la chica, ya que notaba que la risa podía hacer aparición en cualquier momento. Nadie te lo tendrá en cuenta. Estás en medio de una zona de catástrofe, en la otra punta del mundo. Ningún televidente se espera ver un grupo de mujeres acicaladas, ni a primera hora del día ni a última de la tarde.

—De hecho, seria incluso contraproducente que salierais en el reportaje emperifolladas y maquilladas. La gente podría pensar que habéis venido de fiesta en lugar de a ayudar. Podrían llegar a arrepentirse de haber hecho donaciones —Añadió Santi, que acababa de entrar en la estancia, aún húmedo tras una ducha rápida.

Paula se giró sin vivacidad y miró a Santi, marcando una sonrisa de sorna, ya que la había hecho gracia que ese mequetrefe tan tímido y callado, hubiera pronunciado esas palabras. ¡Qué morro! Él que justo unos días antes, le había confesado que no quería salir en el documental. Cristian aprovechó la ocasión para salir a toda velocidad del aula y se dirigió a un rincón alejado del patio de la escuela, para poder visualizar esas polémicas imágenes. Ya hacía bastante rato que había apagado esa maldita cámara pero lo más importante había sido plasmado sin compasión. Santi salió también a todo correr del aula, cuando detectó la mirada amenazante de su compañera. Fue en ese momento que los ojos de Paula se posaron sobre Javi, que llevaba un buen rato apoyado en el marco de la puerta de entrada. El chico, igual que el resto de los compañeros, la estaba mirando divertido. Nunca hubiera imaginado que esa chica desvalida, se pudiera convertir en una leona en el momento en que se ve amenazada por un enemigo y debe proteger a sus cachorros. Paula lo estaba fulminando con la mirada, tal y como había hecho con Santi y Cristian unos minutos antes, pero él, en cambio, no varió su compostura ni se fue. Era de reconocer que la chica estaba muy guapa, a pesar de no estar acicalada para ir a una fiesta de final de año ni maquillada para ser estrella de un reality show. Se trataba de una belleza natural, a pelo, sin trampas ni photoshop, nada que ver con la mayoría de las modelos o actrices, que ante intromisiones como la de ese tipo, son captadas con aspectos muy espeluznantes.

Ninguno de los dos apartó la mirada, ojos contra ojos, pupilas dilatadas por la poca luz y por acción de las feromonas. Javi suspiró manteniendo su sonrisa cautivadora, "lo siento amor", pensó, "probablemente me ganaré una buena torta, pero no puedo evitar lo que voy a hacer". Dicho y hecho, actuó. Avanzó hacia Paula. La cogió por la cintura. Se la aproximó. Miradas fijas. Le acarició la nuca. Le apartó el enmarañado pelo de la cara. Le acarició la barbilla. Le dibujó los labios con el dedo índice. La besó. Fue un contacto corto. Esperó la reacción de ella. Ninguna. Era como si estuviera en trance. No hubo bofetón. Nada de gritos. Ella no se apartó. Insinuó una sonrisa. La volvió a besar. Esta vez el beso fue largo, como el de la otra noche. Ella se dejó llevar otra vez por el momento. Lanzó sus brazos alrededor de su cuello. No separaron sus labios más que para respirar. Los compañeros los dejaron solos en silencio. Fuera, se desquitaron.

—¡Madre mía! Javi es mi héroe. Ha aplacado a la fiera —Ramón gesticulaba para acompañar sus palabras.

—Que mal carácter tiene la niña cuando algo no le cuadra —Dijo Cristian que ya había vuelto de revisar las imágenes— Por cierto, la grabación ha quedado fantástica —Ana le tiró una toalla a la cara.

—Que cosas. Nunca me hubiera imaginado que estos dos acabarían juntos. Anunció Tomás.

—¿No? Pero si saltan chispas cada vez que están cerca el uno del otro —Esta vez hablaba Rosa.

—Hacen muy buena pareja —Dijo Esther muy tierna.

—¿Quieres decir? —Preguntó Enrique, un poco decepcionado, ya que después de compartir la excursión con Paula, se la miraba con otros ojos.

—Están hechos el uno para el otro —Confirmó Ana.

—Igual que nosotros ¿Verdad? —Dijo Luís, dándole un beso a su compañera. Acto seguido miró a su alrededor y dijo— Antes que surjan más sorpresas, quiero anunciaros que Ana y yo estamos juntos ¿Alguna pregunta?

—No, ni una —Saltaron varias voces a la vez.

En ese momento salió la parejita y se oyeron unos aplausos amortiguados por grititos y risas. Paula quería fundirse, pero en cambio, Javi, como si nada hubiera pasado, anunció que tenía mucho apetito y quería desayunar. La mayor parte de los allí presentes se unieron a sus súplicas, por lo que entraron para tomar lo que ya iba siendo habitual a aquellas horas de la mañana: pan, huevos, algunas latas de jamón en dulce confitado, leche de cabra recién ordeñada, té, fruta en almíbar y galletas que empezaban a estar un poco rancias. Nadie comentó nada del incidente y al terminar, cada uno de los presentes se dedicó a hacer las tareas que les habían encomendado. Esa mañana, los responsables de contestar el teléfono, hacer las tareas del hogar y preparar la comida fueron Javi y Esther. Mientras, los periodistas, en pro de terminar por fin su reportaje, se dedicaron a inmortalizar algunas de las visitas médicas, vigilando mucho las formas porque no querían herir la sensibilidad del potencial público español. A media mañana, aprovechando el momento de menos concurrencia de pacientes en el puesto médico, entrevistaron a Ana y a Jaime, haciéndoles preguntas sobre el estado de los afectados, las patologías más frecuentes que podían presentar, la reacción de los perjudicados y como se comunicaban con ellos.

Paula tuvo que desbridar un par de abscesos cutáneos y Enrique le preguntó si podían estar presentes durante tal acto. Como los interesados consintieron, procedieron a enfocar con la cámara el momento en el que Paula aplicaba el anestésico local mediante una jeringa de 10 cc y una aguja intramuscular, más gruesa que la de insulina, que es la que ella hubiera deseado, a un chico de unos 14 años, bajito, extremadamente delgado, con cabello muy corto y piel morena. Tras esa maniobra, el chico sufrió un ademán de lipotimia por respirar muy rápido, pero su padre lo tranquilizó y Paula pudo proseguir, cogiendo el bisturí más afilado que tenia y clavándolo en la zona más roja y blanda. La salida del pus maloliente de color gris ceniza, que se encontraba a más profundidad de la esperada, la dejó atónita y avisó a sus compañeros, por si ellos habían visto algo semejante con anterioridad. Uno tras otro se aproximaron y sus respuestas fueron negativas. Como Abdul dio unos pasos atrás y se quedó sin el color tostado que tanto lo caracterizaba, Paula lo hizo salir en estampida de la tienda para evitar que cayera desplomado sobre sus propios pies. Tras limpiar la cavidad con suero más yodo, dejaron una gasa insinuada en su interior, con la finalidad de evitar que la piel cerrara en falso y acumulara otra vez ese contenido asqueroso en su profundidad. El siguiente paciente que trató fue un varón adulto que aguantó con estoicidad toda la cirugía, aunque en un momento dado, Rosa le aplicó alcohol sobre la frente porque le detectó un sudor frío que no le hizo mucha gracia. Con la ayuda de los traductores, explicaron a los pacientes que debían tomar ácido clavulánico en pastillas de 500 mg cada 8 horas. En España, no les hubieran recetado estos antibióticos tras la extracción del pus, pero allí, las condiciones sanitarias eran ínfimas, y prefirió dar una cobertura médica más amplia. También les dijeron que era recomendable que volvieran al día siguiente para recibir una nueva cura, ya que Rosa no se fiaba en absoluto de la evolución de esas lesiones, porque ninguno de los dos pacientes tenia casa y eran de los que dormían en las nuevas tiendas de campañas cedidas por la ONU.

Cuando la jornada matinal terminó, se dirigieron hacia el aula. Paula fue rauda y veloz a saludar a Javi, que estaba terminando de poner la mesa.

—Hola cielo ¿Que tal por el dispensario médico? —Dijo el chico sin mirarla a la cara, ya que estaba centrado en su tarea.

—Interesante. Hemos detectado unas lesiones purulentas bastante repugnantes y no hemos sabido descubrir su origen.

143

—Vaya. Sí que es jugoso ¿Tomaréis muestras para analizarlas en España? —Esta vez sí que la miró.

—Uacs ... No lo creo. Yo paso de cruzar medio mundo con un bote lleno de este material o de meterlo en mi maleta —Su cara de asco se fundió para dar paso a una mueca de abstracción —Además, igual tendríamos problemas en los puestos fronterizos. Quién sabe. Y vosotros ¿Que tal durante la mañana?

—Una locura. No han parado de llamar periodistas por teléfono.

—¿Y eso? No lo entiendo. Siempre llaman por la noche. En Europa son unas 5-6 horas menos, ¿no?

—Sí, respondió el chico que ya había terminado de poner la mesa.

—Por tanto, han llamado de madrugada —Dijo ella todo pensativa.

—Sí ... De hecho, querían la información para plasmarla en la prensa escrita o para los informativos matinales.

—¿Y quién ha llamado?

—Buf, no sé si los recordaré a todos. A ver, Radio Nacional de España, Telemadrid, Antena 3, Onda cero, Canal Sur, la Televisión gallega, el Avui, la Vanguardia y no sé cuantas más.

—¡Que fuerte! No entiendo esta devoción cuando han pasado un montón de días tras el tsunami. No sé qué gracia tiene centrarse en nosotros a estas alturas. La novedad informativa ya debe haber sido superada con creces por otras noticias.

—No creas —Hablaba Enrique, que desde hacía unos minutos estaba al tanto de la conversación— Debes tener en cuenta que hasta ahora no se podía acceder abiertamente a este lugar. Sólo han podido llegar hasta aquí unos pocos privilegiados como vosotros, otros voluntarios y algún que otro periodista imprudente como yo.

—Y la central no ha cedido el teléfono hasta ahora, fruto de una gran presión política —Dijo Luís, que se hallaba sentado en una silla justo al lado de Paula, y que por tanto, también estaba atento de la charla— Hay muchos individuos que quieren colgarse medallas a costa de lo que está ocurriendo aquí.

—A la mesa —Gritó Ana— Que después tenemos visita.

Comieron a toda velocidad porque querían tenerlo todo dispuesto para la llegada del Gobernador, anunciada para la primera hora de la tarde. El político fue puntual y vino acompañado por unos cuantos militares. Luís y Jaime fueron a recibirlo a la entrada del recinto mientras que el resto de cooperantes siguieron con sus tareas habituales. A los dos chicos, les llamó la atención un grupo de uniformados que estaban montando una tienda de campaña con aspecto de garito de vigilancia en la entrada del colegio, igual que si estuvieran inmersos en una guerra civil. El Gobernador al ver sus facies circunstanciales, dijo:

—Creo recordar que ya se os avisó de que pondríamos vigilancia en el campamento.

—Sí, claro, pero me imaginaba algo más informal —Dijo Luís, algo inquieto.

—Bueno, cuando las cosas se hacen, se deben hacer bien. Además, creemos de todo corazón que es preciso. De hecho, he querido venir yo mismo a supervisarlo y de paso, a explicaros la actual situación socio política. También me gustaría daros unas recomendaciones y enumeraros unas normas de aplicación inmediata.

—Perfecto. Si quiere acompañarnos dentro, estaremos más cómodos —Añadió Luís, aún con la mosca tras la nariz.

—Sí, mejor. Así aprovecharé para ver como ha quedado el campamento tras las aportaciones de la ONU.

De camino hacia el aula de ciencias naturales tres mujeres se aproximaron al Gobernador llorando y él pronunció unas frases con tono suave y dulce, que instigaron un efecto reconfortante, ya que dejaron de gimotear, le besaron la mano y se alejaron aligeradas. Unos pasos más allá se paró para chocar manos con los componentes de un grupo de hombres jóvenes, que lo saludaron con efusividad, todo respondiendo a su gesto. Ya en el centro del campamento, el

Gobernador se cruzó con el ya habitual grupo de chicos futbolistas y aprovechó para dar un chute a la pelota intentando marcar un gol sin conseguirlo. Sonriendo y aplaudiendo al portero que había neutralizado el balón, los dejó para dirigirse hacia la comitiva que lo acompañaba, pero fue placado por unas niñas que se le acercaron con un ramo de flores silvestres, las cuales aceptó con otra sonrisa demasiado exagerada.

—Creo que vomitaré —Susurró Jaime a Luís— Todos los políticos son iguales. Aprovechan cualquier situación para hacerse ver o ganar votos. ¡Qué asco!

—Sí. Estoy convencido de que esto se repite en todo el mundo. Es preocupante que el patrón político mundial sea tan estándar y poco efectivo.

—Mucho ruido y pocas nueces —Jaime estaba muy indignado.

—Ya. Pero bueno, según explicó Paula que es la que más tiempo ha estado en contacto con él, este hombre es bastante efectivo a la hora de tomar decisiones.

—Bueno, no sé. Tengo una pésima opinión de los que ocupan cargos políticos y será difícil que la cambie.

Tras lo que les parecieron siglos, entraron en el aula donde ya sólo estaban Esther y Javi, que en esos momentos hablaba por teléfono con un reportero del rotativo ABC, colgando tras unas respuestas rápidas. Terminados los saludos se sentaron y Esther sirvió té.

—Bien chicos, iré directo al grano. La situación actual no es para nada agradable. Desde hace bastantes días, en Trincomalee, se han ido denunciando actos de robo, agresiones e incluso desaparición de personas —Dijo el Gobernador, mirando uno a uno, los ojos de los presentes— Al principio se pensó que se trataría de casos aislados y centrados en la capital de la zona, pero desde hace menos tiempo, hemos detectado incidentes similares en nuestra localidad. Se está manejando de la manera más discreta posible, e incluso lo estamos escondiendo a la población y los medios de comunicación, pero no sé hasta cuando se conseguirá.

—Buf —Javi se movió en la silla y tirándose los pelos hacia atrás, dijo— Mal rollo. Ya oí hablar de este problema en Trincomalee. Es grave. Me pareció que estaba bastante fuera de control.

—¿Oíste hablar de este tema y no me comentaste nada? —Preguntó Luís sin disimular su enojo.

—¿Tengo que contártelo todo? —Silencio que rompe el ruido de la silla al moverse cuando Javi de pone en pie —A María y a mí nos pareció adecuado no alarmar al resto del grupo sin saber con certeza el grado de relevancia— Esta vez Javi levanto la voz más de lo deseado.

—La actitud fue correcta ... Perdona, ¿cómo te llamas? —Le preguntó el Gobernador al chico.

—Mi nombre es Javi.

—Bien. Pues reitero, Javi, lo hicisteis muy bien. Si os lo estoy contando ahora es porque he recibido órdenes expresas desde Colombo para que salvaguardemos vuestra integridad física y la de los otros extranjeros de la zona. Parece ser que nuestro Gobierno no quiere añadirse quebraderos de cabeza y desea evitar conflictos internacionales. Por esta razón, los foráneos deberéis estar bajo la protección militar tanto dentro como fuera de vuestras bases de actuación. De hecho, se ha decretado un toque de queda para toda la población, y en especial, para vosotros.

—No entiendo muy bien —Dijo Jaime, bastante asustado — ¿Que quiere decir lo de toque de queda?

—Simplemente, que no podréis salir del campamento una vez se ponga el sol y durante el día, no podréis salir fuera del campamento base a no ser que os acompañe un escolta.

—¡Será como estar en una prisión! —Esther se tapó la boca con sus manos, al darse cuenta que sus pensamientos se habían materializado en palabras.

—No me gustaría que lo vivierais de esta manera — Respondió el Gobernador, intentando plasmar una tranquilidad que no tenía.

—O sea ... Se confirma que la situación es grave —Dijo Luís que mantenía, ahora sí y como era habitual, la calma.

—Sí ... Y bastante difícil de gestionar. Es por esta razón que necesitamos vuestra colaboración, por ejemplo, respetando las normas y no haciéndolo todo más difícil —Golpeó con las manos sus piernas— Bueno chicos, no puedo añadir nada más por el momento, pero prometo manteneros al día.

Se levantó de la silla y salió fuera del aula, pero en lugar de dirigirse hacia la puerta de salida del campamento, tomó la dirección contraria, yendo hacia el puesto médico asistencial. Luís y Jaime, algo confusos, lo siguieron. Una vez alcanzó la cola de pacientes que esperaban ser atendidos, saludó a los que allí estaban mientras proseguía el recorrido hacia la puerta de acceso, donde se encontraba Álex controlando el buen funcionamiento de ésta, evitando que algunos personajes se saltaran su turno, colándose. Entró silenciosamente, sin inmutar a los médicos y enfermeras que estaban atendiendo al doble de pacientes que el día previo. Saludando con la cabeza cruzó la primera estancia del puesto médico y se dirigió sin vacilar hacia el área quirúrgica donde se encontraba Paula, sola. La chica lo saludó con una discreta reverencia de cabeza, tal y como había visto hacer a las mujeres de la población.

—Hola Paula ¿Cómo te va todo?

—Voy haciendo —Paula estaba sorprendida, a la par que orgullosa, por la actuación del jefe político del área— Cada nuevo día hay más trabajo que el anterior. Salen refugiados de debajo de las piedras.

—Estáis haciendo una labor impecable y la gente del pueblo habla de ello. Es por esto que cada vez tenéis más pacientes —Miró a su alrededor para confirmar que seguían solos y prosiguió— Por cierto, quería informarte de que mi hijo fue trasladado ayer tarde a Trincomalee. Me han dicho hace un rato que se encuentra fuera de peligro y que será dado de alta antes de lo previsto.

—Muy bien. Me alegro mucho.

—Muchas gracias por lo que hicisteis ... Y como no, por la discreción ... Hay novedades relacionadas con el incidente, que ya he explicado a algunos de tus compañeros y que os contaran esta noche.

—¿Algo grave?

—Por desgracia, creo que sí. Escúchame ... Debes estar al tanto de todo, vigilar y cuidarte. Si necesitas algo, no dudes en decírmelo. Te considero como una hija y no me perdonaría si te ocurriera algo malo.

—Muchas gracias por el ofrecimiento. Tenga por descontado que lo tendré en cuenta.

El Gobernador dio por concluida la conversación girando sobre sí mismo y alejándose tal y como había llegado, acompañado por escoltas militares. Entrada la oscuridad en el campamento cerraron el puesto médico y se apresuraron para ducharse y cenar porque estaban cansados y se había notificado reunión general. Luís pidió silencio y explicó las novedades sin dejar que nadie lo interrumpiera, ya que no quería olvidar nada. Las reacciones no se hicieron esperar: unos no dijeron nada, otros lamentaros los hechos, y una minoría, entre los que estaban Ramón y los dos periodistas, se quejaron por el toque de queda y la coartación de libertad.

—Pero, ¿Hay peligro de muerte? —Tomás sudaba como nunca antes lo había hecho y con voz temblorosa, unía las palabras de forma entrecortada.

—Las autoridades no conocen con exactitud el grado de riesgo, pero parece grave —Anunció Luís.

—Pues si hay peligro de muerte, yo quiero irme —Tomás se encontraba ya todo empapado y su cara tomó el color ceniza de un muerto.

—Tranquilo Tomás. Informaremos a Madrid para que investiguen el riesgo real a través de la Embajada correspondiente y tomen las oportunas decisiones. Si el peligro es patente, nos harán volver a todos y se parará el proyecto, sin que envíen al grupo de relevo.

—Bien, creo que aún es pronto para tomar decisiones. De todas formas, cada uno de nosotros debe ser dueño de sus deseos y decidir si quiere seguir aquí o no —El que estaba hablando era Ramón, que se levantó de golpe de la silla— Por mi parte, yo quiero quedarme a pesar de todo— Acto seguido, se dirigió hacia fuera mientras encendía un cigarrillo local.

—Yo sí que quiero volver a casa. Llamad a Madrid y que me reserven un vuelo ... ¡Ya! —Tomás ahora tenía la tez pálida y empezó a temblar.

—¿Estás bien? —María preguntaba a la vez que se colocaba a su lado, junto con Jaime, que también había detectado peligro.

Tomás no contestó porque se estaba escurriendo sobre si mismo fruto de una lipotimia. Sus dos compañeros habían reaccionado a tiempo y evitaron de esta manera un impresionante golpe en la cabeza. Lo acompañaron hacia su catre con ayuda de dos más, ya que el chico era alto como una sequoia. Su tensión arterial y la frecuencia cardiaca eran normales, y no tenía fiebre, cosa que los tranquilizó. Poco a poco se despertó, manteniendo su tez pálida y la sudoración frontal y con claros signos de desorientación. Le explicaron lo que había ocurrido y tras tomar unos vasos de agua, recuperó el color y desapareció la diaforesis. El diagnóstico fue de deshidratación, pero Tomás sabía que algo en su interior lo atormentaba y que estaba siendo la causa de esa forma de actuar tan irracional y sorprendente para él. Tras el revuelo del incidente, Luís dio orden tajante de apagar luces, tras recordar que todos debían hidratarse convenientemente. Nadie lo contradijo, parte por el cansancio, parte por el shock secundario a las novedades.

La mañana emergió con algunas nubes en el cielo, pero el sol se mantuvo firme y no se dejó abrumar por ellas. Era domingo y aprovecharon para alargar el periodo de descanso, despertándose una hora y media más tarde. Como el calor no apaciguó, Jaime insistió en recordar que bebieran agua para evitar cuadros clínicos como el sufrido por Tomás. Los reporteros, que ya habían finalizado la filmación en el campo de refugiados, decidieron salir del recinto para dirigirse a Motur, pueblo situado más allá de la Bahía y muy castigado por el tsunami. Conocían las órdenes pero como se negaban a tener a dos militares pegados a sus talones durante su excursión, aprovecharon un despiste de los centinelas de la puerta principal para salir corriendo igual que un gato al que le acaban de pisar la cola. Encontraron a Ringa, como siempre, en el porche de la casa de su hermano y se dirigieron a su vehículo a toda prisa, para alejarse de allí sin ser vistos.

Tras unas cuantas visitas médicas y curas urgentes, llegó el momento de ocio para los cooperantes. Santi, que aún no había conseguido acercarse a conocer la playa, pidió quien quería acompañarlo para ir, y Ramón, que se encontraba muy abatido, se ofreció voluntario con un gran placer, añadiéndose Ana, Jaime y Esther. Paula no pudo disimular su crispación al tener que quedarse en el campamento, ya que ese día era la encargada, junto con Álex, de vigilar el teléfono. El resto de compañeros se dirigieron a buscar víveres con un par de militares, que no hablaban ni pizca de inglés, pisándoles los talones con cara de pocos amigos. Una vez solos, los dos desafortunados cooperantes iniciaron las tareas de mantenimiento y limpieza. El teléfono no tardo ni unos minutos en sonar y Paula, que no estaba con ganas de relacionarse socialmente, cedió el honor a Álex que lo aceptó entusiasmado. Tras la quinta llamada, Paula ya estaba en rango de cabreo total, porque el trabajo de limpieza lo estaba llevando a cabo ella sola, pues Álex se dedicaba a dar coba a los periodistas del otro lado del hilo telefónico, sentado en una silla y marcando una dicción casi perfecta, que poco demostraba su origen andaluz. Una vez colgaba, anotaba en una libreta quien había llamado y qué tipo de información había recabado. Tras casi una hora, el maldito aparato dejó de sonar y Álex pudo ayudarla, pudiendo terminar a una hora decente. Justo en ese momento, cuando se disponían a tomar un té sentados en sendas sillas, entraron en la habitación tres chicas con unas mochilas colgadas de la espalda y con modernas cámaras fotográficas suspendidas del cuello. Una de ellas llamaba la atención por encima de las otras por su espectacular aspecto, ya que era rubia, de ojos azules, alta, delgada, bien proporcionada en sus curvas y con un gran parecido a Valeria Mazza, modelo argentina de fama internacional. No era pues de extrañar que las otras dos chicas quedaran eclipsadas por ese prototipo de maniquí, pues no habían sido agraciadas con ningún atributo exclusivo y sublime.

—Hola —Saludó Álex que había dando un salto de la silla para ponerse en pie, sin ocultar su emoción— ¿Os podemos ayudar en algo?

—Buenas, sentimos presentarnos así, sin avisar, pero nos han dicho que no os enfadaríais —Respondió la chica más bajita de todas— Me llamo Fina y soy periodista, igual que mis dos compañeras.

—Por favor, entrad y tomar asiento —Se apresuró a decir Paula, a la vez que se acercaba para chocar la mano a las recién llegadas.

—Gracias —Contestó la rubia explosiva— Hace mucha calor fuera. Perdón, no me he presentado, me llamo Lilian.

—Y yo Carmen —Dijo apocada, la tercera chica.

—¿Que os trae por aquí? —Preguntó inocentemente Álex, como si fuera una novedad para él la presencia de reporteros.

—Supongo que buscamos lo mismo que todos los periodistas, la noticia en su estado más salvaje —Dijo Lilian— Soy cronista free lance y tengo previsto realizar un reportaje de la catástrofe desde un punto de vista humanista, más que sensacionalista.

—Me parece interesante, pero hasta el momento, todos los reporteros que han contactado con nosotros querían ese enfoque humanista, huyendo del morbo y el mal gusto, por lo tanto, no le veo la diferencia —Dijo Paula un poco sorprendida por esas palabras tan estúpidas— De veras, no entiendo muy bien que otra manera hay para presentar el estado de la situación, si no es el punto de vista humanista, porque la prensa del corazón no tiene cabida aquí y desde luego, competiciones deportivas no es que se estén haciendo muchas.

—Claro, tienes razón ... Tal vez no me he explicado bien —Respondió Lilian desafiándola con la mirada— Lo que quería decir es que quiero centrarme en las personas, sus sentimientos, los pensamientos más profundos, en todo lo que les pasa por la cabeza.

Álex, que había detectado el cruce de miradas cargadas de metralla entre las chicas, quiso romper la tensión ambiental.

—Muy interesante ¿Verdad Paula?

La doctora, que en esos momentos estaba certificando mentalmente que la rubia era tonta de remate, se dio por enterada y decidió obviar la réplica, ya que la apuesta del bombero estaba más que clara y se decantaba por la periodista lerda, cosa que la hizo malhumorar, "todos los tíos son iguales, sólo se fijan en unas tetas bien puestas. La tía va de lista y es más básica que una camisa blanca de fondo de armario, perspectiva humanista, ¡será boba!, a esto se le llama presentar las cosas tal y como son, sin complicarlas ni buscar tres pies al gato", pensó la cirujana.

—¿Donde está el resto del grupo? —Dijo la susodicha dando un vistazo rápido a toda la estancia— Durante la celebración conocí a un par de chicas muy simpáticas. Pensaba que las encontraría aquí.

—¡Vaya! Tú debes ser la periodista brasileña de la que hablaron Rosa y Ana —Exclamó Paula, denotando cierta sorna, que gracias al cielo sólo Álex pudo detectar. Paula recordó a Rosa dejándola de vuelta y media por su conversación superficial y su manera de deslumbrar al sexo masculino. Rememoró también la conversación con Patrick, que por alguna razón que en esos momentos no le venía a la memoria, la había nombrado, dejando entre ver que se trataba de una joven de las llamadas fáciles de seducir.

—Sí, soy yo —Anunció con una sonrisa más falsa que los bolsos de barrio chino neoyorquino— Quedamos en que me dejaría caer por aquí para hacer unas preguntas y tomar fotografías de vuestra tarea asistencial.

—Pues mal día has elegido —Respondió Álex, que seguía mirando a la brasileña con ojos de corderito— El domingo es nuestro día de descanso y sólo visitamos urgencias.

—¡Que mala suerte! —Se lamentó Carmen, que hasta el momento no había osado abrir la boca.

Paula ya hacía un buen rato que observaba a esa chica con cabellos alborotados, voz delicada y ademán nervioso. Detectó que lo analizaba todo con los cinco sentidos, tal y como ella misma hizo los primeros días de estar en la isla. A diferencia de Lilian, Carmen le cayó bien.

—Bien, que le haremos. Mejor venimos otro día. Estoy cansada y me gustaría ir al hotel a descansar —Dijo Fina.

—¿Hay un hotel en Kinniya? —Preguntó extrañado Álex.

—No. Está en Trincomalee —Respondió Carmen saliendo por la puerta con sus dos compañeras de profesión, mientras agitaba la mano en señal de despedida.

El primer grupo en llegar fue el que se había dirigido a la playa. Se plantaron en el aula mojados de cabeza a pies, ya que desde hacía una media hora, la lluvia volvía a cubrir el área en la que se encontraban. Paula se estremeció al rememorar todo lo que pasó la última vez que llovió, por lo que inició una conversación con sus compañeros para evitar esos malogrados pensamientos. A los pocos minutos entraron el resto de cooperantes, cargados de víveres para los próximos 3 ó 4 días, incluyendo pescado fresco traído por algunos pescadores que habían conseguido reparar las pocas barcas que quedaban en el pueblo, y que habían recuperado kilómetros tierra adentro.

Tras la comida, como seguía lloviendo, muchos de los cooperantes decidieron tumbarse para hacer la siesta mientras que el resto aprovecharon el tiempo para leer, escuchar música u ordenar sus diarios. No habían transcurrido ni dos horas cuando Abdul, uno de los traductores, entró en el aula como un ciclón, empapado como las gasas utilizadas para secar un hígado roto. Lo acompañaba una joven de unos 20 años, no muy alta, de cabellos negros y largos, con los ojos hinchados y rojos, indicando que había estado llorando. María y Jaime, que estaban situados al lado de la puerta, los recibieron.

—¿Que pasa Abdul? —Pidió la enfermera.

—Esta chica vive a unos cinco minutos de aquí. Dice que a su madre le pasa algo. Que está poseída por un demonio y que su padre la ha sacado a la calle porque no quería que el resto de la familia se viera afectada.

La chica miraba temblorosa y expectante, fijándose en las reacciones de los extranjeros, ya que no entendía ni pizca de inglés.

—¿Y qué le pasa exactamente? —Preguntó Jaime, mientras iba a buscar el maletín de primeros auxilios situado en un rincón del aula.

Tras consultarlo con la joven, Abdul lo hizo saber a los cooperantes.

—Ha empezado a moverse de una manera extraña, agitando la cabeza, las manos y las piernas como si fuera un muñeco de gelatina. Después le ha empezado a salir sangre y espuma de la boca.

—Joder. Tiene una crisis epiléptica y estos chalados la han echado a la calle —Anunció Ana— ¡Y con la que está cayendo!

Jaime ya había salido a toda velocidad hacia el puesto médico para hacerse con un anticomicial, un sedante y todo lo necesario para administrarlo vía endovenosa. Cuando volvió al aula, en menos de 2 minutos, Ana y María ya estaban preparadas para salir con sus gabardinas y botas. Pidieron a Esther que les acompañara y los seis se alejaron hacia la casa de la chica que volvía a llorar desconsoladamente, como no, acompañados por el militar de turno que se reunió a la comitiva sin hacer ninguna pregunta.

Tardaron más de 5 minutos en llegar, ya que en esos momentos, la lluvia golpeaba con más fuerza y las calles se encontraban embarradas a más no poder. La madre de la chica estaba sentada en el centro del adoquinado, cubierta de fango y sangre. Ya no convulsionaba y miraba a su alrededor como no recordando la forma en la que había llegado hasta allí. Entre todos la levantaron y la acompañaron al porche de su hogar. El resto de la familia miraba por la ventana y no osaban salir. Tras tomarle las constantes, los dos médicos le hicieron un reconocimiento general. Había algunas alteraciones neurológicas que indicaban que tal vez había algo en el cerebro que le podía producir esas crisis epilépticas tónico clónicas. La sangre provenía de un corte muy feo que se había hecho en la lengua al morderse, pero en esos momentos rezumaba muy poco, sin llegar a ser un sangrado preocupante.

—Abdul, diles que no está poseída por demonios. Explícales que es una reacción secundaria a alguna enfermedad de su cerebro y que necesita de tratamiento médico y un estudio más profundo en Trincomalee.

—OK, ahora se lo digo.

—Y que salga su padre, que quiero hacerle unas preguntas —
Añadió Anna.

Una vez Abdul tradujo a la familia lo que pasaba, salieron
como una cuadrilla, para ser interrogados por los extranjeros. De esta
manera los médicos se enteraron de que la señora había recibido un
golpe muy importante durante el tsunami que la hizo estar
inconsciente más de 24 horas. No se había ahogado de milagro
porque pudieron pescarla y dejarla en los pisos superiores de la
escuela. Tras recuperar el conocimiento pudo hacer vida normal,
aunque había momentos en los que se despistaba, no podía
concentrarse o se quejaba de dolor de cabeza. Las últimas 48 horas
había dejado de comer e incluso había vomitado a presión, como si de
la niña del exorcista se tratara. El diagnóstico lo tuvieron claro los
cuatro sanitarios, estaban ante un hematoma intracerebral, de tipo
subdural, que estaba provocando un aumento de presión intracraneal.
Era emergente su traslado a Trincomalee. Como ya le habían puesto
unos accesos venosos en los brazos, le administraron sueros, de los
que tenían, que no eran los de elección para esos casos, un calmante y
una dosis de dexamentasona endovenosa. Ya hacía un buen rato que
habían comunicado con la centralita del aula para que avisaran a una
ambulancia o similar.

A los 10 minutos apareció una camioneta con una cruz roja
pintada en el techo, en la que se hallaba una camilla, unos cuantos
aparatos de medida de constantes y un respirador portátil bastante
antiguo, que estaba conectado a una bombona de oxígeno. Como la
paciente estaba disminuyendo su nivel de consciencia, decidieron
intubarla y conectarla a la máquina. Dado que no había personal
médico en la rudimentaria ambulancia, Jaime y Esther decidieron ir
con la enferma hasta el hospital. Tenían por delante un viaje largo, ya
que las inclemencias del tiempo no permitían tomar el transbordador.
Se despidieron de sus compañeros y de los familiares y partieron,
mientras que el resto volvió a sus respectivos hogares.

8. ¿UNOS DÍAS DE TRANQUILIDAD?

El lunes amaneció con un sol radiante como nunca habían visto, y además, las lluvias de las últimas horas habían provocado una disminución de las temperaturas, haciendo más llevable la estancia en el puesto médico. A media mañana recibieron la llamada de Jaime que los informó de que habían llegado sanos y salvos al hospital, donde se había confirmado el diagnóstico de presunción. En esos momentos estaban preparando a la mujer para intervenirla de urgencia, y evacuarle así el hematoma subdural. Jaime aprovechó la ocasión y pidió permiso a Luís para quedarse en la gran ciudad el resto del día. Querían visitarla y aprovechar para indagar un poco sobre el estado de seguridad de la Región. El jefe le dio su consentimiento, ya que dedujo que el viaje había sido estresante y merecían unas horas de ocio. Consideró, así mismo, que era importante que tantearan lo que estaba ocurriendo y cuanto de cierto había en todo lo que el Gobernador les había explicado.

La jornada para el resto transcurrió sin incidentes y como los bomberos ya habían terminado con la adecuación de las potabilizadoras, que estaban funcionando a las mil maravillas porque habían encontrado unos pozos dignos, se quedaron en el campamento con sus compañeros sanitarios, tomando como suyas las tareas propias del hogar y el control del centro de comunicaciones. Al medio día, una vez cerradas las consultas, cuando Paula se encontraba a solas en el puesto médico, limpiando el instrumental quirúrgico y revisando los medicamentos, entró por la puerta Patrick.

—Hola —Dijo el americano, dando un susto a Paula, que no se había percatado de su llegada.

—Hola, ¿qué haces por aquí? —Paula notó como sus mejillas enrojecían, cosa que la incomodó, "¿es que nunca podré controlar este acto reflejo?, que coñazo, espero que no se haya dado cuenta", caviló a la vez que se lavaba las manos en un cubo, se las secaba y se acercaba al interesantísimo colega de profesión.

—Teníamos un día tranquilo y como han llegado unos compatriotas periodistas para hacernos un reportaje, hemos pensado que sería interesante que vieran a otros cooperantes en acción.

—Sí, claro, y de esta manera reforzaréis vuestro ego, al verificar que vuestras instalaciones parecen un palacio en comparación a las nuestras —Dijo Paula demostrando cierto resentimiento, secundario a la vergüenza que le produjo, el hecho de que Patrick viera las condiciones en las que trabajaba.

—No tengo ningún interés en confirmar ni desmentir nada, ni en reafirmar que los norte americanos tenemos más potencial logístico que el resto, y mucho menos, en dejar a los ciudadanos de otros países como tercermundistas —Respondió levantando la voz y bastante enojado— ¿Se puede saber qué te pasa? Creía que estarías contenta de verme. No tengo consciencia de haberte tratado mal.

—Lo siento. He sido una impertinente. Me has pillado por sorpresa. Es que me avergüenza que veas este campamento tan destartalado —La chica contemplaba el suelo pues no se atrevía a mirar los ojos del visitante.

—Te perdonaré con dos condiciones.

—¿Cuáles?

—La primera es que vengas conmigo y te dejes entrevistar por los periodistas que nos acompañan. Son de la CBS de Nueva York y el productor es un buen amigo mío de la universidad. De hecho compartíamos apartamento. Le he hablado de ti y quiere que salgas en el reportaje.

—Uf ... Está bien ... De acuerdo ... ¿Le has hablado de mi? —Añadió sin pensar— ¿Y la segunda? —Esperaba que con esta maniobra, Patrick no se hubiera dado cuenta de la indiscreta primera pregunta.

—Que mañana cenes conmigo —Patrick había oído todas las palabras de la pregunta que Paula estaba intentando fundir, pero prefirió hacer ver que no, para evitar tener que dar explicaciones que no conocía —Uno de nuestros traductores quiere prepararme una cena especial en el bar se su cuñado.

—¿Sabes que hay toque de queda? —Preguntó la chica probando de cambiar de tema una vez más. Esa proposición la había pillado desarmada y lo peor era que el estómago le estaba haciendo las mismas cosquillas que cuando Javi la besaba.

—Lo sé, y evidentemente, no nos lo saltaremos. Tenemos un salvo conducto especial del Gobernador para salir. Nos recogerán en coche e iremos acompañados por un par de militares hasta el bar.

—Molestaremos a muchas personas y me hace sentir mal. Esta cena la podríamos hacer más adelante, cuando la situación de la zona sea más segura.

—No ... Quiero que la cena sea mañana ... Es que —Paró en seco cuando notó una mirada lancinante clavada en su nuca y se giró para ver quien le había provocado esa sensación.

Javi se encontraba en la puerta de entrada, con los brazos cruzados, sin decir palabra, demostrando que no estaba muy contento con lo que veía. Hacía un buen rato que había visto como Patrick, tras preguntar algo a Ramón, tomaba dirección hacia el puesto médico. Constatar que los dos cirujanos llevaban todo ese tiempo a solas lo puso de muy mal humor. Tras mirarlos unos minutos sin decir ni esta boca es mía, se dio media vuelta y se alejó de allí. Paula notó un badén en el cerebro, corazón, intestinos e incluso en la punta del dedo gordo de su pie izquierdo, porque no le había gustado nada de nada esa reacción, ni tampoco la entendía.

—¿Quién era? —Preguntó Patrick con voz pausada y marcando en exceso las sílabas.

—Uno de mis compañeros ... Javi —"Respuesta escueta", pensó la cirujana.

—¿Es tu jefe de equipo? ¿Os controlan siempre de esta manera?

—No, no es mi jefe y no sé la razón por la que ha reaccionado así. Tal vez deberíamos volver con el resto. Es la hora de comer.

—Espera. No he terminado de explicarte el porqué quiero cenar mañana contigo —Y mientras le decía esto, se le acercó y le tomó la mano derecha con sus dos suaves manos —Mañana es mi cumpleaños y me gustaría compartir la velada contigo.

—Gracias —Respondió Paula mientras apartaba su mano de las del americano.

—¿Gracias y ya está? Eres muy rarita. Sólo haces que confundirme. Hay momentos en los que creo que conectamos y que te gusto, y otros, como ahora mismo, en los que pienso que te repugno y molesto —El tono de voz suave y dulce de una melodía de jazz, se había transformado en el ruido chapucero de un ogro tocando heavy metal.

—¿Y tú de qué vas? Eres un creído ¿Es que cuando una mujer es amable con un hombre quiere decir que quiere rollo? —Paula volvía a perder las formas, igual que el día previo.

—No he pensado en ningún momento que tú buscaras rollo. Realmente estás chiflada. Olvídate de la cena. Encontraré otra persona más agradable que tu para compartir esa velada tan especial ... ¡Ah! Y procura coquetear menos con los hombres con los que te vayas cruzando, porque si no, Javi, se cabreará un montón. No es bueno hacer burradas cuando se está iniciando una relación. No son un zopenco, ni un ciego, todo sea dicho de paso —Y salió de la tienda, apartando de una patada la silla que tenía frente a él, que se cayó al suelo haciendo un estrepitoso ruido.

Paula recogió la silla del piso y se sentó en ella. Estaba respirando rápido por los nervios y quería serenarse un poco. La situación en Kinniya empezaba a ser como la de la serie de televisión Anatomía de Grey, donde todos estaban enrollados entre sí. Su cerebro no paraba de funcionar a modo de huracán. Cerró los ojos exhausta y apoyó su cabeza entre sus dos brazos, que estaban sobre la mesa. No podía permitirse el lujo de llorar y por tanto, contó hasta 50, y controló la situación con las técnicas de relajación que había aprendido en las clases de yoga.

En el aula ya habían puesto la mesa. Pietro estaba sentado en el centro de la estancia hablando encantado con Cristian, que había vuelto ya de su aventura en Motur con Enrique. Mauro charlaba haciendo movimientos exagerados con sus manos, con Rosa y Ana, que se reían escuchándolo contar unas anécdotas que le habían ocurrido en Roma el verano pasado. Patrick había llegado marcando una maravillosa sonrisa que no pasó desapercibida a las mujeres de la sala, porque no quería que nadie notara su dolor al haber sido herido en su orgullo. Los dos periodistas de la CBS hablaban con Emilio. Había un bullicio espectacular y por eso, Santi y Tomás, los encargados de las tareas del hogar ese día, tuvieron que dar un grito para hacerlos sentar en la mesa. Como no había suficientes sillas, unos cuantos decidieron aposentar sus traseros en el suelo, igual que si estuvieran haciendo una acampada juvenil.

Nadie se dio cuenta de que faltaban Javi y Paula, excepto Patrick y Ana. El bombero había ido a fumar al extremo contrario del campo de refugiados, allí donde estaban situadas las tiendas de campaña de la ONU. Unos jovencitos que tenían nociones de inglés, lo estaban interrogando sobre un montón de cosas de España, y eso hizo que olvidara la escena que acababa de vivir. Paula seguía dentro del puesto médico, con los ojos cerrados y apoyada en la mesa. Como le hizo aparición una jaqueca, se dirigió a la farmacia para hacerse con un par de comprimidos de paracetamol de 500 mg, se los tomó sin beber agua y salió para dirigirse al aula. Fue en ese momento que vislumbró a lo lejos a Javi y se paró para observarlo con más detenimiento. Se sentó para ello en una roca situada bajo un arbolito de pocos años de edad que demostraba ser todo un superviviente, ya que mantenía su integridad a pesar de haber estado cubierto por el agua del mar. Pensó que el bombero le gustaba un montón, pero el americano tenía un no sé que, difícil de explicar.

—¿Qué os ha pasado? —Ana se sentó a su vera, sobresaltándola.

—¿A quién? —Preguntó la inocente Paula, una vez recuperada de la sorpresa.

—No te hagas la boba. A ti y a Javi.

—Nada y mucho ... Ana, estoy hecha un lío. Me he enamorado con locura de dos hombres que son como el día y la noche ... No sé qué debo hacer.

—¡Manda huevos! ¿Dos? ¿Qué me he perdido? ... Perdona la intromisión, no hace falta que respondas si no quieres.

—Creo que estoy enamorada de Javi y de Patrick.

—¿Patrick? ¿El cirujano americano que está en estos momentos en nuestro recinto? Pero, si no lo conoces, y además, tiene una pinta de chulo y prepotente que no se la aguanta, ¿Como puede ser eso? No habías coincidido antes ... ¿O sí? —Ana prendió un cigarrillo y sin que Paula le dijera nada, se lo aproximó para que le diera unas caladas.

—Sí hemos coincidido ... Un par de veces. No es un prepotente y me pone a cien. Javi nos ha pillado hablando a solas, justo cuando él me estaba invitando a cenar. Mañana es su cumple y quiere, o mejor dicho, quería, compartir esa velada conmigo.

—Uauuu. Eres toda una seductora y no lo pareces en absoluto. Vaya con las mosquitas muertas —Rió— Vamos al aula con el resto, que tienes que comer y beber algo, además, quieren hacernos un reportaje. Ya me explicarás con más calma todo este revuelo.

Las dos chicas se levantaron y Paula dirigió la mirada hacia donde había visto por última vez a Javi. El intento fue infructuoso, ya que se había ido. Cuando entraron en su guarida, casi todos habían terminado de comer. Javi se encontraba sentado en la mesa, donde María le había servido un plato de vianda que estaba engullendo mientras conversaba con Esther y Óscar. Percibió la entrada de su compañera pero hizo ver que no se había dado cuenta, bien al contrario de Patrick, que se acercó sigiloso a ella y se sentó en una silla a su lado. Patrick era un hombre que siempre había tenido éxito con las mujeres, es decir, allí donde iba triunfaba, y pocas veces había recibido calabazas. Por lo tanto, tenía bien claro que no dejaría que aquella ciclotímica española fuera la primera en dejarlo como un trapo sucio, por un bombero de trazos agitanados y cuatro músculos bien puestos. La miró sin decir nada, y mientras la observaba comprendió que su actitud no era sólo cuestión de amor propio, sino que había un interés que iba más allá. Consideraba que su colega era diferente a las mujeres a las que estaba acostumbrado a tratar en Nueva York, y estaba muy interesado en conocerla más a fondo. "¿Me gusta o sólo es un reto de los míos?", se preguntó justo antes de iniciar una conversación con ella.

—Está bien. Olvídate de todas las cosas desagradables que te he dicho antes. Lo siento. No sé que hay entre tú y Javi, ni tampoco quiero saberlo. Sólo deseo conocerte más y que me des la oportunidad de demostrarte como soy de verdad.

—A mí también me gustaría saber más de ti, pero debo suplicarte que no intentes nada romántico conmigo. Trátame como a una compañera del trabajo, una amiga, una confidente o lo que desees, pero por favor, no lo hagas en otros términos.

—Vale, tienes todo el derecho de pedirme esto. Lo entiendo y acepto. Ya me va bien, no te preocupes.

A Patrick le encantó el reto que le acababa de ofrecer, sin que ella fuera consciente. Un desafío que tenía como objetivo robarle el corazón a su colega, tarea nada fácil porque tenía la sensación de que la actitud de Paula a partir de ese momento sería completamente defensiva. De hecho, estaba convencido de que la chica sentía algo por él, pero estaba tratando de negárselo a sí misma, por lo que el reto aún lo estimulaba más, y este placer lo reflejó en una gran sonrisa y un brillo especial de los ojos que fue captado por Paula, que quedó hechizada. Javi, desde un recoveco los observaba sin ser visto, y por primera vez de su existencia, todo él era una maraña de celos y envidia hacia ese yanqui. Con mucha dificultad podría competir con él porque tenía una carrera universitaria, mucha pasta, según estaban comentando las chicas sentadas a su izquierda, además de lo emocionante que puede ser estar liado con alguien que vive en el barrio más elegante de Nueva York, sin olvidar que tenía muy buena percha. La voz de Luís lo hizo volver a la realidad.

—Javi, te necesito. El Gobernador quiere que vayamos los dos a su casa para charlar. Nos han venido a buscar en coche.

—Que raro ¿Y quiere que vaya yo? ¿Te ha dicho que pasa?

—No. Estoy tan intrigado como tú. Vamos, no lo hagamos esperar, que ya sabes cómo son los políticos.

Salieron sin que el resto del grupo los viera partir, porque estaban demasiado ocupados y nerviosos atendiendo a los reporteros de la CBS, que ya habían montado toda la parafernalia tecnológica y se habían puesto manos a la obra. Cristian estaba flipando con la espectacular cámara de última generación que usaba su colega de profesión. Tan emocionado lo vieron los reporteros de la CBS que le permitieron usarla para hacer unas tomas. Patrick presentó a Paula a su camarada de la universidad y acto seguido, se dirigieron al otro extremo del patio escolar, justo al lado de las tiendas de campaña de color azul, para llevar a cabo la entrevista. Parecía mentira, pero los cooperantes pocas veces pisaban esa zona del campamento, y de hecho, Paula sólo se había acercado a ellas el día que las montaron. La razón no era desprecio o voluntad de no mezclarse con ellos sino más bien, lo que deseaban era darles un poco de intimidad, la mínima que podían tener viviendo en esas condiciones, hacinados los unos con los otros y compartiendo espacios diminutos más de seis personas.

—Paula, se te nota nerviosa. Relájate. Estás preciosa y quedarás muy bien ante las cámaras —Le dijo el amigo de Patrick.

—Es la primera vez que me entrevistan y para postre, he de hablar en un idioma que no es el mío. No será fácil que me distienda —Respondió la doctora evitando la mirada de Patrick que empeoraba toda la situación.

La interviú consistió en preguntas fáciles del tipo: que profesión tienes, cuando llegasteis, como os han recibido los nativos, que tipo de patologías habéis tratado y qué relación hay con otros cooperantes, entre otras. A medida que transcurría el diálogo, ella se iba encontrando más cómoda y pasados unos 5 minutos, estaba disfrutando de la situación. Constató que era capaz de mostrase natural ante las cámaras y encima le estaba agradando. Una vez finalizaron, se trasladaron al puesto médico para filmar al resto del equipo con las manos en la masa, aunque también les propinaron unas cuantas cuestiones, tampoco difíciles de contestar. Una vez liquidada la sesión, Patrick se despidió de Paula anunciándole que en 24 horas, alrededor de las 20 h, iría a buscarla con un coche para ir a cenar. La chica no pudo negarse debido a que su colega dio media vuelta sin dar pie a ninguna réplica o negativa.

Cuando finalizaron la ligera cena, se reunieron fuera para ver que contaban Javi, Luís, Jaime y Esther, que ya habían regresado. Los sanitarios procedentes de Trincomalee les explicaron que se confirmaba que la situación era crítica. Los trabajadores del hospital con los que habían hablado les habían dicho que los robos de instrumental y las agresiones durante los delitos eran frecuentes. Menos mal que en esos momentos Tomás no estaba presente, ya que estaba dándose una ducha, y coincidieron en no comentar nada delante suyo para evitar una crisis de ansiedad. Los que habían visitado al Gobernador anunciaron que la conversación había versado sobre temas organizativos y normativos. Poco a poco se fueron acostando, muy preocupados por lo que acababan de escuchar. Javi no le deseo buenas noches a Paula y ésta muy ofendida, hizo ver que no la afectaba. La noche transcurrió como una más, con el silencio roto por algunos rumores de los refugiados, maullidos de gatos persiguiendo ratones y la oración de la madrugada de los fieles.

El clima del martes se mantuvo como el del día previo, pero los ánimos de los que habían escuchado las novedades llegadas de Trincomalee no eran concordantes. A pesar de ello, lo supieron disimular, ya que no querían demostrar ninguna debilidad ante los compañeros, y menos preocupar a Tomás. Enrique, que había escuchado silencioso los relatos de Jaime, decidió tomar dirección hacia la capital de la región para investigas un poco. Cristian estuvo de acuerdo con él y se volvieron a despedir del grupo, pero esta vez sin anunciar cuando volverían. La jornada transcurrió sin incidentes, provocando que Paula fuera presa del aburrimiento por la monotonía del trabajo a esas alturas de la misión. Ese sentimiento tedioso también acompañaba a Ramón, que se mostraba crispado y a la mínima saltaba a la yugular del que fuera, incluido un pobre traductor que llegó tarde por temas personales y que hizo que Ramón tuviera que visitar una veintena de pacientes a paso de tortuga. Óscar intentó tranquilizarlo sin éxito, y sólo consiguió encenderlo más. Jaime se lo llevó a la farmacia, apartado, para hablar con él.

—¿Se puede saber que te ocurre?

—Nada —Contestó Ramón con voz firme, tipo dictatorial.

—A mi no me vengas con monsergas. Normalmente eres las persona más paciente del mundo y hoy estás tratando fatal a esta pobre gente... Repito ... ¿Qué narices te pasa?

—Estoy nervioso. Este toque de queda me mata. Necesito salir de aquí con libertad tal y como hacía antes.

—Debes tener en cuenta que desaparecías solo, contradiciendo las órdenes dadas desde Madrid, pero como no había tanta vigilancia, nosotros no te podíamos controlar. Hacías mal y lo sabes. En estos momentos la situación es delicada y más vale que te serenes y no hagas el idiota.

—Está bien. Procuraré comportarme —Intentó ser convincente porque se le acababa de ocurrir una idea genial.

Tras la comida, las enfermeras decidieron ir hacia el hospital derruido para cotillear los historiales médicos acumulados en montones de escombros. Su idea era intentar conocer un poco el estado socio-sanitario previo al tsunami y descubrir información médica que les pudiera ser de utilidad para atender a sus pacientes. Óscar y Álex las acompañaron junto, como no podía ser de otra manera, un par de escoltas. Como Paula tenía previsto ir a cenar fuera, se quedó para echar unas cabezadita, igual que Javi, que estaba exhausto por no haber podido conciliar el sueño debido a lo que les había dicho el Gobernador, y que evidentemente, no habían explicado a sus compañeros. Ana y Luís salieron a tumbarse en las hamacas para estar solos y poder hacerse unos arrumacos, como si de un par de adolescentes se trataran. Jaime introducía datos estadísticos en el ordenador, tarea que no gustaba a nadie, pero que a él le apasionaba. Tenía muchas ganas de publicar un artículo médico en alguna revista de impacto científico y gracias al volumen de pacientes visitados, los datos recopilados eran extensos e interesantes.

Ramón decidió que era el momento adecuado para poner en marcha su plan, y dado que todos sus compañeros estaban ocupados o durmiendo, pudo zafarse del lugar sin ser visto. Se enfiló al otro extremo del patio escolar, dirigiéndose a una puerta camuflada tras las últimas tiendas de campaña, que sólo conocían algunos oriundos y que había descubierto en una visita médica. Atravesó el área habitada saludando a numerosas personas que estaban dentro y fuera de ellas, envueltas de utensilios varios, sacos de dormir rotos o mantas roídas que les servían de camas. Una mujer de no más de 16 años amamantaba a un bebé que aún no había caído en sus manos, por lo que dedujo que estaba sano. El olor ambiental de la zona concentraba todos los aromas posibles, mezclándose el calor humano con el olor de las comidas, el aroma de las plantas próximas y el tufo de plástico caliente proveniente de la lona de las tiendas. El bochorno era bastante insoportable ya que en esa zona no había árboles que amortiguaran los rayos del sol. Sudando como un energúmeno, al fin llegó a la discreta puerta que estaba vigilada por un solo militar, y ofreciendo unas cuantas monedas a unos chicos que jugaban allí para que entretuvieran al centinela, logró escabullirse fuera. Tranquilo, tomó dirección hacia el río acompañado de los chicos, que lo adoptaron como un juego, más que un negocio. Siguiendo las instrucciones del chico de mayor edad, atravesaron calles que no conocía, que alineaban de mala manera casas taradas y a rebosar de familias que producían un ruido ensordecedor, hasta llegar por fin al conocido puente. Los chicos que lo acompañaban trotaban a su alrededor contentos de ser tan importantes por estar acompañando a uno de los extranjeros. El menor de todos osó darle la mano para marcar aún más su trascendental tarea ante las miradas de los otros críos del pueblo. A Ramón le hizo gracia este gesto y no se negó. Estaba pletórico, su intención era dirigirse a casa de Laila porque hacía muchos días que no sabía nada de ella y la echaba de menos. La maniobra más peligrosa era la de cruzar el viaducto, ya que se trataba de un espacio abierto donde era difícil pasar desapercibido, y la probabilidad de topar con un militar o alguno de sus compañeros era alta. Por esta razón, Ramón decidió tomar un tuck tuck y se despidió de los niños que protestaron por no poder acompañarlo.

El grupo que fue al hospital estaba muy entretenido hojeando los historiales, buscando material médico entre los escombros, clasificándolo y recuperando camas y catres. A los pocos minutos de estar allí apareció una congregación de personas formada por funcionarios de la administración, que informados de la tarea que estaban realizando los españoles, habían decidido echar una mano. En resumen, su cometido era rescatar todo lo que pudieran para construir otro hospital en Kinniya, aprovechando los conocimientos expertos de los extranjeros, que harían la tarea de clivaje de material más fácil, desechando lo inservible y guardando lo más valioso o utilizable. Tras un par de horas de trabajo, los españoles se despidieron, no sin antes dar una serie de directrices, y prometiendo que volverían al día siguiente.

Ramón llegó al comercio de los padres de Laila antes de lo que pensaba y con la suerte de su lado, ya que la chica se encontraba sola en la puerta, barnizando una mesilla de noche. Se acercó a ella por la espalda y le tocó el hombro derecho, provocándole un sobresalto que materializó en un grito ahogado por una apnea de unos segundos.

—Ramón, me has asustado —Dijo con respiración entrecortada.

—Lo siento. Creía que me habías oído llegar, pero veo que estabas tan abstraída con este precioso mueble, que no. Me encanta, tiene unos relieves muy originales ¿Son elefantes?

—Sí que lo son. Los típicos de la isla, que son un poco mayores que los del resto de Asia.

— Me gustaría verlos en persona. No me he cruzado ninguno por aquí.

—Habitualmente habitan en el interior del país. Cuando todo vuelva a la normalidad, podríamos ir al centro de la isla, a las tierras altas. Te encantarán.

—Espero que todo vuelva a ser como antes pronto. Tu tío vino el otro día al campamento. Sus palabras no fueron para nada tranquilizadoras. Dijo que hay mucha inseguridad en general, pero que el peligro se centra en los niños y los extranjeros ¿Sabes que han decretado toque de queda para cooperantes y periodistas no autóctonos?

—Sí Por eso no esperaba verte por aquí ¿Cómo lo has hecho para llegar a mi casa solo? —Dijo la chica mientras se levantaba del suelo y se sacudía el polvo que se había adherido a su falda.

—He hecho lo de siempre. Largarme y ya está. Esta vez con la ayuda de unos críos la mar de simpáticos.

—¡No me digas que los has sobornado! —Riendo, cogió la mano derecha de Ramón y lo arrastró hacia el interior del edificio.

—¿Qué pasa? ¿Por qué me haces entrar? ¿Y tus padres? ¿Y tus hermanos? ¿Están dentro?

—Cállate —Acto seguido le dio un beso en la boca, dulce y suave como la seda —Estamos solos. Todos se han ido a casa de mi tío para visitar a mi primo que ha vuelto del hospital de Trincomalee. Yo me he quedado para vigilar el negocio. Las cosas están mal y no conviene perder ningún potencial cliente —Mientras articulaba las últimas palabras, cerró la puerta del la tienda e hizo visible el cartelillo de cerrado.

Ramón tomó a la chica por la cintura y la empujó hacia el interior de la estancia privada, entrando en el comedor. Una vez allí la besó, pero esta vez el beso fue salvaje, fruto de un deseo que había sido reprimido demasiado tiempo y que había ido creciendo de forma exponencial. Laila no se apartó, sino al contrario, se dejó llevar por la situación. Sus hormonas estaban alborotadas a causa de ese extranjero estrambótico, que le había hecho aflorar unos sentimientos diferentes a los que nunca había tenido hasta el momento. Se separó de él y lo empujó hacia su habitación. En un santiamén estaban sobre la cama haciendo el amor, ajenos a su entorno y sus historias personales. Disfrutaron del momento y ya está.

Cuando el grupo de la playa entró en el aula, los que habían hecho la siesta ya se habían despertado. Paula se estaba peinando y lavando la cara en la parte posterior del edificio. Jaime había conseguido procesar todos los datos y estaba muy satisfecho. Anunció que era el momento de reanudar sus tareas asistenciales y el grupo de sanitarios se fue al puesto médico donde ya había pacientes esperando. Paula no le dirigió palabra a Javi cuando pasó por su lado, en el momento que él cargaba herramientas en la camioneta que los llevaría a hacer unos controles a la potabilizadora de agua. Tocaba cambiar los filtros por la posibilidad de que estuvieran embozados. Luís se acercó a su compañero.

—No le has contado a nadie la conversación con el Gobernador, ¿verdad?

—No. Me lo he guardado para mí y por culpa de ello no he podido pegar ojo. La bióloga extranjera que ha sido asesinada en circunstancias poco claras se llamaba Cathy. La conocí en casa de Hensenn. María no puede enterarse.

—Que desastre. Es mejor seguir guardando secreto, pero creo que deberíamos informar a España.

—Si informas, sabes perfectamente que nos harán volver ipso facto —Javi estaba cruzado de brazos, apoyado en el vehículo y mirando de reojo a Paula.

—Ya. Me haría mucha pena, porque estamos haciendo un buen trabajo. Nos necesitan —Luís miró a sus compañeros con un esbozo de sonrisa —Se les ve felices y tranquilos. Hay muy buen ambiente.

—Todos no están así. Si Tomás llega a saber que le hemos escondido esta información se enfadará. Estoy convencido que si se entera de esto querrá volver a casa a toda prisa —Dudó antes de seguir hablando— También creo que Paula debería hacer las maletas y volver a Europa.

—¿Cómo? —Luís cargaba una caja llena de bidones de plástico vacíos y dejó de hacerlo para escuchar con atención a su compañero, mientras se secaba la frente con su gorra.

—Creo que Paula es frágil. No sé. Tengo dudas de si podrá aguantar esta situación.

—A mi Paula no me parece tan débil como dices, pero ... tú la conoces mejor que yo.

—Yo no la conozco nada en absoluto —Exclamó Javi, subiendo el volumen de voz más de lo deseable y haciendo que algunos autóctonos los miraran sorprendidos.

Luís dio por finalizada la conversación girando 180 grados sin decir nada. No tenía ganas de hacer más preguntas. Estaba claro que su compañero no estaba siendo nada imparcial. Además, bastantes problemas tenía él con Ana como para aguantar las cavilaciones mentales de Javi. Hacía menos de una hora que Ana y él habían sido protagonistas de una especie de disputa, cuando se les ocurrió comentar los posibles planes de futuro. Visto en frío, Luís tenía que reconocer que Ana y él tenían perspectivas diferentes de la vida. Ana quería ir a trabajar a Londres y él, por temas personales, no quería moverse de la capital de España. Además, él era feliz con su profesión y su vida actual, y no le apetecía introducir variaciones tales como ir a parar a una ciudad donde el clima es frío y lluvioso casi todo el año, la gente indiferente, la comida aburrida y donde se habla un idioma que el odia.

Ramón llegó al consultorio justo cuando Jaime acababa de preguntar por él, explicando que había ido un momento a las tiendas de refugiados a hacer un par de visitas. Nadie pidió aclaraciones ni detalles, ya que no era la primera vez que lo hacía y tenían asumido que era un personaje un pelín peculiar, al que le gustaba trabajar solo. Ramón no se pudo concentrar ni pizca en las tareas asistenciales, lo que había pasado aquella tarde era inimaginable hasta el momento. Se sentía lleno de felicidad pero al mismo tiempo una preocupación hizo acopio de él, ya que veía como la situación se le escapaba de las manos. Estaba como poseído, como si lo ocurrido lo hubiera visto desde una nebulosa, mezclándose las imágenes de Laila besándolo cuando se despedían prometiéndose amor eterno con lágrimas en los ojos, con las de sus dos hijos y su mujer despidiéndose en el aeropuerto.

Al atardecer, Paula tuvo que limpiar todo el material quirúrgico a su abasto ya que había estado operando toda la tarde, extrayendo aquellos malditos quistes de origen desconocido y de contenido gris pastoso. Además, aparecieron unos críos con heridas muy feas en las extremidades, secundarias a lesiones con alambres oxidados, y que según refirieron, se las habían hecho en unos edificios ruinosos del pueblo. La limpieza incluyó la extracción de astillas podridas y hierbas secas, así como tejido desvitalizado y alguna que otra piedrecilla. Los chicos se comportaron como unos campeones y no exclamaron ni un alarido cuando les aplicó el anestésico local con la impresionante aguja intramuscular. Como Ana estaba al tanto de la cita de su compañera, se quedó en el puesto médico para ayudarla.

—Hoy he discutido con Luís —Dijo Ana, que estaba ansiosa por soltar una confidencia.

—¿Ha sido grave? —Respondió Paula intentando ser amable, a pesar de que estaba demasiado nerviosa como para hacer de psicóloga.

—Bastante. Nos hemos dado cuenta de que no tenemos nada en común y es muy triste, porque si algo tenemos claro es que nos queremos. Deseamos estar juntos pero ninguno de los dos quiere bajar del burro para adaptarse al otro.

—Pues en ese caso, lo tenéis fatal ... creo yo. El amor o atractivo sexual desaparece con el tiempo, pero las afinidades, la amistad, el afecto y los proyectos comunes se mantienen para siempre. Si estas últimas cosas ya fallan de entrada, la relación no tiene razón de ser y más vale que cada uno se marche a hacer su camino.

—Ya ... Hija, que clarita eres. En el fondo sabemos que es una locura continuar juntos, pero como ya nos separamos una vez hace años, y nos arrepentimos, ahora no sabemos qué hacer.

—Lo entiendo. El hecho de reencontraros aquí otra vez puede haber sido interpretado como si el destino os diera una segunda oportunidad. Como si estuvierais predestinados a acabar vuestros días unidos, ¿verdad?

—Exacto. Eso es lo que pensamos ambos.

María entró en el dispensario haciendo el suficiente ruido como para ser oída, ya que su intuición femenina le dijo que sus compañeras estaban en fase de contarse secretos.

—Hola chicas. Vengo a buscar a Paula. Patrick está en el aula —Y dirigiéndose específicamente a Paula, añadió— Dice que ha venido a buscarte para ir de cena ¿Es eso cierto?

—Sí, pero ¿Qué hora es? —Dijo toda sorprendida la cirujana, a la vez que sacaba su reloj de pulsera del bolsillo derecho de su pantalón.

—Son las siete y media —Ana la empujó— Lárgate. Ya termino yo. Sólo queda poner en marcha el autoclave y ya está.

Paula llegó corriendo al aula de ciencias naturales sucia como una mala cosa, ya que aún no había podido tomar una ducha ni cambiarse de ropa. Cuando lo vio allí todo sonriente lo hubiera matado pero decidió disimular, y con la mejor sonrisa que pudo hacer, le dijo que había llegado demasiado pronto y que no estaba preparada para salir. Patrick, manteniendo su sonrisa coqueta le dijo que se tomara el tiempo necesario, que él estaba cómodamente sentado. La mirada de Paula se clavó en la silla de la izquierda a la que estaba Patrick y el corazón le dio un vuelco. Javi estaba allí, leyendo un libro, ajeno a la conversación, como si le importara un comino. Cuando Paula se fue a la ducha, Patrick interrumpió la lectura del bombero para iniciar una charla, más por tocarle la moral y divertirse que por interés.

—Hola. Nos vimos ayer en el puesto médico, ¿verdad? No nos llegamos a presentar. Me llamo Patrick y ... —Fue interrumpido por el bombero que contestó con cierta mala baba.

—Y eres médico del campamento del otro lado del río. Cirujano, si no me han informado mal.

—Correcto ¿Tú también eres médico?

—No. Soy bombero. Mis tareas son logísticas. Nos encargamos de la potabilizadora y del mantenimiento de nuestro asentamiento.

—Que interesante —Respondió Patrick con el mismo desprecio que había hablado Javi.

—Y tú ¿Qué haces por aquí este atardecer? —Javi fue directo al grano, muerto de curiosidad.

—He venido a recoger a Paula. Nos vamos a cenar fuera. Hoy es un día especial para mí y me apetece compartirlo con ella.

—Vaya —Javi estaba sorprendido por la franqueza de su interlocutor, cosa que lo enfureció más —No tenía ni idea de que fuerais tan amigos.

—Sí. La verdad es que hemos pasado juntos algunos momentos intensos y esto ha hecho que nos sintiéramos cerca el uno del otro.

—Muy interesante. La aproximación entre personas en momentos como los que estamos viviendo, puede dar mucho de sí ¿Tienes previsto culminar vuestra aproximación durante esta velada?

Javi estaba fuera de sí y sus últimas palabras habían tomado un tono un pelín agresivo, tanto por el timbre como por el volumen. Esto último propició que la última frase fuera escuchada por la cirujana, que justo en ese momento estaba entrando por la puerta, con el cabello mojado pero recién desenredado.

—¿Quién se me quiere aproximar según tú, Javi? —Las palabras fueron duras y secas, proporcionales a su mirada fría y rabiosa.

El bombero se levantó, se dirigió hacia la mesa donde había un cajetín de cigarrillos que alguno de sus compañeros se había olvidado, tomó uno y salió al exterior, alejándose del aula dirección hacia el mástil con la bandera española.

—No pasa nada Paula. Vámonos —Y la asió por el brazo izquierdo, empujándola hacia el exterior del edificio.

La joven se mostraba muda y mientras andaba guiada por su atractivo acompañante, siguió con la mirada al bombero. Su semblante se volvió triste, pero una vez cruzaron la puerta principal y subieron al coche, como por arte de magia, desapareció cualquier resquicio del negativo incidente. Quería centrarse en el presente, ser feliz, descansar física y mentalmente de tantos líos y disfrutar como nunca de una velada que se prometía diferente, en compañía de aquel pretendiente, o lo que quisiera ser. El coche avanzó hasta llegar al otro extremo del pueblo, muy cerca de la plaza donde semanas antes se había celebrado la fiesta in memoriam. A diferencia de ese día, la plaza estaba desierta de gente y sólo se veía ocupada por un grupo de niños que jugaban al escondite. El bar al que llegaron había sido engalanado para la ocasión con papelinas de colores medio rotas. Una mesa alejada del resto, presidía el área derecha del comedor. Se encontraba rodeada de flores silvestres y en su centro lucían un par de velas a medio fundir, de color rosa. El dueño del negocio ayudó a sentar a los comensales como si de un restaurante de 3 estrellas Michelin se tratara. Todo era muy romántico, pero, teniendo en cuenta el contexto en el que estaban, a Paula le pareció un poco excesivo. De hecho quería fundirse de vergüenza por recibir aquellas atenciones cuando aún había personas que estaban durmiendo a cielo raso por haber perdido su hogar. Como leyéndole el pensamiento, Patrick le aclaró ciertas dudas.

—No me equivoco al pensar que todo este ambiente te parece exagerado, pero no te sientas culpable. Lo hacen de todo corazón y de hecho, la idea ha sido suya. Querían agradecernos la intervención que le practicamos al hijo del Gobernador. El dueño de este bar es el mejor amigo del joven al que salvamos la vida.

—Gracias por decírmelo. Me hace sentir mejor. Tenía unos remordimientos de consciencia espectaculares.

—Lo sé. Empiezas a ser un libro abierto para mi, cosa que me agrada —Sonreía mientras le llenaba un vaso de agua.

La cena, sencilla, tenía como entrante un cuenco de verduras y arroz especiado con cardamomo, clavo, jengibre y pimienta que picaban al pasar por la garganta, como si se tratara de ácido clorhídrico. El segundo plato contenía pollo al curri, menos picante que el primer manjar, tal vez porque sus lenguas ya se habían acostumbrado a esa tortura, con un toque final de canela, especia que Paula adoraba. La chica disfrutó una vez más con el pan de aquel pueblo. No sabía cómo lo fabricaban pero estaba segura que nunca más volvería a comer uno como aquél. El aspecto externo no tenía nada del otro mundo, al revés, parecía hecho por un principiante patoso, pero su sabor, mezcla de trigo y algo más que no podía identificar y que le recordaba a los brioches de París, era totalmente inimitable. Para rematar la cena, de postres trajeron un pudding hecho al baño maría y compuesto de coco, huevos y melaza de palma, que a pesar de ser más dulce de lo que a Paula le gustaba, lo ingirió de mil amores. Aquella noche, por alguna extraña razón que no acababa de aclarar, todo estaba siendo de color rosa y perfecto. La conversación durante la velada fue muy versátil, abarcando desde sus vidas privadas, pasando por temas políticos, nombrando viajes y finalizando con el trabajo en sus respectivos hospitales. El tema sentimental ni se cató, en teoría porque consideraron que no era el momento más adecuado para tocarlo, por miedo a romper la magia de la noche.

Fue de esta manera que Paula descubrió que su compañero de comida había nacido en Tejas, en el seno de una familia bien posicionada, propietaria de empresas industriales, aunque no llegó a saber cuales, porque él no quiso profundizar en esa información. Tras los estudios secundarios, se trasladó a estudiar medicina a la Universidad de Harvard, en el estado de Massachusetts, consiguiendo unas notas excelentes. No es de extrañar que después pudiera realizar su formación como cirujano en el John's Hopkins Hospital de Baltimore, y superara sin problemas el General Surgery Certifying Examination, examen que te certifica para poder trabajar como médico especialista. En España este examen no existe y una vez superas los cinco años de formación especializada en el hospital escogido, te dan el título directamente.

—En mi país se entiende que has aprendido todo lo necesario mientras trabajas como médico interno residente. De hecho, el clivaje se realiza antes de empezar la residencia, aprobando el examen MIR —Explicó Paula a un sorprendido Patrick.

—Vaya, que diferencia. Vosotros sufrís antes de empezar y nosotros al final.

—Sí. Puede parecer un poco extraño. Hay estudiantes brillantes con currículums impresionantes que no pueden acceder a la especialidad médica que les gustaría porque hay pocas plazas y terminan haciendo una especialidad menos atractiva para ellos. Esto ocurre sobre todo con especialidades como dermatología o cirugía plástica, donde las plazas están muy limitadas.

—Es extraño e incluso creo que es un poco frustrante, pero al menos sabes que al finalizar la especialidad que te has preparado, podrás dedicarte a ella. Nosotros, si no aprobamos el examen, con dificultad encontraremos trabajo y podemos tirar por la borda todos los años de residencia.

Paula le pidió a Patrick que le contara en qué consistía ese examen que tan mala fama tenía alrededor del mundo. Su colega le dijo que se trataba de un examen oral consistente en 3 sesiones consecutivas de 30 minutos, conducida cada una de ellas por un equipo de dos examinadores y de carácter más bien práctico que teórico. Añadió que tenía como fin evaluar los conocimientos del médico a la hora de realizar diagnósticos diferenciales, tratar problemas médicos y explicar técnicas comunes quirúrgicas.

Cuando dieron por finalizada la velada, el dueño del bar les anunció que él mismo los llevaría a sus respectivos campamentos. Los dos agradecieron el ofrecimiento. Como el joven no tenía coche, debía ir a buscar el de su hermano, que vivía unas cinco calles más adelante de su establecimiento, e invitó a los cooperantes a esperarlo en el bar. Los dos extranjeros, pero, coincidieron en querer acompañarlo dando un paseo, para poder digerir la cena antes de acostarse.

La noche era de película, con miles de estrellas brillando ya que la luna, como perfecta cómplice de la pareja, no las perturbaba. Cuando ya se encontraban a unos pasos de la casa a la cual se dirigían, el dueño del bar se adelantó y entró para coger las llaves del coche. Este hecho fue aprovechado por Patrick que, con torpeza, besó a su compañera. Las predicciones de Paula se habían cumplido. Ella lo esperaba desde que empezaron el paseo ya que su colega se mostraba nervioso, había hecho un par de intentos de tomarle la mano y se le había ido aproximando progresivamente hasta la distancia correcta para actuar. No pudieron comentar nada al respecto, porque en un abrir y cerrar de ojos, el joven nativo se había plantado a su lado, mostrando con la mano derecha, un llavero de madera de dimensiones exageradas del que colgaban las llaves del vehículo que debía devolverlos a la realidad.

El viaje de regreso fue largo, o al menos eso le pareció a la cirujana. El silencio absoluto que imperaba dentro y fuera del coche la hizo desesperar. Era como si las fuerzas de la naturaleza se hubieran congelado por lo que había ocurrido hacía unos minutos porque tal vez, rehusaba el doble juego amoroso de la española. Cuanto más pensaba en ello, más intranquila se sentía, y más le alteraba el silencio reinante.

—¿Estás bien? —Preguntó Patrick, otra vez acertando el estado emocional de su compañera. Paula sudaba como hacía mucho que no lo hacía. Su color de piel tostado había tomado un tinte gris amortiguado con ocre, como si estuviera a punto de sufrir un colapso.

—No mucho. Estoy mareada. Hace mucha calor.

Patrick le pidió al conductor que parara justo antes de atravesar el puente al norte del río. No se encontraban muy lejos del campamento pero su intuición le indicaba que la chica estaba a punto de vomitar y no quería que lo hiciera dentro del vehículo. Paula salió a toda velocidad y se arrimó al arcén, a tiempo de verter restos de comida y espuma. El suelo se movió bajo sus pies, o fue ella la que se tambaleó sobre el suelo, no lo llegó a tener claro, pero gracias a los santos, no se desmayó. Tras dejar el estómago más vacío que las arcas del estado a final de año, se sintió mejor, ya que dejó de notar la sudoración y el calor que alternaba con escalofríos, desapareció. Volvió al coche muerta de vergüenza, pero sus dos acompañantes fueron unos caballeros y no hicieron ningún comentario.

A la mañana siguiente, cuando el despertador replicó a su hora habitual, no pudo levantarse. Todo le daba vueltas, seguía con náuseas y para colmo, le surgió un dolor estomacal de alta intensidad, junto con un reflujo brutal. Cuando contó a Jaime los síntomas y lo que había cenado la noche previa, el diagnóstico fue fácil, gastritis aguda y de caballo. María le pinchó una ampolla de primperan y le administró un omeprazol vía oral. Le recomendaron que se quedara encamada durante toda la mañana, en espera de que mejorara a lo largo de la tarde. Sólo le autorizaron a beber líquidos, negándole cualquier otro tipo de alimento sólido. La chica aceptó de grato y dándose media vuelta, se volvió a dormir en pocos minutos.

Una risa muy llamativa y nada familiar la despertó de sopetón. Miró el reloj, habían transcurrido unas 3 horas. Se sentó en su lecho. Se encontraba mejor del dolor de estómago y de las nauseas, pero su cabeza giraba como los molinos de viento del Quijote, por lo que decidió no ponerse en pie. En la zona continua se encontraba Santi hablando con una de las periodistas que se habían presentado el otro día, para ser más exactos, y por suerte, la española tímida pero agradable, ya que no hubiera podido soportar ver ni oír a la repelente brasileña.

—Gracias por enseñarme el campamento y la máquina potabilizadora. Has sido muy amable —Carmen pronunciaba las palabras marcando las pausas y con una dicción propia de una actriz de teatro.

—Ha sido un placer. En estos momentos lo tenemos todo bastante controlado y es un poco aburrido hacer las tareas de mantenimiento sin más, por tanto, hacerte de guía ha sido algo que ha roto la monotonía.

A Santi se le veía emocionado, a la vez que divertido. A pesar de su juventud se había casado dos veces y otras tantas divorciado. Por suerte o desgracia, conocía a las mujeres mejor que otros hombres y había detectado sin problemas el coqueteo de la reportera leridana. El chico le acercó un vaso de agua que ella tomó rozándole los dedos de la mano. Eso fue demasiado para Santi que fue sorprendido por un ataque de carraspera, fruto de una inhibición de carcajada, ya que las armas seductoras de la chica parecían recién salidas de los consejos de la revista Cosmopolitan. Rosa lo llamó desde fuera, salvándolo así de una más que probable agresión sexual, y aprovechó para salir a todo tren entre disculpas, dejando a Carmen plantada en el centro del comedor. La chica se terminó el agua del vaso, lo limpió en el lavamanos y salió fuera, un poco cabreada por no haber podido culminar su plan estratégico para engatusar al intrépido bombero.

Paula volvió a dormirse hasta que un beso en la mejilla la volvió a despertar. Javi se encontraba sentado a su lado y la observaba con preocupación. Le puso la mano en la frente y le cogió la mano derecha para tomarle el pulso.

—No vas rápida ni la frente está caliente ¿Esto es bueno, verdad?

—Sí. En principio quiere decir que no tengo fiebre. Menos mal. Todo parece una gastritis por la comida picante que tomé ayer noche.

—Ese yanqui, un poco más y te envenena —Dijo Javi sin poder disimular la alegría ante el hecho de que la cena romántica no hubiera terminado niquelada.

—Que exagerado eres. Tarde o temprano me hubiera pasado. Mi estómago es muy sensible y ya hace semanas que estoy comiendo alimentos fuertes. Además, estoy tomando medicamentos para prevenir la malaria que tampoco me sientan muy bien, que digamos —Mientras decía esto, la chica buscaba por el suelo su reloj para saber la hora.

—Son la una y media.

—Vaya. He dormido más que una marmota. Es hora de levantarse.

Dicho y hecho, se puso en pie, con tal mala suerte que se golpeó el pie derecho con una pata de hierro del camastro. El dolor fue tal que no pudo gritar, ya que la visión se le nubló, cayendo de bruces sobre los brazos de Javi, que fue rápido como un pistolero. Cuando recuperó el conocimiento, volvía a estar tumbada en la cama, rodeada de Javi, Ana y Rosa, que le tomaba la tensión arterial.

—Nueve, cinco —Dijo Rosa, mirando a Ana.

—Bastante bajita —Respondió la pediatra.

—Es mi tensión habitual. Nunca subo de diez, seis —Aclaró Paula— Hoy no es mi día ¿Me puedo levantar?

—Probémoslo. No puedes pasarte todo el día tumbada —Dijo Jaime, que se acababa de unir al grupo.

Esta vez Paula pudo llegar sin incidentes hasta la mesa, donde le habían preparado un tazón de verduras. La mejoría a partir de ese momento fue franca pero no dejaron que se acercara al dispensario en toda la tarde. Se acostó pronto, mucho antes que el resto de los cooperantes empezaran a cenar. El sueño fue tan profundo que no oyó ni las conversaciones ni los gritos de algunos compañeros, que olvidaron por completo que su colega indispuesta estaba durmiendo en los catres adyacentes. A la mañana siguiente estaba como nueva y pudo olvidar aquel desagradable incidente.

9. PREOCUPACIÓN Y ESTRÉS

Dado que Emilio y Cristian habían dejado unos camastros libres durante unos días, Carmen lo aprovechó y se instaló en el campamento, para poder, según dijo, seguir de cerca todo lo que allí se hacía. Carmen era una novata en ese terreno, era la primera vez que la enviaban como corresponsal internacional, aunque hacía años que trabajaba para rotativos de tirada nacional, y por ello se mostraba nerviosa a la vez que emocionada. Cada día escribía una columna para su periódico, que dictaba por teléfono a una secretaria de la oficina. En sus crónicas, aparte de escribir sobre el día a día de la zona de catástrofe, hablaba sobre cualquier otra noticia que pudiera tener cierta repercusión mediática, por ejemplo la desaparición de Nadia, la lactante que semanas antes había sido hallada en el barro y que habían trasladado al campamento médico.

La noticia de la desaparición de la bebé cayó como un jarrón de agua helada sobre el grupo de cooperantes. Ana y Rosa no pudieron reprimir sus llantos, ya que la habían sostenido entre sus brazos y muy a su pesar la habían confiado a UNICEF, separándola de esa vecina que tanto la deseaba, creyendo firmemente que era lo mejor para ella. Pero tras ver como había evolucionado la historia, temieron que tal vez la decisión tomada no había sido la más adecuada.

—¿Cómo?, ¡Que la han perdido! —Gritaba Ana— ¿Como narices se pierde un bebé? ¿Se les ha caído de la mochila, tal vez? — Las lágrimas de la chica emanaban de sus glándulas igual que el agua emana de la Fontana de Trevi, y se deslizaban a lo largo de sus mejillas morenas y enrojecidas por la furia y la indignación.

—Es que no me lo puedo creer. Se trata de una organización bien establecida y con una larga trayectoria internacional. No entiendo nada —Decía Rosa entre gemidos e hipo.

—No sabemos nada más. He llamado al Gobernador pero no me ha podido atender —Luís se declaraba del todo incapacitado para poder dar una explicación razonable, y menos aún, para poder serenar a sus compañeras.

—Dicen que ha sido durante la noche. Que la niña ha desaparecido de la habitación del hospital. Han aprovechado el cambio de turno de enfermería.

La que estaba dando todos estos detalles era Carmen, que acababa de volver de Trincomalee, donde había ido para asistir a una rueda de prensa que dio un alto comandante militar, con la idea de amortiguar los rumores y controlar la creciente alarma ante ciertas noticias preocupantes. Este comunicado no fue precisamente el que anunció el comandante, sino que se lo confió a Carmen un colega belga que había conocido en Madrid durante una conferencia referente a la Unión Europea. Como buena profesional, Carmen decidió investigar mejor el tema y siguiendo sus indagaciones, llegó hasta Fathima. La supuesta hija de Hensenn era la pediatra encargada del control de los niños huérfanos del Hospital de Trincomalee y estaba afectada como si hubieran asesinado a alguien de su familia. Se le notaba de largo que creía que la situación estaba fuera de control, llegando a confesar que no era el primer caso de niño desaparecido y que a pesar de las indagaciones, no habían conseguido saber el qué, cómo y porqué, y peor que eso era que ni siquiera sabían por dónde empezar a investigar.

—Pues vaya panda de inútiles —Dijo Ana, ya más serena y con las mejillas secas.

—Que tontería decir esto. Yo empezaría buscando por lo que es más lógico e investigaría a los trabajadores del hospital y las ONGs —Dijo Óscar.

—Tienes razón —Añadió María— Lo más normal es que sea alguna persona con libre acceso a los niños y al lugar donde se encuentran. Tiene que ser a la fuerza un trabajador del hospital. Tal vez si habláramos con Hensenn nos diría alguna cosa.

—Esto ya no me gusta en absoluto —Añadió Tomás mientras encendía un cigarrillo que le pasó Ramón— Este lugar empieza a ser inseguro. Creo que debemos informar a Madrid y que decidan que quieren hacer con nosotros.

—Ok. Tranquilo. Informaremos a Madrid, porque es mejor que se enteren por nosotros que por los medios de comunicación ... ¿Tienes previsto publicar la historia inmediatamente, verdad? —Esta vez Luís se dirigía a Carmen.

—Mi intención es mencionarlo en el artículo de hoy y más adelante, cuando haya recopilado más datos, hacer un monográfico para el dominical. Me gustaría que esto sucediera, como muy tarde, la próxima semana.

De golpe, entró a toda velocidad en el aula Ringa, como si de un ciclón se tratara, asustado y pronunciando palabras entrecruzadas debido a la falta de aliento.

—Necesito ayuda, por favor. Se trata de unos niños. Se han quedado atrapados en unas ruinas. Se ha hundido el suelo y parece que están heridos. Uno ha contestado, ha dicho que todo está muy oscuro y que hay sangre a su alrededor. Poco después ha callado y no se ha oído nada más.

—Dios mío, qué desastre —Suspiraron al unísono los cooperantes mientras saltaban sobre sus pies para ir a buscar material médico, herramientas y medicamentos.

—Que vengan Paula, Ramón, dos enfermeras y tres bomberos. El resto quedaos para estar al tanto del teléfono y preparar, por si acaso, lo necesario para un traslado largo. Y también adecuad la tienda por si vienen familiares de los afectados o nos ocurre alguna cosa a nosotros. Anulad las visitas diarias de control y mantened sólo las urgentes ... Ah, y llamad a nuestros compañeros del otro lado del río para que estén preparados para recibir lesionados en quirófano —Dijo Luís sereno pero con contundencia.

—¿Puedo venir? —Pidió Carmen.

—Siempre y cuando no seas un estorbo y nos ayudes si te lo solicitamos —Respondió el Jefe.

—¡Claro! —Tomó su bloc de notas, lo puso dentro de su mochila junto con su cámara fotográfica y dos objetivos.

Tardaron unos 20 minutos en jeep para llegar al lugar del accidente. Se encontraban en las afueras del pueblo, siguiendo la costa marítima hacia el sur, dirección Motur. Era una zona que nunca habían pisado porque tenía un acceso horroroso. La carretera había sido barrida por el tsunami, igual que había hecho con las pocas casas establecidas allí, que al no tratarse de una zona residencial, se encontraban bastante distantes las unas de las otras. A pesar de todo, el paisaje era deslumbrante, el mar había retomado su estado original, olvidando el mal trago que le hizo pasar la ola gigante y lucía un tono verde parecido al de una esmeralda pura del Brasil que vale miles de euros. Los nervios de Ramón eran patentes y estaba contagiando al resto de compañeros de vehículo.

—¿Falta mucho? El tiempo es oro y los niños podrían morir antes de nuestra llegada.

—Tranquilo. No podemos hacer más. Ya has visto el camino por el que estamos avanzando. Es prácticamente imposible ir más rápido —Respondió la sensata María.

Sin esperarlo, una frenada seca del primer jeep. El conductor le dice algo a Ringa, dirigiendo el dedo índice de su mano derecha hacia el mar.

—Debemos bajar del coche. La casa está a unos minutos de aquí, dirección hacia el acantilado. El vehículo no puede acercarnos más. Hay riesgo de que se hunda, a partir de donde estamos sólo hay rocas, arena y grietas. Para más inri, esta zona está saturada de minas antipersonas.

—¿Cómo? —Exclamó María— ¿Minas antipersonas? ¿He oído bien? —Esta información consiguió que la enfermera perdiera, por segunda vez desde que habían llegado a la isla, su serenidad habitual.

—Sí, lo que habéis oído —Dijo Ringa colgándose a la espalda una gran mochila llena de material y tomando en su mano izquierda el desfibrilador.

—¡Pero no podemos poner en riesgo nuestra vida! —Exclamó Luís— Son órdenes de Madrid.

—¡Qué narices, y también es pura lógica! —Dijo Esther— La primera norma en cualquier salvamento es no poner en peligro la propia vida.

—Calmaos —Ringa se mantenía tranquilo— Si seguís la senda marcada sin salir de ella no pasará nada. Conozco esta zona. Confiad en mí —Y empezó a andar dirección hacia el acantilado.

Paula, que también se había colocado una mochila en la espalda con material quirúrgico y fármacos anestésicos, sedantes y analgésicos, siguió a Ringa sin decir palabra. Con todo lo que había superado esas ultimas semanas, no se iba a amedrentar en ese momento. Tentar la suerte frente el peligro ya no era una novedad, es más, empezaba a tener su morbo. Javi la siguió, igual que Álex y Óscar. Luís golpeó la espalda de María, que dudaba en seguir al resto o no. Ramón y Esther, tras un momento de vacilación, decidieron seguirlos junto con unos cuantos oriundos, Abdul, Carmen y el chico que había dado la voz de alarma por haber estado presente durante los hechos y haber salido ileso.

Tras unos diez minutos visualizaron la estructura de una edificación de dos plantas, cosa extraña en esa zona. Tenía tres cuartas partes del techo hundido, las paredes de la zona norte con agujeros como si de un queso emmenthal se tratara, y los cimientos a la vista, cubiertos por agua, simulando el foso de un castillo medieval europeo. A pocos metros caía un enorme risco, abrupto, con poca vegetación y muchas rocas redondeadas fruto de la erosión del agua. Una vez establecidos junto a la casa, empezaron a llamar a los chicos por si había alguna respuesta. Silencio sólo perturbado por el rumor de las olas y la respiración profunda de los allí presentes. Eso los alarmó, pues habían transcurrido un par de horas desde la desgracia y había la posibilidad de que los jóvenes hubieran fallecido si las lesiones eran muy graves. A pesar de todo, los bomberos, que estaban más que acostumbrados a no tirar la toalla, se adentraron en el edificio con mucho tiento, proveídos de linternas, llevando cascos y con diversas herramientas de desencarcelamiento. Los expertos en tareas de salvamento dieron la orden tajante de que nadie más entrara. Los sanitarios aprovecharon para preparar medicación y revisar lo que habían llevado. Carmen se lamentó en su interior de no poder estar a primera línea de acción, a la par que se alegró de tener una buena excusa para no hacerlo.

La casa era inusualmente grande y aunque en aquellos momentos parecía un loft, se notaba que había estado compartimentada en pequeñas habitaciones. En el piso superior ocurría lo mismo, pero no se podía acceder a él porque las escaleras estaban destrozadas por completo. El niño, testigo ocular del accidente, les había informado que sus compañeros de gamberradas, se habían hundido en la parte posterior de la casa, en la zona cercana al acantilado. Según tradujo Ringa, primero cayó el techo y después el suelo, desapareciendo los cuatro chicos como tragados por las losas. Por fin localizaron el boquete del pavimento que les había descrito el crío. Medía dos por dos metros y si se miraba dentro de él, no se podía ver el fondo por la negrura de sus entrañas. A través de aquella boca infernal se percibía el eco de las olas y nada más. Álex salió fuera para informar que habían encontrado el lugar y para preguntar a los nativos que había debajo de la casa. Se hizo un silencio tras el cual, Ringa tradujo lo que un hombre de unos treinta años estaba diciendo.

—Bajo la casa hay unos pasadizos que comunican con la base del acantilado, justo donde rompen las olas.

—¿Qué narices es esta casa? —Preguntó Ramón— ¿Una leonera de traficantes, piratas y contrabandistas?

—Pues sí —Respondió Ringa, sin mirarlo a la cara, como si fuera lo más normal del mundo.

Álex ya había vuelto al interior para poner al corriente a los otros bomberos. Luís dijo que sería necesario introducirse en el agujero para explorarlo. Mientras Álex estaba fuera, habían inspeccionado el terreno colindante, llegando a la conclusión de que era seguro, y descartando de esta manera nuevo riesgo de hundimiento. Fueron Óscar y Javi los que bajaron hacia las tinieblas.

—Aquí hay un par de chicos desmayados —Gritó Javi— Que vengan los sanitarios. Hay mucha sangre a su alrededor. Podrán descender sin problemas. Hemos comprobado que es seguro.

—Este maldito túnel está construido a consciencia. ¡Qué pasada! —Exclamó Óscar alucinando con lo que estaba viendo.

Álex volvió con el personal médico, los dos traductores y un par de voluntarios. Ramón y Paula bajaron al túnel. Dos adolescentes se encontraban inmóviles en el suelo. Aún respiraban pero lo hacían de forma superficial y débil. No detectaron obstrucción de las vías aéreas superiores ni tampoco parecía que ninguno de ellos presentara dificultad ventilatoria pulmonar, cosa que los reconfortó, porque sólo habían llevado un mini respirador portátil con una pequeña bombona de oxígeno, ya que no tenían más. El más alto de los jóvenes sangraba por una fractura del fémur izquierdo y otra del brazo homolateral. Asimismo, en la cabeza observaron la existencia de otra herida con hemorragia activa, a través de la cual se palpaba la calota craneal íntegra. Ramón inmovilizó las lesiones mientras que Esther, que ya estaba a su lado, le estaba conectando, a través de un acceso venoso que había conseguido un par de minutos antes, un dispositivo para introducirle una solución salina a toda velocidad y un analgésico endovenoso. A los pocos minutos el chico recuperó la consciencia. Con la ayuda de los voluntarios, tras comprobar la supuesta integridad de la columna vertebral, lo subieron a la superficie con una camilla vieja e iniciaron su transporte hacia el final del camino, donde ya les esperaban unas camionetas para llevar los heridos al campamento americano. Ramón había informado a Jaime de los hallazgos clínicos y de que era necesaria una cirugía lo antes posible, por lo que sus colegas fueron alertados para que dispusieran en el quirófano de lo necesario.

Paula y María, perplejas, continuaban explorando a su paciente, ya que no conseguían detectar el porqué estaba inconsciente. Respiraba espontáneamente, mantenía las constantes vitales con corrección, no tenía ninguna herida con sangrado activo, solo unas cuantas erosiones, el abdomen no estaba distendido ni duro, las extremidades, la pelvis y la columna estaban íntegras. De hecho, si no fuera porque estaba dentro del socavón, nunca hubieran dicho que había sufrido un accidente. Lo subieron a superficie y Ramón hizo, a plena luz del día, una revisión secundaria. Nada de nada, y en la exploración neurológica tampoco pudo detectar ningún problema. Ringa estaba interrogando de forma agresiva al quinto chico que tras contener al máximo su estado de ansiedad, empezó a llorar como una criatura y dijo algo entre los sollozos. Al oírlo, los voluntarios del pueblo se pusieron las manos a la cabeza y el padre del chico le propinó una bofetada que sonó como un golpe de látigo.

—Este mequetrefe cree que está intoxicado por alguna sustancia. Habían venido aquí a buscar cosas para vender y han encontrado drogas. Ese tontaina ha probado unas cuantas.

—Será idiota —Gimió Esther— No sabemos que ha tomado. Puede hacer un paro cardiorrespiratorio en cualquier momento. Deberíamos llevarlo al hospital americano o incluso a Trincomalee.

Dicho y hecho, iniciaron su traslado en camilla hacia las furgonetas. Ramón le pidió a María, que era la que más experiencia tenía en pacientes críticos, que acompañara al chico durante el transporte y así lo hizo, aliviada en parte de abandonar ese lugar que tan poca gracia le hacía. Mientras, Óscar, Javi y Luís se habían adentrado, guiados por Ringa, para franquear la galería subterránea que estaba construida de forma impecable, razón por la que el tsunami no la había alterado. Ringa gritaba los nombres de los dos chicos que faltaban, sin respuesta. Paula miraba el reloj y seguía el movimiento del sol. El tiempo corría y la oscuridad no tardaría en invadir el paisaje dando por finalizada la búsqueda de los dos insensatos jóvenes.

En un punto del camino, el túnel se dividió en dos subtúneles de igual tamaño, que iniciaban el descenso buscando el nivel del mar. Como no intuían cual habrían tomado los chicos, decidieron dividirse en dos parejas. Javi y Óscar tomaron el camino de la derecha mientras que Luís y Ringa el de la izquierda. Anduvieron amparados por la tenue luz de sus frontales, con el corazón en suspenso. Cuando ya estaban perdiendo cualquier esperanza, Ringa oyó unos gritos que provenían de delante suyo Luís corrió hacia allá y, gracias a que tenía los reflejos al cien por cien, pudo frenar en seco, eludiendo caer en una maldita brecha que había en el centro del túnel y que dada la oscuridad del área, no se podía ver hasta que te encontrabas bien encima.

Ringa fue a buscar a sus dos compañeros y en unos minutos se plantaron con las herramientas necesarias en el borde de la fisura. Seguía oyéndose la voz pero con las linternas eran incapaces de visualizar el fondo por la profundidad. Javi dijo que bajaría él pues era espeleólogo y tenía más experiencia en rescate de altura que sus compañeros. Nadie replicó, parte porque tenía razón, parte porque no les apetecía aventurarse de esa manera a lo desconocido. Ringa, una vez más, retrocedió para ir a buscar más manos y más cuerdas de escalada. Cuando los refuerzos llegaron, Javi ya se había introducido en la brecha. El corazón de Paula, al ver por donde se había metido el bombero, se aceleró a más de cien por minuto, tenía la garganta seca, la musculatura había tomado la misma presión que cuando hacía pilates extremo e incluso notaba un temblor en las piernas. No expresó nada a viva voz pero internamente empezó a rezar el padre nuestro, seguido del ave María y de todo aquello que podía recordar de cuando estudiaba en la escuela de monjas.

El siguiente en descender, cuando por fin Javi gritó que había tocado fondo, fue Álex, que se llevó el intercomunicador. En un par de minutos informó a los ansiosos compañeros que creían que uno de los chicos estaba muerto mientras que el otro parecía herido de gravedad. Necesitaban que bajara un médico y Ramón se ofreció voluntario. Al llegar abajo, confirmó, por desgracia, que uno de los chicos no poseía signo vital alguno. El otro respiraba con dificultad debido a que tenía costillas rotas en los dos lados del tórax, pero por suerte, no presentaba un neumotórax a tensión. La tensión arterial era baja pero no tenía taquicardia. El abdomen era doloroso a la palpación sobre todo en su porción derecha, pero no estaba distendido ni con signos de irritación peritoneal. Asimismo, la pelvis era inestable, y eso le preocupó. Le colocó un catéter venoso periférico a través del cual le administró un calmante y una solución salina. Le ató una sábana alrededor de la cadera para cerrarla y estabilizarla. Las extremidades no tenían fracturas, sólo heridas superficiales y la exploración neurológica no detectó ningún problema. Lo subieron hacia el túnel con cautela y mientras los tres cooperantes que estaban en el corazón de la brecha recuperaban el cuerpo inerte del chico, Paula y Esther junto los voluntarios, llevaron al chico herido al exterior del edificio y de allí, lo condujeron por el camino hasta alcanzar un vehículo que les estaba esperando para llevar al afectado al campamento americano.

La noche abrazaba la isla y los bomberos, junto el resto de voluntarios y Ringa, se apresuraron en sacar el cadáver fuera de los túneles. Identificaron el finado como el hijo de la prima de uno de los voluntarios, que acto seguido lamentó con mucha gesticulación y gemidos, la mala suerte de su pariente. Carmen fotografió la escena de extranjis. Los bomberos recogieron el material que habían desplegado y se dirigieron a toda velocidad hacia los jeeps que los esperaban, ya que la densa oscuridad los estaba invadiendo por minutos, a la velocidad de un guepardo, y el tema de afrontar las minas sin luz no les hacía ni pizca de gracia.

Mientras, en el camión que transportaba el último herido, había surgido un problema. El chico se había mantenido estable durante los primeros 10 minutos, pero de forma súbita, como ocurre casi siempre con los pacientes politraumáticos, el corazón empezó a latir más rápido, la tensión arterial cayó hasta alcanzar cifras peligrosas, le empezó a costar respirar y se puso azul como un pitufo. Paula lo auscultó confirmando que no se oían los movimientos respiratorios en ninguno de los dos pulmones. El diagnóstico era claro como el agua de un lago de los altos Pirineos. Estaban ante un neumotórax bilateral a tensión o dicho en otras palabras, como le contó a su compañera, los pulmones se habían quedado contraídos y no podían funcionar bien por la presencia de mucho aire entre la pleura y los pulmones. Si no actuaban en segundos, el joven moriría. Pidió a Esther dos agujas de acceso venoso gruesas y las clavó a nivel de la cara anterior del tórax derecho primero, y del izquierdo a continuación, justo a la altura de las segundas costillas. El chico, que había perdido el conocimiento, recuperó las constantes vitales, el color azul desapareció y empezó a respirar más rítmico y lento.

—¿Cuanto queda para llegar? —Preguntó Paula al conductor, que hablaba un poco de inglés.

—Se ha hecho oscuro, por lo tanto, unos 10 minutos largos —Contestó el conductor girando la cabeza 180 grados, cosa que hizo que las cooperantes apretasen los dientes y los puños, y emitieran un discreto "uiii" de preocupación y estrés.

—Más vale que sea así porque no creo que los abbocaths que le he dejado puestos aguanten mucho tiempo haciendo la función de válvula —Dijo Paula a Esther, en un volumen de voz lo suficientemente bajo para evitar que el conductor lo escuchara, ya que no quería que volviera a girarse, poniendo en peligro sus vidas.

—Madre mía —Contestó Esther— No sé que más nos puede ocurrir en esta misión. Espero que no acabemos teniendo un accidente. Teniendo en cuenta como conducen, lo raro es que aún no haya ocurrido.

En 10 minutos, tal y como había augurado el irresponsable conductor, llegaron por fin al hospital americano. Patrick salió a recibirlas. Su semblante era serio y trató a Paula como una colega más, sin que en sus palabras hubiera ningún indicio que hiciera intuir lo que había pasado entre los dos.

—Hola. ¿Qué nos traéis?

—Neumotórax bilateral a tensión controlado con dos abbocaths. En estos momentos estable. Fracturas costales múltiples en los dos tórax. Contusión abdominal en hemiabdomen derecho. Pelvis rota inestable que se ha fijado con una sábana. Durante el viaje la exploración del vientre no ha cambiado. En ningún momento hemos detectado una distensión que hiciera pensar en un gran sangrado, pero creo que podría haber una lesión del hígado — Respondió Paula de una tirada, intentando ser lo más profesional posible y escondiendo por completo las diez mil sensaciones que le recorrían el cuerpo.

—¡Vaya! Impresionante. Pasemos a la sala de exploraciones y le colocaremos los dos drenajes torácicos. Creo que tenemos unos de tamaño medio. También le haremos una ecofast —Patrick guiñó un ojo a su colega, invitándola a entrar con una reverencia un pelín ridícula y tocándole con su mano derecha su hombro izquierdo.

—¿Qué es un ecofast? —Pidió Esther.

—Una ecografía que se hace con ecógrafo portátil que no suele ser de gran potencia y calidad, pero que sirve para detectar si hay líquido libre en el abdomen de los pacientes poli traumatizados — Contestó Paula.

—¿Y si hay líquido en el interior de la barriga, que ocurre? —Siguió preguntando Esther, que descubrió lo verde que estaba en el tratamiento del enfermo politraumático grave.

—Pues depende de muchos factores. No se hace lo mismo si el paciente está estable que inestable. Tampoco es la misma la actuación en un hospital de tercer nivel, que en un comarcal o en uno de campaña como el nuestro —Esta vez respondió Patrick, encantado de poder ejercer de profesor.

Cuando el accidentado estuvo puesto en la cama, Paula le colocó el drenaje torácico derecho y Patrick el izquierdo, saliendo de ambos aire y líquido hemático, pero por fortuna, la hemorragia se paró en 50 y 75 ml de sangre respectivamente. Tras comprobar otra vez las constantes vitales, Patrick procedió a hacer la ecografía rápida del abdomen que demostró la presencia de sangre alrededor del hígado, pero no en el resto del abdomen. Ambos cirujanos quisieron perfilar más las lesiones, y dado que el paciente estaba en correctas condiciones médicas, se entretuvieron con el ecógrafo buscando el origen del sangrado. En unos minutos el esfuerzo se vio correspondido y visualizaron con claridad, una ruptura a nivel de la zona más periférica del hígado derecho, sin ver ninguna otra lesión preocupante en el resto de órganos. Ante esos hallazgos, decidieron mantener el chico en observación hasta que se hiciera de día, y según la evolución, trasladarlo a Trincomalee, donde podría recibir un tratamiento más completo, sobre todo, de su fractura de pelvis.

Esther estaba parada en la puerta del quirófano donde Mauro estabilizaba las fracturas del primer chico evacuado. El médico la invitó a entrar y ella lo hizo tras ponerse una mascarilla, un gorro y unas polainas, en un intento de preservar cierta asepsia en aquella habitación de la biblioteca, ahora convertida en sala de intervenciones quirúrgicas. Mientras, fuera, Paula se acercó al joven intoxicado que aún seguía inconsciente pero respirando de forma autónoma. Según le contó María, que no se había separado de él, le habían administrado todos los antídotos que disponían para probar de neutralizar alguna droga que pudiera haber ingerido, pero el resultado había sido nulo. Sólo les quedaba esperar al día siguiente y trasladarlo también a Trincomalee.

Paula salió de esa habitación y se dirigió a la sala de descanso que ya conocía pues estaba agotada y necesitaba reposar las piernas y relajarse. Patrick se encontraba sentado en la mesa de trabajo, escribiendo los informes médicos de los chicos, ya que no quería dejarlo para último momento. Bebía un refresco de cola y le ofreció otro a ella, que aceptó.

—He pedido helicópteros medicalizados para los tres. No quiero aventurarme a trasladarlos por tierra, ya que el trayecto es demasiado largo. Tampoco me decanto por el transbordador pues se mueve en extremo —Dijo Patrick sin levantar la mirada de los papeles.

—Buena idea. Si es posible, perfecto —Dijo ella, degustando el refresco, que estaba a una temperatura ideal en relación a la calor que hacía.

—Tenía ganas de volver a verte —Continuaba hablando sin mirarla, como si la cosa no fuera con él.

Como la chica no respondió, dejó de escribir, se levantó de la silla y se sentó en el sofá al lado de Paula.

—¿No me has oído? ¿O es que no sabes que responder? —Insistió él, bajando el volumen de voz y acercándose a su oreja para darle más romanticismo a la pregunta.

—Lo segundo. No sé que responder.

—Bien, mejor esta opción. No me apetece hacerte una otoscopia para descartar un tapón de cera en tu oído —Dijo Patrick, desencadenando la risa de Paula.

—Eres un caso. Creo que por mucho que me esfuerce, nunca conseguiré adivinar tus respuestas o reacciones —Paula aún reía.

—Pues yo creo que si tú quisieras, lo conseguirías. Todo es proponérselo, pero me dejaste bien clarito que ni tan sólo lo querías probar.

Esther entró en el despacho en el momento en que Patrick acaricia el pelo, un poco encrespado, de Paula, a la par que se acercaba peligrosamente a su boca. La enfermera hizo un intento de dar media vuelta para salir de la habitación sin ser vista, pero Paula placó el intento. Aprovechó la entrada de su compañera para ponerse en pie.

—¿Nos tenemos que ir, Esther?

—Sí. De hecho venía a buscarte. Luís está esperando en el jeep que nos llevará al campamento —Contestó Esther, roja como un tomate maduro comprado directamente al agricultor.

—Bien, pues no lo hagamos esperar. Ha sido un placer trabajar otra vez contigo —Dijo Paula dirigiéndose a Patrick y alargándole la mano como una pánfila para despedirse. El cirujano se quedó pasmado ante la reacción de la chica y le correspondió chocándole la mano, mientras balbuceaba buenas noches.

Durante el camino de vuelta, la conversación de los integrantes del vehículo, que esta vez estaba conducido por Ringa, se centró en los acontecimientos recién acaecidos. Este tema fue también en centro de atención durante la cena y durante el tiempo de relax previo a ir a dormir.

A media mañana llamó Mauro para anunciar a sus colegas españoles que los heridos se habían mantenido estables y que por fin habían podido ser trasladados a Trincomalee sin problemas. A través de Hensenn se enteraron de que el chico de a fractura de fémur, intervenido en un primer momento por Mauro, estaba fuera de peligro, pero su compañero, el que tenía tantos huesos y órganos rotos, había ingresado en Cuidados Intensivos en estado grave, porque además se le diagnosticó contusión pulmonar bilateral. Aún respiraba por sí mismo, pero la probabilidad de acabar intubado y asistido por un ventilador mecánico era muy alta. Asimismo, Hensenn informó a María que su paciente había despertado del coma, pero desconocían que sustancia había tomado, por falta de reactivos para hacer determinaciones toxicológicas.

Durante esos días, las tareas sanitarias y de potabilización funcionaban a la perfección y los habitantes del pueblo estaban contentos con los cooperantes, por lo que recibían muestras de gratitud a todas horas. Les regalaban pan, les llevaban huevos, les dejaban bicicletas para ir a dar un garbeo o les ofrecían ropa. Una tarde de domingo las chicas fueron invitadas a ser tatuadas con henna en casa de Nawas, cuyas hermanas eran las mejores tatuadoras del pueblo, según dijo el propio traductor. Esa afirmación no fue para nada desmedida, ya que una vez pudieron ver la tarea finalizada exclamaron de admiración, el resultado era impresionante. Las mujeres habían trabajado de forma minuciosa, tatuándoles los brazos y los hombros a una velocidad supersónica.

Mientras tanto, Ramón aprovechó para escabullirse del campamento por la puerta trasera, como ya estaba siendo habitual, para ir a ver a Laila. La pareja intentaba encontrarse cada dos o tres días, pero esta vez el periodo se había alargado porque Laila tuvo que partir a Trincomalee por un acontecimiento familiar.

El punto de encuentro habitual era la casa de una amiga de confianza de ella, que vivía con sus dos hermanos y su padre, que trabajaba de sol a sol como tripulante del transbordador. Cuando llegaban a la casa, la amiga se llevaba a sus hermanos a dar un paseo y les daba así una intimidad que de otra manera no hubieran conseguido. Esa escasa hora la aprovechaban para hacer el amor, hablar o acariciarse. Esa tarde, pero, Ramón notó diferencias sólo pisar el comedor de la casa. Los hermanos de la chica no estaban y ella, en lugar de dar media vuelta e irse, se sentó en una silla, evitando mirar al cooperante español.

—¿Donde está Laila? ¿Cómo es que aún no ha llegado? —Preguntó Ramón con voz temblorosa, intuyendo que alguna cosa no iba bien.

—Hoy no vendrá —Respondió con brusquedad la chica, con un inglés básico y falto de gramática.

—¿ Le ha ocurrido algo?

—No. Está bien. De hecho no sabe que estás aquí. Le he dicho que habías anulado la cita por problemas en el campamento —La chica hablaba más relajada mientras se mordía las uñas.

—No entiendo nada ¿De qué va esto? —Ramón se levantó de la silla de un salto, tirándola al suelo del impulso.

—Es cosa mía —Hablaba desde la puerta, una voz que le era conocida.

Ipso facto, la supuesta confidente de Laila se puso de pie y salió hacia la calle sin mirar a Ramón ni la persona que había hablado. El traumatólogo se giró quedándose atónito al ver a Nawas apoyado en el marco de la puerta, con una pose bastante chulesca y cara de pocos amigos.

—¿Qué haces aquí? ¿Qué tienes que ver tú en todo esto? —Ramón mantenía su perplejidad, por lo que le costaba articular palabras de una forma entendedora.

—Tal vez Laila y tú deberíais contaros ciertos detalles. Creo que no te ha confiado ciertas cosas de su vida —Nawas se sentó divertido en el sofá cercano a la puerta de entrada con un aire triunfal que estaba sacando de quicio a Ramón.

—Me ha mencionado lo necesario y suficiente. Ramón tomó una actitud más agresiva.

—Pues se ha olvidado decirte algo importante, como por ejemplo, que su familia y la mía acordaron nuestro compromiso hace 3 años. Por cierto, la boda está prevista para el próximo mes de agosto.

La piel de Ramón tomó un color ceniza y a pesar de que su cerebro estaba procesando cientos de palabras, su boca no pudo emitir ninguna. Notó un espasmo en la garganta que lo hizo toser. No podía respirar. No podía moverse. Tenía ganas de llorar. Quería dar una paliza a ese granuja. Quería ir a buscar a Laila para pedirle explicaciones. No hizo nada. Su cuerpo, siguiendo las directrices del celebro consciente y objetivo, lo hizo dirigirse a la puerta de salida y partió dirección hacia el campamento. Andaba como un muerto viviente. No respondió a los saludos de los vecinos que tanto lo querían. Se dejó llevar por las piernas como si estuviera sobre un caballo desbocado. Millones de pensamientos colapsaron su sustancia gris y sin quererlo se quedó en blanco. Nunca supo cómo consiguió llegar hasta su camastro y echarse en él. Cerró los ojos tan fuerte que le dolió, igual que le estaba doliendo el alma. En ese momento su cerebro sólo podía repetir un pensamiento, quería desaparecer de allí, quería morir.

A la mañana siguiente comentó a Jaime que se encontraba fatal y pidió permiso para quedarse en cama toda la mañana. Hacía tan mala cara que Ana se asustó en serio. Le suministró unos cuantos analgésicos, no sin antes hacerle un reconocimiento médico exhaustivo, que incluía las constantes vitales y la temperatura corporal. Todo resultó normal, pero eso no significaba nada, las virasis tropicales podían bien cursar con muy mal estado general y pocos signos externos alarmantes.

Ramón no fue el único del grupo que se levantó mal esa mañana. Paula despertó antes del sonido del despertador con un hormigueo en el estómago que derivó en un dolor punzante suave pero constante. Como otras veces ya había sufrido de dolor ulceroso, constató que esas molestias eran del todo diferentes. A lo largo de la mañana la cosa no mejoró, sino al contrario, se le añadió un nerviosismo y una sensación de desolación inexplicable. No tenía ganas de trabajar y de buena gana se hubiera plantado en una esquina del campamento para llorar un poco. Tras la comida, Javi se le acercó.

—Hoy estás rara ¿Qué te pasa?

—¿También lo has notado? ... No lo sé. Estoy nerviosa y no tengo ni idea del porqué. No me encuentro muy bien, pero no tengo ningún síntoma claro.

—Tal vez es la misma virasis que Ramón.

—No. Es algo que ya me ha pasado otras veces.

—Pues trátatelo y listo —Respondió Javi, intentando animar a su compañera, mientras la acompañaba a que le tocara el aire.

—No me lo puedo tratar y esto es lo que más me joroba.

—Pues pídele ayuda a Jaime o a Ana.

—Imposible.

—Habla ya, que me tienes súper mosca —Javi había detectado que la chica estaba francamente preocupada y no era el momento de hacer más bromas.

—Javi ... Lo que me pasa es que —Calló, dudando en si debía o no seguir hablando. La mirada de perrito amoroso del bombero la animó a proseguir.

—Lo que pasa es que cada vez que tengo estos síntomas, pasa algo trágico a mí alrededor. Digamos ... que es una premonición.

—No ... ¿Me estás diciendo que ere medio bruja? ¿Qué puedes predecir el futuro? —Las palabras del chico expresaban incredulidad mezclada con sorpresa y cierta convicción de que la chica no decía eso porque sí.

—Sí. Soy un poco bruja. Tengo premoniciones mediante sensaciones, como la de hoy, o mediante sueños que después debo interpretar.

La conversación se vio interrumpida por Óscar que anunció a Paula que Patrick la solicitaba vía telefónica. Javi cambió su semblante, arrugando la frente y frunciendo las cejas a la vez que cerraba los ojos. Empezaba a estar un poco harto de aquel yanqui que no dejaba en paz a Paula, y lo peor era que ella se dejaba llevar. Encendió un cigarrillo y se dirigió a la otra esquina del patio para evitar escuchar la conversación.

—Hola preciosa ¿Cómo estás? —La voz melosa y cantarina de Patrick le entró mal a la chica, sin saber la razón, sintiéndola como socarrona. Decidió seguirle el juego.

—Muy bien, amore. A puntito de retomar las arduas tareas asistenciales ¿A que es debida esta maravillosa llamada que me está endulzando las próximas horas del día y de la noche?

—Ahora te estás pasando, ¿no? —Patrick se mosqueó por la respuesta con rin tintín. Sólo quería decirte que los tres chicos están fuera de peligro— Esta vez el tono fue seco.

—¿Te has enfadado? Perdóname. No seas criatura. Intentaba estar a la altura de tu nivel de oratoria.

—Claro. Bueno, te dejo. No quiero retrasar tus tareas —Y colgó el auricular sin dar opción a ninguna réplica.

Por la tarde, Ramón se reincorporó a las tareas, pero estaba más callado que nunca. Nawas no había aparecido en todo el día, cosa que aligeró el destrozado espíritu del traumatólogo. Tras la cena, Javi pidió a Paula como se encontraba y ella le anunció que igual. El chico, que no sabía cómo reconfortarla, la abrazó tan fuerte que estuvo a puntito de dislocarle el hombro izquierdo. La chica se lo agradeció con su mejor sonrisa y él no pudo evitar darle un largo y tierno beso en los labios. Esther volvió a ser espectadora accidental del hecho, pero esta vez pudo recular sin ser vista, evitando de esta manera pasar un mal rato. "Tal vez tendré que pedirle a Paula clases particulares para que me enseñe el secreto de su éxito", pensó en sus adentros.

10. QUE MIEDO HEMOS PASADO

Aún no se habían iniciado las plegarias matutinas de los musulmanes y por tanto, la noche estaba en su apogeo. Paula soñaba con una playa paradisíaca del pueblo de Tembok, situado en el norte de Bali, que había visto en un reportaje de la televisión, cuando de golpe apareció un tren de alta velocidad en medio de la selva. La locomotora iba tan rápida que produjo oscilaciones de todo lo que encontró a su paso y acto seguido, se añadió un ruido bastante molesto para los oídos, el cual no acababa de identificar. De golpe y porrazo, el tren que ya había tomado una velocidad insuperable, provocó un temblor de todo el terreno cubierto de vegetación, consiguiendo despertarla del todo. Tenía los ojos abiertos pero el sueño no se había detenido. El temblor se seguía notando igual que si estuviera de pie sobre una de las máquinas perforadoras que a menudo trabajan en Barcelona. El ruido aterrador aumentaba de intensidad, recordándole el que producen un acumulo de truenos retumbando en alta montaña, en medio de una tempestad, en un valle con eco o al paso de un tren destartalado a toda máquina bajo sus pies. Sus compañeros también se habían despertado y estaban tan perplejos como ella. Fuera del aula se oían un montón de gritos; el ruido que no paraba. El temblor tampoco lo hacía, de tal manera, que en esos momentos ya había tomado la fuerza suficiente para mover los utensilios de sitio e incluso lanzarlos al suelo. Al revuelo se le unió la voz de Luís diciendo, todos a cubierto. Lloros de niños y gritos de mujeres y hombres, cada vez más estrepitosos, se unieron a la orquesta. Paula, paralizada, no sabía discernir si se trataba del ensueño o de la realidad. No se movió del camastro, ni tampoco lo hicieron Tomás y María. El ruido y el movimiento del suelo cedieron. Habían pasado minutos u horas, difícil de saber. Confusión a su alrededor.

Luís estaba dando la orden de coger las cosas básicas y largarse de allí, pero ¿Donde? No tenían medio de transporte. Se encontraban a kilómetros de las montañas. No tenían ni idea de donde había sido el epicentro del terremoto ni tampoco cual era el riesgo de tsunami. Mientras fuera todos estaban yéndose, ya que con seguridad, recordaban a la gran ola, los cooperantes se quedaron dentro del aula sin saber qué hacer. Estaban atrapados, paralizados y fuera de sí. La situación sobrepasaba con creces lo que ellos podrían haber llegado a prever.

—Llama a Madrid y pide instrucciones —Dijo Santi, sereno y abrazando a Rosa, que paraba de llorar y temblar.

—Sí. Tienes razón.

En Madrid no tenían ni idea de la magnitud del terremoto ni de las posibilidades reales de la aparición de un nuevo tsunami. Lo único que les pudieron recomendar fue que abandonaran el campamento y se dirigieran al interior. Que tomaran el teléfono vía satélite y que los irían manteniendo informados. De nuevo otro temblor, esta vez sin gran ruido acompañante y sin caída de objetos al suelo. La duración, claramente, de unos segundos.

—¿Donde tomaremos un medio de transporte? —Gritó Tomás fuera de sí.

—Deberíamos salir fuera y encontrar a Ringa. Trabaja para nosotros —Dijo Luís, cogiendo su mochila.

Ramón, aprovechando el revuelo del momento, salió corriendo dirección hacia la casa de Laila. Su vida no tenía ningún valor tras lo sucedido el día previo. Era preciso que la viera otra vez, más teniendo en cuenta que ese podría ser el último día de su vida. Paula, que ya había reaccionado, salía del aula cogida por Javi. En la calle principal centenares de personas corrían dirección hacia el interior de la isla, alejándose del océano. Los unos topaban con los otros. Mujeres en el suelo. Niños llorando perdidos de sus familiares. Todo era un caos. Bicicletas a toda velocidad sin preocuparse de esquivar personas y animales. Motocicletas viejas con dos, tres o cuatro ocupantes. Coches llenos a rebosar, hacían sonar el claxon para que los peatones dejaran paso libre.

El grupo de cooperantes se dispersó sin quererlo, después que un tercer temblor hiciera aparición. Este fue tan fuerte como el primero y fue el detonante de "a correr y cobijarse donde podamos toca". A pesar de la experiencia en catástrofes de muchos de los cooperantes, ninguno de ellos se había encontrado en una situación como aquella. Tomás estaba bloqueado y Luís junto con Ana, lo arrastraron hacia la casa donde se alojaba Ringa. El conductor estaba poniendo en marcha el coche, llevando de copiloto a su mujer. Su hermano ya había salido con su familia al completo. Al verlos, les hizo señales para que entraran en el vehículo. Los chicos no lo pensaron dos veces, dejaron el teléfono vía satélite en el maletero, y el vehículo arrancó como si del principio de una carrera de fórmula uno se tratara, y ensartaron calle arriba, dirección hacia las montañas. Por el camino se pararon a recoger a Esther, que estaba petrificada, sentada en un tronco de árbol caído, en el medio de la calle.

El temblor había parado. María, Óscar, Rosa y Álex consiguieron subirse en un autobús que iba lleno de cabo a rabo. Se sentaron en el suelo, al lado del conductor, ya que les era imposible ir más allá. El corazón les iba a cien. Rosa no tenía ni fuerzas para llorar. Fue entonces cuando se dio cuenta de que Santi no estaba con ella.

—¿Donde está Santi? —Dijo preocupada— Ha estado a mi lado todo el rato y ahora no está aquí con nosotros.

—No lo sé Rosa —Contestó Álex No tengo ni idea de donde pueden estar el resto de compañeros.

Santi se había quedado rezagado para ayudar a Jaime, que llevaba una mochila con medicamentos básicos. Carmen estaba con ellos y a pesar de ser una reportera novata, afloró su genética para contrarrestarlo. Su abuelo había sido corresponsal en numerosas guerras y catástrofes, para finalizar su trayectoria profesional como director de varios diarios nacionales de renombre. A pesar de su inexperiencia, la chica lo estaba afrontando con valentía y serenidad. Cuando los tres llegaron a la calle ya no vieron a ninguno de sus colegas. Numerosos grupos de personas seguían camino calle arriba dirección hacia el puente que cruzaba el río, que fruto de un milagro, se mantenía en pie. Los furgones llenos de militares trataban de poner un poco de orden, pero era una tarea utópica. Nadie les hacía caso; estaban escarmentados de la primera vez y habían aprendido que la velocidad es crucial para sobrevivir. Cuanto más en el interior los pillara la gran ola, más posibilidades de sobrevivir tendrían. Llevados por la inercia, los jóvenes españoles iniciaron su éxodo siguiendo la masa de gente. Carmen tomaba fotografías, cosa que sus compañeros no juzgaron, ya que tenían claro que ante todo era una reportera.

Paula y Javi también habían salido a la calle con las réplicas del terremoto. Pudieron ver como cuatro de sus compañeros partían en el coche de Ringa y otros cuatro en el autobús. La chica estaba descorazonada e indignada. Le pareció inverosímil que sus colegas se hubieran ido, olvidando al resto del grupo, y así se lo verbalizó a Javi. Empezaron a andar siguiendo a los apresurados ciudadanos.

—Paula, tranquila. En momentos como estos las personas sólo tienen el pensamiento de salvar su propia vida. Es lógico lo que está pasando. Además, Luís se ha llevado a los dos de los nuestros que estaban más bloqueados, y que por tanto, eran los más susceptibles de sucumbir. Ese es el trabajo del jefe del grupo. Los nuestros ya se espabilarán, no te preocupes.

—¿Pero qué haremos? Es imposible huir con un vehículo. En esta zona ya no quedan. Si llega el tsunami no tendremos escapatoria. En Madrid nos dijeron que velarían por nosotros y llegado el momento, nos han dejado más tirados que una colilla.

—Cálmate. Estarán contactando con el Ministerio de Asuntos Exteriores para maquinar la forma de sacarnos de aquí. Ya ha ocurrido otras veces y el Gobierno siempre ha colaborado.

—¿De verdad? —La sangre fría del bombero la apaciguó un poco.

—Sí. Además, confía en mi suerte. Tengo protectores allá arriba que velaran por nosotros dos. La cogió por la cintura y se la acercó igual que si pasearan un atardecer romántico por las orillas del Sena.

Pasada una hora de quietud, el suelo volvió a enloquecer. Era como si anduvieran por una plataforma vibratoria como las que hay en muchos parques de atracciones, y que a la gran parte de los usuarios les provoca mareos e incluso vómitos. El suelo se agrietaba a su alrededor, pero por suerte, no eran fisuras muy profundas. Algún árbol, que airosamente había sobrevivido al tsunami, cayó hiriendo a aquellos que se encontraban en su trayecto. Jaime ayudó a algunos afectados, pero poca cosa pudo hacer, aparte de constatar el grado de gravedad de las lesiones y practicar una primera cura. Carmen, que ya tenía suficientes fotografías, decidió ayudar a sus dos compañeros con los heridos. Reinaba la luz del día y se encontraban en las afueras del pueblo, pero tenían por delante aún muchos kilómetros para llegar a las regiones altas del centro de la isla. En esa zona se habían establecido cinco camiones militares, llenos hasta la bandera de soldados, que estaban es fase de organizar la partida a las montañas de los grupos de personas que iban reuniendo. Cuando llegaron a la altura del cuarto camión, vieron a Paula y Javi hablando con uno de los mandos militares. Se aproximaron a ellos, contentos de reencontrarse, y se abrazaron, continuando la marcha juntos, intercambiando pocas palabras para ahorrar energía.

El autobús donde iban Rosa, Álex, María y Óscar llegó sin incidencias al pueblo de Dambulla, en la provincia Central de Sri Lanka, en la carretera que une Colombo y Kinniya, famosa turísticamente hablando por albergar el Complejo de Templos en cuevas de Dambulla, llamado también Templo Dorado. La gente bajó del vehículo, se dispersó en todas direcciones y en menos de 10 minutos ya no quedaba nadie aparte de los cooperantes españoles. Era justo medio día, habían pasado unas 8 horas desde el comienzo de los movimientos sísmicos y hacía al menos dos horas que no había habido réplica alguna. Se sentaron en el suelo, ya que en esos momentos no tenían ni idea de lo que hacer. Hacía mucha calor y estaban sedientos. A pesar de las prisas, pudieron coger dinero, pero no descubrieron algún lugar donde hacerse con alguna bebida. Tampoco pudieron distinguir una fuente a su alrededor y los habitantes del pueblo no les habían parecido muy amigables, por lo que se pusieron un poco nerviosos.

Ringa se dirigía a casa de sus suegros en la Ciudad Sagrada de Anuradhapura, situada en la provincia central del norte, siendo considerada la ciudad más antigua de Ceilán, cuna de una civilización muy avanzada y coetánea al Imperio Griego. A diferencia del paisaje costero, en ese punto de la geografía todo estaba íntegro, debido a que no había sufrido ninguna de las dos sacudidas que la naturaleza había previsto para aquellos parajes. La ciudad había sido erigida alrededor de una especie de lago que en realidad era un depósito de agua construido artificialmente, alrededor del año 20 A.C, con una extensión de 1200 hectáreas. El núcleo central de la localidad estaba formado por calles de distribución asimétrica, donde predominaban las edificaciones de planta baja. La periferia albergaba las ruinas, muy bien conservadas, de la antigua civilización asiática y que se alzaban majestuosas entre medio de la vegetación autóctona. Sus numerosos templos se consideran como uno de los yacimientos arqueológicos más importantes del mundo, habiendo estado catalogados por la UNESCO como patrimonio de la humanidad.

Por fin se plantaron en casa de los suegros de Ringa, situada en el arrabal y cerca del milenario depósito llamado Nuwara Wewa. Ringa los invitó a entrar y les ofreció algo para comer y beber. El interior del edificio era sencillo y cálido, con efectos decorativos autóctonos que demostraban buen gusto. Los recién llegados bebieron litros de agua, cosa que precisaban como el aire que estaban respirando.

Mientras tanto, el tercer grupo de cooperantes aún se encontraba deambulando por las tierras bajas de la Región del este. Muchos de los que como ellos se movían a pie, claudicaron y se sentaron en los arcenes del camino, buscando las sombras de los árboles, pues estaban muertos de sed y calor. Los españoles hacían los posibles para ayudarlos, pero en aquellos momentos, ni a ellos mismos les quedaba aliento suficiente como para cuidarse a sí mismos. Se habían quedado sin agua hacía ya unos kilómetros y el agotamiento estaba haciéndolos suyos. Carmen dio un traspiés con una roca del camino y cayó al suelo. Paula y Jaime se apresuraron a explorarla, descartando cualquier tipo de lesión, pero ella lloraba abierta y amargamente. Un gran temblor hizo mover, otra vez, el suelo bajo sus pies, y para rematar, se le añadió un ruido tan ensordecedor como el de los aviones militares en maniobras cuando sobrevuelan, a poca altura, la comarca costera de los Landes

Franceses. Duró 60 segundos durante los que ninguno de ellos osó moverse, presos, como no, del miedo. Tras unos minutos otro movimiento, esta vez pequeño y silencioso, pero con entidad suficiente como para desanimarlos. Se sentaron bajo unos matojos muy altos, esperando que pasara lo peor. Paula estaba convencida de que su suerte había terminado y la de Javi también. Se tumbó en el suelo y se durmió, importándole bien poco su futuro.

Habían pasado un par de horas sin más incidentes. Paula se despertó sacudida por sus compañeros.

—Paula, escucha, despierta y levántate. Parece que no hay riesgo de tsunami. El epicentro no ha sido en medio del océano como la otra vez y la intensidad sólo ha sido de 7.1 en la escala de Richter —La información se la estaba dando Javi, mientras la acariciaba y le daba besos en las mejillas.

—Buenas noticias —Contestó Jaime con una discreta sonrisa, aproximándole una botella de agua.

—¿Cómo lo sabéis? ¿De dónde ha salido el agua? —Preguntó Paula, mientras bebía, poco a poco, de la botella que le habían ofrecido.

—Nos lo acaba de comunicar Abdul que está en uno de los camiones militares. Están reagrupando a la gente y devolviéndolos al pueblo. A juicio de las autoridades no habrá más movimientos sísmicos —Anunció contento Santi.

—¿Y cómo lo saben con tanta seguridad? —Pidió Carmen, bebiendo también toda emocionada el agua que le estaban ofreciendo.

—Abdul nos ha dicho que la información proviene de Japón, y ya sabes que allí dominan el tema —Continuó diciendo Santi, que hablaba más animado que nunca.

—¿Y ahora qué? ¿Debemos volver al campamento? —Paula estaba aún bajo los efectos de la insolación y deshidratación, y notaba que su celebro trabajaba sólo en un 25%.

—Sí. Nos envían camionetas.

—No sé si quiero volver allí —Dijo la chica.

—Vosotros no sé, pero yo creo que tengo más que suficiente —Anunció Carmen— Iré a Kinniya para localizar alguna alma caritativa que me traslade a Colombo y de allí embarcaré hacia casa. Creo que, a pesar de mis antecedentes familiares, no tengo madera de corresponsal de guerra ni de catástrofes. Me buscaré un lugar de trabajo tranquilo en Madrid o donde sea, volveré con mi novio que es un buen chico, nos casaremos y tendremos un par de churumbeles.

Pasados 15 minutos, una furgoneta más ajada que todas las que habían podido ver hasta el momento, se los llevó de vuelta al pueblo. Tuvieron que tomar un camino distinto al de ida porque uno de los puentes provisionales se había desplomado con los últimos temblores. La estructura había cedido igual que un soldado mal herido, cuando es atacado con alevosía y premeditación durante su huída del campo de batalla. Este cambio de trayecto los obligó a pasar por delante de la antigua biblioteca. El edificio estaba destruido en su totalidad, quedando sólo en pie la pared del norte. Los instrumentos y el mobiliario médico estaban llenos de barro y agua debido a que el suelo se había hundido, tomando un nivel más bajo que el del río. Los cooperantes españoles pidieron al conductor que parara para ver la repercusión de esa pesadilla.

Patrick sedestaba ante lo que había sido la puerta principal del edificio. Tenía el rostro escondido entre sus brazos. Pietro, de pie a su lado, lloraba mientras se movía sin parar, igual que si fuera preso de la enfermedad de las piernas inquietas. Jaime miró a su derecha y vio la causa del desequilibrio emocional de sus colegas de profesión. Al lado de un montón de escombros, yacía el cuerpo sin vida de Mauro, o al menos lo que quedaba de él, porque estaba lleno de sangre y barro, deformado y amputado de su pierna derecha. Todo parecía indicar que se encontraba dentro del edificio cuando este se desplomó y hundió, y así lo verbalizó a sus compañeros.

Paula actuó movida por reflejos. Se acercó a Patrick y se sentó a su izquierda. Le acarició los cabellos y por fin le tomó la mano con dulzura y lentitud para no asustarlo. El médico levantó la vista pero no surgió ningún amago de sonrisa. Las lágrimas inundaban aquellas mejillas tostadas por el sol y sus ojos azules quedaban escondidos por el edema de los párpados. Sus cabellos llenos de polvo parecían los de los que sufrieron el desplome de las torres gemelas de Nueva York. Su ropa estaba cubierta de barro, pero sobre todo, de sangre de su compañero, que a esas alturas de la vida, era ya su amigo, su confidente, su terapeuta e incluso su consejero.

Por primera vez en semanas Javi no sintió envidia ni odio hacia el norte-americano. Se retiró del catastrófico lugar y empezó a andar hacia su propio campamento, temiéndose lo peor. Las calles parecían las de otro pueblo. No se oían conversaciones de familias reunidas en los porches, ni tampoco había niños corriendo de un lado a otro de las aceras. No había animales comiendo en el centro de la calzada, importunando a los conductores de vehículos a motor o bicicletas. Algunos coches aislados circulaban por las calles, llevando en su interior heridos. La sensación de desolación enturbió el estado anímico del bombero. Toda chispa de positivismo y fuerza había sido aniquilada por los acontecimientos de las últimas horas. Si hubiera alguien allí arriba, fuera cual fuera su nombre, no debería permitir hechos de ese tipo. Tampoco debería consentir otras injusticias, pero ese no era el momento para hacer disquisiciones filosóficas.

Caminaba poco a poco, parte por el agotamiento, parte por la necesidad de observar todo lo que allí se estaba gestando. Las lágrimas empezaron a resbalar por su cara. Su estado de cansancio estaba a máximo nivel. Tras andar unos 20 minutos llegó frente la puerta principal del campamento. Entró dentro un poco intranquilo. No sabía que encontraría en el interior. El edificio situado a su izquierda, aquél que tenía tres pisos de altura, había caído en su totalidad. La nueva inclemencia de la naturaleza había rematado la tarea hecha por el tsunami. Toda la pared que daba a la vertiente sur se había abierto como un libro y se había desplomado sobre el aula de ciencias naturales, que estaba adyacente a ella. Los otros edificios no habían tenido mejor suerte, aunque los daños eran algo menos aparatosos, porque al menos el tejado se mantenía en su sitio. Notó una mano sobre su espalda y se giró azorado.

—Javi, ¿Estás bien? No haces buena cara —Ante él se presentaba el Gobernador, con su vestimenta habitual, intacta, sin ninguna arruga, como si se la acabara de poner recién recogida de la tintorería.

—Buenas tardes. No, no estoy bien. La verdad es que estoy desfallecido, abrumado y un poco desorientado ... Pero me recuperaré —Dijo intentando disimular las últimas lágrimas que había producido su cuerpo.

—No me extraña. Ha sido un golpe muy desmesurado para todos. Justo ahora que empezábamos a levantar cabeza. Es injusto. No sé que les diré. No se cuales han sido los daños materiales ni las pérdidas humanas —Mientras decía esto, el Gobernador se sentó sobre una viga. Javi hizo lo mismo.

—Es una situación difícil. Buscar nuevas motivaciones para mirar hacia delante es bastante complicado cuando la fortuna nos abandona. Es la segunda vez que lo pierden todo o casi todo.

—¿Dónde están tus compañeros? —Preguntó el Gobernador, mirando a su alrededor.

—No lo sé —Javi respiraba lentamente, llenando con aire sus pulmones hasta alcanzar su máxima capacidad aérea.

En ese mismo momento se plantaron a su lado Jaime y Santi. Saludaron afables al Gobernador, un poco sorprendidos de encontrarlo allí hablando con su compañero. El político les hizo una señal con la mano, invitándolos a sentarse con ellos.

—¿Cómo va chicos? —Dijo el Gobernador para romper el hielo, mientras abría un cajetín de cigarrillos que sacó del bolsillo derecho de su pantalón.

—Vamos haciendo —Jaime habló por inercia, mientras intentaba digerir los acontecimientos.

—Javi, ¿Por qué no nos has esperado? —Preguntó Santi un poco molesto.

—Necesitaba irme de la biblioteca —Respondió el chico encendiendo el cigarrillo que le acababa de ofrecer el Gobernador.

—Lo que ha ocurrido allí ha sido una gran tragedia. Me apena que haya muerto Mauro. Era muy buen chico y mejor profesional —El Gobernador miraba el pavimento mientras hablaba.

—Sí. Ha sido un hecho desafortunado e imprevisto. No me esperaba algo así —Jaime también mantenía la mirada fijada al suelo.

—La aula de ciencias naturales ha quedado hecha trizas — Santi, que mostraba claros síntomas de nerviosismo, se había puesto en pie y estaba en la entrada de lo que había sido su hogar durante esas semanas.

—No creo que podáis volver a vivir aquí —Dijo el Gobernador apagando su cigarrillo y levantándose —Tendremos que buscaros otro lugar para acomodaros y donde podáis dar asistencia sanitaria. Lo más razonable sería que os justaseis con el otro grupo de médicos, ya que ellos también se han quedado sin cobijo.

—Sí. Puede que sea lo mejor —Respondió Jaime, esta vez mirando hacia el político.

El Gobernador se despidió chocándoles la mano con fuerza y se dirigió hacia la calle, donde le esperaba un vehículo. Los tres chicos se introdujeron en lo que quedaba del aula de ciencias naturales. El techo que les había amparado de la lluvia y el sol, yacía a ras de suelo, cubriendo las literas, las sillas, las mesas y los arcones. Sus pertenencias estaban desperdigadas entre los escombros, pero poco a poco, con paciencia, empezaron a reagruparlas. El polvo acumulado en el lugar les hacía toser y estornudar, y por esa razón necesitaban salir con periodicidad de esos metros cuadrados para oxigenarse, haciéndose la tarea más ardua.

En el interior del país, en Dambulla, los cuatro cooperantes encontraron, por suerte, un alma caritativa que se los llevó a su domicilio. Allí pudieron hidratarse y tomar fruta fresca, que les sentó a las mil maravillas. Los propietarios de la casa, que estaban encantados de poder ayudar a los extranjeros que tan buenos habían sido con sus compatriotas de la costa, les prepararon unos sacos para dormir en el suelo, una vez la noche había cubierto la isla dando por acabado un duro día.

—¿Crees que el resto del grupo estará bien? —Pidió Rosa a María, mientras se cubría con un saco de lona.

—No lo sé. Llevo todo el día pensando en ellos. Creo que hemos sido unos egoístas largándonos sin preocuparnos de ellos. Me siento fatal y tengo un montón de remordimientos.

—Remordimiento, ¿Por qué? —Preguntó Álex, que acababa de entrar en el comedor tras ir a dar un garbeo por el pueblo con su compañero y el cabeza de la familia de acogida.

—De habernos ido sin más, pasando del resto de chicos —Repitió Rosa, que ya se encontraba tapada hasta las cejas, ya que la noche era fría.

—Estarán bien. Yo creo que hemos hecho lo correcto, salvar nuestras vidas. Son las instrucciones que recibimos vía telefónica —Respiró llenando a tope los pulmones como hacía antes de zambullirse a la piscina, para creerse sus propias palabras— Vamos. A dormir. No penséis más en ello. Buenas noches.

Los ruidos del pueblo se fueron atenuando hasta desaparecer por completo. Las pocas luces de la población no podían desvirtuar la flamante luna menguante que presidía la isla, igual que la Torre de Londres preside el río Támesis. Esa luna era la que estaban mirando en esos momentos Ana y Luís, a unos 50 kilómetros más al norte de donde estaban sus compañeros. Llegada la noche, habían decidido quedarse a dormir en casa de los suegros de Ringa. Antes de la cena, la central de Madrid contactó vía telefónica con ellos para anunciarles que las autoridades habían recomendado su repatriación, ya que no les podían garantizar su seguridad. Las placas tectónicas del subsuelo se habían vuelto locas y era muy difícil predecir cualquier tipo de movimiento. No obstante, los japoneses habían asegurado que no se producirían nuevos cataclismos.

—No quiero irme aún de aquí —Anunció Ana.

—Yo no lo tengo muy claro, pero creo que tampoco. A pesar de todo lo que está ocurriendo, los beneficios que estamos aportando a estas personas superan con creces los inconvenientes que estamos sufriendo —Respondió Luís mientras le cogía las manos a ella y se las acariciaba con suavidad.

—Tendremos que hablarlo cuando estemos todos juntos —Dijo Ana.

—Tomás ha dejado bien sentado que no piensa volver a Kinniya. Tomará el primer vuelo que le encuentren hacia Europa ¿Sabes por qué está tan histérico últimamente? No es un novato y nunca antes había actuado tan a la defensiva como en estos momentos. Entiendo que estamos pasándolas canutas, pero no hace con él esta actitud.

—Tal vez tenga mucho a ver el hecho de que su novia esté esperando un hijo —Anunció Ana, vocalizando cada palabra para darle más énfasis— Se lo comunicó hace días y le pidió, llorando, que volviera a casa sano y salvo.

—¿Te lo ha explicado él? ¿Cuándo? ¿Hoy? Nos lo tendría que haber dicho antes —Luís, por fin comprendía, aliviado, el extraño comportamiento de su compañero de fatigas y aventuras.

—Sí. Esta misma tarde, tras oír por el teléfono las palabras de Toni. No nos ha querido preocupar y por eso ha callado. Pero ahora la situación está bastante desmadrada.

—Pues lo mejor es que mañana tome el primer autobús hacia Colombo y se dirija al aeropuerto. Seguro que le encontraran un billete de avión que lo devuelva al continente europeo.

—¿Llamamos a Madrid para que se pongan manos a la obra? Es una hora aceptable en España —Dijo la chica mientras se levantaba para ir a buscar el teléfono vía satélite.

En Kinniya, el Gobernador trasladó a los componentes de los dos campamentos médicos a un edificio de su propiedad, cercano a su domicilio, en el otro extremo del pueblo, bastante lejos del complejo escolar. Durante la cena, Patrick y Pietro no pronunciaron palabra. Paula, desecha, no quiso tomar nada y se dirigió a una de las habitaciones para acostarse. La casa era grande en relación con las otras edificaciones de alrededor y de milagro, no había sufrido ningún menoscabo. Según les informó el político, antes del tsunami era un lugar de reunión para los habitantes de la zona, así como un centro de ocio. Tras el tsunami pasó a ser un centro de acogida de familias sin techo. Dado que la existencia de un centro sanitario en el pueblo era prioritario, reubicaron a las familias que habían ocupado la casa y se la cedió a ellos.

Como al día siguiente les esperaba mucho trabajo a realizar, el grupo de cooperantes no tardó en ir a dormir, aunque el sueño no fue para nada reparador, ya que las pesadillas y el miedo a nuevas sacudidas fueron los protagonistas de la noche. Un ir y venir de personas con excusas varias impidieron que los pocos que pudieron conciliar el sueño lo hicieran tranquilos. A Paula le faltaba el aire, fruto de una crisis de angustia, signo que le aparecía siempre que se encontraba bajo el influjo del estrés. Todo este revuelo nocturno provocó que se levantaran un poco más tarde de lo habitual, muy después del canto del gallo y lejos de las oraciones matutinas, que aquel día habían sido más intensas que nunca. Las calles seguían albergando un silencio fuera de lo habitual. Les pareció bastante tenebroso. Echaban de menos el alboroto de las numerosas personas que habían estado conviviendo con ellos en el campamento de refugiados.

Tras un desayuno más bien pobre, tomaron por unanimidad, la determinación de volver a crear un centro de asistencia sanitaria para dar servicio a la población de la zona. Para ello, primero fueron al recinto escolar para recoger todo aquello que fuera reutilizable. Paula se dirigió con temor hacia la tienda que les había hecho de consultorio durante esas semanas y sus presentimientos negativos se confirmaron al detectar que alguien se les había adelantado, ya que faltaban un montón de objetos personales, instrumentos sanitarios y fármacos. Gracias al cielo, no habían robado ni el desfibrilador ni el autoclave, seguramente porque estaban cubiertos por los derribos y no se podían ver con facilidad. A los pocos minutos llegaron sus compañeros y empezaron con las tareas de desescombro, clivaje de material y empaquetado para trasladarlo todo al nuevo pabellón asistencial. El cometido, que duró horas, se realizó en el más completo silencio. Era como si todo lo ocurrido las últimas 24 horas los hubiera dejado sin lengua, igual que si hubieran sido ajusticiados por Atila, el rey de los Hunos.

En Anuradhapura, Tomás y Esther se despedían de Ana y Luís. Ambos habían decidido dar por finalizada su aventura altruista y regresar con los suyos. Toni, desde la central de Madrid, les había anunciado que tenían billetes de avión hacia la capital de España vía Ámsterdam y que podrían ser usados por aquellos cooperantes que quisieran ser repatriados. Tras la toma de decisión, Tomás se encontraba mejor de ánimos, más relajado, porque consideraba que dadas las futuras perspectivas familiares era lo más sensato. Quería seguir el crecimiento de su hijo mediante ecografías, pero en el fondo de su alma, un ápice de tristeza pugnaba por aflorar, ya que sabía que esa sería su última misión humanitaria, en pro convertirse un buen padre de familia, prudente y aburrido. Esther, a diferencia de su compañero, no las tenía todas consigo y dudó un montón antes de tomar la resolución de abandonar el país porque le daba mucha pena dejar la tarea a medias, pero con el terremoto había sufrido un pánico espantoso y estaba agotada. La enfermera necesitaba volver a su vida monótona, precisaba ineludiblemente volver a dormir en su cama, arropada por su preciosa perrita que en esos momentos estaba cuidando su hermana.

En Dambulla también surgieron muchas dudas en decantarse por volver al campamento de Kinniya, o por el contrario, tomar el pasaje de avión que les había ofrecido Toni, cuando por fin consiguieron hablar con él mediante el servicio de telecomunicaciones del pueblo. Fue en ese momento cuando supieron que en Madrid sólo tenían noticias del grupo de Anuradhapura.

—¿Qué les debe haber pasado al resto? —Preguntó Rosa a Álex, una vez este colgó el teléfono con el que se había comunicado con Toni.

—Ya os lo he dicho. Toni no ha recibido ninguna llamada más. Están preocupados porque parece ser que han habido muchos fallecidos en la zona de Kinniya. De todas maneras, aún no se han cuantificado los daños reales materiales ni personales —Respondió el bombero, ahora sí un poco avergonzado por haber partido sin preocuparse del devenir de sus compañeros.

—Pero no quiero que les haya pasado nada. ¿Y Santi? ¿Qué ha sido de él? —Rosa lloraba como si le hubieran notificado la defunción de un componente de su familia más directa— Me ha cuidado mucho durante estos días. Incluso creo que estoy enamorada ese sosaina.

—Tranquila, intuyo que estarán bien —Óscar la abrazó muy fuerte mientras continuaba hablando— Chicos, creo que tengo suficiente. Me vuelvo a casa. Aprovecharé los billetes que nos ofrecen.

—¿Estás seguro? —Le pidió Álex que lo miraba atónito.

—Sí. Antes del terremoto ya lo tenía pensado. Demasiados líos. Además, las tareas de los bomberos no son tan importantes como las del personal sanitario. Creo que es el momento de cerrar alas y recoger los enseres. Estoy agotado física y mentalmente. Repito, han sido demasiadas emociones juntas en un periodo de tiempo muy corto.

—Todos estamos extenuados —Dijo María— Tal vez debería hacer lo mismo. Mis hijos me esperan en casa. Quiero ver como se licencian en estudios medio ambientales y medicina. Si me pasa algo y no puedo asistir a su graduación, nunca me lo perdonaran.

—O sea que ¿Tú también te vas? —Rosa por fin había conseguido parar de llorar y no podía disimular su incredulidad e incertidumbre. Su compañera era la más sensata y altruista de todos, y si había decidido dejar correr la misión era consecuencia de una mala perspectiva de futuro.

—Sí. Tomaré el próximo autobús hacia Colombo con Óscar.

—Pues yo me quedo —Sentenció Álex tajante— Quedas por decidir tú, querida Rosa.

—Creo que permaneceré en Sri Lanka, al menos por el momento. No me puedo ir sin saber que ha ocurrido con el resto — Su voz temblorosa pronunciando esas palabras hirieron los sentimientos de los que abandonaban el barco a la deriva y los hizo sentir como unos repulsivos políticos.

Una vez en la estación de autobuses de Dambulla, los cuatro cooperantes se despidieron. Unos tomaron el autobús regular hacia la capital, mientras que los otros dos subieron a uno que les llevaría a Trincomalee. En esos momentos Tomás y Esther ya estaban cruzando la isla de norte a sur, para dirigirse al aeropuerto de Colombo, donde un vuelo les esperaba para volver sanos y salvos a sus hogares. Ana y Luís volverían el día siguiente a Kinniya con Ringa. La esposa del guía se quedaría en casa de sus padres a petición de estos y con la conformidad de su marido. No querían correr riesgos innecesarios.

La noche volvió a cubrir el pueblo costero de Kinniya. Con la ayuda de un gran número de oriundos pudieron adelantar mucho con las tareas de acondicionamiento del nuevo establecimiento sanitario, pero a pesar de ello, los ánimos continuaban bajo cero. Carmen se despidió del grupo tras la comida dado que había conseguido un asiento en el vehículo de unos periodistas ingleses que partían dirección Colombo, y no quería perder la oportunidad, ya que los coches en esa zona eran un bien escaso en ese momento. La cena fue un poco más animada gracias a la visita de Hensenn y Fathima, que iban hacia Colombo con el cometido de recaptar medicamentos, utensilios y personal sanitario para el Hospital de Trincomalee. Fathima les propuso que los acompañaran a la capital para poder obtener, ellos también, material y fármacos para el nuevo consultorio médico. Tras evaluar los pros y los contras, acordaron que partirían con ellos Jaime y Javi.

Álex y Rosa llegaron a Trincomalee a noche caída y como los transbordadores no circulaban una vez puesto el sol, se apresuraron a buscar un lugar donde cobijarse durante esas horas, ya que la lluvia había vuelto a hacer acto de presencia tras esfumarse durante unos días. La ciudad se encontraba vacía de personas porque la mayor parte había emigrado hacia las montañas y su aspecto era triste, como un cocido sin garbanzos. Cerca del embarcadero encontraron abierto un hostal bastante correcto y bien de precio. Tras descansar un poco en la habitación asignada, bajaron al comedor para engullir lo que fuera, ya que estaban desfallecidos de hambre. Se sentaron en una mesa pequeña y redonda situada frente al televisor para ponerse al día de las noticias pero fue en vano, pues como era de prever, el aparato no funcionaba. La cena consistió en arroz blanco un poco especiado como primer plato y de segundo, pollo con verduras. Y para rematar, de postres, Jaca, una fruta que puede llegar a pesar hasta 35 kg, de color verde o amarillo según el grado de maduración. Era la primera vez que se aventuraban a tomar ese producto de la naturaleza que nace del árbol cultivado más grande del mundo. Su sabor no les defraudó, su carne tenía un gusto similar al de la piña, pero les llamó la atención la gran cantidad de semillas de color marrón y el inmenso tamaño de sus grajos, cosa que les recordó a una mandarina gigante descolorida por el paso del tiempo. Una voz conocida hizo girar la cabeza de Álex. Ante él estaban Lilian y Fina, las periodistas que unos días antes habían pasado por el campamento a saludarlos. La joven brasileña estaba aún más guapa, como si las inclemencias de la naturaleza la metamorfearan en mariposa. Sus rubios cabellos lucían como nunca y le daban un toque sexi de chica de portada de la revista Play Boy.

—¡Vaya! —Exclamó la sensual periodista— Tenemos aquí a representantes de los cooperantes españoles ¿Que os ha traído a Trincomalee? Supongo que habéis venido a buscar provisiones.

—La historia es un poco larga —Respondió Rosa con sequedad, porque aún recordaba lo insoportable y altiva que fue la reportera en la fiesta de Kinniya, cuando estaba exhibiendo todo su plumaje ante los atractivos Mauro y Patrick.

—Está bien. Tampoco tengo tiempo para escucharla —Lilian miraba a su contrincante como una cobra antes de atacar— Debo cenar con un alto cargo militar de la zona para hacerle una entrevista. Os dejo chicos —Giró en ángulo recto, mientras le lanzaba un beso con la mano acompañado de una mirada lasciva a Álex, que a esas alturas ya salivaba como un perro después de toparse con una perra en celo.

—¿Puedo sentarme con vosotros? —Preguntó Fina que se alegraba de perder de vista a su colega de profesión, pero nunca amiga.

—Sí, claro —Respondió Álex, intentando disimular el desagrado que le produjo la partida de la explosiva articulista.

—Mañana tenía previsto ir a Kinniya ¿Puedo ir con vosotros? Me muero por dejar a este saldo de mujer. Se me ha pegado como una sanguijuela y estoy un poco harta de sus ademanes —Dijo la reportera, sin mirarles a los ojos, ya que se encontraba demasiado atareada encendiendo un cigarrillo— Perdón. Soy muy poco cortés. Me permitís —Ofreció el cajetín de tabaco a sus acompañantes pero sólo aceptó uno Álex, sorprendiendo a Rosa, que hasta el momento no lo había visto fumar.

—No hay problema. Podemos ir juntos. Teníamos previsto pillar el primer transbordador del día —Mientras hablaba, Rosa no podía dejar de mirar a su compañero que intentaba no toser mientras daba las primeras caladas. ¡Qué patán que era!

Tras la cena, los cooperantes se despidieron de Fina, quedando citados a las 7:30 horas en el embarcadero. Una vez en la habitación, Rosa no pudo evitar increpar a su compañero.

—Eres un borrico y un iluso si crees que Lilian se fijará en ti. Está fuera de tu alcance.

—¿Qué dices? —El chico había comprendido por donde iban los tiros, pero quiso hacerse el despistado.

—Sabes muy bien de que te hablo. Mejor harías centrándote en otras, como por ejemplo Fina, que es mucho más persona. Además, incluso la encuentro mucho más atractiva que la sin vergüenza brasileña.

—Sí. Tienes razón. Me he fijado en que tiene un buen culo — Rió Álex— Oye, ¿No me habrás salido lesbiana, verdad?

—No lo soy, pero si lo fuera ¿Alguna objeción?

—No, claro que no, sólo más competencia ... Anda, cierra los ojos y descansemos. Buenas noches.

Hensenn, Fathima, Javi y Jaime partieron hacia Colombo antes del alba, sin hacer ruido para no despertar a los compañeros. Era domingo, día de descanso, y bien se merecían una mañana para gandulear como les viniera en gana. Pero la tranquilidad no duró más de hora y media, cuando sin esperarlo, un alboroto en la calle les despertó. El primero en salir fue Pietro que se encontró cara a cara con un grupo de personas frente a la puerta principal hablando todos a la vez en tamil. Como no entendía lo que decían, se sintió abrumado y se giró hacia Patrick y Santi, que se habían aproximado a los nerviosos visitantes que señalaban hacia una especie de catre donde yacía alguien, cubierto por una manta manchada de sangre. Pietro por fin comprendió lo que ocurría e hizo señales para que entraran al edificio con la camilla. Apoyaron el cuerpo en una cama y lo descubrieron, ahogando un grito de angustia al constatar que el afectado les era terriblemente conocido.

—¿Es Ramón? —Santi se acercó a la cama, no dando crédito a lo que estaba viendo— ¿Está muerto?

Ramón se encontraba inconsciente. Su uniforme cubierto de barro, polvo y sangre no dejaba ver las lesiones subyacentes. Su pelo lleno de ramas e hierbas le daban el aspecto de un abeto navideño adornado para presidir la cena de Noche Buena. Paula ayudaba a Pietro a desvestirlo, mientras Patrick realizaba una primera exploración para detectar los daños más importantes.

—No está muerto —Respondió el cirujano aliviado, pero aún preocupado.

La exploración física que le practicó fue rápida a la par que meticulosa, siguiendo como siempre, punto por punto, las directrices marcadas por el ATLS. El diagnóstico final fue de contusión torácica sin afectación respiratoria; herida poco penetrante a nivel abdominal, que en aquellos momentos no sangraba; y fractura de tibia derecha, sin herida abierta. Paula se tranquilizó cuando corroboró con la exploración abdominal y un ecofast, que no había sangre libre en el peritoneo. Tras practicarle el tratamiento pertinente, es decir, sueros, analgesia, antibióticos, inmovilización de la pierna y curas de las heridas, lo dejaron en observación.

Cinco horas más tarde del incidente con Ramón, aparecieron por la puerta Rosa, Álex y Fina, que tras ir al antiguo campamento, fueron encontrados por Abdul y llevados a la nueva instalación. Los abrazos y llantos fueron los protagonistas de esos minutos. Millones de rápidas informaciones fueron intercambiadas, como si el tiempo fuera oro o como si la muerte los estuviera persiguiendo a toda velocidad.

En el aeropuerto de Colombo coincidieron por fin los cabizbajos Tomás, Esther, María y Óscar, que no podían evitar el sentimiento de culpa por abandonar a sus compatriotas y a las personas que habían confiado en ellos; pero la decisión ya estaba tomada y una vez sentados en el avión, se relajaron todos excepto María. Al contrario que los otros tres, ella se sintió mucho peor y entró en fase de ansiedad; en su cerebro se estaba librando una batalla campal de pensamientos contradictorios. Mientras por un lado su consciencia le decía que lo correcto era partir y volver con su familia, el subconsciente la tachaba de cobarde, egoísta y mema. A más inri, su corazón estaba resentido ya que no se había despedido de Hensenn, ese hombre maravilloso, a la vez que misterioso, que la tenía deslumbrada. Su matrimonio hacía años que funcionaba con el piloto automático y la pasión se había fundido como el queso para gratinar de los macarrones de los domingos. Sus hijos se habían independizado, haciendo su vida en Madrid y por tanto, la sensación de vacío era más patente que nunca. Esa desidia se había esfumado en las últimas semanas; se sentía bien consigo misma y estaba encantada de vivir. María lo vio claro, era su hora, era el momento de evolucionar como persona. En ese punto, sólo había cabida para su autoestima y su ego. Tomó su mochila, dio un beso a sus atónitos compañeros y bajó del avión oyendo las recriminaciones de la azafata, que finalmente la dejó ir al certificar que no llevaba equipaje en la bodega del avión.

11. EL REAGRUPAMIENTO

Una vez en la calle, la angustia de María se esfumó. Su corazón funcionaba a ralentí, fruto de un consciente y un subconsciente unísonos, tranquilos y serenos. Supo que había hecho lo correcto y sólo quedaba encontrar un medio de transporte seguro para volver a Kinniya. ¡Qué diferente se veía en ese momento el aeropuerto de Colombo en comparación con el día de llegada a Sri Lanka! La sensación de miedo y emoción frente a lo desconocido se había convertido en una ilusión e incluso, en una necesidad. Como no encontró ningún taxi que la llevara hacia la capital, situada a unos 35 kilómetros al sur, se dirigió a la parada de transporte interurbano, a unos 500 metros, en espera de encontrar alguna línea que la aproximara a la central de autobuses de Colombo. Pasaron unos 30 minutos hasta que por fin pudo subir a un maltrecho vehículo lleno hasta las banderas.

Ramón despertó alrededor del mediodía. No recordaba nada de lo ocurrido, pero forzó las neuronas para intentar refrescar los últimos percances, consiguiendo que las imágenes se amontonaran una sobre otra. Así fue como recordó que había escapado corriendo del campamento para ir a casa de Laila. Tardó en llegar por la huída masiva de personas y las sacudidas que dificultaron la deambulación por las calles, más cuando encima, tenía que tomar la dirección contraria a las de la multitud. Entró en el establecimiento ansioso por encontrar a su amada, pero estaba vacío. Salió a la calle mirando en todas direcciones, esperando poder detectar algún signo que le indicase una pista de donde habían ido. Nada de nada. Lleno de desesperanza entró en el establecimiento y se sentó en la cama donde se amaron por primera vez. Allí notó que el tiempo sobrevenía pero le daba igual, estaba paralizado. A pesar de los sucesivos movimientos de tierra, no cambió de actitud; todo le daba igual, no sentía ni sed, ni hambre, ni miedo, y por fin, el cansancio hizo mella y se acurrucó para dormir.

Lo despertó un golpe de intensidad aterradora que lo dejó sin sentido; sombras y más sombras durante un periodo de tiempo incalculable en el que soñó que recibía embestidas por todo su cuerpo. Sintió con una realidad preocupante, unas punzadas en el abdomen, como si le hubieran clavado un cuchillo jamonero, notó un liquido caliente empapándole primero la espalda, después las piernas y finalmente el pecho. Acto seguido, el sueño o lo que fuera, se remontó a una montaña rusa, donde el vagón en el que iba sentado se deslizaba a velocidad supersónica por los raíles, haciendo un ruido fantasmagórico, y se tambaleaba de tal manera que sintió nauseas y vomitó. Notó sensación de ahogo secundaria a una nube de polvo generada por miles de caballos desbocados. Percibió sobre el cuerpo la caída de ramas, maderas y otros materiales que su cerebro no pudo identificar pero que lo hicieron sentir como una cubo de basura. Tan angustiado estaba que agradeció cuando su consciencia se quedó en blanco. Pasaron minutos, horas o días, hasta que unas voces, en un idioma que le era familiar pero no entendía, lo despertaron. Se quiso levantar pero no tenía fuerzas, estaba tullido y sentía demasiado sueño como para reaccionar.

Paula se sentó en los escalones de la entrada tras lavarse el pelo y se esforzaba en peinárselos con una especie de peine de madera muy hecho polvo, que se había encontrado en el suelo de la habitación donde dormía. Patrick se sentó a su vera, mirándola con las pupilas dilatadas y examinándola de arriba a abajo. Con una sensibilidad extrema tomó su mano izquierda, se la aproximó a los labios y la beso, haciéndola sentir como una primera dama.

—Gracias —Dijo Patrick con la voz muy dulce.

—Gracias, ¿por qué? —Paula no comprendía que estaba ocurriendo.

—Por estar a mi lado antes de ayer.

—No hice nada. Sólo me senté junto a ti y te cogí la mano.

—Era lo que necesitaba en esos momentos. Me reconfortó mucho.

—Me place haberte ayudado y haber acertado.

—Eres perfecta ¿Lo sabes, verdad?

—No soy perfecta. No lo seré nunca. Nadie lo es. Eres un exagerado.

—Te necesito a mi lado. Te lo digo en serio. Me estoy enamorando de ti.

—Creo que utilizas unas palabras demasiado importantes un poco a la tun tun.

—Tengo más de 40 años. No soy un chiquillo sometido a las hormonas sexuales masculinas —Se levantó claramente ofendido por la reacción de su compañera.

—Espera. No te vayas. Vayamos a andar un poco. Lo necesito. Por favor. Acompáñame —La mueca de gato meloso de la chica le llegó al corazón.

Caminaron dirección a la playa más próxima. Como esa parte del pueblo daba a la zona donde desemboca el río, el agua del océano era más tranquila, pero también más turbia que en la otra punta de la población. Una vez llegaron se sentaron en la arena y Patrick encendió un cigarrillo.

—Estos días estás fumando mucho —Dijo Paula mientras rechazaba el cigarrillo que le ofrecía su compañero.

—Sí. Todos estamos fumando demasiado —Miró al cigarrillo pero no lo apagó— La muerte de Mauro me ha afectado más de lo que pensaba y tengo los nervios crispados. Soy fumador social pero lo ocurrido estas 48 últimas horas ... me han convertido en un obseso y adicto fumador.

—Espero que sea provisional y no acabes enganchado del todo.

—Yo también lo espero —Apagó el cigarro cuando sólo se había consumido la mitad.

—Tienes razón. Soy una papanatas. Me comporto como una niña contigo ... Pero es porque me asustas —Dijo Paula dando un giro a la conversación, cuando Patrick menos lo esperaba.

—¿Me estás confesando que te doy miedo? —El americano se echó a reír.

—Sí que lo haces —Se levantó arrepentida de haber iniciado esa conversación.

La chica se quitó los zapatos y empezó a andar siguiendo la línea donde rompen las olas, dirección norte. Patrick hizo lo mismo y se situó justo a su lado, aprovechando para cogerle la mano que tenía libre. Ella no hizo nada para evitarlo y siguieron andando durante unos 15 minutos. En todo ese tiempo no se dijeron nada, sólo respiraban profundamente, como cuando se hacen los ejercicios de meditación. De repente, Nawas les salió al paso.

—Hola ¿Qué tal? —Su cara demostraba preocupación— ¿Qué hacéis por aquí? Os estáis alejando del pueblo. No es seguro.

—Hola Nawas —Contestó Paula perpleja— ¿Por qué no es seguro?

—Hay un montón de bombas y minas antipersonas por explotar en esta zona. El tsunami las ha removido y ahora no sabemos donde están. Hay que ir con sigilo y vigilar mucho donde se ponen los pies.

Paula paró en seco, como si hubiera pisado el pedal del freno a fondo. Se había quedado sin aliento. No le importaba morir, pero lo único que sabía a ciencia cierta era que no soportaría vivir con algún tipo de discapacidad. Miró a sus acompañantes y se puso los brazos sobre la cabeza como si la estuvieran apuntando con una metralleta. Después se sentó en el suelo, se tapó los ojos con las manos y comenzó a llorar. Nawas, anonadado, no entendía el porqué esa chica tan valiente había reaccionado de esa manera. Patrick le hizo una señal para que se alejara un poco de ellos. Lo entendió y se dirigió al camino principal, tomando asiento bajo un árbol.

—Cielo, ¿qué te pasa? Sólo ha sido una advertencia. No te puedes hundir ahora —Patrick le estaba acariciando los cabellos.

—¿Quieres saber la razón por la que lloro en realidad?

—Sí, claro que quiero saberlo.

—Lloro porque me parece muy injusto todo lo que ocurre. Porque me parece abusivo que la naturaleza y el hombre castiguen sin compasión y con reiteración a cierto grupo de personas y en cambio, otras que se lo merecen con creces por ser malas y egoístas, vivan la mar de tranquilas y sin problemas.

—¡Venga ya! Levántate tontorrona. Nadie merece sufrir, eso lo primero. Y segundo, creo que le das demasiadas vueltas al cerebro.

Una vez al lado de Nawas, iniciaron la vuelta a su nueva guarida. Durante el trayecto el traductor les pidió información sobre el estado de salud de Ramón y ellos le informaron que estaba fuera de peligro, pero que no recordaba nada de lo ocurrido. Cuando llegaron al edificio médico, encontraron a Ana y Luís que estaban tomando una taza de té con Ringa y Pietro, el cual los estaba poniendo al día de la muerte de Mauro. Como era la hora de las visitas médicas de la tarde, dejaron para la cena la narración de las correspondientes aventuras.

Hensenn y sus acompañantes se dirigieron a las oficinas del Secretariado Presidencial. Dado que llegaban una hora antes de la cita prevista, se aproximaron al hotel de 5 estrellas situado en el otro lado de la avenida y se sentaron en la terraza para tomar una bebida. Frente a ellos la playa, con las olas que iban y venían pausadamente, y los pocos bañistas que disfrutaban del espléndido día. A su izquierda, una rotonda llena de coches que se distribuían tomando todas las direcciones posibles. Antes de abandonar el lujoso edificio, los componentes del grupo hicieron una visita al baño, gozando del momento, ya que la cámara era de una suntuosidad majestuosa pero de buen gusto. Caminar por los pasillos con moqueta roja y amarilla los hizo olvidar los malos ratos que estaban sufriendo en aquel remoto y desconocido país. Las personas con las que se cruzaban lucían indumentaria elegante y de buena calidad, dándoles un aspecto inmejorable que contrastaba con la que llevaban ellos cuatro, más parecida a la de soldados salidos de una batalla cuerpo a cuerpo, que a la de unos trabajadores de área de salud. La reunión con el Secretario duró alrededor de una hora, y trataron varios temas, que incluían la situación socioeconómica del nordeste del país. Tras considerar toda la información aportada, les dio los documentos necesarios para recoger la ayuda humanitaria adjudicada. Acto seguido, se dirigieron al aeropuerto, a la misma zona de descarga donde estuvieron el primer día, pero esta vez, como los papeles que poseían tenían mucho peso político y administrativo, los trámites fueron breves. Cargaron todo lo asignado en unas camionetas y arrancaron la expedición hacia el norte de la Región del Este.

María había conseguido uno de los pocos asientos libres de un autobús que se dirigía a Dambulla, a unos 148 km de la capital. Ese mismo día no había ninguno que fuera hacia Trincomalee o Kinniya. A su lado se sentaba una chica de unos 20 años de edad, que emocionada por poder practicar su inglés, empezó a hacerle preguntas. A lo largo del trayecto, María descubrió que la joven era enfermera y que iba al hospital de Trincomalee para tomar posesión de un trabajo. Ella era natural de un pueblo eminentemente turístico del sur de la isla llamado Galle, muy afectado también por el tsunami. Explicó que había aceptado el trabajo tan lejos de su casa porque pagaban muy bien, y no era fácil hacerse con ocupaciones de aquella índole en Sri Lanka. Debido a que nunca había viajado más allá de las regiones del sur, se la veía excitada a la vez que asustada. La llegada a Dambulla coincidió con la irrupción de la oscuridad, tras un trayecto de unas 3 horas de duración. Los empleados de la estación de autobuses les informaron que el siguiente autocar hacia Trincomalee partiría a primera hora de la mañana, recomendándoles pasar la noche en un hostal situado a unos 10 metros, regentado por los padres de uno de ellos. El lugar no era lujoso pero si muy agradable, y como en esos momentos María sólo quería reposar sus pesadas piernas, le dio lo mismo que la habitación estuviera desprovista de toda opulencia. Tras la cena se acostaron quedando dormidas ipso facto.

La noche también sorprendió a los ocupantes de los vehículos de avituallamiento. Como era peligroso moverse por aquellas carreteras durante la noche debido al riesgo de accidentes, robos o incluso secuestros, decidieron parar en el pueblo de Kurunegala, capital de la región del noroeste. Situada a 94 km de Colombo, era el punto de intersección de numerosas carreteras y por tanto, estaba muy transitada por vehículos de todo tipo. El hotel que eligieron estaba situado a las afueras, cerca de la carretera principal. Se diferenciaba del resto de edificaciones confrontadas por tener dos pisos de altura y quedaba envuelta por un jardín poco cuidado pero lleno de vegetación autóctona, que contrastaba con la fachada de color blanco atenuado por el paso del tiempo. Las habitaciones, como cualquier hostal de la misma categoría, contenían pocos muebles y mínimos paramentos. Unos cabezales blancos dominaban las camas y las mesitas de noche, de color marrón, que no conjuntaban para nada entre ellas, se pegaban tiros con las cortinas gruesas y de estampados rojos y azules, como si del emblema del Barça se tratara, que estaban salpicadas por marchas de materiales no identificables, demostrando que hacía años que no las limpiaban. El comedor tenía una única mesa rectangular situada en el centro de la estancia, envuelta por sillas medio rotas y que para nada formaban un conjunto ornamental armonioso. A la derecha de la puerta de la entrada, una sucesión de ventanas con pórticos y unos cristales que no dejaban ver lo que había fuera por la cantidad de barro acumulada; y en la pared opuesta, un largo aparador donde se emplazaban los primeros platos y los postres, que para suerte de los viajeros tenían mejor aspecto que todo el hotel en sí. Tras cenar una comida, que a pesar de todo, no les entusiasmó demasiado, se acostaron fatigados.

Una nueva salida del sol anunciaba el principio de la jornada de trabajo que se preveía dura, teniendo en cuenta la longitud de la cola de pacientes que ya estaban alineados. Según les informó Abdul, muchos de los habitantes del pueblo estaban volviendo a sus domicilios; se había extendido la noticia que anunciaba una normalización de la situación. El equipo de sanitarios constató que la mayor parte de las consultas seguían siendo laceraciones mal curadas o infectadas, procesos pulmonares, gastroenteritis y conjuntivitis.

Paula trabajaba formando equipo con Patrick para practicar las limpiezas quirúrgicas de las heridas, muchas de las cuales presentaban signos de alarma que indicaban un alto riesgo de desarrollar gangrena. Pietro ayudaba siempre que podía a sus compañeros, pero la tarea principal que le encomendaron fue la de velar por Ramón, que mejoraba progresivamente a pesar de que aún estaba encamado. Luís anunció a los cirujanos la visita de Hassan, el paciente del que se sentían más orgullosos los cooperantes del antiguo campamento escolar; su evolución había sido casi milagrosa. Sus heridas habían sanado en su totalidad y si no hubiera sido por las cicatrices, nadie se hubiera percatado del sufrimiento de ese ser. Hassan llegó caminando tranquilamente y con una sonrisa que le ocupaba toda la cara, les besó las manos. Momentos como aquellos corroboraban la importancia de su estancia en Sri Lanka y Paula suspiró de felicidad por el trabajo bien hecho de todo el equipo.

Los compañeros que habían ido a Colombo llegaron, justo después de la comida, con camiones llenos de medicamentos, material médico, comida infantil, vacunas, ropa hospitalaria, mantas, desinfectantes, antiparasitarios, otro autoclave más grande, luces para hacer mejor las curas, un aparato de electrocardiogramas, un par de otoscopios y oftalmoscopios e incluso, un par más de potabilizadoras de agua. Javi había tenido la magnífica idea de comprar comida que en el norte sería difícil de encontrar, como latas en conserva de tomate, legumbres y verduras, sin olvidar adquirir también bolsas de pasta italiana y embutidos en un supermercado cercano al aeropuerto. Este último hallazgo fue el que más emocionó a los cooperantes, sobre todo a Pietro, dado que hacía semanas que no probaba alimentos que no estuvieran compuestos por arroz, verduras autóctonas o con suerte, pollo.

Justo antes de la cena, entraron por la puerta María y un chico que no conocían. Los signos de sorpresa de los allá presentes fueron superados por el júbilo, lanzándose sobre su compañera como unos chiquillos que reencuentran a sus padres tras haber estado unas semanas de campamento.

—¡Te hacíamos en Madrid! —Dijo emocionada Ana mientras achuchaba a su compañera.

—Me lo replantee en el último minuto. Salí escopeteada del avión. Fue de un pelo que la azafata no me linchara por hacerle abrir la puerta otra vez.

—Nos alegramos mucho de que hayas tomado esa decisión —Dijo Jaime— Te echábamos de menos.

—Gracias. Me place oír esto.

—¿Como nos has localizado? —Preguntó Santi.

—Me he encontrado con Ringa en el embarcadero ... Por cierto, soy una mal educada, perdona Celso —Dijo girándose a su acompañante, el cual, se había situado a un extremo de la habitación para no molestar— Lo he conocido en Trincomalee. Es un traumatólogo italiano pero se ha formado en España. Estaba de vacaciones en Vietnam y ha decidido venir a Sri Lanka para echar una mano.

—Encantado de conocerte —Patrick le alargó el brazo, tal y como ya habían hecho algunos de sus colegas.

Paula, que terminaba de volver de una visita domiciliaria a la que había ido con Rosa, al ver a Celso se lanzó directamente a sus brazos. El resto de cooperantes no abrieron boca de tan perplejos que estaban ante la reacción de la catalana. Viendo las caras de sorpresa de todos, Paula se apresuró en dar explicaciones.

—Celso es un amigo y compañero de hospital. Nos conocemos desde hace años. Me hace mucha ilusión que esté aquí —Estas palabras las decía mientras abrazaba a María, al percatarse de que también estaba allí.

—Yo también me alegro. Debo reconocer que estoy un poco nervioso. Me he dejado llevar por un impulso ... La verdad es que he venido porque sabía que tú estabas aquí.

—¿Cómo te has enterado? —Preguntó Paula sorprendida.

—A través de tus padres —Tras unas respiraciones pausadas, siguió hablando— Probé seguir haciendo turismo como si nada, pero las noticias del tsunami eran desoladoras. En todos los medios de comunicación pedían ayuda médica. Yo estaba a menos de 5 horas de viaje en avión y tras sopesar pros y contras, me decidí. Tomé el primer vuelo desde Ho Chi Minh. Mis compañeros de viaje han vuelto solos a Barcelona. Realmente creen que me he vuelto loco.

—Pues yo creo que has hecho muy bien —Le dijo Ana mostrándole una sonrisa tranquilizadora y cálida.

Cenaron todos juntos y sin hacer turnos, pero como no había espacio suficiente en la mesa, unos cuantos se sentaron en el suelo, mientras que María y Hensenn aprovecharon para salir fuera y aposentar sus glúteos en las escaleras con la intención de charlar en intimidad. El corazón de la veterana no latía a más de cien pulsaciones por minuto, pero sí que lo hacía más fuerte de lo habitual, o al menos era lo que a ella le parecía. Fathima, que miraba desde una silla situada cerca de la puerta, no los perdía de vista, porque no le gustaba ni pizca las atenciones que tenía su padre con la enfermera, ni tampoco la reacción de ella ante la actitud de su progenitor. Si se estaba gestando algún tipo de sentimiento entre ellos no le convenía para nada. Desde que supo en boca de su madre, que ese médico holandés era su padre, soñaba con la posibilidad de que ambos terminaran su existencia juntos en la isla. Su madre había enviudado un año antes del tsunami pero no guardaban ningún pesar hacia ello, ya que el cabeza de familia no había sido ni padre ni marido ejemplar. El reencuentro de sus verdaderos progenitores había sido emocionante y las cosas funcionaban a las mil maravillas, llegando incluso a saltar chispas entre ellos, las mismas que ahora estaba viendo entre la española y el holandés. Hensenn le estaba explicando en esos momentos a María que se había divorciado de su esposa alegando monotonía y pérdida de pasión, aunque la principal razón era que su cónyuge nunca había entendido el porqué de sus estancias en Asia, siendo fuente de numerosas confrontaciones. Fathima pensó que ahora que el camino estaba abierto a que se cumplieran sus expectativas, no podía permitir que una desconocida hiciera pique con sus sueños y echara a perder todo lo conseguido. Tenía que hacer lo posible para evitar cualquier acercamiento entre ellos dos, más allá del profesional.

Para dormir habilitaron literas de campaña, ya que habían hecho corto con las camas conseguidas los días previos, por la gran densidad de gente que se estaba juntando allí entre médicos, enfermeras y periodistas. Paula coincidió en la misma habitación que

Javi, con el que no había hablado aún desde su llegada de Colombo y que se las ingenió para situarse al lado de ella.

—¿Cómo estás Paula? —Le susurró, aproximándose hasta la altura de sus orejas.

—Más serena ahora que estamos todos juntos otra vez —Respondió manteniendo el mismo volumen de voz que él.

—Yo también estoy más sosegado. Todo lo que hemos traído, el nuevo edificio, lo que he visto y oído en Colombo, han ayudado a tranquilizarme. La verdad es que he sufrido momentos críticos como nunca antes había experimentado. Sin menor duda, la estancia en este país está siendo dura —Pronunciando esta última frase, subió un poco el volumen de la voz y alguno de los cansados compañeros pidió silencio.

—Buenas noches —Paula le acarició la mejilla y luego se tapó la cabeza con el saco de dormir.

Hensenn y Fathima partieron hacia Trincomalee y fueron reemplazados por Cristian, Emilio y Lilian. Los dos periodistas españoles habían dado por finalizada su estancia en la isla y querían pasar sus últimas 48 horas con los jóvenes cooperantes, para filmar algo en el nuevo lugar de trabajo. Lilian, al ver que Fina le había hecho el salto, decidió pegarse a los dos atractivos y osados periodistas españoles, usando como argumento principal para convencerlos, que prefería no moverse sola por esos parajes tan inseguros.

Evidentemente, los dos machos sucumbieron ante los encantos de la brasileña y la incitaron a ir con ellos hasta Kinniya.

Cuando Fina la vio entrar por la puerta quiso fundirse. Estaba hasta el moño de esa mujer creída, ególatra y poco fiable por su actitud, aprovechándose del trabajo de los compañeros, igual que el buitre que espera para comerse los despojos de los lobos. Lo que le parecía más triste era que todos los chicos cayeran a sus pies y se dejaran utilizar por ella, lo que quería y más. Por otro lado, Fina tenía verdaderas dudas de que esa chica fuera periodista y así lo compartió con Rosa mientras fregaban los platos de la comida.

—Eres un poco exagerada, Fina —Le dijo Rosa tras escucharla.

—No lo soy. La he pescado con un montón de errores, no tiene ni idea de conceptos teóricos básicos, tiene claras deficiencias prácticas y de manejo de las herramientas más usadas en nuestro campo profesional. Y para rematar mi sospecha, nunca la he visto redactar un artículo ni hacer fotos con profesionalidad. Las pocas veces que dispara la cámara, lo hace de cualquier forma, como si le importara un pimiento lo que tiene delante de sus narices —Sus labios temblaban y sus mejillas lucían encendidas como la lava incandescente.

—Puede que tenga memoria de elefante y que tenga previsto escribirlo todo cuando llegue a su país —Dijo Rosa, esforzándose en sacar hierro a la conversación. Había detectado que la periodista se estaba alterando.

—¡Venga, ya! No digas sandeces. Emilio tiene una experiencia brutal y no para de tomar notas de todo lo que oye y ve. Y Cristian, que también tiene un largo recorrido profesional, graba con su cámara todo aquello que le parece interesante, que por cierto, suele ser casi todo.

—Bien, tal vez tengas razón —Rosa tenía más que suficiente de aquella conversación y la cortó a ras.

Llegó el día en el que Cristian y Emilio debían volver a Colombo para tomar un avión que les llevaría a Europa. Ringa se ofreció como conductor para llevarlos al aeropuerto. Necesitaba dinero y como su esposa aún se encontraba en casa de sus padres, tenía mucho tiempo libre. Los dos periodistas accedieron encantados, pues las salidas que habían realizado con él habían sido muy satisfactorias y tras despedirse de todos, subieron el equipaje al maletero y se alejaron dirección el centro de la isla. Esa misma mañana Ramón se levantó por primera vez de la cama y consiguió caminar bastantes pasos. Sus heridas habían evolucionado sin incidencias, cosa que alivió a Luís, que seguía siendo el responsable directo de todos los cooperantes españoles y se sentía culpable por haber dejado que el descerebrado traumatólogo se largara tantas veces solo.

Ramón seguía sin recordar con claridad lo que le había ocurrido y su mente daba vueltas y más vueltas sin resultados, asimilando una nebulosa alocada. Era desesperante; además había olvidado otros aspectos de su vida, como por ejemplo, el nombre de Laila le era extraño, igual que el de su esposa o el de sus dos hijos, y a duras penas recordaba el nombre de sus compañeros. Jaime intentaba tranquilizarlo como podía, dándole ejemplos de pacientes que había tratado durante su rotación en neurología, que habían presentado episodios similares y que al final habían recuperado la memoria en todas sus facetas.

Como estaban haciendo un buen trabajo, el número de pacientes fue mermando progresivamente, disminuyendo el número de curas y controles diarios, lo que les permitió más tiempo de ocio y relajación. Ese hecho promovió una mayor interacción entre los componentes del grupo, con los consecuentes pros y contras: mientras unos reforzaban su amistad, otros hacían más patente su mutua antipatía. Para sorpresa de todos, surgió una nueva pareja y por otro lado se rompió la relación entre Luís y Ana. Esta ruptura no fue abrupta sino que el amor se consumió poco a poco, como la leña encendida de una fogata de Sant Juan. Los ideales tan divergentes de la doctora y el bombero se hicieron patentes día a día, y a pesar de que nunca tuvieron discusiones a voz alzada ante sus compañeros, sí que se increparon un montón de veces en la oscuridad de la noche o en los lugares más inhóspitos. Una noche de luna llena, Ana pidió a Luís dar por finiquitado su noviazgo, cosa que él aceptó, acordando seguir como amigos y compañeros de trabajo.

Rosa decidió darle una oportunidad a Fina y comenzó a observar de cerca a Lilian, corroborando de esa manera que muchas de las sospechas de la reportera española eran ciertas, llegando a la misma conclusión que ella: la brasileña no era nada de fiar. Lejos de realizar tareas propias del periodismo, la mujer se dedicaba a coquetear con todo ser vivo que llevara el cromosoma Y. Esta tarea investigadora hizo que la amistad entre Rosa y Fina se afianzara, por lo que pasaban numerosas horas del día juntas, cosa que provocó que Santi encelara y decidiera ponerse las pilas. Se pegó a la enfermera día y noche para ayudarla en todo lo posible, era afectuoso con ella, la escuchaba cuando necesitaba desfogarse y la animaba en momentos bajos, como cuando un niño de 3 años murió. Los padres de la criatura lo trajeron al dispensario por ahogo y por presentar un color azul. Fue diagnosticada al momento de insuficiencia respiratoria aguda. A pesar de conectarla a un ventilador mecánico y darle toda la medicación a la que tenían acceso, no consiguieron que la terapia le hiciera efecto y murió a las 8 horas de estar allí.

—No entiendo el porqué no ha respondido al tratamiento —Le decía Rosa a Santi llorando amargamente, mientras paseaban hacia el río.

—No nos encontramos en un hospital europeo de tercer nivel. Creo que el índice de mortalidad está siendo bajo, teniendo en cuenta los medios a nuestro abasto y las condiciones higiénicas en las que se encuentran —Le cogió la mano derecha y siguieron andando sin rumbo fijo.

—Probablemente tengas razón. En el fondo, no son niños sanos. Han pasado muchas penurias y estrés, por lo que deben tener las defensas bajas ——Se estaba secando las ultimas lágrimas. Apretó con fuerza la mano de su acompañante y él sonrió sin que ella se diera cuenta.

Lejos de hacer caso a las recomendaciones de su compañera Rosa, Álex siguió persiguiendo a Lilian. La chica no quería ser descortés con él, pero estaba harta del insistente bombero, que no podía quitarse de encima y lo peor era que no le interesaba para nada ese hombretón infantiloide y sin pasta. Una vez muerto Mauro, ella ya había escogido a la presa más preciada de esa maldita isla, Patrick. Gracias a las conversaciones de unos y otros, descubrió que el cirujano norteamericano provenía de una buena familia, y la idea de que viviera en Manhattan también la atraía un montón, por lo que se puso manos a la obra. Como estrategia para aproximarse a él decidió hacer un reportaje del personal sanitario del centro, tal y como habían hecho antes Cristian y Emilio, pero dando más énfasis a las actuaciones del médico tejano, para así, según le explicó, poder vender el reportaje a una de las numerosas cadenas de televisión de USA. Fue de esta manera que, por primera vez, Lilian sacó de una de sus bolsas, una moderna y pequeña cámara grabadora, que nada tenía que envidiar a las profesionales que había usado el amigo de Patrick.

Fina, un poco harta de la falta de noticias interesantes y de soportar a Lilian, pidió a Javi y Luís de acompañarla a ver al Gobernador. Le habían llegado voces que insinuaban la persistencia de desapariciones de críos del pueblo, y quería confirmar si los cotilleos eran ciertos. Los dos bomberos aceptaron; también estaban preocupados por el tema. Javi recordó la conversación sobre el asunto que tuvo lugar semanas antes en casa de Hensenn en Trincomalee, y la que a posteriori había tenido lugar en casa del Gobernador, donde les comunicaron la muerte de Cathy, información que aún desconocían sus compañeros. Este los recibió pero les informó que tenía poco tiempo para dedicarles ya que debía partir a toda prisa hacia Colombo. El Presidente había convocado a todos los mandatarios de las regiones desbastadas para concretar planes de estratégicos de actuación con el objetivo de salir de la crisis humanitaria en la que se hallaban inmersos.

—Gracias por recibirnos Gobernador —Dijo Fina un poco nerviosa— Tal y como le he comentado por teléfono, me gustaría que nos diera una pincelada de la situación económica y social de la zona.

—La situación es sumamente complicada. Esta zona ha sido siempre un lugar donde las familias están dotadas de pocos recursos económicos. Son pescadores y agricultores. No hay turismo y el comercio es a nivel local. El grado de educación tampoco es de los mejores de las isla. Ahora se han quedado sin casa, sin medios para ganar dinero y muchas familias se han truncado, perdiendo incluso la cabeza visible sustentadora de la economía familiar. Será difícil superarlo. Pero hay que ser positivo ... Con las donaciones y ayudas que están llegando de todo el mundo podremos conseguirlo. De hecho, estoy muy contento porque una ONG europea ha propuesto construir casas nuevas para los que se han quedado sin techo.

—Buenas noticias entones —Exclamó Fina— Señor Gobernador, nos podría decir algo sobre las noticias que corren por el pueblo respecto a la desaparición de niños. Este hecho ya se ha producido en Trincomalee y aún no se han localizado responsables.

—Respecto a este tema, tengo poco que decir. En estos momentos no hay ningún dato que certifique que hay peligro para nuestros niños —Se levantó de la silla— Lo siento mucho pero no puedo dedicaros más tiempo. Tal y como os he dicho me esperan en Colombo.

De vuelta al dispensario, los tres españoles estaban cabizbajos, la breve respuesta a la segunda pregunta les había dejado más preocupados aún.

—Cuando un político habla poco de un tema y además afirma lo que sea pegándose el piro, quiere decir que esconde algo importante que no le interesa que salga a la luz —Dijo Fina, como si estuviera leyendo los pensamientos de sus acompañantes.

—Tal vez deberíamos dar un salto a Trincomalee para investigar más ¿Qué te parece? —Dijo Luís dirigiéndose específicamente a la periodista.

— Es una gran idea. Podríamos ir mañana por la mañana — Respondió ella— ¿Os va bien?

—Sí, pero es mejor que se vaya sólo uno de los dos. Si no te importa Javi, iré yo —El tono denotó cierto grado de imperativismo.

—No. Ningún problema. Yo iré a controlar las depuradoras —La actitud de su compañero, fuera de lo habitual, lo sorprendió pero olvidó el hecho al momento.

Paula y Patrick habían salido a hacer un control domiciliario de las heridas de una mujer anciana, que no tenía medio de transporte hasta el centro sanitario y se encontraba imposibilitada para caminar. La mujer ya los esperaba con las llagas al aire que seguían teniendo muy mal aspecto, con esfacelos verdes y blancos que tuvieron que retirar, pero al menos ya no estaban cubiertas por gusanos. Tras resecar el tejido necrosado y hacer sangrar el tejido vivo de su alrededor, le aplicaron los antisépticos. La mujer gimió y su hija mayor le puso la mano delante de la boca para amortiguar el grito que ya estaba emitiendo. Los dos cirujanos volvieron a vendarle las piernas y le pincharon un antibiótico intramuscular en la nalga derecha. Salieron de la casa.

—Patrick, ¿Es cosa mía o la casa realmente olía a putrefacción? —Pidió Paula, que en ese momento inhalaba con ganas aire fresco para compensar el mal rato que había pasado allí dentro.

—No son imaginaciones tuyas. También he notado la peste. Las heridas están infectadas pero no explican el tufo a muerto. Me extraña que ellas no lo adviertan.

—Sí. Además, la casa está muy desordenada y sucia. Hay niños pequeños viviendo allí. Creo que deberíamos enviar a las enfermeras para que les den a las mujeres adultas, clase de educación sanitaria.

—Me parece perfecto. Que vayan ellas mañana a hacer la cura de turno.

Al día siguiente, tal y como habían convenido, Luís y Fina tomaron el transbordador dirección Trincomalee. El resto de los bomberos partieron, tras el almuerzo, para reubicar las potabilizadoras, ya que las fuentes subterráneas localizadas hacía unas semanas daban insuficientes litros al día. Javi se fue, no sin antes despedirse de Paula, que agradeció el detalle del joven, porque tras la reagrupación lo notaba un poco frío y apartado de ella. La chica le correspondió con una bonita sonrisa y él se animó a darle un beso rápido en la mejilla. Este gesto fue captado por Patrick que no pudo evitar arrugar la nariz, bajar las cejas y levantar los labios. La reacción de desagrado del norteamericano fue advertida por Lilian, que era muy observadora, y no le gustó nada. El médico estaba disgustado por la interacción entre los dos españoles, y eso sólo podía significar que estaba sumamente interesado en esa pánfila. Tenía que trabajar rápido si quería conseguir sus propósitos.

A primera hora de la tarde, Rosa y María que estaba disgustada por no haber ido también a Trincomalee, fueron a la casa de la mujer herida donde debían dar educación sanitaria. Llegaron tras un agradable paseo a lo largo del pueblo, que poco a poco recuperaba su vitalidad. A diferencia de las semanas previas, la gente estaba ocupada reconstruyendo las casas, limpiando las calles y rescatando todo lo aprovechable. El terremoto tras el tsunami les había abierto los ojos, eran unos supervivientes y su existencia estaba ligada a los avatares de la naturaleza y la suerte.

La matriarca de la familia las estaba esperando como siempre con las heridas descubiertas y sus hijas mayores a su lado. Los pequeños de la casa fueron invitados a abandonarla. La limpieza quirúrgica del día previo le había ido de perlas, y en esos momentos había menos tejido muerto y la carne roja, que sangraba al mero contacto, demostraba que la evolución sería favorable a partir de ese momento. Las curas pero, seguían siendo dolorosas a pesar de la analgesia que le administraban antes de empezar, cosa que hizo que las enfermeras lo pasaran mal. Una vez terminada la tarea propiamente asistencial, pidieron al pleno de la familia si alguna de ellas hablaba inglés. La sonrisa de sus caras y el hecho de que ninguna de ellas contestara les hicieron llegar a la conclusión de que sólo conocían el tamil. Desesperadas por no poder llevar a cabo su misión educadora, salieron a la calle y al ver el anuncio de la tienda de Ikea a unos metros de allí, se aproximaron en busca de Laila. La suerte estuvo de su parte y en 15 minutos estaban otra vez en la casa con la traductora sentada en el comedor, donde el olor era insoportable.

Laila no pudo evitar fruncir la nariz cuando llevaba unos minutos dentro, ahogando las arcadas que le producía el tufo. Con paciencia explicó a las mujeres que no podían mantener la casa en esas condiciones insalubres. Entre las tres hicieron ver a las allí presentes que la limpieza y el orden eran esenciales tanto para los niños como para la sanación de las heridas. Después añadieron una serie de recomendaciones de como reconducir la situación y quedaron en que volverían al día siguiente para ver el avance de las tareas del hogar. Antes de abandonar la casa, Laila se giró y mantuvo una breve conversación con la matriarca y cuando terminó, salió a la calle, donde las enfermeras la esperaban.

—¿Pasa algo? —Preguntó María intrigadísima.

—No. Sólo les he preguntado donde estaban los hombres de la casa. Me han dicho que murieron durante el tsunami; la ola los atrapó mientras pescaban con su barca. El hermano pequeño, único superviviente de la familia, sucumbió durante el terremoto queriendo salvar a su madre, que se cayó en una grieta. Fue en ese momento cuando se lastimó las piernas.

—¡Pobres! —Exclamó Rosa— No me extraña que no tengan ánimos para hacer nada de nada en la casa. Es toda una tragedia.

—También les he preguntado cómo es que viven en esta casa —Siguió diciendo Laila mientras andaban hacia la tienda de sus padres.

—¿Cómo? ¿No es su casa? —María paró en seco.

—No. He recordado que en esta casa vivía Hassan con su familia. La matriarca me ha contado que él se ha ido a vivir con unos primos y les ha dejado su morada a ellas. Hassan era amigo de su marido. El tsunami se llevó por delante la casa de los pescadores. Vivían a primera línea de costa, muy cerca del hospital. Ahora no queda nada en pie, ni tan sólo los cimientos.

—Que desastre —Rosa, nuevamente, tenía cuatro lágrimas resbalando por su mejilla. Se las secó. No había llorado tanto desde la película de Titánic— Que amable Hassan. Me alegro mucho que ya esté curado y que haya encontrado unos primos.

—Es verdad. Si no recuerdo mal, un día, mientras le hacíamos una de las curas, nos dijo que no le quedaba ningún familiar vivo —María volvía a caminar al lado de sus compañeras.

—Parece ser que se ha ido a vivir al centro de país. No saben decir el lugar exacto —Laila paró frente a su casa— Bien. Si necesitáis algo más sólo hace falta que me lo digáis. Estaré encantada de ayudaros.

—Muchas gracias —Dijo Rosa— Cuenta con ello.

—Por cierto —Laila volvió de a salir de la tienda y se situó al lado de las enfermeras— ¿Como está Ramón? —El volumen de voz había bajado lo suficiente como para ser escuchado sólo por ellas.

—Recuperado del todo. Incluso ya visita en el centro médico. Estamos muy contentos —María miraba a la joven para captar todos los detalles, haciéndola sentir un pelín incómoda.

—Me alegro … Adiós —Entró en la tienda sin mirar atrás y sin ver la cara perpleja de las dos enfermeras.

Al anochecer recibieron la llamada de Luís que les comunicaba que estaría un día más en Trincomalee; estaba descubriendo cosas interesantes que ya les explicaría. La cena habría transcurrido plácidamente si no hubiera sido por el mal humor de Patrick, que ya empezaba a apestar.

—Tal vez deberías calmarte un poco —Le dijo Celso a Patrick, cuando coincidieron fumando un cigarrillo sentados en la escalera principal.

—Yo estoy muy bien. Y tú no eres nadie para darme recomendaciones. Nos acabamos de conocer y por tanto no estás autorizado —Apagó su cigarrillo cuando aún estaba a medio quemar y se fue dirección al centro del pueblo.

—¿Te acompaño? —Pietro, que lo había visto y oído todo desde la oscuridad de la calle, se le plantó a su lado.

—Me gustaría estar a solas —Patrick fue incapaz de ser brusco con aquel chico tan sensible.

—Mentiroso.

—¿Cómo? —Patrick estaba perplejo con la actitud de su cauto compañero.

—He dicho mentiroso. La verdad es que quieres hablar con alguien, pero como por desgracia no está Mauro, tendrás que hablar conmigo —Y haciendo oídos sordos a su colega, empezó a caminar junto a él.

—Necesito cambiar de aires. Me informaron que necesitaban un cirujano en Camboya y he aceptado el puesto. En unos días tomaré un avión desde Colombo. Aquí el grueso del trabajo ya está hecho y lo que queda … Lo podéis hacer vosotros sin ningún problema — Titubeaba, hacía pausas largas e intercalaba suspiros demasiado profundos para ser fisiológicos.

—¿Que pasa realmente? No soy idiota —Pietro se dio cuenta que no servía como oyente y menos para aconsejar a los demás. Las palabras de Patrick eran poco convincentes y estaba perdiendo la paciencia.

—No estoy a gusto. Me aburro. No me acabo de adaptar a la reagrupación. Me irrito con facilidad.

—Pues no lo entiendo. No paran de pasar cosas, por tanto, de aburrido nada de nada. Por otro lado, los españoles son muy agradables y no son problemáticos. En cuanto a la última afirmación ... Estoy de acuerdo con ello. Te irritas a la mínima —Pietro hizo una pausa que a Patrick le pareció kilométrica y siguió— ¿Sabes? He detectado que tienes una relación la mar de especial con Paula —La Cara de Patrick enrojeció al escuchar esta frase— Oh, claro. Este es el problema —El italiano no pudo evitar decir lo que su compañero no quería oír— ¿Te ha dado calabazas y ha decidido quedarse con su compatriota?

—No sé qué te enrollas. Cállate y volvamos a casa. Es hora de acostarse —Patrick lo cogió por el hombro derecho siguiendo un impulso que los sorprendió a los dos.

12. EMBROLLOS Y MÁS EMBROLLOS

A la mañana siguiente los despertó una monumental tormenta, que le recordó a Paula lo horrorizada que estuvo la primera vez que sufrió una de esas características. Habían transcurrido un montón de acontecimientos desde entonces y en esos momentos no se asustaba con facilidad. Había aprendido a vivir cada momento tal y como llegaba, y a no pensar en un futuro muy lejano. Dadas las inclemencias meteorológicas, la afluencia de pacientes esa mañana fue más bien escasa. Luís volvió a retrasar su regreso a Kinniya, pero esta vez comunicó que no volvería hasta pasados unos tres días. El anuncio no le gustó en absoluto a María que no podía quitarse de la cabeza a Hensenn y la oportunidad perdida de estar con él todos esos días. Debido a esto, se mostró malhumorada, llegando incluso a superar la irritación, ya crónica, de Patrick. Esta sinergia apocalíptica contagió al resto de habitantes de la casa, haciendo que esa mañana reinara el silencio y las malas caras. Celso fue a hablar con Pietro.

—¿Qué le pasa a tu colega? Está generando muy mal ambiente en la casa —Le dijo, aprovechando que les tocó limpiar los enseres usados para el desayuno.

—No creo que Patrick sea el único culpable. El mal tiempo tiene tanto o más que ver. Ten en cuenta que, hasta el momento, cada vez que hemos sufrido tormentas como esta, hemos vivido algo desagradable —Las palabras del anestesiólogo no fueron para nada convincentes y así se lo hizo notar Celso.

—Eres un mal orador. No persuadirías ni a una panda de adolescentes atontolinados.

—Tienes razón —Pietro también estaba harto de la situación y había decidido desfogarse con ese desconocido que le daba buenas vibraciones— Quiere irse de Sri Lanka porque tu amiga Paula no le hace caso ¿Puedes creerte lo que oyes? Es un hombre maduro y se está comportando como un mentecato.

—¿Todo esto por Paula? —Rió. Flipaba con el hecho que su compañera, tan modosita en el hospital, estuviera desencadenando todo ese mal rollo— Creo que todos se están comportando como extraterrestres. Por lo poco que he podido observar, las emociones están a ras de piel ¿Quieres que hable con Paula e investigue que pasa entre ellos dos?

—Te lo suplico. No deseo que se vaya por esta razón y luego se arrepienta. Si toma el avión hacia Camboya quiero que lo haga por propia convicción y no por un impulso de inmadurez.

La comida fue interrumpida por la inesperada entrada del Gobernador. Su disposición no era para nada alegre y eso acabó de incomodar a los presentes.

—Estimados ... Os debo comunicar algo que no os gustará nada —Evitaba el contacto visual directo.

—Diga Gobernador —La temblorosa voz de Jaime multiplicó por tres el desazón se sus compañeros.

—El coche que transportaba a Emilio y Cristian hacia Colombo ha sufrido un contratiempo. Desconocemos aún lo ocurrido, pero las noticias que nos han trasladado son que Ringa ha muerto, Cristian está herido de gravedad y Emilio ha desaparecido.

—¿Cómo? —Santi se levantó volando de la silla, igual que si le hubiera pasado una corriente eléctrica entre las piernas.

—No sé más. Sólo puedo decir que ha sido cerca de Kantale, un pueblo que se encuentra a unos 36 km de aquí.

—¡Pero si partieron hace ya 3 días! —Pietro sudaba y se tocaba el pelo, como siempre hacia cuando estaba fuera de sí—

¿Cómo puede ser que no se haya sabido nada hasta ahora? ¿Dónde está Cristian? ¿Qué ha pasado con Emilio?

—Os daré más información cuando la sepa —Esta vez miró fijamente a los ojos de Pietro— Cristian está ingresado en el Hospital de Trincomalee. Lo siento mucho —El Gobernador dio media vuelta y salió de la estancia, haciendo una reverencia con la cabeza a Paula y dejando a los de la habitación sometidos a una tensión indescriptible, agravada por el silencio que puede reinar en el desierto a media noche. Una voz rompió la situación.

—Dado que Luís está en Trincomalee, podemos decirle que se pase por el hospital y nos informe ... Lo voy a llamar —Dicho y hecho, Álex tomó el teléfono vía satélite.

—¿Y dónde lo llamarás? —María, ahora ya furiosa es su grado máximo, le quitó el teléfono de las manos de malas maneras— No nos ha dicho donde narices está y no se ha llevado consigo ningún intercomunicador. Está fuera de nuestro abasto. Tendremos que esperar a que se digne a llamar él.

Terminaron de comer con pocas ganas. La lluvia seguía precipitándose sobre ellos con fuerza y los pacientes brillaban por su ausencia. El nerviosismo había sustituido al mal humor, pero el silencio continuaba predominando en el edificio, mientras los cooperantes trataban de pasar el tiempo de la mejor manera. Celso aprovechó para coger por el brazo a su amiga y se la llevó al porche, donde en aquellos momentos no había nadie. Encendió dos cigarros y le ofreció uno. Ella lo aceptó. Era fumadora social y siempre que estaba con Celso se animaba a dar alguna calada.

—¿Estás bien? —Pidió el chico mirándola inquisitivamente.

—Creía que no podía suceder nada más. Estoy alucinada. Es como si estuviera viviendo una película de ciencia ficción, pero por desgracia, todo es real. Y lo peor es que ni siquiera estoy nerviosa. En estos momentos, todo me resbala.

—Sí. Esto no hace falta que lo jures. Me he dado cuenta de este cambio ¿Qué te pasa por la cabeza? —Paula nunca había visto a su compañero tan enfadado.

—¿A qué te refieres?

—¿A qué juegas? ¿Estás loca? Estás flirteando con dos hombres a la vez, en un momento en que todo el mundo está histérico. Puedes acabar escaldada —Celso había encendido otro cigarrillo, pero esta vez, no le ofreció ninguno a su colega.

—¿Lo has notado? —Paula estaba muerta de vergüenza. Ni ella misma sabía el porqué de esa reacción. Era como si estuviera poseída por un espíritu maligno de los de la serie, "Entre Fantasmas"— Me gustan los dos. Es una sensación rara. No quiero elegir a ninguno de ellos por miedo a equivocarme. Además, creo que no es ni el momento adecuado ni el lugar ideal para tomar esta decisión.

—Estoy de acuerdo en todo lo que has dicho, y por tanto, deberías comportante en consecuencia.

—¿Qué quieres decir? —La chica adoraba a Celso. Llevaba muchos años siendo su confesor, por lo que el chico la entendía mejor que nadie.

—Pues que se lo digas clarito a los dos. Déjate de cuentos.

—¿Crees que no lo he hecho ya? Pero los dos son más tozudos que un perro de agua español, sobre todo Patrick.

—Bueno. Parece que Patrick ha decidido abandonar la quimera. Quiere irse a Camboya. Da la excusa que aquí ya ha hecho todo lo necesario.

—¿Cómo? —Las palabras la cogieron por sorpresa. Notó que le faltaba el aire.

Paula se puso en pie justo cuando Patrick salía al porche. Celso, rápido como un haz de luz, entró dentro del edificio para favorecer que ambos hablaran a solas.

—Hola —Paula se secó disimuladamente las pocas lágrimas que le había dado tiempo de fabricar.

—Hola —Patrick dudaba en si seguir allí o irse. Por una parte quería sentarse al lado de ella, mientras que por otra quería arrancar a correr bajo la densa lluvia.

—Debo contarte algo —Se decidió por la primera opción— He tomado una determinación y quiero que la conozcas antes que la haga pública.

—Te escucho —Paula sabía muy bien lo que quería anunciar pero le dejó hacer.

—Me han ofrecido una plaza de cirujano de un Hospital de nueva creación en Siem Reap. Me parece una oferta muy interesante ya que se han de implementar todos los procedimientos y procesos — Hablaba mirando al cielo, como si esperara que en cualquier momento apareciera un cometa— Me piden la reincorporación inmediata ... Partiré en unos días.

—¡Pero aquí hay cosas por hacer! —A pesar de ya haber escuchado esa noticia, oírla en boca de Patrick la impactó más que si fuera la primera vez que la escuchaba.

Inesperadamente, Lilian se plantó a lado de ellos y sin preguntar si molestaba, se sentó pegada a Patrick y le pidió un cigarrillo. El cirujano se lo ofreció de mala gana, pero no le dijo nada. A Paula, esa actitud de la top model la sacó de quicio. Perdiendo todo tipo de educación se encaró a la brasileña.

—¿Podrías perderte de aquí? Estamos hablando de nuestras cosas y tu no pintas nada en este entierro.

—Perdona preciosa, pero creo que estás siendo un poco impertinente. No tienes ningún derecho en echarme de aquí. El porche es un lugar comunitario —Lilian nunca se hubiera imaginado esa reacción de su contrincante, pero estaba acostumbrada a tener la última palabra.

—¡Basta las dos! —Patrick estaba desconcertado con la reacción de la española y flipando con la jeta de la brasileña.

—Bueno. Creo que ya te hemos aguantado el suficiente tiempo por aquí. En la cena de esta noche propondré que te largues. Sólo estorbas y no aportas nada positivo al grupo. Una buena parte de nosotros estamos hasta las narices de ti y de tus interferencias —Paula estaba encendida como las antorchas de la cueva de Altamira.

—Que tú tengas un problema conmigo no significa que el resto también lo tenga, ¿verdad Patrick? —La periodista, que pocas veces se daba por vencida, con su semblante desafió a la doctora— ¿Tu opinas como ella? —La mirada seductora de la reportera se clavó en el americano que no pudo evitar apuntar una sonrisa. La situación le recordaba un film de Woody Allen.

—Eres un imbécil. Por mí ya te puedes perder en Camboya y desaparecer del mapa. No necesitamos bobos como tú por estos lugares —Paula, que había captado al momento la sonrisita de Patrick, se levantó y arrancó a correr bajo la lluvia.

Los gritos de Patrick y Celso, que había salido al oír las voces fuera de tono de sus compañeros, no pararon a la ofuscada chica. La espesa lluvia y la negrura la hicieron desaparecer inmediatamente. Lilian, que estaba jugando con su móvil como si aquello no fuera con ella, se dirigió a los dos presentes sentenciando.

—¿Esta chica es barriobajera? —Le había encantado que Patrick hubiera visto lo vulgar que podía llegar a ser la española. Acababa de ganar un montón de puntos y eso la terminó de relajar.

—Aquí la única persona sin clase eres tu —Celso le hubiera propinado un par de bofetadas a Lilian, pero era un caballero y no estaba en su código genético el instinto de pegar a una mujer— Entró exasperado en el edificio.

—Si a la hora de cenar no ha vuelto, seré yo el que proponga que te vayas de aquí —Patrick ni tan sólo la miró. Entró dentro reflejando un total menosprecio.

Paula tenía un sentido de la orientación formidable; desde muy pequeña se había acostumbrado a leer mapas de países y planos de ciudades. A pesar de la oscuridad, supo encontrar el camino a casa del Gobernador y en unos 5 minutos estaba ante ella. Llamó a la puerta y para su sorpresa, le abrió Laila. Tras invitarla a entrar, contra corazón, se sentaron alrededor de la mesa del comedor. Paula se disculpó por la visita no anunciada. Estaba arrepintiéndose de su decisión, pero ya era demasiado tarde y no podía retroceder, no quería parecer una niña mal criada ante el máximo exponente político de la zona. El Gobernador solicitó a su esposa que los dejara solos, pero no a Laila. Paula rápidamente entendió que la sobrina de éste tenía toda su confianza y sin más preámbulos, empezó a hacer las preguntas que la habían llevado hasta allí. Como si de un aperitivo se tratara, se centró en un primer momento en temas médicos y de material sanitario. Cuando le pareció que el Gobernador estaba más relajado, lo increpó sobre cuestiones más delicadas. Laila, que también había acudido a visitar a su tío para conocer respuestas, se quejó del giro que había tomado la conversación, haciendo notar que la europea no tenía ningún derecho a hacer según que comentarios.

—Creo que tengo derecho a preguntar lo que está pasando —Paula hablaba serena. En esos momentos ya tenía la mente clara y fresca. Sabía donde quería llegar— Estoy aquí dándolo todo, sufriendo las mismas inclemencias que vosotros y la inseguridad que se respira.

—Sí, pero tú te irás en unas semanas y es casi seguro que no volverás, mientras que nosotros nos quedaremos en este maldito lugar el resto de nuestras vidas, y tendremos que sufrir hasta el final las consecuencias de todos estos hechos —Laila estaba celosa de Paula. Su tío la tenía en demasiada alta estima y era peligroso. No quería que nadie la desplazara. Además, aquella chica compartía días y noches con Ramón, y para más inri, se iría con él a España.

—¡Basta las dos! En estos momentos ambas estáis en el grupo de personas que más aprecio, por tanto, callad y escuchad. Intentaré responder a vuestras inquietudes.

—Gracias —Respondieron al unísono, mirándose con cara de pocos amigos.

—Los periodistas españoles han sido atacados por una milicia terrorista que tenemos fuera de control, no conocemos de donde ha surgido. Todos los grupos armados del país fichados, firmaron un pacto de alto al fuego. Tenemos la mosca tras la nariz ya que la forma en la que han actuado no se parece en nada a las habituales de por aquí. Tampoco entendemos porque han elegido a vuestros colegas.

Está claro que les prepararon una emboscada, los estaban esperando, no fueron elegidos al azar.

—Tío ¿Crees que este grupo armado tiene algo que ver con la desaparición de niños? —Laila se había centrado en la conversación y olvidó sus temores hacia la española.

—El Jefe de policía así lo cree. También opina que podría tratarse de mafias extranjeras que se han afincado en nuestro país aprovechando el desmadre que hay —El Gobernador se dirigió hacia la doctora—¿Crees que tus compatriotas pueden haber descubierto algo en referencia a actos fuera de ley?

—No dijeron nada al respecto ... Al menos que a mí me conste ... Tampoco les noté ninguna actitud fuera de lo normal, pero claro, son reporteros experimentados —Calló unos minutos y mirando algún punto de la pared de enfrente, intentó recordar hechos, conversaciones, actitudes, miradas o papeles— Estoy convencida que ante una noticia de esta índole, se hubieran mantenido firmes en el país hasta el final de las investigaciones.

—Hay posibilidades de que esto ya haya ocurrido —Dijo el mandatario con pronunciación pausada, como si le hubiera venido a la memoria algo importante.

—No entiendo que quieres decir, tío —Laila observaba a Paula, que lejos de escuchar lo que decía el Gobernador, aún estaba centrada en recordar algo que pudiera indicar que los periodistas españoles habían topado con una noticia digna de un premio Pulitzer.

El mismo día que llegaron a Trincomalee, Luís y Fina visitaron a Hensenn sin conseguir grandes avances para la investigación, ya que no les pudo aclarar nada de lo que se estaba cociendo en la región. A Luís le sorprendió, negativamente, la frialdad con la que el médico holandés los recibió y le decepcionó que no los invitara a quedarse en su casa como había hecho con sus compañeros. Cabizbajos, partieron hacia el hotel en el que había estado alojada Fina días antes y se agenciaron con una única habitación para ahorrar dinero. A Luís este hecho le encantó. La ruptura con Ana aún se paseaba por su corazón, pero tenía la sensación de que aquella intrépida reportera de Madrid conseguiría que olvidara a la pediatra. A la mañana siguiente se personaron en el hospital de Trincomalee con la excusa de interesarse por el estado de salud de la mujer que fue intervenida de hemorragia cerebral. Tras comprobar que su evolución clínica era inmejorable, aprovecharon para charlar con los trabajadores que se encontraban a cargo de los menores. De esta forma descubrieron que el número de niños desvanecidos en el hospital alcanzaba la docena y que en las calles de la ciudad se habían producido otras pérdidas en principio incalculables, ya que entre el tsunami y el terremoto, era difícil precisar el número de fallecidos por las inclemencias de la naturaleza y cuantos habían desaparecido por acción del hombre.

La información recibida les impactó tanto que ambos decidieron quedarse en la ciudad hasta dilucidar los hechos, por lo que llamaron al campamento para anunciarlo. Los siguientes dos días visitaron los centros administrativos, policiales y militares en busca de nuevas revelaciones, sin mucho éxito. Asimismo, interrogaron a centenares de vecinos de la ciudad, muchos de ellos vinculados a los niños desaparecidos, con poca suerte. Incluso volvieron a casa de Hensenn para que éste les explicara algo, pero su asistenta los placó en la puerta, anunciándoles que su jefe no se encontraba en casa, y los despachó como si fueran simples vendedores ambulantes de productos inútiles. Al final sus ánimos se desvanecieron y se hundieron en las profundidades emocionales.

—Es muy raro —Luís estaba muy acongojado— No entiendo nada ¿Por qué se han vuelto tan ariscos todos? —Se encontraban tumbados en la cama de la habitación del hotel, mirando al techo, intentando apaciguar la calor de esas horas del mediodía.

—No lo sé. Es como si se esforzaran en fundir los hechos que están produciéndose —La chica estaba revisando sus notas en la libreta.

—No se me ocurre de donde podríamos sacar información — Luís se aproximó a la periodista, quedando a milímetros de ella, para mirar las notas y analizarlas. El olor de la fémina lo puso en tensión y notó cierto movimiento entre las piernas. Se separó antes que el acto reflejo fuera demasiado patente.

—Qué lástima que Cristian y Emilio se hayan ido. Podríamos haber intercambiado datos —El alejamiento rápido de su compañero de habitación la decepcionó. El chico cumplía todos los requisitos para hacerle perder el juicio y dejarse llevar por el instinto básico— No tengo ni idea de dónde ir a buscar ni que puertas llamar.

Dejó la libreta en la roída mesilla de noche y se giró hacia el bombero. No quería perder la oportunidad que tenía antes sus narices, notaba un ambiente caliente y no era sólo por los 40 grados de temperatura ambiental que atormentaban la ciudad. Envió las suficientes feromonas al cooperante como para que se activara y actuara en ese momento, tal y como ocurrió. La besó. Le quitó la ropa. La acarició primero con suavidad, después no tanto. Ella se dejó hacer en un primer momento, pero a posteriori, tomó el control como si de la canciller alemana se tratara. Se dejaron llevar durante casi una hora hasta que por fin cayeron exhaustos y se durmieron, despertando justo a la hora de cenar. Fina no sabía cómo afrontar el después, pues no estaba acostumbrada a acontecimientos de ese tipo. Luís, en cambio, actuó con naturalidad, como si nada hubiera pasado, cosa que en parte decepcionó a su compañera, que en consecuencia, decidió no dirigirle la palabra durante el resto de la velada. El bombero, haciendo patente su mentalidad simple de hombre, ni se dio cuenta del cambio de actitud de la periodista y le siguió contando cosas como si nada.

Esa misma noche, Luís quiso repetir la jugada de unas horas antes pero se encontró con un témpano de hielo del Ártico. La chica le dio las buenas noches, se dio media vuelta y entornó los ojos haciendo ver que dormía. A los pocos minutos notó la respiración pesada del bombero, claro signo de estar reposando como un angelito, cosa que la enfureció más, prometiéndose a sí misma que no volvería a dejar que ese bobo la llevase al huerto. A la mañana siguiente, él estaba de tan buen humor que consiguió contagiar a Fina, y al fin, ella claudicó cuando él la abrazó, justo antes de salir por la puerta para ir a desayunar. Se besaron y salieron de la mano igual que unos recién casados durante su luna de miel. Tras ingerir lo poco que les ofrecieron en la cantina del hostal, tomaron otra vez dirección al hospital. Luís había propuesto ir a hablar con Fathima, con la excusa de registrar una entrevista en la que se tratara el estado de salud de los niños de la región. Encontraron a la pediatra en la sala de hospitalización, que no era más que una gran habitación de paredes color crema, con ocho camas de adultos y cuatro cunas, cubiertas por colchas medio rotas y descoloridas de color azul marino. La sala estaba llena a rebosar de niños tanto en las camas como en camastros militares ubicados en los pasillos.

—Buenos días —Dijo Fathima dirigiéndose a la puerta donde se habían quedado plantados los dos españoles al ver las condiciones de esa zona del hospital— Que agradable visita ¿Que os trae por aquí?

—Precisamente deseábamos hablar contigo. No sé si recuerdas a Fina —Dijo Luís mientras señalaba a su compañera— Es una periodista española que está interesada en hacerte una entrevista.

—¿A mí? —Se giró dándoles las espalda para coger una radiografía que le ofreció una enfermera bajita y un poco rechoncha— No creo ser la persona más adecuada. Además, soy muy vergonzosa para estas cosas. Os recomiendo que vayáis a hablar con mi jefe, el Dr. J. Khan —Miraba detenidamente la radiografía y frunció la nariz de disgusto debido a lo que estaba viendo en esa placa de material duro blanco y negro— Debo dejaros. Acabo de detectar que uno de mis pacientes tiene una neumonía que no pinta nada bien y es preciso iniciar el tratamiento cuanto antes.

—¿Dónde podemos encontrar al Dr. Khan? —Preguntó Fina, un poco desilusionada.

Fathima le dijo algo en tamil a la enfermera rechoncha y ésta tomó la mano de Fina, invitándola a seguirla. Fina se zafó de la enfermera el tiempo justo para disparar unas cuantas fotografías de estranquis de la penosa habitación. Atravesaron todo el edificio y subieron a la segunda planta hasta llegar al despacho médico del Director del hospital, según la información plasmada en el rótulo de la puerta. Dentro les esperaba el Dr. Khan, que había sido avisado vía telefónica por la propia Fathima. La conversación entre ellos fue fluida y agradable, y les permitió descubrir que había altas sospechas de la existencia de una banda de sicarios, probablemente extranjeros, que estaba actuando en la zona, y que abarcaba cualquier tipo de acción descrita, turbia y fuera de ley. El médico, medio alemán, medio hindú, estaba muy indignado y por esa razón, la verborrea sin control fue la protagonista de la casi hora y media que duró la conversación.

Una vez en el hotel, Fina se fue a la habitación sin cenar, ya que quería ordenar las notas que había plasmado de forma caótica en su libreta de campo. Como Luís no quería molestarla y tampoco podía dormir por las nuevas noticias y la excitación provocada por la cercanía de aquella mujer encantadora, salió a la calle y tomó dirección hacia la costa. La noche era estupenda, sin la pesada calor de los días previos gracias a una magnífica brisa que le acariciaba los cada vez más largos cabellos. "Tendré que cortarme está melena tan pronto llegue a Madrid. Parezco un cantante de heavy metal", se decía a si mismo mientras se apartaba los mechones que caían sobre su frente y que le cubrían los párpados superiores. Tras andar unos largos minutos, un chirrío de cadenas y un grito amortiguado le hizo parar y escudriñar a su alrededor, pero no detectó nada fuera de lo normal. Se dio cuenta que estaba solo en una calle más bien poco iluminada y la brisa que hasta entonces le había parecido tan agradable, se convirtió en un viento gélido que le ralentizó, hasta un punto crítico, la circulación de las venas, el aliento y el alma. Decidió dar media vuelta y volver al hostal. Dio unos pasos acelerando progresivamente para huir, parando en seco cuando oyó otra vez el ruido de cadenas junto con un grito más fuerte que el anterior. Sus ojos, que ya estaban acostumbrados a la penumbra, rebuscaron otra vez por el área con la idea de detectar algo que le pudiera indicar el origen de esos ruidos que habían perturbado su paseo, sin suerte. Con la inquietud in crescendo, empezó a caminar, o mejor dicho, casi correr, ya preso por el miedo. Por tercera vez escuchó las cadenas, esta vez sin grito acompañante, que rechinaban a su izquierda, dentro de una casa de dos plantas de color verde oscuro. Su corazón latía a la velocidad del tren bala, notó la boca seca, unas gruesas gotas de sudor resbalaban por su frente y las piernas le estaban flojeando. Toda la situación le recordó la primera vez que tuvo que hacer frente a un incendio, justo tras aprobar las oposiciones de bombero. El llanto de un crío lo hizo reaccionar y cambio el chip. Saltó como un poseído por el diablo hacia la puerta y la empujó con un golpe seco. La casa vacía de cualquier mueble, el suelo deteriorado y las ventanas opacas que no dejaban entre ver ningún hilillo de luz daban un aspecto dantesco. Como seguía oyendo los lloros, que provenían del piso superior, se puso muy nervioso y haciendo surgir de su ser un valor que ni tan sólo él conocía, subió al segundo piso. A pesar de la oscuridad reinante en el edificio, siguió ascendiendo peldaños en busca del llanto que cada vez se oía más cerca. Al final de la escalera vislumbró dos puertas, detectando con claridad que el ruido provenía de la derecha; la abrió con mucho tiento. En el interior de la alcoba descubrió a cinco niños de entre 5 y 14 años, esposados y unidos por cadenas. Los ojos del bombero se abarrotaron de lágrimas de rabia. No entendía como podía haber seres humanos capaces de protagonizar actos como esos. Un golpe en la nuca lo dejó sin sentido.

Fina terminó de ordenar las notas y miró el reloj asombrada, eran las 2 de la madrugada. Exclamó un "madre mía" y salió de la habitación para ir a buscar a Luís, sorprendida de que no hubiera ido a acostarse. Se sentía muy culpable por haberlo desterrado, aunque lo hubiera hecho tácitamente, impidiendo que pudiera conciliar el sueño. Bajó las escaleras y se asomó al bar que tenía las luces apagadas y estaba sin un alma. Acto seguido se dirigió a la recepción, vacía como los bolsillos de muchos españoles, gritó hasta conseguir que apareciera el vigilante de noche. Se sorprendió al ver que era una cría de no más de 11 años, que apenas hablaba inglés. Más con señas que con palabras le preguntó si había visto a su compañero de habitación, pero la chica se agobió y al no poder afrontar las diferencias dialécticas, dio media vuelta y fue a buscar a su progenitor que dormía plácidamente en alguna habitación trasera. El hombre apareció con los pelos revoloteados y legañas en los ojos, confirmando la teoría. Y de bastante mal humor la informó que no lo había visto desde que salió tras la cena. Fina entró en fase de histeria y salió a la calle contradiciendo las recomendaciones del padre de la chica, que no paraba de decirle en ingles que no saliera, que era muy peligroso. Anduvo unos 50 pasos hacia el interior de la ciudad. Las calles poco iluminadas, el silencio y la falta de cualquier transeúnte le hicieron reconsiderar el consejo del hombre y volvió al hostal. Abatida, subió a su habitación y se tumbó en la cama. Lloró, lloró y lloró hasta caer exhausta en los brazos de Morfeo.

Paula llegó al edificio base cuando todos dormían, excepto Ana, que fumaba en el porche haciendo tiempo, en espera del regreso del su compañera. La cirujana se sentó a su lado y la pediatra, sin dejarle abrir la boca, le explicó que durante la cena, Patrick había relatado lo sucedido a todo el grupo. Asimismo, cumpliendo las amenazas lanzadas a Lilian, propuso que la periodista que tanto mal rollo estaba causando, se fuera al día siguiente. Tras discutir pros y contras, sin que la brasileña pudiera declarar a su favor, por unanimidad votaron su expulsión, como si de un programa de televisión se tratara. La guapa periodista dijo que no esperaría al día siguiente para irse, y toda altiva, tomó sus pertenencias y le pidió a Álex que la acompañara a buscar algún sitio para dormir. El joven bombero, que seguía bajo los influjos irracionales de esa manipuladora de hombres, aceptó la propuesta y partió con ella.

—Me alegro mucho que se haya largado. Era un ente perturbador en la casa —Dijo Paula, respirando irregularmente debido a la hiperreactividad bronquial secundaria a un constipado mal curado.

—¿Dónde has ido tu? —Hizo un movimiento con la mano derecha para indicarle que aún no contestara— Debo decirte que te has comportado como una niña pequeña mal criada, y que Jaime, Celso y el mismo Patrick están súper cabreados contigo —Aunque su intención era la de ser severa, no lo consiguió— Mañana te lloverán un abanico de amonestaciones tales, que desearás estar muy lejos de aquí —Las últimas palabras se acompañaron de una sonrisa de oreja a oreja.

—He ido a ver al Gobernador. Nos ha explicado un motón de cosas interesantes, a la vez que inquietantes y que no puedo repetirte porque he dado mi palabra de silenciar lo escuchado —Se levantó del suelo, dio un beso en la frente de su compañera y se dirigió a su camastro. Ana la siguió muerta de curiosidad, pero acató la decisión de Paula y no insistió.

La mañana siguiente amaneció regentada por un acumulo de nubes que no dejaban atravesar los rayos del sol y que dibujaban un ambiente triste. Cuando Paula apareció en el comedor, y a diferencia de lo que le había anunciado Ana, nadie le comentó nada. Álex no había vuelto de allí donde hubiera ido y ese hecho era el que más preocupaba en esos momentos a los cooperantes. Santi trataba de calmar, sin éxito, a su amada que estaba asustada y cabreada a la vez, porque no le había hecho nada de gracia que aquel inconsciente diera más importancia a los instintos de su bragueta que a las recomendaciones de sus compañeros.

—Amor mío, no te preocupes por Álex. Es lo suficientemente adulto —No entendía la razón por la que Rosa estaba tan furiosa, pero tampoco quería mal pensar.

—Querido, tú no sabes lo harpía que puede llegar a ser esa mujer. Además, he tenido una pesadilla y estoy un poco atemorizada. Tengo la sensación de que algo malo ocurrirá.

—¿Aún más cosas? ¡Pues sí que vamos bien! Esta misión está dando más de sí que los films de Hollywood —Paula, situada a la derecha de Rosa, no pudo evitar una sonrisa e inmiscuirse en la conversación.

—Yo creía que era la única que tenía sueños premonitorios.

—Mira por donde, ya ves que no —Dijo Rosa, toda ofendida, ya que creía que la cirujana se estaba cachondeando de ella. Paula lo detectó y respondió dando una imagen más seria.

—Rosa, no me río de ti. Yo tengo premoniciones como tú y desde hace días mantengo la sensación que algo grave está por llegar.

—¡Iros a pastar! —Santi, que no era amante de lo paranormal, salió escopeteado del comedor.

—Espero que nos equivoquemos. No puedo ni llegar a imaginar que más puede ocurrir —Rosa salió también de la habitación dejando a Paula sola, sentada en la mesa, mordiendo un pedazo de pan. Se le acercó Celso.

—Está bien chica. Basta ya de numeritos. Estás desconocida. Creo que no es nada recomendable que vayas por la vida haciendo de cooperante. Te está enloqueciendo —El chico trataba de controlar su furia vocalizando exquisitamente y hablando poco a poco.

—Tienes razón. Creo que debo irme de aquí. Estoy fuera de control. No me extraña nada que las misiones de este tipo sean de corta duración. Esto ya está rasando mis límites —Paula miraba a Celso inquieta.

—Los compañeros dicen que las misiones no suelen ser tan accidentadas como esta, que en general hay mucho trabajo, pero que por otra parte no hay tantos incidentes —Celso, en esos momentos, trataba de dar un poco de paz a su compañera, al notar que estaba sufriendo.

—Es muy fuerte. Ha pasado todo lo que podía suceder. Ya sólo falta que nos apaleen o aún peor, ¡que nos secuestren un grupo de armados y nos retengan como rehenes durante años! —Paula levantó la voz al recordar que uno de sus compatriotas periodistas había desaparecido, con probabilidad fruto de un secuestro.

—No he sido muy honesto con el grupo —Ramón, que había escuchado la conversación desde la cocina, se sentó a la vera de sus dos compañeros con cara de preocupación.

—¿Qué quieres decir? —María, que también estaba en la cocina, se sentó al lado de Celso.

—Gradualmente he ido recordando lo que ocurrió durante el terremoto. Salí disparado a buscar a Laila. Estoy enamorado de ella. ¡No me juzguéis por favor! —Miró a sus compañeros buscando algún tipo de reacción, pero la actitud de todos ellos fue aséptica— No la encontré. Me senté en su casa. Pasó el tiempo. No sé cuánto. Estaba fuera de combate. No podía reaccionar. Notaba los temblores bajo mis pies.

—¡Dios mío! —María se estremeció recordando lo paralizada que se sintió ella.

—Algo me golpeó. Perdí el conocimiento. Me dieron una paliza y creo que me hirieron con un cuchillo. Noté perfectamente un montón de pinchazos por el cuerpo.

—¡Madrecita mía! ¿Por qué no lo has dicho antes? —Paula no salía de su asombro— Ya os decía yo, todo está fuera de control. Deberíamos comentarlo a las autoridades.

—No, por favor. Sólo quiero olvidar —La simple idea de comentarlo con la policía le hizo surgir la piel de gallina. Recordaba las amenazas de Nawas y en el fondo sospechaba que él podía estar tras todo ese incidente— Ha sido un episodio más en mi vida y ya está.

—¿Tienes idea de quién puede haber sido? —Celso era el único que presentaba cierta serenidad.

—No. Ni idea —Claramente mentía pero sus compañeros no lo detectaron.

—¿Tal vez la propia Laila o algún familiar suyo? —Esta vez habló María.

—No. Seguro que ella no. Es buena chica. Su familia tampoco es problemática.

—Pero podría ser que se hubieran enterado de vuestra relación y quisieran darte una lección —Celso recordaba un montón de películas que tenían como trama principal hechos como ese.

—Me gustaría no hablar más de ello ... Me voy a hacer visitas —Se levantó de la silla pero Paula lo detuvo tomándolo con brusquedad por el brazo.

—¿Estas atontado? ¿Qué no ves que podrías haber perdido la vida? —Paula no podía creer lo que acababa de escuchar— ¿Estás tratando de esconder algo? Laila me parece de poco fiar. Ayer noche estuve con ella en casa de su tío y fue muy incómodo.

Ramón se liberó de Paula y salió de la casa para ir a realizar las tareas encomendadas, que incluían entre otras, valorar y curar, junto con Rosa, la mujer que vivía en el que había sido el hogar de Hassan. A pesar de que las mujeres de la casa se habían esmerado en hacer limpieza y en mantener el lugar con la máxima salubridad posible, el mal olor que reinaba seguía siendo muy patente. A esas alturas, ya salía de la normalidad y por esa razón, Rosa lo apuntó al resto de compañeros tras a comida. Santi comentó que tal vez había algún animal muerto bajo la casa o en el techo, y decidieron por unanimidad, que los bomberos le echaran un ojo ese mismo día.

Paula y Patrick no habían vuelto a hablar a solas porque ella estaba avergonzada por su reacción y por lo tanto lo evitaba al máximo. Javi tampoco estaba muy por la labor de hablar con la cirujana, porque poco a poco, se había dado cuenta de que entre el americano y su compatriota estaba surgiendo algo especial que en esos momentos desplazaba su historia de amor. Quería estar cabreado pues se sentía estafado, pero no podía ya que una voz interior le repetía que tuviera paciencia, a pesar de vivir a unos 900 km de distancia el uno del otro, al menos no tenían un océano de por medio que los separara.

Durante los postres, compuestos por piña, mango y banana, recibieron la llamada de Fina. Hablaba como si hubiera tomado speed y de forma incoherente. La histeria no la dejaba explicar los hechos y María, que era la que cogió el teléfono, la hizo callar con un grito que sorprendió al resto de los comensales. Cuando Fina se tranquilizó, retomó el relato de lo que había ocurrido. Mientras María estaba escuchando, sus labios se afinaron extremadamente, la comisura labial bajó hasta tocar el ángulo de la mandíbula y los ojos se le empequeñecieron y achinaron. Esta reacción provocó que se le marcaran un montón las arrugas de la cara que tan bien se le disimulaban en condiciones basales. Tras unos 10 minutos, durante los cuales sólo emitió sonidos como para dar a entender a Fina que la escuchaba atentamente, colgó el auricular y arrancó a llorar. Los compañeros se pusieron en pie y Ana la abrazó con fuerza. El grupo estaba expectante.

—¿Eran noticias de Trincomalee? —Preguntó Jaime— ¿Ha muerto Cristian?

—No ——Respondió María mientras se limpiaba la mucosidad de la nariz con un trapo viejo— Era Fina que me explicaba cómo ha desaparecido Luís.

El estallido fue general, centenares de preguntas a la vez, pasos que atravesaban la habitación de cabo a rabo, gemidos, tacos, susurros, golpes a la pared, gritos, todo fue válido. La zona del comedor se convirtió en un estadio de futbol, una vez terminado el match y habiendo perdido el equipo local la final contra el eterno rival. Patrick tomó la voz cantante y solicitó silencio y calma.

—Primero se lo notificaremos al Gobernador y después al Consulado Español. Esto último ya se debería haber hecho tras la desaparición de Emilio.

—Y llamaremos a la central de Madrid. Creo que ya es hora de que volvamos todos a casa. Nuestras vidas están en peligro desde hace semanas pero no hemos querido abrir los ojos a las constantes señales de alarma recibidas —Hablaba Jaime, que en esos momentos no demostraba ni una brizna de optimismo.

—¡Pero no podemos irnos sin que hayan aparecido nuestros compañeros! —Rosa estaba asustada pero consideraba que abandonar a sus amigos era una actuación imperdonable— Si lo decimos hoy mismo, mañana ya tendremos los billetes de vuelta y aún no habrán regresado ni Luís ni Emilio ... Y no olvidemos a Álex.

—Rosa, si lo comunicamos al Consulado, la central lo sabrá ipso facto. Si no se lo decimos nosotros de viva voz se rebotaran como una pelota vasca —Dijo María, ya más serena.

Tras discutir ampliamente que hacer con el consecuente análisis de cada opción, decidieron tomar una decisión salomónica. Esperarían tres días como máximo para anunciar los problemas a España y mientras, volverían a ponerse en contacto con el Gobernador y las autoridades locales en busca de una solución. Jaime consintió, dejando bien claro que no daría de límite más de las 72 horas pactadas.

Mientras Patrick y Jaime se iban a ver el Gobernador, Santi y Javi acompañaron a Ramón y María a la casa que debían explorar. El resto se quedó en el centro sanitario para practicar las visitas habituales. No querían que todo lo que les estaba ocurriendo afectara a los habitantes de la comarca. A pesar de la tarea sanitaria que estaban llevando a cabo desde hacía semanas, no paraban de aparecer nuevos pacientes y heridos que procedían de tierras situadas más al norte, donde la oferta médica era más bien nula porque no habían llegado contingentes de ayuda humanitaria. Álex seguía sin dar señales de vida.

Paula ya no tenía emociones que expresar, se encontraba inmune a todo por lo que había asimilado en su mente y esto la preocupaba muchísimo. Sabía que tarde o pronto todo ese ir y volver de hechos repercutiría en su salud mental y a la larga, sobre su bienestar físico, pero ese no era momento para pensar en ello. Tenía mil cosas urgentes a hacer y meditar, como encontrar a sus compañeros, seguir al cien por cien con las tareas humanitarias, velar por su seguridad, ordenar ideas sobre su futuro y por último, y no por ello menos importante, asentar sus sentimientos y decidir cuál de los dos cooperantes le tenía el corazón robado.

Sin darse cuenta, ya había transcurrido la tarde, un par de curas de heridas con tejido infectado y necrosado la habían absorbido. No entendía como esas lesiones habían llegado a ese extremo. La última sacudida de la naturaleza fue los suficientes días antes como para que esos personajes hubieran tenido tiempo para ir al dispensario y ser visitados, pues afirmaron ser del pueblo. Tal y como muchas veces ocurre en España, en ese país había personas que sólo acudían al médico cuando la situación empezaba a estar fuera de control. Justo antes de cerrar, Paula suturó a un niño de 4 años que se había caído al río, golpeándose contra una roca en forma de pirámide, según explicó su madre al traductor, que esa mañana era Abdul. Le tuvo que aplicar antiséptico y después, con mucho cuidado, pinchar alrededor de la herida con la aguja más fina que tenían para dormir la zona con mepivacaína. El niño gritó a pleno pulmón por el dolor y su madre le tapó la boca con la mano izquierda mientras le acariciaba los cabellos con la derecha. Cuando el fármaco hizo su efecto, Paula empezó a coser la carne del pequeño con un hilo tipo seda, tal vez más grueso de lo deseable para su edad, pero no disponía de muchas opciones a elegir. La herida quedó perfecta, tal y como constató Rosa que la estaba asistiendo en esa tarea. Tras el procedimiento, la enfermera le dio a la madre unas cápsulas de antibiótico para que se las hiciera ingerir al pequeño durante los siguientes 5 días.

Cuando por fin cerraron el dispensario media hora más tarde de lo previsto, los pocos que estaban en el centro sanitario empezaron a preparar la cena. El resto no había dado señales de vida y Rosa se desesperó, verbalizándolo.

—No entiendo porque tardan tanto los que han ido a hablar con el Gobernador. También me extraña que los que han salido a inspeccionar la casa de Hassan, no estén aquí. Y lo que no puedo comprender es la razón por la que Álex se ha largado con esa pelandusca —El tono demostraba su cabreo, sobre todo con el bombero andaluz.

—Bueno. Buscar un animal muerto alrededor de una casa, ahora que no tenemos perros, no debe ser fácil —Dijo Pietro, que se secaba la cara con un pañuelo que en algún momento había sido de color malva y que en esos momentos presentaba un tinte grisáceo— Y con todo lo que ha pasado, creo que la reunión con el Gobernador puede durar horas.

—Opino que no deberíamos aguardar a los que faltan. Más vale que comamos por si acaso —Anunció Celso— Hace rato que los esperamos y no vale la pena que todos suframos hambre. Además, hay la posibilidad de que ellos ya hayan dado un bocado.

Asintieron y se sentaron en la mesa para engullir con pocas ganas lo que tenían delante, más por ingerir la energía necesaria que por gozar de la ocasión. Tal y como se estaban presentando las cosas, durante las siguientes horas todo era posible. Les dio tiempo de limpiar la vajilla e incluso charlar en el porche antes de la llegada en bloque de los cinco cooperantes. Traían cara de pocos amigos y eso no les hizo pizca de gracia. Sin decir ni mu se sentaron en las escaleras, al lado de sus compañeros. Patrick encendió un cigarro y le ofreció sendos otros a Santi y Javi. Rosa miró a su compañero sentimental alucinada, era la primera vez que lo veía dando unas caladas. Nadie se atrevió a hablar, hasta que por fin Ana, un poco por romper el hielo, les preguntó si habían cenado algo. Los recién llegados negaron con la cabeza y la chica se ofreció para calentarles algo.

—No tengo apetito —Dijo Javi, que tenía el cabello sucio de sudor mezclado con barro y polvo.

—Yo tampoco. Anunció Patrick, que por primera vez estaba de acuerdo con su rival.

—Yo comeré un poco de fruta —Dijo Jaime— Pero ya voy a buscármela yo —Y acto seguido se levantó dirección a la cocina, caminando con pasos cortos y un poco inseguros.

—¡Está bien! ¿Qué ha ocurrido? —Inquirió Pietro, que ya tenía suficiente de tanto secreto— ¿Podéis explicarnos algo? Parece que hayáis visto un fantasma o un extraterrestre.

Patrick hacía rato que miraba a Paula detenidamente pero ella no se percató. Por contra, Javi sí que había detectado la mirada de su contrincante que pedía ternura y amor. El bombero, un poco para desconectar de lo que estaba observando, rompió el silencio.

—La cosa se podría resumir de la siguiente manera —Miró hacia la puerta, por donde en ese momento salía Jaime que se había parado para ofrecer fruta a Santi— Al fin hemos encontrado el foco del tufo, pero neutralizarlo nos ha llevado más tiempo de lo previsto.

—Jolín. Pensaba que se trataría de algo más trascendente —Pietro se echó a reír— Había llegado a creer que habíais encontrado un cadáver humano.

—No ... De hecho, han sido tres —Las palabras emanaban deslizándose de la boca de Patrick mientras seguía mirando a Paula, como esperando por fin alguna reacción de ella. La chica, finalmente accedió a mirarlo y sus ojos se mojaron de cuatro lágrimas que surgieron al presentir el sufrimiento que habían padecido sus colegas.

—¿Restos mortales de personas del tsunami o del terremoto? —Celso era el único que pudo proseguir la conversación.

—Ni una cosa ni otra. He reconocido los cuerpos y hace más de 3 meses que murieron —Patrick en un acto reflejo, se aproximó Paula, olvidando la presencia de Javi, y le cogió su mano derecha.

—Estaban emparedados en los muros del comedor —Lo decía Santi, que ya había ingerido la fruta y que mostraba una frialdad nada típica de él— Se trataba de una mujer y dos niños.

Ana gritó y abrazó a Rosa, que se estaba tapando la boca con las manos para amortiguar lo que podría haber sido un ruido aterrador.

—Hemos llamado al Gobernador. Las mujeres de la casa estaban fuera de sí y no sabíamos cómo controlar la situación —Santi relataba lo ocurrido con una parsimonia que también sorprendió a Paula. El diagnóstico era claro. Estaba en fase de shock.

Rosa, al ver la cara con la que Paula miraba a Santi, se aproximó a ella y le dijo al oído.

—Yo tampoco reconozco a Santi ¿Qué le pasa? —Paula, susurrando, respondió.

—Está en fase de trauma. Esta noche precisará de un tranquilizante, mucha ayuda anímica y cantidad de amor.

Rosa se levantó de donde estaba sentada, situada entre Ana y Paula, y se dirigió a la vera de Santi. El chico, manteniendo una actitud más cercana a la de zombi que a la de persona viva, estaba contando con más detalle como habían encontrado los cadáveres, su estado de descomposición, los gritos y lloros de las mujeres, la puesta en alerta de los vecinos adyacentes, la llegada del Gobernador y la identificación de los cadáveres. No pudo terminar el relato porque Rosa se le lanzó encima, y le comenzó a dar millones de besos en la cara, el cuello, la boca y el pelo.

—Se trata de los restos mortales de la mujer y los dos hijos de Hassan. Tenían claros signos de haber sido asesinados mediante golpes y acuchilladas —Respiró profundo y con la mirada perdida añadió— Me voy a la cama —Javi se levantó tras dejar pasmados a sus compañeros por lo que había dicho— Ana, me puedes dar algún fármaco para dormir. Creo que si no tomo algo, no podré conciliar el sueño —Al oírlo, Paula se puso en pie con la intención de aproximársele, pero la mirada seca que le clavó y un discreto movimiento de su mano derecha, la hicieron retroceder. El bombero quería estar solo.

—Claro —Respondió la pediatra que entró en el edificio con su compañero.

La agrupación se disolvió sin interesarse por la reunión con el político que quedó en segundo plano. Paula, al ver que Patrick no se movía y encendía el cuarto o quinto cigarrillo, se volvió a sentar en las escaleras, esta vez a su lado.

—¿Estás bien? —Le preguntó con voz dulce. Al ver que no se inmutaba prosiguió— ¿Cómo has sabido el tiempo que llevaban muertos?¿Tienes nociones de medicina forense? —La pregunta parecía un poco fría dadas las circunstancias, pero pensó que serviría para relajar un poco la tensión ambiental y desviar la situación a temas menos emotivos.

—Sí. A los médicos del ejército nos preparan más que al resto —Insinuó una sonrisa para tranquilizar a la joven.

—¿Militar?¿Has sido militar?¿Aún lo eres?

—Lo soy, pero en excedencia. En breve debo decidir si regreso o no a filas. Me han permitido tomar un descanso gracias a la propuesta de adherirme a los contingentes médicos voluntarios.

—Vaya. No hay día que no me sorprendas. Diría que ya lo has pensado, ¿o no? Me dijiste que te ibas a Camboya. Esto es una decisión, creo yo —Paula miraba con detenimiento sus ojos de color verde azulado.

—Buena memoria y buena táctica deductora —Suspiró— Tienes razón. Ya lo he meditado. Quiero volver a la vida civil, pero recobrar mi plaza en el Mount Sinai no me acaba de convencer. Aún no estoy preparado.

—No entiendo nada —Paula se aproximó a su compañero para evitar molestar a los que dormían— Pensaba que los médicos militares no tenían plazas en hospitales convencionales.

—Al terminar la residencia me ofrecieron una plaza en el Mount Sinai de NYC. Trabajé allí bastantes años. Me casé con una médico especializada en enfermedades infecciosas. Con ella descubrí el trabajo de campo en el tercer mundo y la medicina de catástrofes. A los 3 años nos separamos. Yo no la quería lo suficiente y la estaba haciendo sufrir mucho —Hizo un silencio. Iba a encender otro cigarrillo pero Paula lo evitó.

—Creo que has fumado suficiente por hoy —Le dijo con voz pausada mientras le acariciaba las mejillas. Él sonrió y guardó el paquete de tabaco en el bolsillo.

—Tienes razón. Al final me volveré un adicto empedernido —La besó suavemente en los labios y prosiguió con el relato— Me apunté al ejército como voluntario por un periodo de 3 años, con opción, una vez transcurridos, de licenciarme o de continuar para siempre. He estado en Afganistán, Siria, Palestina y Egipto. Después fui como voluntario al terremoto de Marruecos y de allí aquí.

—Uauuu —Paula estaba embelesada con las palabras del que ya era su héroe y notaba como su órgano cardiaco tomaba una velocidad de aproximadamente 150 latidos por minuto.

El olor del americano le había atrapado las pituitarias y tenía unas ganas locas de abrazarlo para sentir su piel suave. Fue un impulso inconsciente pero no pudo reprimirse. Lo rodeó con los brazos y lo besó como nunca lo había hecho con otro mortal. Uno de sus problemas ya estaba resuelto. Su corazón había elegido a aquel extranjero desconocido a la par que misterioso. Como siempre, la proclamación era la errónea, pero no podía luchar contra ello. Patrick aceptó el beso como si fuera un regalo divino. Hacía rato que se moría por achucharla. Esa española había conseguido que volviera a la realidad y se replanteara miles de cosas que afectarían a su futuro.

No cuantificaron el tiempo que estuvieron en el porche abrazados, contándose anécdotas o pensamientos como si fuera el último día de sus vidas. Se besaban, se acariciaban, se daban la mano. Súbitamente, una presencia los hizo volver a la realidad: la isla de Sri Lanka en un momento crítico. Álex los miraba atónito.

—Perdón, no quería molestar.

—¡Álex! —Paula se alegró de verlo— Eres bobo. Hemos estado muy preocupados por ti

—Sí, ya lo veo —Contestó con voz socarrona— No sabía que las preocupaciones se contrarrestaban metiéndose la lengua hasta el fondo del gaznate.

—Eso que acabas de decir es de mal gusto, pero no te lo tendré en cuenta. Mañana hablaremos de tu escapada —La voz de Patrick era la propia de un coronel dando órdenes a sus soldados.

—Tú no eres mi jefe —Respondió Álex, fastidiado y sin disimularlo.

—Desde hoy, sí que lo soy. Ciertas novedades han dado un giro a nuestra estancia. Tal y como te he dicho, mañana será otro día. Todos a la cama —La orden fue tan tajante que los españoles no osaron contradecirla. Mientras cruzaban la puerta para entrar, Patrick besó otra vez a Paula y le dijo al oído— ¿Debo deducir que por fin te has decidido?

—¿Cómo? ——Respondió ella, sin comprender por donde iban los tiros.

—Te estoy preguntando si soy la persona que ha elegido tu corazón.

—Que directo —Paula bajó la cabeza para disimular sus mejillas encendidas como el fuego de la lar del comedor de casa de sus padres. Cuando el calor del cuerpo aminoró, lo miró y respondió— Sí ... No me ha costado mucho. Fuiste el elegido desde el primer momento que te vi, pero mi consciencia no quiere asumirlo por todas las dificultades que implica esta opción. Una relación contigo puede ser complicada y no quiero sufrir, y más ahora que conozco tu vida — Se apartó unos mechones de cabello de la cara con ambas manos y las dejo apoyadas sobre su nuca mientras miraba al infinito— La relación con Javi sería más fácil y segura, pero el corazón es así de caprichoso —Él la volvió a besar.

13. SENTIMIENTOS

Los cooperantes se levantaron con el canto del gallo. La noche había sido tan intensa que el descanso no fue reparador para ninguno de ellos y la luz les llegó como un rayo de esperanza. El ver a Álex en el comedor los tranquilizó. Éste continuaba cabreado por la manera como lo había tratado Patrick y así lo verbalizó a sus colegas.

—Creo que me debéis explicaciones —Dijo con poca gracia— ¿Cómo es que ahora nos manda Patrick? ¿Qué piensa Luís de ello? — Marcaba las palabras para darles fuerza, a la vez que su actitud era bastante despectiva.

—Creo que eres tú el que nos tienes que dar explicaciones a nosotros —Anunció Jaime— Te largaste con Lilian y has estado fuera más de lo deseado. Han ocurrido cosas.

—Sí. Has sido un completo imbécil —Rosa continuaba irritada con su colega y no tenía ganas de disimularlo.

—Lilian es una compañera que necesitaba ayuda y yo sólo he hecho lo que creía conveniente —Álex sacaba chispas por los ojos. Tenía ganas de dar un puñetazo a la pared y gritar para desahogarse.

—Estás muy furioso, chaval —Dijo pausadamente Santi, siguiendo con la tónica de la noche previa. Continuaba en shock.

—¿Qué pasa, que no te la has podido tirar? —Las palabras soeces de Celso dejaron boquiabierta a Paula. No era propio de él usar ese argot tan burdo. La estancia en esa isla los estaba trastornando a todos.

—Nada tienes que hacer con mi vida —Su reacción dejó entre ver que las expectativas del joven con la brasileña no se habían cumplido— ¿Me podéis resumir que narices ha ocurrido?

—Luís ha desparecido, Ringa ha muerto, Cristian está muy mal herido en Trincomalee, Enrique ha sido secuestrado como consecuencia de haber descubierto algo suculento, han aparecido tres cadáveres emparedados en casa de Hassan que corresponden a su familia asesinada, el Gobernador ha perdido el control de la zona por culpa de unos bandoleros, los niños de la isla desaparecen y nadie quiere hablar de ello, Ramón fue agredido por alguien que podría haberlo matado, los pacientes no paran de llegar y tenemos menos de 60 horas para deshacer este embrollo —Enumeró Paula, tratando de no olvidar nada.

—¡Muy buen resumen! —Anunció María.

Álex no salía de su sorpresa. Todo el mal humor, provocado por la frustración de no haber podido tener contacto carnal con la guapa brasileña, se fundió al momento. La situación era más crítica que durante la segunda guerra mundial, justo antes de que los americanos lanzaran la bomba de Hiroshima. Sonó el teléfono que cogió María, autonombrada telefonista oficial del grupo. Sus ojos se iluminaron. Paula suspiró mientras pensaba, "ojalá le estén notificando que han encontrado a Luís". Tras asentir un par de veces, decir unos cuantos okeys, pronunciar tres frases secas con una sonrisa de top model, colgó el auricular. Todos habían pensado lo mismo que Paula, Pietro tomó la iniciativa y preguntó si la noticia era que habían encontrado a Luís.

—Aún no ... —Desengaño de los allí presentes— Era Hensenn. Cristian está fuera de peligro. Inician su traslado a Colombo para repatriarlo. Quiere que vaya a Trincomalee porque necesita a alguien que rellene los formularios.

La verdad es que Hensenn no había explicitado que fuera María quien se trasladara a Trincomalee, pero la enfermera no quería que se le esfumara otra vez la posibilidad de ver al interesante médico holandés. Patrick insistió en que fuera acompañada, pidiendo un voluntario, hombre, para que se agregara a la expedición. Ana se enfadó.

—Nunca he ido a Trincomalee ¿Por qué debe ser un hombre? Luís es hombre y bastante espabilado, sea dicho de paso, y bien que ha desaparecido sin dejar rastro. Y Ramón, también es un hombre hecho y derecho, y fue agredido hasta casi morir.

Este razonamiento fue lo suficientemente convincente para que la dejaran partir con María al otro lado de la Bahía. Dicho y hecho, las dos emocionadas mujeres, tomaron cuatro efectos personales y se fueron con un chofer hacia el transbordador que las llevaría a la gran ciudad. María estaba tan o más nerviosa que el día de su boda, y tenía la misma sensación de mariposas revoloteando por su estómago. Ana además de emoción, presentaba inquietud, no sólo porque nunca había tomado el transbordador que tanto respeto le daba, sino también por la oportunidad de poder indagar que le ocurrió a Luís. Aunque su historia de amor fue breve, su amistad se mantenía fuerte y le debía un esfuerzo extrahumano para encontrarlo antes que el límite de tiempo acordado expirara.

Mientras, en el comedor de la casa, los que quedaron terminaron de comer y Patrick aprovechó para resumir la conversación con el Gobernador. Dijo que aún no se conocía quienes eran los secuestradores. Asimismo, el cuerpo sin vida de Ringa se había trasladado al pueblo de su esposa, que encajó la noticia mejor de lo esperado; era consciente que la vida puede interrumpirse en cuestión de segundos y que el más allá, está más cerca de lo que parece. De Enrique tampoco tenían noticias pero se esperaba lo peor, aunque era extraño; habiendo pasado el tiempo suficiente como para pedir un rescate, este hecho no se había producido. Una vez dada por terminada la sesión informativa, iniciaron las tareas encomendadas. El número de pacientes a visitar se mantenía constante pero el tipo de patologías a esas alturas, era diferente, ya que una vez estabilizadas todas las lesiones y las enfermedades derivadas de la humedad, y curadas las infecciones, los pacientes sólo consultaban por patología comunitaria de la misma estirpe que la que se daba en los ambulatorios españoles. Esto hizo que se dieran cuenta que su tarea humanitaria estaba llegando a su fin.

Fue por ello que Patrick comentó al grupo, durante el descanso de primera hora de la tarde, la conveniencia de modificar los objetivos de la misión, y centrase más en el adiestramiento y preparación de personas del pueblo que pudieran sustituirlos en las curas básicas, y en buscar médicos y enfermeras locales que quisieran continuar con la labor en el consultorio hasta que se rehiciera el hospital. Aprovecharían que sus dos compañeras iban a reunirse con Hensenn para iniciar esta etapa final autoencomendada, y más sabiendo con bastante seguridad, que el previsto grupo de relevo nunca llegaría al país por la inestabilidad social. Se concluyó que la enfermera que los había asistido desde el primer día en la biblioteca era la persona ideal para tomar la dirección organizativa. Por otro lado, los traductores habían aprendido mucho de lo que era gestión del área sanitaria, de la realización de curas, de la limpieza de instrumental e incluso de la aplicación de medicación intramuscular, sin olvidar su magistral trabajo tranquilizando a las personas.

A media tarde recibieron la llamada de Ana desde casa de Hensenn y les explicó que habían visto a Cristian, que estaba la mar de bien a pesar de lo ocurrido, aunque no recordaba nada sobre el incidente por culpa de una amnesia perilesional a corto y largo término, secundaria a una conmoción cerebral. El chico, aún bastante aturdido, habló lo justo, con frases cortas, sencillas y de poca complejidad, es decir, tuvieron una conversación típica de hospital, donde se tocaron temas tan banales como su estado físico, sus ánimos, la climatología, el próximo viaje a España y la familia. Un coche enviado por el Consulado Español de la India lo trasladaría a Colombo y desde allí embarcaría vía Dubái hasta Barajas, donde le esperaría una ambulancia que lo llevaría directamente al Hospital Ramón y Cajal para completar estudios y seguir el tratamiento. Asimismo, Ana explicó que el tiempo se había consumido antes de lo previsto, pues el Ministerio de Asuntos Exteriores Español ya conocía todo lo referente al incidente y como era de esperar no tardaría en tomar cartas, avisando a los responsables de las ONGs correspondientes. Patrick les recomendó que indagaran todo lo posible sobre que podría haber sido de Luís, pasando a ser su tarea primordial. Ana estuvo conforme y colgó.

—Supongo que hemos sido unos ilusos al creer que se podía esconder la situación —Dijo Jaime, una vez Patrick les comentó lo dicho por Ana— Lo más conveniente sería llamar a Madrid y explicarles todo.

—Estoy de acuerdo —Confirmó Santi— Deberías hacerlo tú. Eres el Jefe médico y abanderado español ahora que no está Luís.

Patrick asintió y Jaime les hizo salir fuera de la habitación, para poder estar concentrado en la conversación. Sería muy importante la forma en que narrara los hechos y no quería que ningún compañero, con la mejor de sus intenciones, lo interrumpiera con consejos, apuntes o rectificaciones. Como aún no era el momento de abrir el consultorio, el menguante grupo de cooperantes se sentó en el porche, pero no verbalizaron nada, notándose claramente que sus cabecitas cavilaban sin parar. Sin que lo esperaran, apareció ante ellos Laila. Ramón al verla se puso en pie dando un salto y sus mofletes se encarnaron como si tuviera fiebre de más de 40ºC. Laila, bastante nerviosa, eludió la mirada de su amado y procurando ser lo más neutral posible, saludó a todos los presentes, con una sonrisa educada y un movimiento inclinado de la cabeza. Celso, como empezaba a ser habitual, fue el primero en reaccionar, ofreciéndole algo para beber y la invitó a sentarse en las escaleras, justo al lado de Paula. La chica aceptó ambas ofertas, prefiriendo como bebida un zumo de lima con agua de coco y se sentó al lado de la cirujana, disimulando el desagrado que le provocaba. Ramón se volvió a sentar, esta vez en el suelo, justo delante de ella, como queriéndola provocar, al ver que ella esquivaba sus miradas.

—Perdonad la intromisión —Laila empezó a hablar para no sucumbir al desafío— Sólo quería saber cómo estabais. Mi tío me ha puesto al corriente de todo. La situación es espeluznante.

—Sí, es preocupante —Respondió Rosa, que al ser muy observadora, había captado con claridad una tensa situación entre tres de sus compañeros— No creo que tarden en hacernos abandonar el país.

—Aprovechando que estás aquí, tal vez nos podrías ayudar —Hablaba Pietro, que haciendo ostentación de la practicidad, era un crack para solucionar problemas— Necesitaríamos adiestrar a personas del pueblo para que mantengan las tareas básicas sanitarias, mientras no se reconstruye el hospital y llega personal especializado.

—¿Que tenéis previsto? —Laila estaba desconcertada con el giro brusco de la conversación, pero lo agradeció.

—Elegir personas espabiladas, que sean capaces de asimilar un conjunto de indicaciones. Contamos con los traductores, que han aprendido muchísimo durante estas semanas y la enfermera nos ha aconsejado un par de amigas con conocimientos en primeros auxilios —Calló unos segundos y prosiguió— Pero no son suficientes.

—Lo que precisa el pueblo es que vengan profesionales sanitarios. Hablaré con mi tío para ver como los conseguimos —Se le escapó una mirada rápida a Ramón, que la pescó al vuelo— En lo referente al personal voluntario, podéis contar conmigo y mis amigos. Todos somos universitarios y creo que aprenderemos a pasos agigantados.

—Sería perfecto —Patrick no podía disimular el entusiasmo y el alivio que le ofrecieron las palabras de Laila.

Justo en ese momento salió de la casa Jaime con cara de pocos amigos. Les explicó que la noticia no había sido una primicia porque ya estaban al caso por el Ministerio de Asuntos Exteriores, que había informado de la comprometida situación a todas las organizaciones que poseían contingentes en las zonas de catástrofe. Al parecer, el estado en Sumatra era muy similar, si no peor. El súmmum de la conversación fue cuando Jaime informó sobre la desaparición de Luís. El grito del Jefe de operaciones casi le rompió el tímpano del oído derecho. La noticia no había transcendido más allá de la región, ya que el Cónsul español de India, en un conato de no difundir preocupación antes de tiempo, sólo había dejado caer que se repatriaba a un periodista herido por un accidente. Jaime prefirió dejar el tema zanjado y no les dijo nada sobre la agresión sufrida por el reportero. La conversación concluyó con la orden tajante dada por el Ministerio, de repatriación del todo el personal voluntario español, en un plazo no superior a tres días, sin aceptarse ningún tipo de excepción ni excusa.

—Lo siento mucho —Laila lo decía de todo corazón y eso hizo que Paula la mirara más afectuosamente— Vale, me iré para hablar ya con mi tío y poner en marcha el plan B.

Se levantó y haciendo otra vez una reverencia con la pertinente sonrisa, tomó el camino hacia el norte. Ramón salió corriendo tras ella como un rayo, sin que ninguno de sus compañeros pudiera reaccionar y pararlo. La atrapó unos metros más allá y la asió por su brazo derecho, dándole un susto muy estrepitoso, hasta que logró detenerla.

—Hola ¿Te acuerdas de mí? —La voz de Ramón era temblorosa, débil e insegura— Me llamo Ramón. Hace unas semanas vivíamos juntos algo especial ... Si la memoria no me falla —Silencio de los dos— Tal vez me equivoco —Dijo Ramón con una voz más firme y fuerte que no la hizo reaccionar— Supongo que como sufrí una agresión y un fuerte golpe de cráneo ... Los recuerdos no son nítidos —Dio media vuelta y empezó a caminar.

—Espera —Laila lloraba. Varios vecinos los miraban. Se secó las lágrimas y le hizo una señal para que la acompañara al porche de una casa que parecía vacía en esos momentos y quedaba resguardada de miradas cotillas— ¿Agresión? Lo sospechaba ... Lo siento mucho. Lamento lo que te ocurrió y como me estoy comportado. Me arrepiento de no estar a tu lado en momentos tan difíciles. Me apesadumbra haber rechazado tus miradas insistentes de socorro — Volvió el llanto, esta vez sin poder retenerlo. Ramón la abrazó.

—Te perdono por todo. Sólo quiero saber.

—¿Saber? ... Mejor que no estés al tanto. He de partir. Deberías dar por finiquitada nuestra historia de amor. Vuelve a España con tu familia. No me guardes en ningún rincón de tu memoria —Se fue corriendo, dejando a Ramón con la palabra en la boca.

En Trincomalee María tenia mejor suerte que su compañero. Hensenn estaba encantado de tener en su casa a la enfermera y ambos buscaban con insistencia un instante para estar a solas, pero no había manera, Fathima, temiéndose lo peor, estaba siendo engorrosa, y no se despegaba de su padre ni para ir al baño. María empezó a mostrarse nerviosa y malhumorada. Ana lo advirtió.

—¿Pasa algo María? Te noto un poco agobiada.

—No pasa nada. Creo que es un acumulo de circunstancias a las que se debe añadir el cansancio. Además, no soy tan joven como vosotros y todo se me hace más cuesta arriba.

—Ya lo veo ¿Podría ser que una de las circunstancias fuera Hensenn y su hija? —Ana sonreía como si hubiera pillado in fraganti a un mentiroso —Tengo ojos, recuérdalo para la próxima vez —Dio media vuelta y salió de la estancia anunciando que iba a acostarse.

María estaba enfadada consigo misma. No era propio de ella dejarse llevar hasta ese extremo por las emociones y los sentimientos. No podía demostrar lo que sentía por ese desconocido ante sus compañeros, que además eran conocedores de su estado civil de casada y de que tenía hijos, ya que la catalogarían como lo que era, una mujer con unas ganas locas de perpetrar un adulterio.

Laila estaba sentada en el despacho de su tío para explicarle la propuesta de los cooperantes. Él asentía mientras ojeaba papeles. Muy de tanto en tanto la miraba para darle a conocer que estaba pendiente de ella. Al final de la explicación, el Gobernador le prometió que se pondría en contacto con las autoridades de Colombo para encontrar personal sanitario cualificado ya que no podían abastecerse del personal de Trincomalee y Dambulla porque estaban muy ocupados con el trabajo en sus respectivos núcleos urbanos. La chica se puso de pie con la intención de irse pero su tío lo impidió con un autoritario, "no hemos terminado". Laila se volvió a sentar inquieta, pero preparada para cualquier cosa que pudiera escuchar.

—Querida. Hay un tema del que quiero hablarte desde hace semanas, pero por los incidentes acaecidos, no he podido.

—Escucho —La joven estaba perdida y no se le ocurría por donde saldrían los tiros.

—Hace bastantes días recibí la visita de Nawas. Supongo que estás al corriente que es el hombre que tu madre y yo hemos escogido para que sea tu esposo.

—Ummm —Laila no se esperaba ese tema. La parálisis la tomó presa y por segunda vez en el mismo día, no pudo abrir boca.

—Me hizo insinuaciones nada agradables —Silencio con mirada recriminadora a su interlocutora— Espero que esa información que me facilitó sea falsa.

—Ummm —Laila tenía las cuerdas vocales fijas. No vibraban al paso del aire camino hacia la tráquea, los bronquios y los pulmones.

—Tu silencio me da a sospechar que tal vez sus declaraciones no eran tan inverosímiles y por tanto ... No hace falta remover las heces —Sus palabras cada vez adquirían un volumen más fuerte y un tono más grave— No quiero que vuelvas a ver a Ramón ni que te acerques al puesto médico hasta que los extranjeros se marchen. Te casarás con Nawas en agosto, dejarás de estudiar en Colombo y harás el rol de amada esposa. Quiero que formes una familia, ya.

Su tío hablaba como un coronel y no dio lugar a réplica. Acto seguido, le hizo una señal para que se levantara y saliera del despacho. Laila lo hizo. Cerró la puerta suavemente, como una buena sumisa. No pasaron ni dos minutos cuando la puerta volvió a abrirse de par en par. Su tío estaba sentado en el borde de la mesa del despacho encendiendo un cigarrillo. Paró de hacerlo al verla.

—¿Pasa algo? —Le inquirió más desconcertado que enfadado.

—Sí. Pasa mucho.

—¿Cómo?

El político, atónito, terminó de encender el cigarrillo y se puso de pie. Laila se situó frente a él. Estaba irritada y había perdido los estribos. Los ojos abiertos como los de un búho le brillaban como si fueran diamantes. Sus pupilas estaban dilatadas y no dejaban entre ver el color miel del iris. La boca se le había encogido y sus labios carnosos eran, en esos momentos, sólo dos líneas como las que dibuja un chaval de corta edad. El Gobernador permaneció con su actitud de superioridad, aunque interiormente tuvo que reconocer que la expresión de Laila lo estaba intimidando.

—No quiero casarme con Nawas. Quiero a Ramón y pienso irme con él.

—¿Te has vuelto loca? —Su tío reaccionó con ira. Los gritos se escuchaban desde la calle— ¡No hay opción!

—Sí que la hay. Hablaré con mis padres. Mi madre seguro que acabará accediendo y mi padre también transigirá cuando le cuente lo que siente mi corazón —La chica sonreía recordando lo mucho que quería a su padre y lo buena persona que era.

—Tu madre hará lo que yo diga. Y tu padre no pinta nada en este entierro —Tono déspota.

El Gobernador respiraba tan rápido que estuvo a punto de perder el conocimiento por las bajas concentraciones de CO_2 en su cuerpo. Se apoyó en la mesa y cerró los ojos para tranquilizarse. Laila se asustó y lo ayudó a acomodarse en la silla. Él seguía arremetiendo palabras contra ella, nombrando el grado de desagradecimiento que demostraba con todo lo que habían hecho por ella. El ritmo de respiración ya era normal y el Gobernador, poco a poco, recuperó la serenidad. Laila, al ver la reacción somática de su familiar, se sintió más fuerte que nunca y no queriendo zanjar el tema en ese momento, retomó la conversación.

—Mi padre es el que tiene la última palabra ¿Cómo puedes pronunciarte y decir con tanta libertad que no puede opinar sobre el tema? Me parece que estás abrazando más papel del que te toca asumir en este asunto. No soy tu hija. Ella murió hace ya un tiempo —Laila presentía que jugaba sucio al nombrar a su prima, pero lejos de callarse, penetró más el dedo en la llaga— Tu hija ya no está entre nosotros.

—Tú misma lo has dicho —El Gobernador, esta vez más calmado, miraba a la chica con ternura— La última palabra la tiene tu padre —Hizo una larga pausa y la invitó a sentarse ante él— Creo que ha llegado el momento de que sepas lo que hemos escondido desde tu nacimiento —Laila lo interrumpió. Se mostraba fría pero serena. Su sonrisa no se desvaneció. Los ojos seguían iluminados pero las pupilas habían retomado su tamaño normal.

—Soy tu hija. Ya lo sé. Mi madre y tu habéis tardado siglos en contármelo —Se levantó y siguió hablando mientras volteaba todo el perímetro de la estancia— De todas maneras, me gustaría dejaros claro que aunque por genética sea de esta manera ... Espiritualmente no es así. Mi padre es y será siempre tu hermano, el que ha ejercido como tal desde que vi la luz —Siguió divertida, al ver la perplejidad de su interlocutor— Por lo tanto, si él me obliga a casarme con Nawas, lo haré ... Pero en caso contrario, me iré de Sri Lanka.

—¿Tu ya sabías que yo era tu padre? —El Gobernador volvía a respirar rápido. Laila se le aproximó y lo abrazó.

—Lo sé desde hace años. Mi prima, o mejor dicho, mi hermana, antes de morir escuchó una conversación entre tú y su madre. Ese mismo día se reunió conmigo y me lo explicó.

—No puede ser —El político lloraba desconsolado como un perrito de 4 meses que se siente perdido.

—No te hundas por ello. Las dos estábamos contentas de ser hermanas. No te teníamos ningún rencor. El mismo día de su muerte hablé con mi padre o tu hermano, no sé muy bien como referirme a él, aunque para que sea más fácil, si no te importa, le seguiré llamando padre. Acabó confirmándome lo que ya sabíamos e hicimos un pacto, seguir con el engaño hasta el final o hasta que algo importante nos hiciera romper el secreto. Creo que ese momento por fin se ha dado, pero lo has desencadenado tu ... Mi felicidad está en juego y en peligro —Laila cogía mayor velocidad en la emisión de palabras. Seguía dando pasos a lo largo de la habitación. Se la notaba ligera. Por fin había abandonado esa gran losa que pesaba sobre ella.

—Me siento un imbécil —El Gobernador miraba fascinado a su hija. Durante todos esos años había sido una actriz de primera.

—Tío, sólo una pregunta más ¿Tuviste algo que ver con la paliza que recibió Ramón durante el terremoto?

—¿Paliza?¿Ramón?¿Cuándo? —No pudo disimular la sorpresa y con eso ella tuvo suficiente como para certificar que él no estaba al caso de ese desagradable incidente. Las sospechas sobre Nawas iban tomando más cuerpo— ¿Las heridas que sufrió Ramón fueron por una agresión? Esto es grave ¿Por qué nadie me ha comentado nada?

—Porque él lo ha silenciado hasta ahora. De hecho, yo me he enterado hoy mismo, aunque ya tenía alguna sospecha por el comportamiento de Nawas en las últimas semanas y por alguna cosa que dejaron caer algunos cooperantes —Seguía tranquila. Todo se estaba poniendo en su lugar. Dio un beso al Gobernador— Buenas noches. Debo regresar a casa —La chica salió del despacho como una actriz tras recibir el Óscar a la mejor interpretación femenina del año.

En el centro médico, los cooperantes cenaron con poco apetito y se acostaron sin hacer sobremesa. Paula, Patrick, Pietro y Rosa habían estado atareados toda la tarde con una intervención quirúrgica. Un muchacho de unos 20 años había acudido a visitarlos con un dolor de abdomen muy importante. Los traductores explicaban lo que el chico respondía con dificultad por la respiración entrecruzada secundaria al dolor y la fiebre. El proceso se inició hacía dos días, localizándose inicialmente en la boca del estómago, y más tarde se había generalizado. Dijeron que no tenía hambre, había vomitado un par de veces y había realizado unas 3 deposiciones pastosas sin sangre. En esos momentos el dolor era insoportable. Cuando Paula lo exploró detectó que aparte de la fiebre de 38.5°C, tenía dolor en la palpación de la zona inferior del abdomen, sobre todo la derecha.

—Patrick, estoy convencida de que se trata de una apendicitis —Le dijo al salir de la sala de exploraciones y encontrarlo en lo que usaban como despacho médico.

—¿Estás segura? Sería un desastre. No tenemos un quirófano acondicionado —Se acercó a la litera y lo exploró— Tienes razón. Le duele cuando oprimimos la fosa iliaca derecha.

—Y además tiene defensa y una descompresión positiva. Todo cuadra —Asintió Paula ante la conducta expectante del joven y la mirada atónita de los traductores que no entendían para nada el argot médico.

—No hay más opción que intervenirlo de urgencia. No llegaría a tiempo a Trincomalee a estas horas. Además, sus constantes están viéndose afectadas, con tensiones justas, riñón poco funcionante y corazón que va a toda pastilla.

Tras confirmar que el paciente no tenía ninguna enfermedad importante de base y que la última ingesta la había hecho hacía más de 6 horas, Pietro procedió a dormirlo e intubarlo, conectándolo a la máquina de respiración mecánica. Mientras, sus dos colegas cirujanos preparaban la mesa de material con los instrumentos necesarios a los que tenían acceso, asegurándose que no les faltaría nada en caso de probables complicaciones. Hicieron el corte oblicuado en la piel en la localización habitual, es decir, en la parte inferior derecha de la barriga, era la incisión de Mcburney. Separaron las diferentes capas de la pared abdominal incluyendo los músculos y se adentraron en el abdomen sin problemas. Encontraron un líquido de color marrón espeso y turbio disperso entre las asas de intestino delgado y de la grasa intraabdominal. Tras localizar el ciego, que es la parte más baja del colon situado en la derecha, les fue fácil encontrar el apéndice. Estaba situado en la posición anatómica más frecuente y a vista de todo el mundo. Paula pensó que hubiera sido un buen caso para que un residente de primer año se estrenara como artífice de la cirugía, empuñando con sus propias manos la hoja de bisturí y suturando la arteria apendicular evitando romperla. El apéndice tenía unas dimensiones importantes y su punta estaba perforada por la zona más inflamada, que se veía de color verde negruzco, y hacía mala olor.

—Se trata de una apendicitis gangrenosa y perforada —Le comunicó Patrick a Pietro, mientras que Paula hacia las maniobras necesarias para extirparlo— Tendremos que dejarle antibiótico endovenoso en el postoperatorio y lavaremos el interior del abdomen con mucho suero. Con el que tenemos en la mesa no hay suficiente ¿Puedes avisar a Rosa para que nos traiga unas cinco o seis botellas más de 500 ml?

Rosa calentó las botellas de suero y se las llevó, quedándose dentro de la habitación por si precisaban de algo más. Tras quitar el apéndice, se tomaron su tiempo para dejar muy limpia la cavidad abdominal y la zona de la pelvis, y disminuir así la probabilidad de que apareciera un absceso tardío en el denominado saco de Douglas que es la zona más declive de la pelvis, o entre las asas intestinales. No dejaron ningún drenaje porque no poseían de ningún artilugio adecuado como para que hiciera tal función.

—No hay problema —Dijo Paula— Me quedo tranquila. Hemos lavado de sobras y junto con las dosis básicas de amoxicilina y ácido clavulánico, habrá suficiente para evitar cualquier problema infeccioso posterior.

La mañana siguiente apuntó otra vez encapotada y con mínimos rayos de sol que osaban sobrepasar el cúmulo de nubes que cubría la región. Hacía más fresco de lo habitual y los cooperantes tuvieron que cubrir sus cuerpos con jerséis y ponerse pantalones de tiro largo. El chico postoperado de apendicitis se encontraba sin fiebre, la exploración del abdomen era buena y la herida tenía buen aspecto, demostrando una correcta evolución. A pesar de haber sido una apendicitis perforada con peritonitis generalizada, sus intestinos recuperaron el movimiento en menos de 12 horas, por lo tanto decidieron que empezara a beber líquidos. La familia del joven, que no sabía cómo agradecer el trabajo realizado pues eran de cuna humilde, llevó a los cooperantes unos pastelitos para desayunar y unos amuletos realizados a mano, que según los traductores, atraían las buenas vibraciones y la buena suerte.

Mientras comían esos deliciosos pastelillos de miel y canela, que a diferencia de los que habían probado hasta entonces no eran para nada empalagosos, Paula se dejó llevar por su deporte favorito, la abstracción mental. Fue de esta manera que se percató que hacía muchísimo tiempo que no aparecía por el centro Nawas. En consecuencia, aunque Paula no llegó a asociarlo, Ramón estuvo tranquilo, amable, alegre y animado, osando incluso hacer alguna broma a sus compañeros y los otros traductores.

—Abdul ¿Donde está Nawas? Hace mucho que no le veo por aquí.

—No lo sé Paula. Sus hermanas me han dicho que se fue a Colombo para temas personales. No me han dado muchos detalles y yo tampoco he profundizado ¿Lo preguntas por algo en especial?

—No ... Por nada .. Sólo curiosidad mal sana —La mente de Paula, pero, siguió dándole vueltas al tema— Abdul. Antes del tsunami, había problemas de seguridad en la región, ¿verdad?

—Sí, claro. Teníamos el papelón de las guerrillas.

—¿Y los guerrilleros eran gente del pueblo o venían de fuera? ¿Los conocíais abiertamente?

—Supongo que había un poco de todo —Abdul empezó a sudar y Paula detectó que a su interlocutor le temblaban las manos— ¿A qué vienen estas preguntas?

—A nada en concreto ... ¿A qué se debe este nerviosismo? —Paula miraba al traductor. Trataba de descubrir algún signo que le certificara sus sospechas, "ese hombre conocía muy bien a algunos de los integrantes de los grupos armados, tal vez incluso, él fuera uno de ellos"— Abdul ¿Te encuentras bien?

El hombre estaba pálido como si de un enfermo con anemia severa se tratara. La sudoración era más patente que hacía unos segundos. Sus manos se apoyaron sobre el pecho. Empezó a gemir mientras cuchicheaba la palabra dolor. Paula avisó a sus colegas. Abdul estaba teniendo un ataque de corazón. A toda prisa lo pasaron dentro de un cubículo y le administraron morfina, nitroglicerina sublingual y una aspirina. La cirujana no sabía si culparse de ese achaque o considerarlo fruto del azar. Su consciencia intentaba tranquilizarse pensando que no podía ser que unas cuestiones tan inocentes fueran las responsables de ese desbarajuste.

Pietro y Jaime eran los que llevaban la voz cantante porque eran los que más dominaban de cardiología. Rosa consiguió canalizar una vena lo suficiente gruesa en el antebrazo izquierdo pero Pietro prefería tener otra. Esta vez le costó más y el anestesiólogo tuvo que reemplazarla. Al final consiguieron introducir el catéter en el antebrazo derecho e iniciaron la perfusión de suero fisiológico. Una vez cedió el dolor y dado que no se había producido ningún trastorno del ritmo cardiaco, los cooperantes respiraron. Santi llamó al Gobernador para conseguir una ambulancia y trasladarlo a Trincomalee lo antes posible. Paula se acercó a Abdul y le pidió perdón por ser la causante de ese trastorno cardiológico.

—No has sido tú Paula. Estate tranquila —Abdul la miraba compasivamente— Hace días que no me encuentro bien. Ya había tenido dolores antes pero no le di la suficiente importancia.

—Podrías haber muerto. Estas cosas no se obvian ni esconden. De todas maneras, reitero, siento haber sido tan abrumante.

—Repito. Eres inocente. Hace años me diagnosticaron de una malformación cardiaca en el National Hospital de Sri Lanka, pero en

285

casa nunca hemos tenido suficiente dinero como para tratarla. De hecho, como estaba asintomático, llegué a pensar que había sido un error diagnóstico de los médicos de la capital.

—¡Dios mío! Haremos todo lo posible para ayudarte. Pagaremos los gastos entre todos.

Paula lloraba, una vez más, al oír la penurias de los habitantes de esa gran isla. Era incomprensible que en el mundo, unos cuantos pocos gastaran dinero a troche y moche, sin ningún tipo de control, adquiriendo tonterías o comprando objetos de poca o ninguna utilidad, sólo por el regocijo de alardear ante los demás, que es lo que Paula llamaba "mear más lejos y más que el resto", mientras que la mayor parte de los habitantes del planeta, incluyendo no sólo el tercer mundo, sino también los denominados países desarrollados, apenas podían sobrevivir por no poder cubrir sus necesidades básicas. Abdul, que en ese momento estaba siendo colocado dentro de la ambulancia que lo llevaría a Trincomalee acompañado por Pietro y Rosa, hizo una señal a la cirujana para que se aproximara a él.

—Tengo la alta sospecha que Nawas y el hijo del Gobernador forman parte de las guerrillas —Trató de tragar saliva porque tenía la boca pastosa por la medicación administrada. Continuó con las confesiones— No sé que les ha ocurrido a vuestros compatriotas periodistas ni a Ringa, pero puedo jurar por los espíritus de los muertos, que nuestros guerrilleros no han tenido nada que ver en ello. Un alto al fuego es un alto al fuego. Dar la palabra es sagrado —La puerta del vehículo se cerró para partir hacia la capital de la Región.

En Trincomalee, María por fin pudo quedarse a solas con Hensenn, gracias a que la pesada de Fathima tuvo que irse corriendo al hospital antes de desayunar por una emergencia y Ana aún estaba en la cama. La sirvienta del médico holandés dejó en la mesa el pan, la mantequilla, la confitura de mango y piña, un pastel de aguacate y unos huevos revueltos, desapareciendo al ver que su jefe le hacía disimuladamente una señal con la mano.

—¿Te gusta lo que ha preparado mi ama de llaves para desayunar? —Hensenn le hizo una señal para que se sentara en la silla situada a su derecha.

—Tiene muy buena pinta, gracias. Además, estoy muerta de hambre, cosa que no entiendo, la cena de ayer fue espectacular.

—La brisa de la Bahía de Trincomalee tiene este efecto sobre las personas. Relaja de tal manera que incita a comer.

—Pues no me quedaré mucho tiempo en esta ciudad. No quiero acabar en la lista de espera para ser operada de obesidad mórbida.

Hensenn dio un mordisco a una tostada con mermelada mientras amortiguaba una carcajada. María hizo un gesto para acercar la jarra con leche y él se le adelantó, de manera que sin querer, le derramó el contenido del vaso de zumo encima.

—Lo siento mucho. Soy un negado. Permíteme que te ayude a limpiar los pantalones ¿Tienes otros aquí?

—Sí. No te preocupes. Cuando termine de desayunar subiré a cambiarme.

A pesar de lo que le estaba diciendo la enfermera, Hensenn continuó restregando con un trapo humedecido la mancha de los pantalones. A María se le erizaron los pelos del cuerpo al notar su contacto y empeoró al oler su after shave. Se puso tensa porque no quería que él detectara su reacción, pero fue tarde, el hombre tenía una experiencia vital inmensa y se había dado cuenta de lo que estaba ocurriendo. Tardó milésimas de segundos en dejar la gamuza en la mesa, coger la cara de María entre sus manos y darle un beso de adolescente. Una vez finalizada esta primera aproximación, María cerró los ojos y busco otra vez los labios del holandés. Quería más de ese manjar. La temperatura en la cocina ascendía exponencialmente y si no hubiera sido por la entrada triunfal de Ana, hubieran terminado haciendo el amor sobre la encimera, la mesa o en el suelo.

La pediatra no podía dar crédito a sus ojos. No era una novedad que María sintiera algo por Hensenn, pero nunca hubiera imaginado que ese amor platónico se convertiría en algo terrenal

287

correspondido por él. La estancia en ese país les estaba llevando por caminos insospechados. María tenía un marido que la esperaba en Canarias y dos hijos universitarios que para nada aceptarían esa acción. Si se enteraban, ella lo lamentaría toda la vida. Debía guardarle el secreto. Dio media vuelta y salió de la habitación a pasos agigantados, tomó su chaqueta, salió al jardín y empezó a andar sin rumbo. Respiró con gusto esa brisa tan agradable mientras descendía de la colina que tan bellas vistas tenía. Una vez en el centro de la población buscó un lugar para devorar algo, ya que estaba con mucho apetito. Mientras comía, intentó olvidar el espectáculo del que acababa de ser testigo y se centró en la misión encomendada, encontrar pistas sobre Luís. Cuando terminó se dirigió al hotel donde estaba Fina para hablar con ella y hacer algo provechoso.

Hensenn y María no reaccionaron hasta pasados unos minutos tras la marcha de Ana. María estaba preocupada, captó al vuelo el desagrado de su compañera. Su cerebro racional se sentía abrumado, pero el emocional estaba dando brincos de felicidad, a la vez que se sentía furioso, por haber sido interrumpido en la situación más romántica que había vivido nunca. Los inicios de la relación con su marido fueron insípidos. Se conocían del barrio, coincidieron en la universidad de Madrid y convergieron trabajando en el mismo hospital. El primer beso llegó en un momento calculado, tras una cena en el mejor restaurante de su ciudad. Meses después pidió la mano a sus padres, llegaron los hijos y la pasión, que nunca había sido como la de las novelas románticas que leía a escondidas para que él no se mofara de ella, acabó fundiéndose por completo.

—¿Estás bien? —Hensenn hacía unos largos minutos que la observaba sin osar interrumpir sus pensamientos.

—Si tengo que ser franca, no. He de confesar que estoy hecha un lío —Mantenía la mirada perdida hacia la ventana que daba al jardín.

—Lo entiendo. Yo también. Nunca me había comportado como un adolescente. Ni tan sólo cuando tenía edad para hacerlo —Hensenn, a pesar de que quería trasmitir preocupación, estaba la mar de satisfecho. Le había parecido una situación de película. A su edad, pocas veces podía permitirse ser el protagonista de situaciones críticas de aquel tipo— Si quieres, cuando vuelva Ana, hablo con ella.

—No será necesario. Lo haré yo llegado el momento. Terminemos de desayunar. Que este incidente no nos quite el hambre —En el fondo, María no quería llevarlo a un extremo.

Ana llegó al hotel y fue directa al comedor. Tal y como se imaginaba, Fina se encontraba en una mesa, intentando tragar un trozo de pan con mantequilla, con poco éxito. Bebió zumo de piña antes de invitarla a sentarse. Durante casi una hora, analizaron los hechos y Fina le pasó toda la información recopilada que incluía los sitios a donde Luís podría haber ido esa fatídica noche. Fina se había personado numerosas veces en las administraciones locales, cuarteles de policía y del ejercito e incluso ONGs instaladas allí sin que nadie le diera pistas, pero sí un montón de palabras de consuelo. No recordaba nada especial que pudiera ayudar ni tenía en mente datos que hubiera captado su subconsciente. La articulista estaba sumamente angustiada. Preguntó a Ana si Cristian había sido ya repatriado, y ante la afirmación, respiró aliviada, al menos tenían un problema menos en el que pensar.

—Creo que yo también me iré. Tengo los nervios destrozados. No puedo conciliar el sueño. He perdido el apetito. Sólo quiero llorar y llorar —Fina decía esto mientras se secaba dos lágrimas incontroladas con un pañuelo de papel.

—Todos debemos irnos. Ya han dado la orden de repatriar a los cooperantes y periodistas de las zonas de catástrofe. Mañana por la mañana regresaremos a Kinniya para empaquetar. Según nos han explicado los miembros del Consulado español en la India, han conseguido un avión de la compañía Alitalia que agrupará a todos los europeos de la isla. No quieren más problemas. Parece ser que en Sumatra han desaparecido unos cuantos compañeros también.

—¿Españoles? —El instinto periodístico de Fina aplastó a la depresión por unos minutos y acto seguido tomó una libreta para apuntar datos— ¿Dónde está la persona que te lo ha contado? Me gustaría entrevistarla.

—¡Eres un caso! —Ana no pudo evitar una carcajada provocada por el cambio brusco de humor de su compatriota— Pareces Mr. Jekyll y Mr. Hyde. Nos lo comentó ayer uno de los oficiales del consulado con el que coincidimos en el hospital mientras tramitábamos la partida de Cristian. No sé si aún estará por la ciudad.

—¿Qué más dijo? —Fina devoraba lo que quedaba en su plato para poder salir a todo gas hacia el centro hospitalario.

—Pues lo que ya te he dicho, que habían desaparecido cooperantes y periodistas en Sumatra, Tailandia y Sri Lanka. Parece ser que en la zona de Banda Aceh se ha volatilizado una enfermera española que trabajaba con Médicos sin Fronteras.

Fina se levantó e invitó a si compañera a acompañarla al hospital. Dado que Ana no tenía, para nada, ganas de volver a casa de Hensenn y no se le ocurría que más hacer para ayudar a Luís, aceptó. El centro sanitario quedaba a unos 15 minutos a pie desde el hotel si no te perdías, cosa que no ocurrió porque Fina se orientaba a las mil maravillas. Una vez en el hospital fueron directas al despacho del director que tan amablemente la había atendido. Éste no se sorprendió al verla otra vez allí, es más, se imaginaba que volvería pues en las últimas 24 horas había recibido numerosas visitas de reporteros que preguntaban por miles de temas que incluían los heridos por armas, la carencia de materiales, epidemias, las desapariciones de niños y el estado psicológico de los habitantes de la región. A pesar de todo, las dos chicas no consiguieron sacar agua clara, dado que no les dijo nada nuevo. Fina se sintió contrariada al saber que los representantes de los consulados ya estaban camino de Colombo para organizar las repatriaciones.

Aprovechando que estaba en el hospital, Ana llamó por teléfono a sus compañeros de Kinniya. Cogió el aparato Celso que la puso al día de los últimos acontecimientos, calculando que Abdul llegaría al hospital en menos de una hora, por lo que la pediatra decidió no alejarse en espera de los resultados de las exploraciones. Cuando Paula descubrió que era Ana la que estaba en el otro lado del hilo telefónico, le arrancó a lo bestia el aparato a su amigo, que la maldijo usando un argot soez.

—Ana ¿Cómo va todo? ¿Habéis podido descubrir algo nuevo?

—Nada de nada. Es desesperante. Fina se está comportando como una bipolar. Pasa del llanto histérico a la euforia pletórica en milésimas de segundos.

—¿Y María? ¿Estás con ella?

—Buf. Otro temita que ya te contaré.

—Pero, ¿relacionado con qué? —Paula no quería retrasar la satisfacción de su curiosidad.

—Vale. Te doy un adelanto como si fuera el tráiler de una película de estreno, pero prométeme que me guardarás el secreto.

—Te lo prometo por mis gatos.

—María y Hensenn se han liado, y hasta aquí puedo leer. Me hacen señales. Parece que Abdul ya está en urgencias. Un momento —Tapó el auricular con la mano mientras escuchaba lo que Pietro le decía al oído— Escucha. Te dejo. Me dicen que Abdul ha hecho nuevas crisis de dolor durante el trayecto. Está haciendo arritmias. Parece grave.

—¡Espera! —Paula permutó la curiosidad por la ansiedad— Ana. Debes saber que Abdul me ha confesado que Nawas y el hijo del Gobernador forman parte de las guerrillas. Pero me ha asegurado que ellos nada tienen que ver con todos estos incidentes. Creo que conoce más información de la que me ha largado ¡Investiga!

—No creo que yendo a un ritmo cardiaco de 180 por minuto esté en condiciones de confesar nada, pero por si acaso estaré atenta. Hasta mañana. Volveremos con Pietro y Rosa.

Volvía a caer la oscuridad. A Paula aún se le hacía extraño que el sol se pusiera alrededor de las 18 horas, ya que en España estaba acostumbrada a asociar calor y luz solar hasta la hora de cenar peninsular, porque en los países del norte de Europa cenaban cuando los españoles merendaban. Los pocos que quedaban en el centro médico comían mientras planeaban la vuelta a casa. Patrick anunció que él partiría, tal y como lo había previsto, hacia Camboya. Paula notó un espasmo en la zona precordial. Primero miró a su compañero americano y después a Javi, que la estaba fulminando con la mirada. Ramón se puso en pie y anunció que no pensaba volver con ellos a España. Jaime clamó al cielo.

—No puedes hacer tonterías por un calentón provocado por una chiquilla exótica que te ha jurado amor eterno —El Jefe médico estaba que echaba fuego por las venas. La relación entre su compañero y Laila ya no era un secreto— Y no olvides que tienes familia en España ¿Qué piensas hacer con tus hijos? —Jaime flipaba con lo que estaba ocurriendo.

—Está todo controlado. Mis hijos estarán bien con su madre —Ramón hablaba sereno, fruto de un buen análisis de la situación— El estado de pareja no era muy próspero. De hecho estábamos en vías de separación. Yo ya no vivía con ellos.

—¿Y ya está? —Esta vez hablaba Santi— ¿No piensas dar una segunda oportunidad a la relación? ¿No quieres estar con tus hijos? Han pasado miles de cosas que nos han cambiado. Seguro que a partir de ahora verás el mundo diferente. Todos nosotros lo haremos ¡Hemos sufrido y hemos cambiado!

—No sería una segunda oportunidad. Sería una quinta o una sexta —Ramón paseaba de arriba a abajo por el comedor— Y sí. Han pasado un montón de cosas que me han hecho ver la vida de forma diferente. Recordad que estuve a punto de perder la vida —Se paró para mirar uno a uno a sus colegas. Después continuó pateando la sala— Creo que desde ahora debo luchar por mí y por mi felicidad. Debo hacer actividades que me llenen ... Yo siempre he querido trabajar en el tercer mundo. En lugares donde sí agradezcan nuestra ayuda y no nos traten como personas a su servicio —Ramón se paró otra vez en el centro del comedor y con un volumen más alto continuó diciendo— No soy criado de nadie. A mí los pacientes no me pagan la mierda de sueldo que cobramos. Ninguna persona tiene derecho a castigarme si los resultados no son los deseados. Soy un ser humano que erra y la medicina no es una ciencia exacta. No me gusta que tras sufrir como un imbécil por la vida de un desconocido, me vengan sus familiares y me amenacen porque no he sido lo suficientemente simpático o me pongan una demanda judicial por no haberlos informado en el momento que a ellos les iba bien.

—Lo pintas muy negro. Todo el mundo no es así —Ahora hablaba Jaime mientras se masajeaba las cervicales con las manos.

—Sí es así. Yo me siento de la misma manera un 75% del tiempo. Por cada persona que reconoce nuestra ardua tarea, hay tres que no lo hacen —Celso miró a su compañera Paula mientras hablaba, y ella asintió, apoyando sus declaraciones.

—Toda esta filosofía está muy bien, pero sigo pensando que eres egoísta, que no piensas para nada en tus pobres hijos.

—No tengo la obligación de contaros las interioridades de mi vida, pero no me apetece que creáis que soy un monstruo, y en este punto me gustaría que supierais, que esos gemelos no son hijos naturales míos, sino que son fruto de una infidelidad de mi mujer.

Se escuchó un barullo generalizado de sorpresa.

—¿Y qué piensas hacer, entonces? —Álex fue pragmático. No era muy partidario de la filosofía barata y el largo discurso le estaba aburriendo— ¿Te quedarás aquí?

—No lo creo. Puede que me vaya a Mumbai. Lo haré solo … si Laila no quiere acompañarme.

—Sí que quiero acompañarte —Laila se encontraba plantada en la puerta de entrada, escondida tras Javi, que era el único que la había visto llegar— Podemos irnos cuando quieras. He hablado con mis padres y nos dan la bendición.

Ramón se aproximó a la chica y se abrazaron con libertad por primera vez, sin esconderse de nada ni de nadie. El resto del grupo abandonó la sala para ir a dormir. Paula siguió a Patrick; éste le había hecho una señal con la cabeza. Javi había salido al porche, no por haber captado la señal de Patrick, sino para dar unas caladas sentado en las escaleras acompañado de Álex. Patrick tomó a Paula por la mano, y obviando que los dos españoles los estaban mirando, la arrastró unos metros calle arriba, buscando un lugar tranquilo para hablar. Se acomodaron sobre una gran roca emplazada en un descampado. Las estrellas brillaban, las nubes que habían acompañado a los habitantes de la ciudad durante todo el día se habían fundido justo con la puesta de sol.

—Que noche más preciosa —Paula estaba nerviosa y dijo esas palabras como podría haber dicho otras referentes a los callos de sus pies.

—Sí. Nuestra penúltima noche en Sri Lanka. Es un regalo poder ver estas constelaciones que no podemos observar desde nuestra casa. Esa de allí es la de sagitario ¿Es tu signo del zodiaco, verdad?

—Lo es ¿Como lo sabes? —Paula miraba hechizada la constelación.

—Me lo comentaste el día de mi cumpleaños. Cuando estábamos cenando y dijiste que los acuario y los sagitario eran compatibles zodiacalmente hablando.

—Seguro que pensaste que era una boba.

—No. De hecho me cautivaste —Le cogió la mano y se la besó con cariño.

—Estás loco —Paula notó ese cosquilleo en el estómago tan presente esas últimas semanas y un escalofrió le recorrió desde la cabeza hasta la punta de los dedos del pie.

—Paula, quiero que pienses en serio la posibilidad de venir a trabajar conmigo a Camboya.

—¿Cómo? —El escalofrió se convirtió en una sensación gélida— ¿Dejar España, tal y como hará Ramón, y venir a vivir a Asia?

—Sí. He visto como asentías cuando Celso y Ramón despotricaban de como os tratan en España. Ya has podido comprobar que aquí las cosas son distintas —Patrick encendió un cigarrillo ante la mueca desaprobadora de Paula. Estaba inquieto, por mucho que quisiera disimularlo.

—Pero es una decisión que no puedo tomar a tontas y a locas. Y menos ahora que no estoy centrada. Han pasado millones de cosas, tal y como se ha dicho antes, y no me veo capacitada para realizar previsiones de futuro —Le cogió el cigarrillo a su compañero y dio un par de caladas— Estoy desorientada en cuanto a sentimientos, necesidades y deseos.

—Te entiendo —Patrick terminó de dar las últimas caladas al cigarrillo hasta que se extinguió— Tienes razón. Lo mejor que puedes hacer es volver a España con tus compañeros, regresar a tu vida habitual, ordenar ideas, cavilar y decidir.

Él se levantó y la ayudó a ponerse en pie. Lo hizo suavemente pero con una maniobra que obligó a Paula a situarse justo delante de él. En ese momento, con una coordinación propia de una pareja de baile de salón bien avenida, se abrazaron y besaron. Fue un beso largo, como si se tratara del último beso antes de ir a la horca. De camino a casa pararon varias veces para besarse. Iban cogidos de la mano. Los vecinos que estaban sentados en los porches de las casas adyacentes los saludaban diciendo algo parecido a "Kutpai" o adiós en inglés. Cuando llegaron a la casa ni Álex, ni Javi, ni Laila, ni Ramón estaban allí. Volvieron a besarse y se acostaron.

14. REGRESO A CASA

Pietro, Rosa, Ana y Fina se reunieron la noche antes con María y Hensenn para cenar en el hotel. La última visita a Abdul confirmaba que las constantes eran estables pero aún no estaba fuera de peligro. Ana no hizo ningún comentario del incidente entre Hensenn y María, pues prefirió hacer ver que no había visto nada y no destapar el escabroso tema. Para no complicar las cosas, los cuatro cooperantes y la periodista decidieron quedarse a dormir juntos en el hotel y pillar el primer transbordador del día siguiente hacia Kinniya. Tras la cena, se despidieron de Hensenn con mucho afecto, excepto María, que fue fría como nunca la habían visto sus compañeros. El médico holandés no daba crédito a su actitud. Pensó que todas las mujeres, con independencia de su nacionalidad, raza, edad o nivel cultural, eran complejas. Cuando medio cabreado salió a la calle para volver a su hogar, María lo siguió.

—Espera Hensenn. Creo que te debo una explicación de mi actitud vespertina.

—Sí que me la debes. No consigo entender nada. Lo siento, pero los hombres somos muy simples —Hensenn gravitó sobre unas vallas que delimitaban el jardín de una casa señorial.

—Ya te dije que estaba hecha un lío. Tengo sentimientos contradictorios hacia ti y creo que no es correcto dada mi situación personal, la distancia que nos separa y las vidas que llevamos —La enfermera había pensado a lo largo de toda la jornada, la manera de expresarle sus sentimientos.

—Por supuesto, tienes razón —Paró a pensar que palabras debía pronunciar— No es el momento de introducir cambios ni de

297

optar por una u otra disyuntiva. Tenemos cierta edad y debemos demostrar sentido común.

—Maldita cordura —María oprimía los puños conteniendo a rabia, mientras lloraba en silencio.

—La prudencia es la madre de la ciencia —Dijo Hensenn, abrazándola.

—Es la paciencia, la madre de la ciencia —María se secaba la mucosidad de la nariz con la manga de su chaqueta y dejaba entre ver una sonrisa.

—Bueno, creo que las dos frases son aceptables —Hensenn le dio un beso en los labios aún mojados por las lágrimas— Nos mantendremos en contacto y puede que cuando no hayamos recuperado emocionalmente, estemos preparados para decidir.

—De acuerdo. Estaremos en contacto. Prométemelo —Esta vez fue ella la que le dio un último beso y se apartó de él sin mirarlo, sabiendo muy dentro de sí, que nunca más volvería a ver a ese personaje tan especial.

A los cooperantes del centro médico los despertó la enfermera que desde el día previo, era la nueva coordinadora. Acudió acompañada por sus colegas que harían de voluntarias mientras no apareciera personal especializado. Como solo disponían de 24 horas para aprender el funcionamiento del consultorio, se pusieron manos a la obra de inmediato. Un par de horas más tarde llegaron los traductores y las amigas de Laila. Entre todos tomaron nota de los aparatos que había y de su funcionamiento, de los medicamentos y sus efectos, de las herramientas; de como se hacían las curas fáciles, se limpiaba el material y se ponía a esterilizar; de como se anotaban los episodios en las diferentes fichas y se organizaban las colas de los pacientes; y todo aquello que fue surgiendo y les pareció importante. Antes de comer llegaron los cooperantes de Trincomalee y durante el almuerzo explicaron lo que habían descubierto, que más bien era menos que más. Por la tarde siguieron con las tareas asistenciales y docentes hasta que los pacientes en espera desaparecieron, más pronto que otros días. Cerraron la consulta un poco antes de tiempo para poder recopilar y ordenar sus propios enseres. Recibieron una llamada desde Colombo para notificarles que el autobús que debía llevarlos a la capital llegaría hacia las 12 horas del mediodía. También les anunciaron que en ese autobús se personarían un par de médicos generalistas y tres enfermeras para sustituirlos. Los cooperantes se alegraron al confirmar que no dejarían a los habitantes del pueblo sin atención sanitaria.

Durante la cena recibieron la visita del Gobernador que quería despedirse de todos ellos en persona. Primero pronunció unas palabras de agradecimiento en nombre de todo el pueblo, por lo que habían aportado a la zona y después, siguiendo un protocolo, lo hizo individualmente, de una forma más cercana. Con Paula fue más cálido que con el resto, pero excepto Ana y Rosa, que eran unas fieras en lo del lenguaje no verbal y su significado, nadie se percató. Esa noche no hubo tanta juerga como la noche de despedida del primer grupo, ya que eran conscientes de que volverían sin Ramón y sin Luís. Aprovecharon para intercambiarse e-mails con los traductores, con los voluntarios y con los compañeros que no irían a España. Laila se llevó a Paula a una zona más apartada para hablar con ella.

—Paula, querría pedirte disculpas por mi comportamiento estúpido —Laila estaba serena— Tenía un montón de razones para detestarte.

—Pues yo no soy consciente de haber hecho nada en tu contra, excepto haber sido un poco impertinente y provocadora contigo, todo sea dicho de paso.

—Directamente no lo habías hecho, pero tú representabas muchas cosas que yo anhelaba. Conseguiste en un pis pas el respeto y el afecto del Gobernador, trabajabas mano a mano con Ramón, podías largarte con libertad de esta isla cuando quisieras, tenías una carrera de éxito, realizabas una tarea muy importante ayudando a los demás, triunfabas con los hombres ... En resumen, eres una ganadora —Paró para alzar los ojos hacia el cielo y ver las estrellas, que esa noche brillaban como los faros del Mediterráneo para homenajear a los cooperantes— Yo, por el contrario, tenía una vida aburrida, un matrimonio convenido con una persona que no me interesaba y de la cual no me fío, un padre que no me expresaba su amor, poco éxito con los hombres y mínimas posibilidades de triunfar en la vida.

—Laila, las apariencias engañan —Se sentaron en las escaleras del porche— No me considero una triunfadora ... Mi profesión da muchas satisfacciones, pero también desvalora mucho la vida privada. Emocionalmente nos convertimos en rocas. Pagamos el mal humor con los de casa. Nos sentimos infravalorados en comparación con lo que damos y sufrimos. Y no hay que olvidar el hecho que trabajamos muchas horas y estamos expuestos a millones de enfermedades contagiosas, aparte de lo que pueda desencadenar un estrés constante, por un módico precio de 4 céntimos.

—Estás exagerando para hacerme sentir mejor —Laila no podía creer lo que oía.

—No. Tengo más a decir. En Europa poseemos otro tipo de esclavitud, la que nos marca la sociedad capitalista. En cuanto a las parejas, es verdad que puedo escoger, pero siempre me he equivocado. A veces pienso que hubiera sido mejor que hubieran escogido por mí de una forma más fría. Es bien sabido que se puede pasar del amor al odio en milésimas de segundo, y al revés. En cuanto al Gobernador ... No entiendo el porqué te importa tanto lo que diga y piense tu tío. A mí no me afectaría tanto.

—Es mi padre ¿No te lo ha contado Ramón? —Paula estaba flipando. Ahora podía atar cabos.

—Ramón no me ha dicho nada. No tenemos tanta relación como crees. Es una persona muy cerrada. Puede que tú seas la persona que más lo conoce en estos momentos. Incluso me aventuraría a decir, que más que su esposa, o mejor dicho, la madre de sus hipotéticos hijos.

En ese momento Ramón se acercó a ellas, haciendo el suficiente ruido para no asustarlas. Lo pusieron al día de sus confesiones y estuvo de acuerdo con Paula al confirmar que no es oro todo lo que luce. Laila se despidió para ir a su casa, donde pasaría también la última noche con los suyos. Ramón insistió en acompañarla y se alejaron cogidos por la cintura. Paula no pudo disimular cierta envidia ante el hecho de que ellos tenían las ideas claras a pesar de las circunstancias que los envolvían. Álex, que se encontraba en la puerta de entrada, se aproximó a Paula, sobresaltándola.

—Lo siento. Pensaba que me habías oído —El chico se sentó a su vera.

—Estaba demasiado abstraída ¿Qué tal vas? ¿Has sabido algo de Lilian? —Acabó de pronunciar la frase y ya se arrepintió de haberlo hecho.

—¿Qué pasa? ¿Ahora te preocupas por ella? Era vox populi que no podías verla ni en pintura —Replicó despreciando a su interlocutora, trato que ya empezaba a ser habitual.

—No sé qué te ha ocurrido en este tiempo pero no eres la persona que vino a buscarnos al aeropuerto de Colombo hace unos meses.

—No es preciso que repita lo que ya se ha dicho una y otra vez. Creo que ninguno de nosotros volverá a ser como era antes del tsunami.

—Tienes razón. De hecho, tú has cambiado a peor —Javi miraba a su colega de ciudad despectivamente— Hace más años que los demás que te conozco y creo que algo te ha torcido el cerebro. No me gusta el actual Álex.

—¡Mala suerte chaval! ¡Si no te gusta, te jodes! —Álex se levantó y se adentró en la oscuridad del pueblo. Vieron como se encendía una cerilla en medio de la noche y tras ello, nada.

—Uauuuu. Cuando tienes que decir algo, lo dices bien clarito —Paula miraba a Javi cautivada. En ese momento lo vio guapo, seguro, maduro y más próximo a ella. La vida era un embrollo. No entendía como Laila pensaba que era una persona segura de sí misma y con ideas claras, cuando era todo lo contrario.

—Puede que sea fruto del ambiente de la isla. Por norma intento ser cortés pero es que últimamente, Álex me saca de quicio. Hace y dice unas cosas impropias —Se aproximó mucho a Paula para provocarle alguna reacción física, había detectado la mirada brillante de su compañera— ¿Puedes creer que no he conseguido que me explique que hizo cuando se fue con Lilian? ¡Ni tan sólo sé donde fueron!

—Es extraño. Lo normal es que hubiera esbozado un poco la historia ... Pero ha callado como si hubiera hecho algo ilegal —Paula ya había pensado en ello. La actitud de Álex se metamorfoseó de chico agradable y gracioso, a personaje malcarado y repulsivo— ¿Crees que la influencia de Lilian pueda haber provocado tanta transformación?

—No creo que haya sido sólo eso. Serán un acumulo de cosas. Estoy convencido que en esa escapada ocurrió algo que lo ha marcado. Tarde o temprano tendrá que vomitárselo a alguien. Pasa siempre —Javi cogió la mano derecha de Paula y la prensó con sus dos manos— Tras una de mis primeras guardias como cabo, en la que tuve que recuperar un cadáver de un anciano de una habitación llena de hedor de putrefacción y gusanos mortuorios.

—¡Dios mío! ¿Esto es cierto? —Paula, que pensaba que las había visto de todos los colores, estaba flipando y por eso lo interrumpió.

—Sí, es cierto. Pues tras ese incidente, cambié de carácter. Me volví más reservado y a la vez agresivo. Duró semanas hasta que al fin, un compañero veterano me obligó a ir a una psicóloga que tenemos asignada. Tras unos meses de terapia conseguí volver a la normalidad. Me enseñó herramientas para superar traumas y las he usado desde entonces. Después he vivido incidentes similares e incluso peores, pero ya no me han afectado igual.

—Que suerte. A nosotros no nos dan tantas facilidades para superar traumas. Nos las tenemos que arreglar solos ¿Crees que a Álex le pasó algo? —Javi no respondió— Si es así no comprendo el porqué lo has tratado de esta manera. En lugar de ofrecerle ayuda, lo has atacado.

—Ya he probado de ayudarlo ¿Qué crees que he estado procurando hacer estos días llevándomelo de paseo? No ha habido respuesta.

—No eres psicólogo. A lo mejor no has usado los métodos adecuados.

—Yo no envié a pastar a mi compañero como me ha hecho él. Yo acepté el auxilio de una profesional. Álex lo ha rechazado. No ha querido hablar con las psicólogas de referencia que tenemos en Madrid.

—Bueno, tal vez, cuando vuelva a casa buscará ayuda —Paula miró la hora en su reloj— Javi, es tarde. Deberíamos descansar. Mañana será un día duro y estresante.

—Tienes razón —Se levantaron del suelo. Javi la asió por el hombro para detenerla. Ella esperaba un beso. Él le inquirió unas dudas— ¿Qué pasará ahora entre tú y Patrick? Ya tengo claro que te has decantado por él, pero no sé como procederás al respecto, ahora que estaréis el uno lejos del otro.

—Javi, sigo hecha un lío. No hay nada claro entre él y yo, igual que tampoco hay nada claro entre nosotros —La mirada de la chica coincidía con las palabras que emitía— No me he decidido. No es el momento. Tengo la sensación que al final todo quedará en blanco.

—Paula, mis sentimientos no han variado ... Y creo que no lo harán en un futuro —Paula le apoyó el dedo índice de su mano derecha sobre los labios.

—Shisssss. No hagas como los políticos. No prometas cosas que a la larga no cumplirás. Vayamos a dormir querido —Le dio un beso en los labios y se adentró en casa.

Javi se quedó en el porche pensando en lo que había dicho Paula. Se sentó otra vez para esperar la vuelta de Álex, no tenía sueño y se sentía algo culpable. Tras unos 15 minutos de espera apareció Ramón, que se sorprendió, no tenía previsto encontrar a nadie despierto.

—¿Te has cruzado con Álex? —Javi le hizo la pregunta cuando Ramón estaba aún a unos metros del porche.

—No ¿Ha pasado algo?

—Una pequeña desavenencia —Javi no tenía moral para darle explicaciones y pensó que esa palabra lo justificaría todo.

—Ya volverá. Estate tranquilo. Últimamente está un poco rarito, pero como no es el único, nada podemos decir al respecto. Vamos a la cama.

Los cooperantes se encontraron en el comedor para desayunar. Casi todos presentaban ojeras, resultado de un mal descanso o insomnio. Paula detectó que Álex no estaba en la sala y se acercó a su camastro constatando que estaba sin usar. Nadie lo había visto desde la noche anterior. Javi se encontraba fuera de sí, se responsabilizaba de su huída. Jaime y Celso lo intentaron calmar, sin resultado. Llegó el medio día y con él, el autobús que los llevaría a Colombo. Del vehículo bajaron un médico de raza negra, un hindú rechoncho, un par de mujeres de 50 años y la jovencita que coincidió con María en el trayecto de Colombo a Trincomalee. Las dos enfermeras se abrazaron y no dudaron en ponerse al día. La joven le dijo que el trabajo en Trincomalee estaba bien, pero que el que le habían ofrecido en Kinniya era aún mejor en condiciones laborales y como proyecto profesional.

Tras los saludos, les enseñaron el edificio, su contenido y les presentaros a los voluntarios, todo en el periodo de tiempo de una hora aproximadamente. El conductor del autobús se mostraba ansioso porque no quería conducir bajo el amparo de la oscuridad y por tanto los apremió para que cogieran sus cosas y se subieran al vehículo. Álex no había vuelto y Jaime, que estaba enfadadísimo, despotricó todo lo que pudo y más, dando la orden de partir, vociferando que si Álex era un inconsciente, no era el problema del resto del grupo. Fina, que tenía muy en fresco lo que había ocurrido con Luís, empezó a gimotear diciendo que lo habrían secuestrado como a su colega bombero. En el fondo, Fina verbalizó las sospechas de todos, pero tal y como había dicho Jaime, no podían hacer nada. Llamaron a la embajada española de India para dar el pertinente parte y subieron tras millones de saludos, achuchones y abrazos de despedida. Laila besaba a sus padres y hermanos, ya que ella también iba a entrar en el autobús aunque a diferencia de los demás, una vez llegados a la capital, no cogería un avión, sino que junto con Ramón, tomaría un ferry en el puerto de Colombo dirección Thoothkkudi, una ciudad del sureste de la India, situada en la región de Tamil Nadu. El triste trayecto que los alejaba de Kinniya duró unas 5 horas y realizaron dos paradas técnicas para estirar piernas, comer algo e ir al baño. Las conversaciones entre ellos fueron más bien escasas debido al cansancio, el nerviosismo y la preocupación. Paula se sentó al lado de Patrick y Javi lo entendió, era lógico que quisiera fundir ese limitado tiempo de trayecto para estar junto a él porque no tomarían el mismo avión. Los dos cirujanos hablaron sin tregua, como si fuera un concurso de oratoria, hasta que el sueño les pudo y Paula se quedó dormida apoyada sobre el hombro de su colega. Cuando Javi, que estaba sentado unos asientos más atrás, vio esto, no pudo reprimir cierto disgusto, más al ver que ella se encontraba muy cómoda en la situación.

Por fin llegaron al aeropuerto de Colombo y todos bajaron excepto Ramón y Laila, que proseguían el viaje hasta la misma capital. De nuevo besos, abrazos y palmaditas en la espalda fueron intercambiados, sin olvidar alguna que otra lagrimilla. Una vez sentados en la sala de espera del aeropuerto, tras haber superado la aduana y haber completado los trámites pertinentes, los nervios dieron paso a la astenia. Cuando por el altavoz se llamó a embarcar a los cooperantes que tomaban el avión hacia Roma, Paula se lanzó sollozando a los brazos de Patrick, porque su sexto sentido le decía que no volvería a verlo. María también gemía pues ese abrazo le recordó al que le dio Hensenn. Ana y Fina lagrimeaban recordando a Luís. Rosa suspiraba pensando en Álex. Los chicos se vieron desarmados ante tanto llanto y agradecieron que la azafata les diera la orden de colocarse los cinturones de seguridad para que el avión pudiera despegar. Paula estaba sentada al lado de Fina, pero una vez alcanzaron la altura de vuelo, se trasladó al asiento situado junto a Javi, que estaba vacío. El chico la recibió con una sonrisa y las horas de vuelo transcurrieron entre charlas banales, eludiendo temas tabú, cabezaditas, comidas y películas. Rosa, sentada junto a Santi, estaba más tranquila, en parte por las caricias sedantes que él le estaba prestando. Estaban enamorados el uno del otro y en la parada técnica de Dubái, Santi le compró un anillo sencillo pero elegante, que le puso en el dedo en la zona de tránsito del aeropuerto de Roma, al mismo tiempo que le pedía en matrimonio. La chica recibió la proposición con unos chillidos histéricos que hicieron que los de su alrededor se giraran a mirarlos. Sus compañeros se aproximaron para cotillear lo que ocurría, pues a pesar del barullo que se formó, los jóvenes estaban contentos, por lo que nada malo podía ser la causa de tal altercado. Por fin ocurría algo positivo tras tantas desgracias. Se despidieron de Pietro, que tomaría un aeroplano a Milán en la zona de vuelos nacionales y embarcaron por fin en el avión rumbo Madrid. Ya quedaba menos para olvidar lo malo, dejando sólo la impronta cerebral correspondiente a las cosas positivas que habían vivido.

Habían pasado dos semanas desde la llegada de Paula a su domicilio y la reincorporación a su trabajo en el Hospital. Los primeros días fueron duros, no sólo por el jet lag y la vuelta al ritmo cuotidiano, sino que además, tuvo que estar muy atenta a los medios de comunicación. Las aventuras de ese grupo de cooperantes y de los que habían estado en Sumatra se habían hecho públicas, saliendo también a la luz las polémicas desapariciones, cosa que daba más morbosidad a la información. Tener que explicar como vivió la experiencia a la familia, amigos, colegas, periodistas y desconocidos hizo que terminara hasta las narices. Las llamadas a los compañeros de aventuras le confirmaron que no era una situación aislada, y que el asedio de la prensa y de amigos era general. Fina informó que seguía sin noticias de Luís, de Álex ni Emilio. Las investigaciones sobre las desapariciones de extranjeros y niños se estaban conduciendo bajo un máximo secreto.

Una mañana, al revisar el correo electrónico en el trabajo, vio que había un mail del Gobernador. El corazón se le aceleró y por ello, fue a buscar a Celso, que estaba en un despacho de la planta superior. No quería leerlo a solas, presentía que las noticias serian malas. Cerraron la puerta y procedieron a abrirlo. Era escueto pero conciso. En él le decía que habían encontrado el cuerpo sin vida de Luis en un edificio abandonado del pueblo de Kumpurupiddi, situado frente la costa, a pocos kilómetros de Trincomalee. Ambos estallaron en sollozos, desconsolados, mientras se abrazaban sin decirse nada. Un compañero de Celso entró en el despacho y se quedó en blanco al verlos en aquel lamentable estado.

Tres semanas más tarde, Paula y Celso fueron a Madrid donde habían sido requeridos por el Ministerio de Asuntos Exteriores, con el fin de agrupar a todos los voluntarios y hacer una puesta en común de los incidentes y del estado de la cuestión. Reencontrase con los compañeros del primer grupo fue emocionante. Hacía más de un mes de la vuelta de la zona cero y se habían recuperado físicamente, pero a nivel psicológico todos estaban lejos de recobrar la estabilidad emocional. Javi se acercó a Paula por detrás y la cogió por la cintura, le olió el pelo y después el cuello. Los pelos del cuerpo de la chica se erizaron. No había sabido nada de sus dos pretendientes durante ese periodo de tiempo, cosa que agradeció. Aunque precisaba desconectar de ellos, la cruda realidad era que no podía olvidarlos y se mantenía hecha un lío. Se giró y él le propinó un estruendoso beso que sorprendió a Paula y a los camaradas del primer grupo.

—Hola preciosa ¿Cómo estás? —El chico le sonreía, orgulloso de haber provocado esa pequeña agitación anímica a su compañera de penas.

—Voy tirando. Intentando recobrar la serenidad y la tranquilidad —La chica lo miraba. La vuelta a casa le había sentado a las mil maravillas. Estaba impresionante y era un cañón de chaval. Notó como las cooperantes de otras misiones lo miraban con ojos seductores.

—Yo he conseguido regresar a la realidad más rápido de lo que creía. Volver a ver a mi familia, mis sobrinos y mis amigos, me ha animado un montón.

—Me alegro cantidad. Al final tendré que pedirte las herramientas psicológicas que usas, parece ser que eres el único que ha conseguido restablecerse tan rápido.

Fueron interrumpidos por el Director de la Agencia de Cooperación Internacional (AECI) que solicitó tomaran asiento para empezar la reunión. Tras darles las gracias por su ayuda desinteresada, detalló mediante numerosas cifras, la labor realizada en los diferentes países donde se habían trasladado cooperantes españoles. Los datos eran fantásticos y demostraban que el trabajo se había ejecutado de forma inmejorable y que las donaciones se habían gestionado muy bien, siendo de una gran utilidad. A continuación, fueron desfilando distintos cargos del Ministerio, que explicaron la estructura y el funcionamiento de las organizaciones colaboradoras. Finalmente, subió al estrado el encargado de la seguridad. Empezaba la presentación más esperada, por lo que el silencio en el anfiteatro superó al que pudiera haber en la luna. El orador respiró profundamente antes de empezar.

La charla de este ponente duró una hora, y explicó que el número de cooperantes y periodistas desaparecidos alcanzaban la nada desdeñable cifra de 20, sumando los casos de Indonesia, Sri Lanka y Tailandia, de los cuales 6 tenían nacionalidad española. Paula hizo cálculos: Luís, Emilio, Álex, la enfermera de Sumatra y dos más de los que no sabía nada. A continuación añadió que por desgracia, hasta la fecha, se habían dado 6 muertes, de las que sólo una correspondía a un español, y que había sido en Sri Lanka. Ana cerró los ojos con fuerza y se tapó la cara con las manos para amortiguar el llanto y Jaime, situado a su lado, la abrazó mientras que una señora de atrás le ofrecía un paquete de pañuelos de papel. Las muertes fueron por accidente en 3 casos y uno post infarto de miocardio. Los pensamientos de Paula se trasladaron a Abdul, que gracias a los ángeles, consiguió salir de la situación crítica y volvía a estar en casa. Los dos últimos casos de defunción fueron por agresión, "Luís y Cathy" pensó Paula. El orador prosiguió diciendo que no se habían descubierto indicios que iluminaran hacia los culpables de los ataques con resultado de muerte. Lo que sí que pudo afirmar fue que la ONU estaba llevando a cabo una investigación exhaustiva de los hechos y que se había detectado una red de mafias, que reunía personas de países europeos, americanos y asiáticos, como origen de las desapariciones de niños y de adultos. La nota esperanzadora se dio cuando añadió que calculaban que en unos meses estarían desarticuladas las organizaciones criminales.

Una vez finalizada la reunión, los cooperantes fueron invitados a un pequeño cóctel, que tenía más la función de nexo de unión para que hablaran los unos con los otros, que saciarlos el hambre. Allí intercambiaron datos con compañeros de otros contingentes, y así conocieron por ejemplo, que el accidente del coche fue en Banda Aceh, donde sucumbieron dos periodistas, o que el personaje que sufrió el colapso cardiaco era un médico canadiense, tras una réplica del terremoto. También descubrieron que uno de los desaparecidos era el periodista amigo de Carmen, el que le pasó información sobre la desaparición de Nadia, el cual viajaba solo por el norte de Sri Lanka, exactamente en el pueblo de Jaffna. Asimismo, Paula y Ana quedaron chocadas al escuchar las aventuras de unas doctoras de Bilbao y Valencia, del contingente de Banda Aceh, que contaban como de difícil había sido la convivencia entre las distintas ONGs de la zona, las numerosas disputas se le libraron, sobre todo con los norteamericanos que querían por todas tomar el liderazgo y la mala organización que hubo. Ana comentó a las chicas que ellos habían conseguido una gran paz y armonía con los otros grupos de cooperantes, por lo que fueron felicitadas con creces.

Los cooperantes de Kinniya salieron de la reunión y decidieron ir a comer juntos. Se adentraron por las calles del Barrio de Chamberí y encontraron una pizzería donde pudieron sentarse todos. La comida fue muy animada y se contaron miles de anécdotas ocurridas ya en territorio español, sobre todo relacionadas con los medios de comunicación o conferencias dadas en escuelas. También recordaron hechos divertidos y casos interesantes médicos que trataron en la zona cero, pero obviaron de forma expresa los sucesos desafortunados y se negaron a hablar sobre los desaparecidos para no entorpecer el buen ambiente y el buen humor que reinaba.

Terminaron de comer muy tarde y se despidieron con la promesa de seguir en contacto los unos con los otros. Los foráneos de la capital regresaban a sus ciudades y pueblos ese mismo día excepto Celso, Ana, Javi y Paula, que lo harían al día siguiente, para aprovechar la estancia de Madrid y visitar amigos o familiares. Paula y Javi iniciaron un paseo por las calles de Madrid, abrazados por la primavera. Andaban sin rumbo, siguiendo las calles donde el sol les acariciaba la caras, las avenidas o las zonas ajardinadas. Por fin, Javi se atrevió a preguntar a Paula que noticias tenía de Patrick y se sorprendió cuando ella le respondió que no sabía nada de él. Hacía semanas que le envió un mail pero no hubo respuesta y ella consideró la posibilidad, que en parte ya se esperaba, que todo hubiera sido un episodio romántico fruto de circunstancias extremas, que no progresaría más, pero estos pensamientos se los calló y no se los transmitió a él. Lo que sí que añadió fue que Pietro tampoco tenía nuevas sobre su colega, era como si la atmósfera lo hubiera fundido. Javi aprovechó para cogerle la mano para demostrarle que él continuaba estando allí y que no había cambiado de opinión a pesar de todo. Llegado el atardecer, entraron en un bar para tomar unas tapas y después se despidieron en la entrada del metro. Javi iría a dormir a casa de unos primos lejanos en el sur de Madrid, mientras que Paula lo haría en casa de una amiga ginecóloga de la zona norte.

Se besaron y quedaron en que se citarían en algún lugar de España, al menos una vez al mes, para pasar un fin de semana juntos. Aunque la velada fue agradable, Paula no pudo evitar compararla con la compartida con Patrick en Sri Lanka, que fue especial, pero no quiso puntuar ni la una ni la otra.

Habían pasado semanas desde Madrid y a Paula, el trabajo en el hospital la estaba agobiando por la mala organización, que le molestaba exageradamente, el tipo de paciente exigente y poco colaborador, y la poca visión de los mandos en el momento de apostar por los trabajadores, ya que seguían considerando mejores a los que se vendían bien frente a los que no lo hacían y en cambio realizaban una tarea impecable. Una tarde Celso pidió a Paula de ir a tomar un café, una vez finiquitado el horario laboral. Había recibido un mail de Pietro y quería comentarle ciertos datos. Paula estaba inquieta pero su compañero no sacó el tema hasta que estuvieron bien sentados con una taza de humeante café al frente.

—¡Habla ya, pesado! Me tienes inquieta —Paula notaba una pelota en el estómago que estaba progresando por segundos.

—Está bien. Pietro me ha dado novedades que creo que los demás no saben, aunque no tardaran en enterarse —Hablaba con lentitud, como buscando en su cerebro las palabras adecuadas.

—Venga. Me están entrando ganas de ahogarte.

—Pietro se ha enterado, a través de amigos periodistas, del devenir de nuestros colegas desaparecidos —Paró para dar un sorbo al café, en espera de la reacción de su compañera.

—¿Cómo? ... No me gusta tu actitud. Si fuese bueno, me lo estarías contando de otra manera. Ve directo al grano si no quieres hacerme una reanimación cardio-respiratoria post infarto de corazón ¿Los han encontrado muertos?

—Tienes razón. Estoy yéndome por las ramas. Lo suelto ya —Tomó aire— No. No están muertos. Creo que es algo peor —Volvió a hacer otra pausa para paladear el café.

—Continua o te juro que te daré un sopapo. Voy a cien —La joven estaba muy alarmada.

—Han detenido a Emilio, Lilian y Álex por pertenecer a una organización internacional de tráfico de personas y armas.

—Nooooo. ¡Es coña! —La mirada de Celso indicaba lo contrario— ¿Son fidedignas las fuentes? —Paula se estaba mareando de la impresión que le había provocado la bomba informativa.

—La información llega directamente de Sri Lanka. Las fuentes son periodistas que están allí desde hace semanas, siguiendo a los equipos de investigación de la ONU.

—¿Pensaba que habían obligado a irse a todos los extranjeros?

—Sí, pero ya sabes que hay reporteros que se la juegan al límite con el fin de conseguir una primicia. Y si es de abasto mundial como esta, con más razón.

—No me lo puedo creer. Bueno de Lilian sí, pero de los otros dos ... no. Repito ¿Están seguros? —Seguía en colapso.

—Ya te he dicho. Sí. Creo que se los han llevado detenidos a Colombo, junto con otros, uno de ellos era un logista amigo de Hensenn. Parece ser que Emilio organizó un altercado simulando un secuestro para matar a Ringa. El conductor sospechaba algo y lo amenazó con contarle detalles del percal a Cristian e incluso al propio Gobernador.

—¡Me parece flipante! ¿Mataron al pobre Ringa por la información que tenía? ¿Pero, por qué hirieron a Cristian?

—Está claro, ¿no? Tenía que dejar fuera de combate a su compañero para poder actuar con plena libertad. Un grupo armado los atacó, dejaron sin conocimiento a Cristian y después se cargaron a Ringa. Emilio se fue haciendo ver que había sido secuestrado, aprovechando que ya corrían voces que anunciaban desapariciones de extranjeros.

—Entonces era verdad lo que decía el Gobernador y Abdul. Las guerrillas de la zona no han tenido nada que ver con todo esto. Han sido grupos foráneos —Calló y con voz de cabreo, prosiguió— Sabía que Lilian no era buena persona, pero no me esperaba que fuera tan malvada ¡Que mala pécora!

—Bueno. No todo es tal y como lo has dicho. Algunos guerrilleros de la zona, los más desalmados, ayudaron a perpetrar el incidente a cambio de pasta y asesinaron a un miembro de su propia comunidad, en parte engañados por Lilian, que les había hecho creer que Ringa quería denunciarlos a las autoridades internacionales, como venganza de los años pasados.

Habían terminado el café, pero dado que la conversación estaba tan candente, decidieron seguir hablando mientras paseaban. Como la terraza de la cafetería se encontraba en una esquina de la Calle Cartagena con la Calle María Claret, frente el bonito edificio modernista del Hospital de Sant Pau, tomaron dirección hacia el mar, bajando tranquilamente por la Avenida Gaudí, para gozar de la visión de la Sagrada Familia, que a esas horas del atardecer lucía envuelta por los unos rayos de sol rojizos que anunciaban o lluvia o viento.

—¿Cómo entraron en la Organización Emilio y Álex? ¿Lo sabe Pietro? ¿Le han dicho algo al respecto?

—Sí. Se lo han contado todo al detalle. Emilio y Lilian son amantes desde hace mucho tiempo. Se fueron encontrando en diferentes lugares por trabajo y ella, como no podía ser de otra manera, lo cautivó. Como Emilio estaba de deudas hasta la cocorota, por aficiones un poco caras ... No me han explicado cuales —Lo dijo para que Paula no lo interrumpiera, porque ya estaba cogiendo aire para hablar— Y como su mujer lo sangraba en venganza de sus aventuras amorosas —Paula no pudo reprimirse más y tomó la palabra.

—Vio dinero fácil. En el fondo no tiene escrúpulos ... Aceptó entrar en el grupo, eso es todo.

—Exacto ¿A que parece una peli?

—Como bien dicen, y el día a día nos confirma ... La realidad supera a la ficción ¿Y Álex, que pinta en este desentramado? —

Recordó las palabras de Javi cuando dijo que su compañero había cambiado y no había entrado en razón a pesar de los esfuerzos del bombero.

—El día que Álex acompañó a Lilian fueron a parar al lugar donde estaban escondidos los componentes de la banda, incluido Emilio. Lilian no había podido deshacerse del pesado bombero, y de hecho, tenía previsto quitarlo del medio. Una vez allí, no sabemos muy bien que pasó, pero por lo que parece, en lugar de cargárselo, acabaron introduciéndolo en la banda y lo enviaron al campamento como topo y recopilador de información. Cuando nos obligaron a volver a España, decidió escapar, parte por las presiones de Javi, y se reunió con los compañeros de fechorías, abandonando su monótona vida. Creo que la valiente decisión de Ramón lo animó y también la promesa de riqueza.

—Buffff ... Impresionante todo lo que me has contado. No me puedo creer el poder que tiene sobre los hombres esa cara dura — A Paula se erizaron los pelos al recordar que la sinvergüenza había coqueteado con Patrick a más no poder. Le entró una duda— Escucha ... No sé nada de Patrick desde hace meses ¿Podría ser que también hubiera entrado a formar parte de la banda? Ya sabes que Lilian no lo dejaba ni en sol ni en sombra, y él se dejaba querer.

—No creo. Acuérdate que la echó del consultorio.

—Sí, pero podría haber sido una treta para disimular.

—Todo es posible, pero por el momento, su nombre no ha sido pronunciado. Pietro dice que Patrick le contestó un mail hace una semana. Le dijo que estaba a tope de trabajo; el Hospital de Siem Reap se encontraba en peor situación de la que creía, pero que está bien física y emocionalmente —Miró a su compañera, que derramaba tristeza. Como leyéndole los pensamientos continuó diciendo— No. No ha preguntado por ti querida.

—Me imagino que como fui un poco lerda, ha recapacitado ... O tal vez, sólo quería una aventura pasajera y ya está.

—Estás siendo cruel. Creo que había algo bonito entre vosotros. Lo que ha ocurrido es que todo ha vuelto a su cauce. Hay demasiada distancia geográfica entre vosotros. Pienso que Javi te conviene más. Aunque no viva en tu misma ciudad, los kilómetros son más salvables ¿Os veis verdad?

—Sí. Justo este fin de semana hemos quedado en Toledo. Tengo que llamarlo después ¿Le puedo contar lo que me has explicado?

—Claro. No hay problema —Habían llegado a la altura de la casa de Celso, situada frente la antigua Plaza de toros de la Monumental. Paula seguiría andando hasta su hogar, en el barrio del Poble Nou— En breve saldrá todo a la luz.

Se despidieron y ella se alejó, pero algo le surgió en la cabecita que provocó que diera media vuelta, mientras gritaba el nombre de su compañero, que estaba abriendo la puerta de la escalera. Ella se le acercó dando zancadas.

—¿Cómo has hablado con Pietro? ¿Por Skipe? —Lo miraba sin pestañear. Su compañero se puso rojo— ¿Cómo es que sois tan amigos? ¿Tienes que contarme algo más?

—Vale. Me has pillado. Te lo diré —Sonrió y mirando al cielo, prosiguió— He hecho algunas escapadas a Milán. Digamos que tenemos una unión emocional un poco especial— Paula rió con ganas al escuchar la explicación de su compañero.

—O sea ... ¡Que por fin te has enamorado!

—Eres muy directa, querida. Lo podemos decir de esta manera. El amor es ciego y a veces no distingue entre sexos.

—Y me parece perfecto. Lo importante es que tú estés bien. Pero tienes el mismo problema que yo, que se traduce en kilómetros.

—Ya los sé. Pero está en fase de resolución. He presentado papeles en un Hospital de Milán donde hay una vacante de Jefe clínico. Según me ha dicho el director, tengo muchas posibilidades. Mis padres estarán encantados. Aunque no vuelva a Sicilia, al menos estaré en el mismo territorio nacional. Me voy acercando.

—Espero que todo te salga bien —Le clavó un par de besos en la mejilla y se alejó casi saltando.

Al llegar a casa, Paula llamó a Javi porque tenían que acordar como y donde se encontrarían el fin de semana. La idea inicial era que Paula tomara un AVE hasta Madrid y que él la recogería en Atocha en coche para ir juntos a Toledo, donde habían reservado una habitación en un hotel muy romántico. Sería la primera vez que estarían juntos como pareja y aunque ambos estaban nerviosos, Javi detectó al vuelo que su compañera se encontraba más alterada de lo que tocaba. Paula había decidido contarle las novedades en Toledo, pero no pudo aguantar, y cantó como Montserrat Caballé en el Liceo de Barcelona. Al saberlo, Javi explotó como la bomba de Hiroshima, no entendía el hecho de que su compañero hubiera traspasado al lado oscuro por pasta y quemazón en la entrepierna. En el parque de bomberos les había llegado esa misma tarde la noticia que Álex estaba vivo, aunque tenía unos cuantos problemas, pero no especificaron el tipo. Sólo les dijeron que su vuelta se retrasaría por un tiempo, de entrada, incalculable. Los bomberos creyeron que se trataba de una enfermedad o lesión grave, y rezaron por su pronta recuperación.

El fin de semana fue especial, Paula nunca hubiera imaginado que Javi fuese tan romántico. Tras cenar llegaron a un hotel de cinco estrellas que él había reservado y que estaba situado en el centro de la ciudad. Como hacía mucha calor, por ser finales de junio, Paula entró a darse una ducha y al salir se encontró con la habitación a oscuras e iluminada por numerosas velas aromáticas. De fondo se escuchaba música romántica que surgía del Ipod de Javi, el cual tenía en la mano una botella de cava catalán que estaba vertiendo en sendas copas. Se quedó pasmado al vislumbrar a su compañera vistiendo un camisón de color negro muy sexy. No hace falta describir lo que ocurrió a continuación.

Como se levantaron tarde y tenían apetito, pues estaban sin desayunar, se dirigieron a almorzar a un restaurante que un amigo de Javi le había recomendado. Para hacer la digestión de los suculentos platos que les prepararon, compuestos por unas tapas variadas como entrantes y un magnífico cochinillo, crujiente y meloso, como plato principal, pasearon por el centro histórico empapándose de la paz que reinaba. Paula ya había visitado esa ciudad con anterioridad durante un Congreso de la Sociedad Española de Cirugía, pero no la había podido degustar plácidamente. Además, no era lo mismo pasear por esa emblemática población con sus compañeros de hospital que con ese pedazo de macho, que provocaba las miradas lujuriosas de las mujeres con las que se cruzaban. Hacia el anochecer, fueron al spa del hotel para tomar unos baños y recibir un relajante masaje. La noche fue igual de maravillosa que la previa, por lo que la despedida a la mañana siguiente fue dura. Prometieron reencontrarse otra vez, en algún lugar que ya decidirían.

Durante el verano la actividad hospitalaria disminuía a la mitad, pero como quedaban pocos trabajadores en activo, las tareas seguían siendo agobiantes. Paula no solía tomar las vacaciones en agosto porque se estaba a las mil maravillas en Barcelona. Celso, en cambio, se fue a Sicilia con Pietro, en plan presentación oficial a la familia. Cuando volviera, trabajaría un mes más en el hospital y en octubre, partiría hacia Milán ya que la oferta de trabajo se confirmó sin problemas. Rosa y Santi invitaron a todo el grupo a su boda, que se celebraría en septiembre, pero no todos podrían asistir. Una de ellas era Ana, que tal y como tenía previsto, se fue a trabajar al extranjero; no soportaba la situación laboral en España, consiguiendo un empleo en un prestigioso Hospital de Toronto. Ramón y Laila se excusaron vía skipe, anunciando que no podían asistir por el mucho trabajo que tenían en India y por el alto precio de los billetes de avión en esa época del año. María descartó su asistencia en el mismo momento en el que recibió la invitación, atribuyendo la culpa a temas laborales, aunque las chicas del grupo sabían que el problema radicaba en su matrimonio. Según supo Rosa, María confesó a su marido sus dudas respecto a su unión y él no se lo tomó nada bien.

Paula y Javi se vieron más veces tras Toledo. Primero fue en Córdoba, aprovechando un curso que ella tenía que hacer. Después fue Pamplona, donde Javi estaba citado para una reunión de bomberos especialistas en rescates peligrosos. La última vez que se encontraron fue en Alicante, para que Paula, matando dos pájaros de un tiro, pudiera visitar a su mejor amiga que acababa de tener un bebé. Los encuentros fueron tan perfectos como el primero, pero en

Alicante surgió un problema. Sentados en una terracita de la Explanada, frente al puerto, Javi le pidió que fuera a vivir con él. Esa súplica la pilló desprevenida; al tratarse de un hombre que lo meditaba todo tantas veces, no se imaginaba que fuera a darse. Titubeó respondiendo que se lo tenía que pensar y Javi se lo tomó fatal, pero aceptó darle un tiempo para que cavilara sobre ello. Fue así que acordaron no verse durante lo que restaba del mes de agosto y reencontrase en septiembre en Valencia, aprovechando el enlace de Rosa y Santi.

A mitades de agosto Paula estaba que se salía de sus casillas. La falta de camas y el alto número de pacientes que acudían a urgencias provocaban un colapso que repercutía sobre todos. Se trabajaba bajo mucha presión, ya que los pacientes se impacientaban al estar días y días esperando para conseguir una cama en la planta de hospitalización, mientras yacían en camillas situadas en los pasillos de urgencias. Cuando conseguían una cama decente, a los pacientes les entraba ansia bien porque las pruebas complementarias diagnósticas tardaban en programarse por falta de personal, bien porque no podían ser intervenidos por déficit de oferta de salas quirúrgicas. El sumo se produjo cuando una enferma denunció a Paula a atención al usuario y al Colegio de médicos, aludiendo que ni había sido bien tratada ni bien informada durante su estancia en el hospital, añadiendo además en su escrito de queja, que había sido víctima de una mala praxis, pues se le había administrado paracetamol como analgésico cuando eso estaba contraindicado en pacientes cirróticos como ella. Paula sacaba humo y si la paciente se le hubiera presentado delante, la hubiera ahogado. Recordaba a esa mujer desconsiderada, déspota y mentirosa, que había escondido información médica, con algún fin oscuro que no llegó a conocer. Al llegar a su casa lloró de rabia, le tocaba hacer un informe a petición de la comisión deontológica, pero cuando abría su portátil, le rodaban las lágrimas de ira y tenía que detenerse. Pasó de todo y se tumbó en la cama cerrando los ojos con fuerza para recordar lo agradables que eran los enfermos en Asia y sintió envidia de Ramón. Cuando al fin consiguió romper el insomnio, hacía las 23 horas, sonó el teléfono. Maldiciendo su mala suerte y sin mirar la pantalla de información lo cogió.

—Buenas noches. Espero no haberte despertado —El corazón de Paula se aceleró al límite de la velocidad que podía ir. Se quedó muda— ¿Hola? ¿Me oyes?

—Sí. Te oigo. No me has despertado —El sensual inglés americano de su interlocutor no ofrecía dudas. Era Patrick.

—Escucha. No tengo mucho tiempo. Estoy a punto de embarcar en un avión en Singapur —Calló para escuchar lo que se decía por megafonía— Es mi vuelo. Voy dirección Londres y de allí vendré a Barcelona. Tengo que verte. Creo que ya te he dado el tiempo suficiente para pensar y decidir.

—Pero ... —Paula era incapaz de replicar.

—Te dejo querida. Nos vemos mañana. Llego a Barcelona alrededor de las 18 horas ¿Te importaría venirme a buscar?

—No. Ningún problema. Nos vemos en el aeropuerto —El teléfono se colgó.

Evidentemente, Paula tuvo que tomarse un diacepam para poder descansar y descontracturarse. Al día siguiente estaba irascible, se enfadó con un par de enfermeras, increpó a un residente, les plantó cara a unos familiares y para rematar, se discutió con uno de sus compañeros. Fue a su casa para acicalarse y pillar el coche. Se maquilló con mucho tiento, se planchó el pelo, se vistió con modelito muy sexy y se calzó sus mejores zapatos. No sabía porque aquel hombre conseguía trastornarla tanto. Decidió no anunciarle a nadie esa visita, y menos a Javi, que aún seguía mosca con ella. El avión fue puntual y mientras observaba el paso de los miles de transeúntes en la zona de llegadas del aeropuerto, intentó ordenar sus sentimientos. Había dudado ante la propuesta de Javi, y ahora, esperando a Patrick, se encontraba nerviosa como un piloto de motos de carreras. Pasaron 30 minutos desde que en el panel se leyó vuelo aterrizado y apareció Patrick, cargando una maleta no muy moderna, pero fuerte.

—Hola. Gracias por venir. No tenía claro si querías verme después de no responder a tu primer y único mail —Los ojos del médico relucían muy azules, contrastando con la piel tostada por el sol. Vestía unos tejados decolorados también azules y una camisa blanca entreabierta.

—Yo tampoco esperaba recibir esta visita —La respuesta de Paula salió de su boca con muy poca gracia, dándole una actitud arisca.

—¿Estás enfadada, verdad? —Subían al coche de Paula.

—Un poco ... No puedo negarlo —Tomaron la autovía dirección a la ciudad condal— ¿Has estado alguna vez en esta ciudad? —Necesitaba cambiar de tema con urgencia.

—Nunca. Me han hablado exquisitamente de ella ¿Me enseñarás lo más importante?

—¿Cuánto tiempo te quedarás?

—Una semana ¿Te parece bien? —"Una semana", pensó Paula. Mucho o poco tiempo, según cómo.

—Sí. Ok. Yo trabajo, pero por las tardes libro y el fin de semana no tengo guardia.

Llegaron a casa de Paula, que a él le pareció confortable y preciosa, o al menos así lo verbalizó. Mientras Patrick deshacía el equipaje, Paula empezó a hacer la cena. Se sentaron ante la mesa, con una botella de vino catalán y se pusieron al día. El americano estaba al corriente de las investigaciones hechas por la ONU y por lo tanto, conocía lo ocurrido en referencia a Álex, Emilio y Lilian, e incluso, poseía más información de la que ella tenía. Fue de esta manera que Paula supo que Nawas había sido hecho preso por cómplice del grupo mafioso, ya que era su nexo con las guerrillas locales. Tanto él como Abdul eran miembros de los grupos rebeldes, pero unos se tomaron en serio el alto al fuego, mientras que otros, decidieron pasarse al bando de los capullos despreciables que sólo buscan su bienestar, sin seguir ningún ideal excepto el del propio enriquecimiento. Fue por esa razón que Nawas hirió al hijo del Gobernador en una riña originada por una recriminación del hijo del político, debida a su falta de ética. Patrick también sabía el porqué del cambio de carácter de Álex.

—El muy tarado se enamoró o encaprichó de la modelo y falsa periodista brasileña. La siguió hasta el campamento situado al norte de Trincomalee y una vez allí lo apresaron y lo encerraron en una habitación oscura. Dentro de la habitación se topó con Luís que estaba en condiciones pésimas, pálido, son signos de haber sido golpeado y síntomas de clara deshidratación. Casi no podía hablar.

—Dios mío. Que desastre. No me extraña que estuviera tan afectado cuando volvió ¿Cómo se libró?

—Que impaciente eres amor. Bebió vino —Está buenísimo. Nada que envidiar a los afamados vinos franceses.

—¿Lo dudabas? —Paula le sirvió otra copa.

—Luís murió, creen que por enfermedad o vete tú a saber. No me extrañaría que esos energúmenos le rompieran el hígado o el bazo o ambos órganos. Álex se asustó un montón cuando al abrirse la puerta, tras la retirada del cadáver, entró Emilio con Lilian de la mano.

—¡Le está bien por burro! —Paula no pudo evitar la expresión. Patrick la miraba con los ojos alegres, efecto del vino— No te interrumpiré más. Lo siento. Sigue.

—No sé que detectaría la pareja al mirar a Álex pero en lugar de cargárselo, le ofrecieron colaborar con ellos. Supongo que ya lo tenían analizado. Igual que Emilio, necesitaba dinero porque sus gustos eran caros, le gustaban los coches, las casas de alta gama, los barcos y la profesión de bombero no te hace rico. Quedaron en que volvería al campamento para controlar y reconocer si alguien sospechaba algo.

—Perdona que te vuelva a interrumpir. Ya sé que había dicho que no lo haría ... ¿Se puede saber cómo narices tienes toda esta información? Parece que lo hayas vivido en primera persona ¿Debo pensar mal? —Paula estaba ordenando los enseres de la cena y le hizo una señal para que no ayudara y tomara asiento en el sofá.

—¿Mal pensar? ¿Estás insinuando que yo también pertenezco a la banda? —Patrick carcajeó— Cuando Pietro me dijo, que Celso le había explicado que tú tenías ciertas reservas sobre mí, no me lo podía creer ... Pero veo que es cierto ¿Hago pinta de gánster?

—No la hacían esos dos y mira tú por dónde —Paula arrugó la nariz— Lilian si que no podía disimularlo.

—Siempre la has odiado —Paula se sentó a su lado y le pasó una taza de infusión— Lo sé porque estuve presente en los interrogatorios.

—¿Cómo lo conseguiste? No dejas de sorprenderme.

—Se llevaron a cabo en Bangkok. Unos amigos me informaron por mail y me invitaron a asistir.

—No entiendo el porqué ¿Que pinta un médico en este embrollo? ¿Y qué tipo de amigos tienes?

—Recuerda que aún soy militar. Mis amigos son los altos mandos de la ONU que están llevando a cabo la investigación. Cuando iniciaron las indagaciones, me pidieron colaboración. Les expliqué mis sospechas y como los ayudé, a cambio me ofrecieron estar en los interrogatorios.

—¿Tu tenías sospechas? No me dijiste nada —No tenía claro si estaba ante el Doctor House o ante uno de los miembros de CSI Las Vegas.

—Sospechaba que la desaparición de Emilio no era un simple secuestro. Claro que recelaba de Lilian. Observé que no se comportaba como una simple reportera y todo lo que Fina insinuó en numerosas ocasiones, me lo confirmó. Pedí ayuda a amigos de la CIA, que tras investigarla, me notificaron que no estaba acreditada como periodista en ningún país —No podía disimular su cara de satisfacción al ver a Paula con los ojos abiertos como dos girasoles un mediodía de verano y asombrosamente callada— También me escamó la paliza recibida por Ramón, y debo decir en base a las indagaciones, que no escondía sólo una cuestión de celos.

—¿Nooooo? ¿Ramón también está en el ojo del huracán?

—No, tranquila. Ramón sólo es un médico alocado que se ha enamorado de una chica que estaba protegida por potentes miembros de una banda de terroristas. Estaba en el lugar inadecuado, en un momento inoportuno. Durante el terremoto, Nawas fue a casa de Laila para coger las armas y el dinero que tenían escondido dentro de un mueble. Cuando vio a Ramón en fase de indefensión, aprovechó para estamparle una buena tunda y lo dejó abandonado a su suerte.

—Madre mía. No pares. Me surgen miles de preguntas, como por ejemplo, ¿Por qué se encontraban las armas dentro en esa casa? ¿Quién más estaba metido en el berenjenal?

—El hermano de Laila, que también ha sido apresado —Paula silbó y lo interrumpió.

—¿Me estás vacilando? ¿Hay más gente metida?

—Jaja. Hasta aquí puedo leer. Por cierto, ya puestos a cuadrar rompecabezas. Que sepas que quien mató a la familia de Hassan y los emparedó una vez muertos fue el propio Hassan.

—¡Eso sí que no! Me estás tomando el pelo. Si era un encanto y no hacía pinta de haber roto un plato —Dejó la taza de infusión en la mesita y acurrucó las piernas sobre el sofá— ¿Ahora me dirás que Hassan también era miembro de la banda organizada de traficantes?

—No. Él es un pobre hombre al que no le rige bien el cerebro. Es esquizofrénico y tuvo alucinaciones que le hicieron creer que sus familiares eran monstruos que lo querían matar. Se defendió y ya está.

—Más preguntas ¿Se han recuperado los niños desaparecidos? —Paula recordó a la bebita encontrada en el barro.

—La mayor parte de ellos estaban encerrados en un almacén en el pueblo de Jaffna, pero creen que no se han rescatado todos. Es de esperar que algunos hayan muerto. La idea era embarcarlos en un navío y trasladarlos a la India para distribuirlos, a posteriori, por todo el mundo —Patrick se aproximó a su colega cuando empezó a lloriquear y la abrazó— Tranquila querida. Todo va bien. Creemos que su destino no era acabar como esclavos sexuales ni como donantes de órganos, sino más bien, en la casa de buenas familias que deseaban una adopción fácil y rápida.

—Gracias por todas estas explicaciones —Paula se sorbía los mocos y se secaba con la manga de su pijama.

—Sabes, tenía muchas ganas de verte.

—Yo a ti también ¿Puedo preguntarte algo más?

—Claro mi vida.

—En Jaffna desapareció un periodista amigo de Carmen ¿Era de los malos o es que estaba demasiado cerca de la verdad? —Se seguía secando los ojos y las mucosidades, esta vez con pañuelos de papel que encontró en el cajón de la mesita del comedor— Los tengo aquí para cuando miro pelis románticas —Sonrió.

—Recuerdo al reportero. Un chico muy espabilado. Creo que era francés, bueno no lo sé seguro. Antes de que llegarais a Sri Lanka nos hizo una entrevista. Parecía buen tipo, una lástima —Cabeceó varias veces— Creemos que lo segundo —La miró a los ojos y secándole el resto de lágrimas con los dedos de su mano derecha, añadió— Vayamos a dormir. Estoy muerto y tu mañana trabajas.

15. TAMPOCO SE QUE HAGO AQUÍ

La semana que Patrick estuvo en la ciudad condal, Paula olvidó por completo a Javi. Las mañanas las pasaba en el hospital, trabajando, o mejor dicho, soportando la presión asistencial, el estrés y las malas palabras de algunos familiares y pacientes. Si podía, y para compensar todas las horas extras realizadas y no pagadas el resto del año, salía más temprano para reunirse con Patrick en algún rincón de Barcelona. Le enseñó Las Ramblas y la Plaza Catalunya, se adentraron en el barrio Gótico y se perdieron por sus estrechas calles, casi laberintos, llenos de turistas, pero por desgracia, hasta rebosar de basura y orines. Patrick descubrió los edificios modernistas del Hospital de Sant Pau, la Avenida Gaudí, la Sagrada Familia y el Paseo de Gracia. Pasearon desde el Port Vell hasta el nuevo Puerto Olímpico. Y el fin de semana se perdieron por el Parque Güell, Montjuic, el Museu Nacional d'Art de Catalunya, el Tibidabo y Vallvidrera. Cenaron en elegantes restaurantes y tomaron cócteles en románticas terrazas de hoteles cinco estrellas. La última noche, como si de la cena de Cristo se tratara, se quedaron en casa de Paula. Ella no podía disimular su tristeza y se mostraba pensativa y algo retraída. Reencontrar a su atractivo compañero, oír sus aventuras en Camboya, notar el tacto de sus manos cuando la abrazaba o sentir el latido de su corazón cuando la besaba la volvieron loca. Otra vez, hecha un completo lío, no sabía que hacer con su vida, y él lo notó.

—¿Qué te pasa? Estás distante, fría, alejada de mi —Patrick estaba preocupado.

—Otra vez es nuestra última noche. Hace meses que nos separamos y nuestros caminos se alejaron. Ahora volverá a ocurrir lo mismo.

—No hace falta que nos distanciemos. Tu misma me has dicho que notas que tu vida está vacía. Sabes que en Siem Reap tendrías otras inquietudes que te llenarían más. Te alejarías de lo material y lo más importante ... Estaríamos juntos.

El teléfono sonó devolviéndolos a la realidad. Paula se disculpó y lo cogió. Era una forma de romper con una conversación que en esos momentos la estaba incomodando. Lo que no se imaginaba era que en el otro extremo del hilo telefónico se encontraba Javi, que harto de la situación, había decidido hablar con ella y terminar con ese desconcierto. Paula, sorprendida, le dijo que no podía hablar, que estaba trabajando y que lo llamaría al día siguiente. Patrick lo oyó. La mirada que le estaba lanzando a la española denotaba un gran disgusto a la par que curiosidad.

—¿Estás de guardia? Vaya ... Interesante. No es correcto ser cotilla pero me gustaría saber quien era la persona que ha conseguido romper una conversación, más que importante para mí.

—Era Javi ——Fue seca, pero no era una novedad. Otras veces ya lo había sido.

—¡Leches! Es una lástima que no le hayas dicho que yo estaba aquí. Me hubiera gustado saludarlo —Pronunciaba las palabras con lentitud, marcando mucho su acento tejano, aunque su tono se asimilaba a un alto mando alemán.

—Creo que no le hubiera gustado saber que estás aquí — Paula decidió que era el momento de poner toda la carne sobre la parrilla.

—¿Y eso? —La miraba dulce pero a la vez inquisitivamente— ¿Tienes que contarme algo que no me has dicho durante estos 7 días?

—Javi y yo hemos estado saliendo durante estos meses que tú has estado desaparecido —La palabra "tú" fue remarcada con más dureza que el resto, como para dar a entender que había sido culpa de él que ella actuara así.

—Interesante. Si no recuerdo mal, fuiste tú quien me pidió un periodo de recapacitación. Yo sólo te lo he dado, pero veo que tú no has perdido el tiempo. ¿Me estás diciendo que como no te respondí un mail, porque no estaba preparado, sea dicho ya de paso, tú te lanzaste a los brazos de Javi? —Patrick se paseaba de arriba a abajo por el comedor. Quería golpear algo pero no lo hizo— ¿Se puede saber en qué fase estáis?

—Desde hace 3 semanas no nos hemos hablado. Me pidió que fuera a vivir con él pero yo necesitaba — Patrick la cortó e irónicamente prosiguió la frase, acertando al 100%.

—Tu necesitabas más tiempo para pensar; aún no tienes las ideas claras. Sabes amor mío, creo que necesitas seguir madurando tus sentimientos. Como ya tengo hecha la maleta, lo mejor será que me largue a pasar la noche a un hotel.

Se dirigió a la habitación que había ocupado durante esa semana, cogió sus pertenencias y salió por la puerta, Paula continuaba petrificada a lado de la ventana. Parecía una figura de hielo, blanca, fría, muda y sin provocar emociones.

Al día siguiente llamó a Javi y le dijo que aún no estaba preparada para tomar ninguna decisión. El chico se lo tomó fatal y tras unos minutos de silencio, le anunció que por su parte, podía tomarse todo el tiempo que quisiera, ya que había decidido tirar la toalla. Los siguientes días a la conversación con Javi, Paula demostró una ciclotimia patológica, pasando de la ira al llanto fácil. Sus compañeros no sabían como ayudarla y estaban deseando con locura que volviera Celso, para ver si él podía manejar la situación, porque no tenían ni idea de lo que le pasaba por la cabeza, llegando a atribuirlo a un estrés postraumático. Celso llegó y se la llevó a un despacho. Ella le explicó todo de pa a pe: la visita sorpresa de Patrick, la maravillosa semana juntos, la conversación con Javi y su empanada mental. Celso sólo pudo recomendarle que se pillara unos días de vacaciones. En su servicio ya habían vuelto muchos compañeros, por lo que pudo irse sin complicaciones, ya que en esos momentos, Paula era de poca ayuda para cubrir las tareas asistenciales.

Tomó billete para Londres, donde visitaría a Sara, una amiga de la facultad, que trabajaba en la ciudad desde hacía muchos años. Pensó que huyendo de todo lo que le recordara Sri Lanka y las personas que conoció allí, lograría desconectar de todo ese embrollo.

Una vez en casa de Sara, llamó a Rosa para excusarse por no poder asistir a la boda tras ponerla al tanto de sus problemas.

—Mi presencia allí enturbiaría el mejor día de vuestra vida — Hablaba vía Skipe. Tenía los ojos hinchados de llorar. A Rosa le hubiera gustado abrazarla pero la pantalla del ordenador no lo permitió.

—Estate tranquila. No nos enfadaremos. Si lo mejor para vosotros es no venir al acontecimiento, no lo hagáis. Yo sólo quiero que estéis bien.

—¿Por qué hablas en plural? —Paula consiguió serenarse.

—Javi también se ha excusado. No ha entrado en detalles, pero como María, ha dado la culpa al trabajo. Me he imaginado que algo no chutaba entre vosotros. Te iba a llamar este fin de semana — Hablaba como una ametralladora, parte por los nervios acumulados, parte para evitar dar tiempo a su interlocutora a que volviera a sollozar.

Las dos semanas en el Reino Unido fueron reparadoras. Pasear por Londres le encantaba. Por las mañanas, cuando Sara estaba en el hospital, se perdía por Hyde Park, los alrededores del British Museum, por South Kensington, por Notting Hills o la zona de Piccadilly Circus y Trocadero. Por las tardes salían con los amigos de Sara por la zona de la City, Southbank o King's Road. Su emplazamiento favorito para perderse los días de sol era el Regents Park mientras que cuando llovía se adentraba en la National Gallery o en el Victoria and Albert Museum. La vida en esa ciudad no le desagradaba, a pesar de que sabía a la perfección que el clima lluvioso y húmedo podría abrumarla. Sara le calentaba el coco para que se fuera allí con ella. Los médicos en ese país estaban bien considerados y eran tratados con cortesía.

Sara consiguió 5 días de vacaciones y decidieron pillar un pack vacacional a Edimburgo. Era una ciudad que siempre les había atraído y consideraron que estaría súper bien visitarla, pues la localidad tenía fama de ser especial y encantadora. Constataron que la capital de Escocia era impresionante. Desde las ventanas de su hotel vislumbraban Calton Hill, una de las colinas más emblemáticas de la ciudad junto con la de Arthur's Seat. Al fondo, en la lejanía, se abría el frío mar. Las numerosas casas de tejado negro y paredes grises de piedra de la parte antigua de la ciudad, denominada Old Town, le recordaban las películas típicas de doncellas y caballeros. El Palacio Holyroodhouse, casa de verano de la Reina, tenía unos inmensos jardines verdes, con el césped muy bien cuidado que envolvía parterres de flores de todos los colores y árboles señoriales. Paula desconectó del todo y se relajó lo suficiente para volver a su ciudad serena y tranquila.

Faltaban unas semanas para Navidad. Paula no tenía noticias ni de Javi ni de Patrick, de hecho se había olvidado de ellos, pero no de sus otros compañeros. Celso ya estaba viviendo con Pietro en Milán donde era feliz y así lo demostraba cuando hablaban vía Skipe. Con Ana también charlaba vía internet y estaba al caso de lo bien que le iba su vida profesional en Toronto, donde publicaba un montón de artículos en prestigiosas revistas internacionales y donde, para más inri, había conocido a un español free lance de la comunicación, con el que estaba saliendo. Rosa y Santi vivían dichosos en Madrid. Jaime, igual que Tomás, había aumentado la familia y anunciaba a los cuatro vientos lo encantado que estaba. De Esther y Óscar no tenían noticias ya que habían decidido no seguir en contacto con ellos, debido a que querían cerrar esa etapa de sus vidas. Con María había hablado unos días atrás y le confesó que había conseguido redirigir su matrimonio y que su aventura con Hensenn había quedado en nada. Además el holandés no había dado señales de vida a pesar de que ella le envió unos cuantos mails y mensajes de texto. Ramón y Laila seguían viviendo en la India y preparaban una sencilla boda, pues Ramón consiguió el divorcio más rápido de lo previsto, su ex rehízo su vida con su antiguo amor, padre biológico de los niños. Fina y Cristian se asociaron como equipo laboral y se movían por el mundo haciendo reportajes, evitando por supuesto, las zonas de conflictos y catástrofes. Fina le confesó que le habían tomado gusto a la prensa rosa y se decantaron por las crónicas de famosos que presentaban desde una óptica muy amena y graciosa.

Paula y sus compañeros de hospital seguían estresados en el trabajo, el número de pacientes a atender aumentaba exponencialmente y por contra, el personal disminuía a pasos agigantados, debido a que las jubilaciones no eran sustituidas por falta de fondos. En urgencias, los pacientes llegaban sin parar y presentaban patologías de gran complejidad, haciendo que las tareas asistenciales dejaran al personal sanitario exhausto. A pesar de ello, los jefes no tenían previsto ni de largo, aumentar la plantilla. El día de Navidad le tocó guardia y lejos de ser un día de paz, a las 5 de la madrugada todo el equipo médico estaba despierto. Acababan de operar de urgencia a un paciente con una perforación de colon secundaria a un tumor que le ocupaba toda la parte inferior del abdomen. Cuando fatigados decidieron acostarse en turnos, fueron alertados de la llegada de dos pacientes politraumatizados graves. Una moto, conducida por un joven sin casco, ebrio y con signos de haber consumido drogas, se había estampado contra una farola de la Avenida Meridiana. Por otro lado, un hombre de unos 40 años había sido asaltado en plena noche en un intento de robo, y le propinaron cuchilladas por todo el abdomen. Paula quería morir, estaba sin fuerzas. Mientras el otro adjunto y un residente se ocupaban del accidentado de moto, ella se encargó del agredido. La visión de esa persona allí tumbada en la camilla le recordó el día que conoció a Patrick. Amortiguó las lágrimas a base de dar órdenes. Lo llevaron a quirófano para intervenirlo de urgencia, tal y como ocurrió ese día en Sri Lanka, porque el paciente sangraba de forma abundante por los orificios abdominales y por uno del tórax izquierdo. Paula se temía lo peor y consiguieron llegar a quirófano en menos de 2 minutos. Las enfermeras lo tenían todo preparado y abrieron el tórax y el abdomen a la vez. La ayudaba el traumatólogo, en espera de que llegara el cirujano cardiaco; sospechaban de una herida penetrante en el corazón. Una vez abierto el tórax se confirmó que el arma blanca había atravesado el ventrículo izquierdo del apreciado órgano. Paula introdujo por el orificio del corazón una sonda foley, de las que se suelen usar para sondar la vejiga de la orina, hinchó el globo y tiró. La hemorragia cedió parcialmente. Mientras, el residente revisaba la cavidad abdominal, viendo que el sangrado provenía de una herida en el lóbulo derecho del hígado. Le aplicó unas gasas entachonadas y el paciente se estabilizó.

Los anestesiólogos informaron que el chico del accidente de coche tenia rota la pelvis, presentaba contusiones pulmonares y fracturas costales, una ruptura del tobillo derecho y una contusión cerebral. El abdomen estaba sin lesiones por lo que lo trasladaban a cuidados intensivos para tratar de mantenerlo con vida. A los pocos minutos llegó su compañero de guardia y el cirujano cardiaco que relevaron al traumatólogo, el cual se fue a colocar las pertinentes tracciones en la sala de cuidados intensivos. Mientras el cirujano cardiaco reparaba con mucha pericia el orificio del corazón, el paciente sufrió tres paros cardiacos, pero remontó tras el masaje cardiaco directo. La residente de anestesia de primer año se desmayó por la tensión. El paciente hizo un cuarto paro cardiaco. Sólo se oían las órdenes médicas dadas por el anestesiólogo más veterano. Tras 30 minutos de masaje sin respuesta, dieron al paciente como muerto. No tenía familia en España. Se trataba de un indocumentado.

Eran las 9 horas de la mañana y el equipo se encontraba sentado en la sala de relax con cara de ceniza y ojeras que les llegaban hasta los pies. Por la puerta llegaban uno a uno los compañeros de relevo y las sonrisas que acompañaban las felicitaciones de Navidad se fundieron al ver el horrible estado de sus compañeros.

—Pero chicos ¿Qué narices ha ocurrido esta noche? —La pregunta la hizo un residente que entraba de guardia.

—Un montón de cosas —Respondió la residente de quinto año que había estado en la intervención con Paula— Estoy muerta.

—¿Paula, estás bien? —Lo preguntaba el compañero que le estaba quitando el teléfono móvil de guardia de las manos.

—No sé qué hago aquí —Respondió.

Dos días más tarde, Paula entraba en el despacho de su Jefe para anunciar que había tomado la determinación de dejar el Hospital. Cuando el director del servicio le preguntó que pensaba hacer y si tenía otra oferta de trabajo, ella dijo que se dejaría llevar por el impulso y el destino. Un mes después se despedía de sus compañeros. Aún no había tomado ninguna resolución. Abandonó el piso de alquiler y distribuyó sus pertenencias entre la casa de sus padres y el piso de su hermana.

Estaba sentada ante el portátil para entrar en una página web donde se ofertaban vuelos de avión a precios ganga. Había barajado la posibilidad de regresar a Londres, donde Sara le recomendó un par de ofertas interesantes; o ir a Paris porque unos compañeros le habían vendido unas perspectivas excelentes; o podía trasladarse a Canadá y estar así cerca de Ana, que era feliz en su nueva faceta vital. Se encontraba igual de indecisa y embrollada que cuando tuvo que decidir entre Patrick y Javi. Recordó que su vacilación consiguió hacerle perder el amor. De Javi sabía, a través de Jaime, que había vuelto con la novia con la que cortó justo antes de partir a Sri Lanka. De Patrick no sabía nada, pero Pietro le insinuó que estaba bien pues hablaba con él con periodicidad.

Decidió que tomaría el billete de avión aprovechando la oferta más tentadora. Así pondría en manos de la fortuna su futuro. Apareció ante ella la página web y su primera visión fue un flash donde se anunciaba una nueva línea regular de una compañía aérea europea. La oferta era para la semana siguiente y su punto de destino era Phnom Penh, la capital de Camboya. Sintió un escalofrió por el cuerpo. "¿Podría ser que las fuerzas de la naturaleza la estuvieran empujando hacia Patrick?". En menos de 10 minutos tenía el billete comprado y no podía dar marcha atrás.

Paula salió del aeropuerto de Siem Reap donde llegó a través de un vuelo enlace desde Phnom Penh. Pilló el primer taxi que encontró. Lo conducía un jovencito que hablaba muy bien inglés y que le recordó los traductores de Sri Lanka. Había reservado una habitación en un hotel situado en la periferia de la ciudad, pero muy cerca del hospital donde trabajada Patrick. Mientras el taxi se abría paso entre las bicicletas, motos, camionetas viejas y peatones, Paula rememoraba la última conversación con Celso.

—Estás loca ¿Piensas irte a Asia sola, sin trabajo y sin saber si Patrick está allí? —Veía las caras de Celso y de Pietro a través de la pantalla de su portátil.

—Sí. Creo que el destino quiere que lo haga —Paula se toqueteaba el pelo con la mano derecha.

—Has perdido la cordura. Al menos déjanos que contactemos con él para verificar que aún está en Siem Reap —Pietro se levantó de la silla y salió de la habitación.

—Haced lo que queráis. Yo ya he comprado el billete de ida sin vuelta.

—¿Y si cuando llegues allí, él no está?¿Que harás? —Celso le hubiera dado una colleja, si la hubiera tenido delante en persona.

—He hablado con Ramón. Iría a pasar una temporada con ellos. O tal vez me iría otra vez a Sri Lanka. He contactado también con el Gobernador y me ha dicho que podría tener un empleo en cualquier centro hospitalario del país ... O me iré a Londres donde me han aceptado en un hospital de la periferia —Paula se encontraba en paz consigo misma; tenía varias puertas abiertas, pero primero debía cruzar una, la más importante.

—Está bien. Puedes ir —Hablaba Pietro, que volvía a estar ante ella, en la pantalla— Acabo de enviarle un mensaje a Patrick. Me ha contestado que estará en Siem Reap al menos unos cuantos meses más.

—¿Que excusa le has dado para preguntarle esto mediante mensaje de texto? —Paula se cabreó por la intromisión de los dos chicos.

—Calma. No te he nombrado. Le he dicho que pensábamos ir de vacaciones a Camboya el próximo mes, porque hemos encontrado unas ofertas muy interesantes —Pietro se sentía muy orgulloso de su idea— De hecho nos ha invitado a alojarnos en su casa.

—Amor mío. Es muy buena idea ¿Compramos ya mismo los billetes? —Celso estaba muy emocionado. Se miraron y asintieron.

Llegó al hotel que no era muy grande y estaba envuelto de vegetación frondosa. En el hall de entrada, que era de madera, se hallaba la recepción. Una linda chica le hizo el cheek in y después la acompañó a la habitación asignada. El complejo estaba compuesto por casitas de planta baja con porches que perfilaban el trayecto de la piscina en forma de río, que se abría entre la vegetación haciendo eses a lo largo del recinto. Atravesaron un puente y llegaron a una cabaña preciosa. Una vez dentro le libró las llaves y se fue dando reverencias que le recordaron las de Laila. La estancia era confortable, con un baño moderno pero con detalles decorativos locales. La cama tenía un cabezal enorme que hacía la competencia a una gran lámpara situada en medio del techo y una televisión de pantalla plana localizada en la pared frente a la cama. Dejó las maletas y se puso el bañador, se moría de ganas de lanzarse a esa piscina tan original. El agua estaba fresquita para compensar el acalorado ambiente. Nadó unos largos y salió para tumbarse en una hamaca donde yació unos 30 minutos. Se levantó, se duchó y se pudo un vestido que le parecía que le sentaba bien. Se peinó con esmero y se maquilló un poco para disimular las ojeras fruto de un largo viaje. De camino al hospital se sentía renovada.

La construcción le recordó al hospital de Kinniya, pero este se encontraba en condiciones perfectas y se notaba que era nuevo. Numerosas personas entraban y salían del edificio. Varias ambulancias estaban en una puerta de la izquierda, donde se leía el rótulo de Urgencias en inglés. Se dirigió a lo que parecía la entrada principal. En la recepción una chica muy guapa le indicó como llegar al despacho de Patrick. Ni se molestó en avisarlo. El corazón de Paula tomaba velocidad a medida que andaba por el pasillo, como cuando el AVE campa libremente por los Monegros. Al final del pasadizo había una puerta con un letrero en el que se leía que era el despacho del Director Gerente. Llamó tímida a la puerta. No hubo respuesta. Volvió a golpearla, esta vez con más determinación. Silencio absoluto. Esperó unos minutos. Estaba bloqueada. Una vez más, no sabía qué decisión tomar, ya que tenía dos opciones, o buscarlo por el hospital o volver al hotel para regresar al día siguiente. Optó por la segunda, estaba tan angustiada que la idea de perseguirlo por el edificio le pareció demasiado compleja. Giró su cabeza cuando notó sus ojos clavados en ella. La estaba mirando apoyado en la pared de enfrente, con los brazos cruzados sobre su pecho y un movimiento del pie derecho que demostraba nerviosismo.

—Pues es verdad que eres tú —Patrick habló transcurridos unos segundos. Paula seguía callada, mirándolo— ¿Qué haces aquí? —No era un tono de reprobación, sino más bien de sorpresa.

—He venido a verte.

Quería decirle muchas cosas pero no tenía ni idea de cómo hacerlo. Unas lágrimas empezaron a resbalar por sus mejillas, "¿Por qué lloraba con tanta facilidad últimamente?", pensó. El americano se aproximó a ella y la abrazó más fuerte que nunca.

—¿Has venido a verme o a quedarte conmigo? —Mientras le hacía esta pregunta le acariciaba el pelo.

—De hecho, lo he dejado todo … El trabajo, los amigos, la familia, mi ciudad, mis pertenencias ... Para quedarme contigo.

Patrick la besó y ella se sintió la persona más afortunada de la tierra. Ahora ya sabía que hacía aquí.

Eran las 5 horas de la madrugada, Paula y Patrick se hallaban sentados en el césped delante del impresionante templo de Angkor Watt, acompañados de centenares de turistas que esperaban con sus cámaras fotográficas la salida del sol. Celso y Pietro estaban muy emocionados e impresionados por el espectáculo. Paula también, a pesar de que ya había estado allí muchas veces, siempre era como la primera vez.

Poco a poco, la oscuridad se transformó en luz azul que marcaba la silueta de las torres piramidales del templo y que tenía como fondo a una luna redonda y pálida. En unos minutos, la luz azul se fue aclarando y empezaron a dibujarse nubes blancas y altas que aún resaltaban más la majestuosidad del templo. Paula se puso en pie y fue a saludar unos caballos que pastaban dentro del recinto. Miró a su mano derecha. Lucía el anillo de prometida que Patrick le dio una tarde, cuando paseaban por el templo de Ta Prohm, uno de sus favoritos. El monumento se había hecho famoso por películas taquilleras como "Tom Raider" protagonizada por Angelina Jolie o "Dos Hermanos", película lacrimógena que se había negado a ver, por tratar sobre las desventuras de dos tigres que según había leído, no lo pasaban nada bien. Las desgastadas piedras grises se erigían entre un entramado de raíces y troncos de árboles centenarios, que hacían de centinelas de las piedras sagradas. Se lo dio cuando estaban sentados a la sombra de uno de esos árboles de troncos irregulares y grandes dimensiones, situado en un lugar apartado del tráfico de turistas, próximo a un pequeño altar repleto de flores y ofrendas.

No cabe decir que ella aceptó casarse con él, tardando sólo milésimas de segundos en decir sí.